La granja

John Grisham

La granja

Traducción de
María Antonia Menini

CÍRCULO de LECTORES

Para mis padres, Weez y Big John,
con amor y admiración

1

La gente de la montaña y los mexicanos llegaron el mismo día. Era un miércoles de principios de septiembre de 1952. Los Cardinals estaban cinco partidos por detrás de los Dodgers a falta de tres semanas para el final de la Liga. Pero el algodón le llegaba a mi padre hasta la cintura y rebasaba mi cabeza, y antes de la cena él y mi abuelo susurraron unas palabras que raras veces se escuchaban en casa. Es probable que fuese «una buena cosecha».

Eran agricultores, hombres acostumbrados al duro trabajo que sólo caían en el pesimismo cuando hablaban del tiempo y las cosechas. Llovía demasiado o no lo suficiente, las tierras bajas corrían el peligro de sufrir inundaciones, los precios de las semillas y los fertilizantes aumentaban cada vez más, o los mercados eran muy inseguros. En los días más favorables, mi madre solía decirme en tono pausado:

–Tú, tranquilo. Ya verás que los hombres encuentran algún motivo de preocupación.

Cuando fuimos en busca de los montañeses, Pappy, mi abuelo, estaba inquieto por la tarifa de los temporeros. Según él, el año anterior la tarifa había sido de un dólar y medio los cincuenta kilos. Pero ya había oído decir que un agricultor de allá por Lake City estaba ofreciendo un dólar con sesenta.

Eso lo tenía enormemente preocupado cuando bajamos a la ciudad. Jamás hablaba cuando conducía, lo que según mi madre, que no era muy buena conductora que digamos, se debía al miedo que le inspiraban los automóviles. Tenía un camión Ford del 39, que, aparte del viejo tractor John Deere, era nuestro único medio de transporte. Esto no constituía ningún problema especial para nosotros salvo cuando íbamos a la iglesia, pues entonces mi madre y mi abuela se veían obligadas a apretujarse delante, con sus mejores vestidos del domingo, mientras mi padre y yo nos sentábamos en la caja, envueltos en una nube de polvo. Las modernas berlinas no eran muy frecuentes en la Arkansas rural.

Pappy conducía a sesenta kilómetros por hora. Según su teoría, a todos los vehículos les correspondía una velocidad determinada, al alcanzar la cual se obtenía su mejor rendimiento, y a través de no sé qué método había establecido que el suyo tenía que circular a sesenta kilómetros por hora. Mi madre decía (en realidad sólo a mí) que eso era ridículo. Y decía también que una vez él y mi padre habían discutido acerca de la conveniencia de que la camioneta fuera más rápido. Pero mi padre raras veces se sentaba al volante, y las ocasiones que yo lo acompañaba, jamás superaba los sesenta kilómetros por respeto a Pappy. Mi madre sospechaba que, cuando iba solo, mi padre conducía muy por encima de esa velocidad.

Enfilamos la carretera 135 y, como siempre, observé que Pappy efectuaba cuidadosamente el cambio de marchas, accionando muy despacio el embrague y empujando con gran delicadeza la palanca hasta que el camión alcanzó su velocidad óptima. Entonces me incliné para examinar el cuentakilómetros: marcaba sesenta. Pappy me miró sonriendo como si ambos estuviéramos de acuerdo en que ésa era la velocidad más apropiada para el vehículo.

La carretera discurría recta y llana a través de las tierras de cultivo del delta del Arkansas. A los lados, y hasta donde alcanzaba la vista, se extendía la blancura de los algodonales. Era la época de la cosecha, una temporada maravillosa para mí porque la escuela cerraba durante dos meses. Para mi abuelo, sin embargo, era una época de interminables preocupaciones.

A la derecha, en la finca de los Jordan, vimos a un grupo de mexicanos trabajando en el campo más cercano a la carretera. Doblando el espinazo y con los sacos de algodón a la espalda, con manos hábiles arrancaban las cápsulas de sus tallos. Pappy soltó un gruñido. No le gustaban los Jordan porque eran metodistas... y simpatizantes de los Cubs. Ahora que los temporeros ya estaban trabajando en sus campos, tenía un motivo más para aborrecerlos.

De nuestra granja a la ciudad había menos de trece kilómetros, pero, a sesenta kilómetros por hora, el trayecto duraba veinte minutos. Siempre veinte minutos, incluso cuando había muy poco tráfico. Pappy no creía conveniente adelantar a los vehículos más lentos que circulaban delante de nosotros aunque por regla general el lento era él. Cerca de Black Oak alcanzamos un remolque repleto de algodón recién recolectado. Un hule cubría la mitad anterior, y los gemelos Montgomery, que tenían mi edad, brincaban alegremente en medio de todo aquel algodón hasta que nos vieron en la carretera circulando por debajo de ellos. Entonces interrumpieron sus brincos y nos saludaron con la mano. Yo correspondí al saludo, pero no así mi abuelo. Cuando conducía, jamás saludaba a nadie ni con la mano ni con una inclinación de la cabeza, lo cual se debía, según mi madre, a que temía apartar las manos del volante. Mi madre también decía que la gente hablaba de él a su espalda y lo consideraba grosero y arrogante. Personalmente, creo que a mi abuelo le importaba un bledo lo que opinaran de él.

Seguimos el remolque de los Montgomery hasta que giró al llegar a la altura de la desmotadora de algodón. Tiraba del mismo un viejo tractor Massey Harris a cuyo volante se sentaba Frank, el hijo mayor de los Montgomery, que había dejado la escuela en quinto curso de primaria y, según decían en la parroquia, acabaría muy mal.

La carretera 135 se convertía en Main Street a lo largo del breve tramo en que cruzaba Black Oak. Pasamos por delante de la iglesia baptista de Black Oak; fue una de las pocas veces que no nos detuvimos para asistir a algún tipo de servicio religioso. Todos los talleres, tiendas, negocios, la iglesia misma y hasta la escuela daban a Main Street, y los sábados el tráfico era muy lento y los vehículos circulaban con los parachoques casi pegados los unos a los otros, pues la gente del campo bajaba a la ciudad para hacer sus compras semanales. Pero aquel día era miércoles, y cuando llegamos a Black Oak aparcamos delante de la tienda de ultramarinos de Pop y Pearl Watson, en Main Street.

Esperé en la acera hasta que mi abuelo me indicó la tienda con un movimiento de la cabeza. Era la señal convenida para que yo entrara a comprarme un bollo Tootsie Roll a crédito. Sólo costaba un centavo, pero no estaba dicho que en todas las visitas a la ciudad yo pudiera comprarme uno. En ocasiones mi abuelo no me hacía señal alguna con la cabeza, pero yo entraba en la tienda de todos modos y me paseaba como quien no quiere la cosa alrededor de la caja hasta que Pearl me entregaba con disimulo un Tootsie, siempre con la severa advertencia de que no se lo dijera a mi abuelo. Le tenía miedo. Eli Chandler era un pobre hombre, pero tremendamente orgulloso. Antes se hubiera muerto de hambre que recibir comida gratis, incluidos los Tootsie Roll. Me habría pegado con un bastón de haber sabido que yo había aceptado una golosina, por lo que Pearl Watson no hubo de esforzarse para hacerme jurar que guardaría el secreto.

Pero esta vez mi abuelo me hizo la señal con un movimiento de la cabeza. Como siempre, Pearl estaba quitando el polvo del mostrador cuando entré y le di un torpe abrazo. Después tomé un Tootsie Roll del recipiente de cristal que había al lado de la caja. Al firmar la tarjeta de cuenta, Pearl examinó mi caligrafía.

–Va mejorando, Luke –me dijo.

–No está mal para un niño de siete años –admití. Gracias a mi madre, llevaba dos años practicando mi nombre en cursiva–. ¿Dónde está Pop? –pregunté.

Eran los únicos adultos que conocía que insistían en que los llamara de tú y por su nombre de pila, pero sólo cuando no había nadie en la tienda. Si entraba un cliente, me apresuraba a llamarlos señor y señora Watson. Sólo se lo había contado a mi madre, quien me había dicho que estaba segura de que ningún otro niño gozaba de semejante privilegio.

–En la trastienda, ordenando la mercancía –contestó Pearl–. ¿Dónde está tu abuelo?

La vocación de Pearl era controlar los movimientos de la población de la ciudad, por lo que a cualquier pregunta solía contestar con otra.

–En el Tea Shoppe, a ver cuántos mexicanos hay. ¿Puedo entrar a la trastienda?

Estaba firmemente decidido a ganarle la partida de las preguntas.

–Mejor no. También contrataréis a gente de la montaña, ¿verdad?

–Si los encontramos. Eli dice que ya no bajan tantos como antes. Y, además, cree que están medio locos. ¿Dónde se ha metido *Champ*?

Champ era el viejo perro beagle de la tienda, que jamás se apartaba del lado de Pop.

Pearl me miraba con una sonrisa cada vez que yo me refería a mi abuelo llamándolo por su nombre de pila. Estaba a punto de formularme otra pregunta cuando sonó el pequeño timbre de la puerta, que se accionaba cada vez que ésta se abría o cerraba.

Entró un mexicano auténtico, solo y tímido, tal como todos parecían al principio. Pearl saludó amablemente al recién llegado.

–*¡Buenos días, señor!* –le dije en español, levantando la voz.

El mexicano sonrió y contestó *«Buenos días»,* antes de entrar en la trastienda.

–Son buena gente –dijo Pearl en voz baja, como si el

mexicano hablara inglés y pudiera ofenderse por el cumplido que ella acababa de hacerle.

Hinqué el diente en mi Tootsie Roll y mastiqué muy despacio mientras envolvía la otra mitad y me la guardaba en el bolsillo.

–Eli está preocupado porque les paga demasiado –dije.

Como había un cliente en la tienda, Pearl volvió a afanarse en quitar el polvo y ordenar las cosas que había alrededor de la caja.

–Eli se preocupa por todo –repuso.

–Es agricultor.

–¿Y tú también vas a ser agricultor?

–No, señora. Seré jugador de béisbol.

–¿De los Cardinals?

–Pues claro.

Pearl se puso a tararear mientras yo esperaba al mexicano. Estaba deseando practicar un poco más el español.

Los viejos estantes de madera estaban cubiertos a rebosar de nuevos productos. Me encantaba la tienda durante la temporada de la recolección porque Pop la llenaba del suelo hasta el techo. Se acercaban las cosechas y el dinero cambiaba rápidamente de manos.

Pappy abrió la puerta justo lo suficiente para asomar la cabeza.

–Vámonos –dijo, y añadió a continuación–: Hola, Pearl.

–Hola, Eli –contestó ella, dándome una palmada en la cabeza a modo de despedida.

–¿Dónde están los mexicanos? –le pregunté a Pappy una vez en la calle.

–Esta misma tarde deberían estar aquí.

Subimos de nuevo al camión y abandonamos la ciudad en dirección a Jonesboro, donde mi abuelo solía encontrar a la gente de la montaña.

Aparcamos en el arcén de la carretera, muy cerca del cruce con un camino de grava. En opinión de Pappy, era el mejor lugar del condado para encontrar a los montañeses. Yo no estaba tan seguro. Llevaba una semana tratando sin éxito de contratar a unos cuantos. Permanecimos sentados durante media hora en absoluto silencio bajo un sol de justicia, apoyados contra la caja del vehículo antes de que apareciera el primer camión. Estaba muy limpio, y sus neumáticos en perfecto estado. Si tuviéramos la suerte de dar con unos cuantos temporeros de la montaña, éstos se pasarían un par de meses viviendo con nosotros. Queríamos que fueran limpios, y el hecho de que aquel camión fuese mucho más bonito que el de Pappy ya constituía una buena señal.

–Buenas tardes –dijo Pappy, cuando apagaron el motor.

–¿Qué tal? –contestó el conductor.

–¿De dónde son? –preguntó Pappy.

–De más al norte de Hardy.

Como no había tráfico, mi abuelo permaneció de pie en la calzada, examinando con expresión risueña el camión y su contenido. El conductor y su mujer estaban sentados en la cabina, con una niñita acomodada entre los dos. Tres espigados adolescentes hacían la siesta en la caja. Todos parecían muy sanos e iban pulcramente vestidos. Adiviné que Pappy quería contratarlos.

–¿Buscan trabajo? –les preguntó.

–Sí. Vamos a ver a un tal Lloyd Crenshaw, que vive hacia el este de Black Oak.

Mi abuelo les indicó por señas el camino, y se fueron. Los miramos alejarse hasta que se perdieron de vista.

Hubiera podido ofrecerles más de lo que el señor Crenshaw les prometía. De sobras se sabía que la gente de la montaña no tenía manías a la hora de negociar sobre su trabajo. El año anterior, en plena recolección de la primera cosecha en nuestra granja, los Fulbright de Calico Rock desaparecieron un domingo por la noche y se fueron a trabajar a la finca de un agricultor situada a quince kilómetros de distancia.

Pero Pappy era honrado y no quería iniciar una guerra de ofertas.

Nos pusimos a lanzar una pelota de béisbol junto a un algodonal, deteniéndonos cada vez que se acercaba un camión.

Mi guante era un Rawlings que Santa Claus me había dejado la Navidad anterior. Dormía todas las noches con él, le aplicaba aceite cada semana y no había nada en el mundo que quisiera más.

Mi abuelo, que me había enseñado a lanzar, coger y golpear la pelota, no necesitaba utilizar guante. Sus grandes y encallecidas manos absorbían mis lanzamientos como si nada.

A pesar de ser un hombre muy tranquilo que jamás presumía de nada, Eli Chandler había sido un jugador de béisbol legendario. A los diecisiete años, había firmado un contrato con los Cardinals como jugador profesional. Pero estalló la Primera Guerra Mundial, lo llamaron a filas y, poco después de que regresara a casa, murió su padre. Pappy no tuvo más remedio que convertirse en agricultor.

A Pop Watson le encantaba contarme historias sobre lo grande que había sido Eli Chandler... sobre la distancia a la que podía golpear una pelota de béisbol y la fuerza con que podía lanzarla.

–Probablemente el mejor que ha tenido Arkansas –sentenciaba Pop.

–¿Mejor que Dizzy Dean? –le preguntaba yo.

–Ése no le llegaba a la suela del zapato –contestaba Pop, y soltaba un suspiro.

Cuando le contaba las historias a mi madre, ella siempre me decía con una sonrisa:

–Ten cuidado. Pop se inventa muchas cosas.

Pappy, que estaba frotando la pelota de béisbol entre sus gigantescas manos, ladeó la cabeza al oír acercarse un vehículo. Un camión con remolque se estaba acercando por el oeste. Desde unos cuatrocientos metros de distancia comprobamos que eran montañeses. Nos dirigimos al arcén y esperamos mientras el conductor aminoraba la marcha y detenía el vehículo entre chirridos.

Conté siete cabezas, cinco en el camión y dos en el remolque.

–Hola –dijo lentamente el conductor, estudiando a mi abuelo mientras nosotros los examinábamos a ellos.

–Buenas tardes –contestó Pappy, adelantándose un paso sin dejar por ello de guardar las distancias.

El conductor tenía el labio inferior manchado de jugo de tabaco. Mala señal. Mi madre solía decir que la gente de la montaña no era muy afecta a lavarse y tenía malas costumbres. El tabaco y el alcohol estaban prohibidos en nuestra casa. Éramos baptistas.

–Me llamo Spruill –dijo.

–Eli Chandler. Encantado de conocerle. ¿Buscan trabajo?

–Sí.

–¿De dónde son?

–De Eureka Springs.

El camión era casi tan viejo como el de Pappy, tenía los neumáticos lisos, el parabrisas astillado, los guardabarros oxidados y la pintura descolorida bajo una capa de polvo. Habían construido una repisa por encima de la plataforma y en ella se amontonaban varias cajas de cartón y bolsas de arpillera llenas de provisiones. Debajo, en el suelo y junto a la cabina, habían colocado un colchón. Dos muchachos altos que permanecían de pie encima de él me miraron con rostro inexpresivo. Sentado en la parte posterior, con los pies fuera de la plataforma, descalzo y sin camisa, vi a un joven corpulento de hombros musculosos y un cuello tan grueso como un tocón. Estaba escupiendo jugo de tabaco entre el camión y el remolque, aparentemente ajeno a mi presencia y a la de Pappy. Balanceó lentamente las piernas y volvió a escupir sin apartar la vista del asfalto.

–Busco peones –dijo Pappy.

–¿Cuánto paga? –preguntó el señor Spruill.

–Un dólar sesenta los cincuenta kilos –contestó Pappy.

El señor Spruill frunció el entrecejo y miró a la mujer que tenía al lado. Ambos cambiaron unas palabras en voz baja.

En este momento del ritual era cuando había que tomar las decisiones, y rápido. Teníamos que resolver si queríamos que aquella gente viviera con nosotros. Y ellos tenían que aceptar o rechazar nuestro precio.

–¿Qué clase de algodón? –preguntó el señor Spruill.

–Stoneville –contestó mi abuelo–. Las cápsulas ya están a punto. La recolección será fácil.

Bastaba con que el señor Spruill mirara alrededor para que viera las cápsulas a punto de reventar. El sol, el terreno y las lluvias habían colaborado hasta aquel momento, pero, como es natural, Pappy se había puesto muy nervioso por culpa de unas terribles previsiones de aguaceros que habían aparecido en el *Farmer's Almanac*.

–Ya nos pagaron un dólar sesenta el año pasado –dijo el señor Spruill.

A mí las conversaciones que iban de dinero me importaban un pimiento, por lo que me acerqué al remolque para echarle un vistazo. Los neumáticos estaban todavía más lisos que los del camión. Uno de ellos estaba medio desinflado debido a la carga. Menos mal que el viaje pronto tocaría a su fin.

De pie en un rincón del remolque, con los codos apoyados en el borde del costado, vi a una chica muy guapa. Tenía el cabello oscuro, recogido hacia atrás, y unos grandes ojos pardos. Era más joven que mi madre, pero muchísimo mayor que yo, pese a lo cual no conseguía apartar los ojos de ella.

–¿Cómo te llamas? –me preguntó.

–Luke –contesté, propinándole un puntapié a una piedra. Noté enseguida que me ardían las mejillas–. ¿Y tú?

–Tally. ¿Cuántos años tienes?

–Siete. ¿Y tú?

–Diecisiete.

–¿Cuánto tiempo llevas viajando en este remolque?

–Un día y medio.

Iba descalza y llevaba un vestido muy sucio y ajustado que le llegaba hasta las rodillas. Que yo recordase, era la primera vez que examinaba a una chica. Me dirigió una pícara sonrisa. A su lado, de espaldas a mí, había un niño sentado en una caja de embalaje. Lentamente volvió la cabeza y me miró como si no me viera. Sus ojos eran grandes y verdes, y un pegajoso flequillo negro le cubría la frente. El brazo izquierdo le colgaba, inerte, a un costado del cuerpo.

–Es Trot –dijo la chica–. No se encuentra bien.

–Me alegro de conocerte, Trot –dije, pero él desvió la mirada como si no me hubiera oído.

–¿Cuántos años tiene? –pregunté.

–Doce. Está lisiado.

Trot se volvió bruscamente hacia un rincón. Mi amigo Dewayne decía que entre los montañeses abundaban los casamientos entre primos, y que por eso en las familias había tantos baldados.

Sin embargo, Tally parecía perfecta. Contempló con aire pensativo los campos de algodón y yo admiré una vez más su sucio vestido.

Comprendí que mi padre y el señor Spruill habían llegado a un acuerdo porque el segundo puso en marcha su camión. Pasé por delante del remolque y del joven que, sentado con las piernas fuera de la plataforma, seguía con la mirada fija en el asfalto, y me situé al lado de Pappy.

–Catorce kilómetros desde aquí, gire a la izquierda al llegar a un establo quemado y siga otros diez kilómetros hasta llegar al río St. Francis. Somos la primera granja pasado el río a la izquierda.

–¿Es terreno bajo? –preguntó el señor Spruill como si lo enviaran a un pantano.

–En parte, sí, pero es buena tierra.

El señor Spruill miró a su esposa y después volvió a mirarnos a nosotros.

–¿Y dónde nos instalamos?

–Encontrará un lugar a la sombra en la parte de atrás, al lado del silo. Es el mejor sitio.

Los vimos alejarse entre el chirrido de las marchas, el bamboleo de los neumáticos y los brincos de las cajas de embalaje, las canastas y los cacharros.

–No te gustan, ¿verdad? –le pregunté a mi abuelo.

–Son buena gente. Sólo que distintos.

–Creo que hemos tenido suerte de encontrarlos, ¿verdad?

–Pues sí.

Cuantos más peones contratáramos, menos algodón tendría que recolectar yo. En el transcurso del mes siguiente, saldría a los campos al amanecer, me echaría al hombro un saco de dos metros y medio de largo, contemplaría por un instante las interminables hileras de algodón cuyos tallos eran más altos que yo, después me introduciría entre ellos y empezaría a arrancar las lanudas cápsulas a un ritmo constante. Iría echándola en el resistente saco sin mirar la hilera de tallos para no recordar lo interminable que era y sin atreverme a aminorar el ritmo por temor a que alguien lo advirtiese. Me sangrarían los dedos, me ardería el cuello, me dolería la espalda.

Sí, yo quería que hubiera muchos peones en los algodonales. Muchos montañeses, muchos mexicanos.

2

Cuando el algodón esperaba, mi abuelo tenía muy poca paciencia. A pesar de que seguía conduciendo el camión a la velocidad requerida, estaba nervioso porque en los otros campos que bordeaban la carretera ya había empezado la recolección mientras que en los nuestros todavía no. Los mexicanos que habíamos contratado llevaban dos días de retraso. Volvimos a aparcar en las inmediaciones de la tienda de Pop y Pearl y seguí a Pappy hasta el interior del Tea Shoppe, donde empezó a discutir con el hombre encargado de la contratación de los temporeros.

–Tranquilízate, Eli –dijo el hombre–. Llegarán de un momento a otro.

Sin embargo, él no podía tranquilizarse. Nos dirigimos a pie a la desmotadora de Black Oak, situada en las afueras de la ciudad. Se encontraba a una distancia considerable, pero Pappy no era partidario de malgastar la gasolina. Entre las seis y las once de aquella mañana, había recolectado casi cien kilos de algodón, a pesar de lo cual caminaba tan rápido que yo casi tenía que correr para darle alcance.

La parcela de grava de la desmotadora estaba enteramente ocupada por remolques de algodón, algunos vacíos y otros a la espera de que se desmotara la cosecha de sus propietarios. Volví a saludar con la mano a los gemelos Montgomery que, con el remolque ya vacío, regresaban a casa a por más.

En la desmotadora se oía el rugido del coro de las máquinas en pleno funcionamiento. Eran increíblemente ruidosas y peligrosas. Durante cada temporada de recolección, por lo menos un trabajador era víctima de alguna terrible lesión en el interior de la desmotadora. A mí me daban mucho miedo las máquinas, por lo que, cuando Pappy me dijo que esperara fuera, lo hice encantado. Pasó por delante de unos peones que estaban esperando sus remolques sin saludarlos. Tenía otras cosas en que pensar.

Encontré un lugar seguro cerca de la zona de carga adonde conducían las balas ya terminadas y las cargaban en los remolques con destino a las dos Carolinas. En un extremo de la desmotadora, el algodón recién recolectado era aspirado desde los remolques a través de un largo conducto de veinte centímetros de diámetro y desaparecía en el interior del edificio, donde las máquinas lo sometían al correspondiente proceso. Al cabo de un rato salía por el otro extremo convertido en pulcras balas cuadradas envueltas en arpillera y fuertemente atadas con flejes de tres centímetros de anchura. Una buena desmotadora producía unas balas perfectas que podían amontonarse como si fueran ladrillos.

Una bala de algodón valía ciento setenta y cinco dólares más o menos, según los mercados. Una buena cosecha podía producir dos balas por hectárea. Nosotros teníamos arrendadas cuarenta hectáreas. Casi todos los niños del campo sabían hacer el cálculo.

De hecho, los cálculos eran tan sencillos que te preguntabas qué motivo podía tener alguien para ser agricultor. Mi madre se encargaba de que yo comprendiera bien las cifras. Ambos habíamos concertado un pacto secreto, según el cual yo jamás, y bajo ninguna circunstancia, me quedaría en la granja. Terminaría la escuela y me iría a jugar con los Cardinals.

En marzo, Pappy y mi padre le habían pedido prestados catorce mil dólares al propietario de la desmotadora. La cosecha era la garantía y el dinero se invertía en semillas, fertilizantes, mano de obra y otros gastos. Hasta entonces, habíamos tenido suerte: el tiempo había sido prácticamente ideal y la cosecha parecía buena. Si nuestra suerte se prolongaba a lo largo de la recolección y los campos producían dos balas por hectárea, el negocio agrícola de los Chandler quedaría nivelado. Ése era nuestro objetivo.

Pero, como casi todos los agricultores, Pappy y mi padre arrastraban las deudas del año anterior. Le debían al propietario de la desmotadora dos mil dólares de 1951, año en que habíamos tenido una cosecha regular. También le debían dinero al concesionario de la John Deere de Jonesboro por unas piezas de recambio, a Lance Brothers por carburante, a la Cooperativa por semillas y suministros y a Pop y Pearl Watson por comestibles.

Como es natural, yo no debería haber sabido nada acerca de sus préstamos y sus deudas. Pero en verano mis padres solían sentarse a charlar en los escalones de la entrada de la casa hasta bien entrada la noche, a la espera de que el aire se enfriara un poco y ellos pudieran dormir sin sudar. Mi cama estaba situada cerca de la ventana que daba al porche, de modo que ellos me creían dormido, cuando en realidad yo escuchaba más de la cuenta.

Aunque no estaba totalmente seguro, sospechaba que Pappy necesitaba pedir prestado para pagar a los mexicanos y a la gente de la montaña. No supe si había recibido el dinero o no. Fruncía el entrecejo cuando nos dirigimos a pie a la desmotadora y seguía frunciéndolo cuando salimos.

Los montañeses llevaban muchas décadas bajando de los montes Ozark para trabajar en la recolección del algodón. Muchos de ellos eran propietarios de sus casas y sus tierras, y a menudo sus vehículos eran mucho más bonitos que los de los agricultores que los contrataban para las labores de la cosecha. Trabajaban duro, ahorraban dinero y aparentaban ser tan pobres como nosotros.

En 1950 la migración ya había disminuido de forma considerable. El auge económico de la posguerra había llegado poco a poco a Arkansas, por lo menos a algunas zonas del estado, y la juventud montañesa ya no necesitaba dinero extra tan desesperadamente como sus padres. Preferían quedarse en casa. La recolección del algodón no era precisamente un trabajo agradable, de modo que los agricultores tuvieron que enfrentarse con una escasez de mano de obra que se fue agravando cada vez más hasta que alguien descubrió a los mexicanos.

El primer camión contingente llegó a Black Oak en 1951. Eran seis, incluido Juan, mi amiguete, que me dio a probar mi primera tortilla. Juan y otros cuarenta llevaban tres días viajando muy apretujados en la parte posterior de un largo remolque, sin apenas comida y sin posibilidad de protegerse del sol o la lluvia. Cuando llegaron a Main Street, estaban cansados y desorientados. Pappy dijo que el remolque olía peor que un camión de ganado. Los que lo vieron, lo contaron a otros, y las señoras de las iglesias metodista y baptista no tardaron en protestar airadamente por los medios primitivos utilizados en el traslado de los mexicanos.

Mi madre lo comentó, por lo menos con mi padre. Los oí discutir muchas veces acerca de ellos cuando la recolección ya había terminado y los mexicanos ya habían sido devueltos a sus lugares de origen. Mi madre quería que mi padre hablara con los restantes agricultores para que el encargado de obtener la mano de obra les garantizase que los que reunían a los mexicanos y nos los enviaban los trataran mejor. Consideraba que nuestro deber como agricultores era proteger a los temporeros, una idea que mi padre compartía en cierto modo, aunque no fuese partidario de encabezar la protesta. A Pappy todo aquello le importaba un pimiento. Y a los mexicanos también; ellos sólo querían trabajar.

Al final, los mexicanos aparecieron poco después de las cuatro. Habían corrido rumores de que viajaban en autocar, y yo así lo esperaba, pues no quería que mis padres se pasaran otro invierno discutiendo acerca de aquella cuestión.

Pero llegaron nuevamente en un remolque muy viejo cuyos costados estaban formados por unas tablas de madera, sin nada encima que los protegiera. Era cierto que el ganado lo pasaba mejor.

Saltaron con cuidado del remolque a la calle, tres o cuatro a la vez en oleadas sucesivas, delante de la Cooperativa, y se reunieron en la acera en grupos pequeños, con expresión de desconcierto. Se desperezaban, hacían flexiones y miraban alrededor como si acabaran de aterrizar en otro planeta. Conté sesenta y dos. Para mi gran decepción, Juan no se encontraba entre ellos. Eran varios centímetros más bajos que Pappy, muy delgados y todos con el cabello muy negro y la piel muy morena. Cada uno llevaba una pequeña bolsa llena de ropa y provisiones.

Pearl Watson se encontraba de pie en la acera con los brazos en jarras, mirando enfurecida a un lado y a otro. Eran sus clientes y no quería que los maltratasen. Yo sabía que antes de la reunión dominical en la iglesia las señoras volverían a armar alboroto, y sabía también que en cuanto regresáramos a casa con nuestro grupo mi madre me haría preguntas.

El encargado de los temporeros y el conductor del camión se enzarzaron en una acalorada discusión. Alguien de Tejas había prometido enviar a los mexicanos en autocar. Era el segundo contingente que llegaba en un sucio remolque. Pappy jamás rehuía una pelea y yo adiviné que estaba deseando participar en la refriega y dejar fuera de combate al conductor del camión. Pero también estaba enfadado con el encargado de los temporeros, y supongo que no veía motivo para atizarlos a los dos. Permanecimos sentados en la parte posterior de nuestro camión, con las piernas colgando fuera de la plataforma, esperando a que se posara la polvareda.

Cuando cesaron los gritos, se inició el papeleo. Los mexicanos permanecían todos juntos en la acera, delante de la Cooperativa. De vez en cuando, nos miraban a nosotros y a los demás agricultores que se estaban congregando en Main

Street. Se había corrido la voz de que acababa de llegar el nuevo grupo.

Pappy se hizo con los primeros diez. El jefe era Miguel. Aparentaba ser el mayor y, tal como yo había observado en el transcurso de mi inspección inicial, era el único que llevaba una bolsa de tejido. Los demás llevaban sus pertenencias en bolsas de papel.

El inglés de Miguel era aceptable, pero ni mucho menos tan bueno como el de Juan. Charlé con él mientras Pappy terminaba el papeleo. Miguel me presentó a los integrantes del grupo. Eran Rico, Roberto, José, Luis, Pablo y otros cuyos nombres no entendí. Si ocurría como el año anterior tardaría una semana en distinguirlos.

A pesar de su visible agotamiento, todos intentaban sonreír, menos uno que me miró con desprecio cuando posé los ojos en él. Llevaba un sombrero de vaquero, que Miguel me señaló diciendo:

–Se cree un cowboy. Y así lo llamamos.

Cowboy era muy joven y, para ser mexicano, muy alto. Sus ojos rasgados miraban con expresión malévola y su fino bigote contribuía a aumentar la fiereza de su rostro. Me infundía tanto miedo que estuve a punto de decírselo a Pappy. No me hacía ninguna gracia que aquel hombre viviera en nuestra granja las próximas semanas. Pero, al final, preferí dejarlo correr. Nuestro grupo de mexicanos siguió a Pappy por la acera hasta llegar a la tienda de Pop y Pearl. Yo eché a andar junto a mi abuelo, procurando no acercarme a Cowboy. Una vez en el interior de la tienda, ocupé mi puesto en las inmediaciones de la caja, donde Pearl esperaba a que alguien se acercase para hacerle un comentario en voz baja.

–Los tratan como a animales –masculló.

–Eli dice que se alegran de estar aquí –señalé en voz baja.

Mi abuelo esperaba en la puerta con los brazos cruzados, observando cómo los mexicanos tomaban las pocas cosas que necesitaban. Miguel estaba dando rápidas instrucciones a los demás.

Pearl no quería criticar a Eli Chandler, pero le dirigió una mirada siniestra que él no advirtió. Pappy no sentía el menor interés ni por mí ni por Pearl. Sencillamente estaba nervioso porque aún no se había recolectado el algodón.

–Es horrible –dijo Pearl.

Adiviné que estaba deseando que nos largáramos para ir en busca de sus amigas de la iglesia y volver a plantear la cuestión del maltrato a los temporeros. Pearl era metodista.

Mientras los mexicanos se acercaban a la caja con los artículos, Miguel le facilitó a Pearl el nombre de cada uno y ella a su vez les fue abriendo cuentas de crédito. Sumó el total, anotó la cantidad en un libro mayor al lado del nombre de cada peón y después les mostró la cifra tanto a Miguel como al cliente. Crédito instantáneo, estilo americano.

Compraron harina y manteca para hacer tortillas, muchos frijoles tanto en lata como en sacos, y arroz. Nada de azúcar, dulces o verdura. Comían lo menos posible porque la comida costaba dinero. Su objetivo era ahorrar hasta el último centavo y llevarse todo el dinero a casa.

Como es natural, los pobres no tenían ni idea de adónde iban. No sabían que mi madre dedicaba más tiempo a cuidar sus hortalizas que al algodón. Tuvieron mucha suerte, pues ella siempre decía que nadie que viviera a una distancia de nuestra granja que se pudiera recorrer a pie se quedaría jamás sin comida.

Cowboy era el último de la fila y, cuando Pearl le sonrió, pensé que iba a corresponderle con un escupitajo. Miguel no se apartaba de su lado. Acababa de pasarse tres días en la parte posterior de un remolque con el chico y probablemente lo sabía todo sobre él.

Me despedí de Pearl por segunda vez aquel día, lo cual era muy extraño, pues por lo general sólo la veía una vez a la semana.

Pappy acompañó a los mexicanos al camión. Subieron a la plataforma y se sentaron hombro con hombro. Permanecieron en silencio mirando fijamente hacia delante, como si no tuvieran ni idea de dónde terminaría su viaje.

El viejo camión avanzaba con gran esfuerzo a causa de la carga, pero al final consiguió alcanzar la velocidad de sesenta kilómetros por hora y Pappy estuvo a punto de sonreír. Era bien entrada la tarde y el tiempo era seco y caluroso, ideal para la recolección. Entre los Spruill y los mexicanos ya teníamos suficientes peones para levantar nuestra cosecha. Me metí la mano en el bolsillo y saqué la otra mitad de mi Tootsie Roll.

Mucho antes de llegar a casa, vimos humo y una tienda de campaña. Vivíamos al borde de una carretera sin asfaltar que casi todo el año era muy polvorienta, por lo que Pappy circulaba muy despacio para que los mexicanos no se asfixiaran.

–¿Qué es eso? –pregunté.

–Parece una especie de tienda –contestó Pappy.

Estaba situada cerca de la carretera, al fondo de nuestro patio delantero, bajo un centenario roble americano, muy cerca del lugar que ocupaba nuestra base meta. Aminoramos un poco más la marcha al acercarnos a nuestro buzón. Los Spruill ya habían tomado posesión de la mitad del patio delantero. La gigantesca tienda era de un color blanco sucio y se sostenía gracias a una heterogénea colección de palos cortados a mano y postes metálicos. Dos lados de la tienda estaban abiertos, revelando una serie de cajas y mantas extendidas por el suelo.

Vi también a Tally, que echaba una siesta bajo el techo. Su camión estaba aparcado al lado de la tienda, y sobre la plataforma habían colocado una especie de toldo. Éste se encontraba sujeto con una cuerda fijada al suelo por medio de una estaca, por lo que el camión no se había podido mover sin que se soltara la cuerda. El viejo remolque había sido parcialmente descargado y las cajas y los sacos de arpillera estaban diseminados sobre la hierba como si acabara de producirse una tormenta.

La señora Spruill estaba al cuidado de una fogata, que era la fuente del humo que habíamos visto. Por una extraña razón, había elegido el lugar ligeramente pelado que había casi al final del patio. Era justo el lugar donde Pappy o mi padre se agachaban casi todas las tardes para recibir mis bolas rápidas y con efecto. Sentí deseos de echarme a llorar. Jamás le perdonaría a la señora Spruill lo que había hecho.

–Pensé que les habías indicado que se instalaran detrás del silo –dije.

–Y eso fue lo que hice –contestó Pappy. Aminoró la marcha hasta que el camión casi se detuvo y, acto seguido, entró en la granja. El silo se hallaba en la parte de atrás, cerca del establo, a distancia suficiente de nuestra casa. Los montañeses habían acampado allí otras veces... pero jamás en el patio delantero.

Pappy aparcó bajo otro roble americano de sólo setenta años de edad, según mi abuela. Era el más pequeño de los tres que daban sombra a la casa y el patio. Nos detuvimos lentamente cerca de la puerta principal, en las mismas secas rodadas sobre las que Pappy llevaba décadas aparcando. Tanto mi madre como mi abuela lo esperaban en los peldaños de la cocina.

A Ruth, mi abuela, no le gustaba la idea de que la gente de la montaña se hubiera apropiado de nuestro patio delantero. Pappy y yo lo comprendimos antes de bajar del camión. Nos miraba fijamente con los brazos en jarras.

Mi madre estaba deseando echar un vistazo a los mexicanos y hacerme preguntas acerca de las condiciones en que habían efectuado el viaje. Los vio bajar del camión mientras se acercaba a mí y me apretaba el hombro.

–Son diez –dijo.

–Sí, señora.

Gran, la abuela, se enfrentó con Pappy delante del morro del camión y le dijo en voz baja, pero con expresión muy severa:

–¿Por qué se ha instalado esta gente en nuestro patio?

–Les pedí que acamparan cerca del silo –contestó Pappy, que jamás se arredraba, ni siquiera ante su mujer–. No sé por qué han elegido este lugar.

–¿No les podrías decir que se vayan a otro sitio?

–No. Si hacen las maletas, se marcharán, ya sabes cómo es la gente de la montaña.

Y ahí terminaron las preguntas de Gran. Ninguno de los dos quería discutir delante de mí y los diez nuevos mexicanos. La abuela se retiró a la casa, meneando la cabeza en gesto de reproche. La verdad era que a Pappy le importaba un comino dónde acamparan los montañeses.

Pensé que a Gran tampoco le importaba demasiado. La recolección revestía una importancia tan trascendental que habríamos aceptado una cuerda de presos si éstos hubieran podido recoger un promedio de ciento cincuenta kilos de algodón al día.

Los mexicanos siguieron a Pappy hasta las inmediaciones del establo, que se encontraba a ciento siete metros de los peldaños del porche trasero, más allá del gallinero, de la bomba hidráulica, de las cuerdas de tender la ropa, del cobertizo de las herramientas y de un arce que en octubre se vestiría de un precioso color rojo. Mi padre me había ayudado a medir la distancia exacta un día del mes de enero anterior. A mí me había parecido un kilómetro. De la base meta hasta la pared del campo de la izquierda del Sportsman's Park donde jugaban los Cardinals había una distancia de ciento cinco metros, y cada vez que Stan Musial hacía un *home run*, al día siguiente yo me sentaba en los peldaños y me preguntaba azorado cómo habría podido cubrir semejante distancia. A mediados de julio, en un partido contra los Braves, había enviado de un batazo una pelota a ciento veinticinco metros de distancia, Pappy me había dicho: «Alcanzó una distancia superior a la que hay desde aquí al establo». Me pasé dos días soñando con batear una pelota a una distancia superior a la que me separaba del establo.

Cuando los mexicanos ya habían dejado atrás el cobertizo de las herramientas, mi madre me dijo:

–Se los ve muy cansados.

–Han viajado sesenta y dos apretujados en un remolque –le dije en un extraño afán de contribuir a que se armara follón.

–Me lo temía.

–Un remolque muy viejo. Viejo y sucio. Pearl está muy enfadada.

–No volverá a ocurrir –dijo mi madre, y entonces comprendí que mi padre la iba a oír–. Corre a ayudar a tu abuelo.

Me había pasado casi dos semanas en el establo, solo con mi madre, barriendo y limpiando el henil en un intento de prepararles un hogar decente a los mexicanos. Casi todos los agricultores los alojaban en casas de arrendatarios abandonadas o bien en establos en desuso. Habían corrido rumores de que Ned Shackleford, cinco kilómetros al sur, había obligado a los suyos a convivir con las gallinas.

Pero eso no ocurría en la granja Chandler. A falta de otro refugio mejor, los mexicanos se verían obligados a vivir en el henil de nuestro establo, pero dondequiera que uno mirara no habría ni rastro de suciedad. Y se aspiraría en el aire un olor agradable. Mi madre llevaba un año recogiendo mantas viejas para que los mexicanos pudieran tumbarse a dormir encima de ellas.

Entré con disimulo en el establo, pero me quedé abajo, junto a la casilla de *Isabel*, nuestra vaca lechera. Pappy decía que durante la Primera Guerra Mundial le había salvado la vida una chica francesa que se llamaba Isabel, y en memoria de ésta había bautizado a nuestra vaca lechera con su nombre. Mi abuela jamás se había creído aquella historia.

Los oía en el henil, moviéndose de un lado para otro mientras se instalaban. Pappy estaba hablando con Miguel, que parecía sorprendido de lo bonito que era el henil y lo limpio que estaba. Pappy aceptó los cumplidos como si hubiese sido él quien lo había limpiado.

En realidad, él y Gran se habían mostrado más bien escépticos ante los esfuerzos de mi madre por ofrecer a los peones un lugar digno donde dormir. Mi madre había nacido en una pequeña granja situada justo en las afueras de Black Oak, por lo que era casi una chica de la ciudad. De hecho, se había criado con unos chicos que se consideraban demasiado superiores para recolectar algodón. Nunca había ido a pie a la escuela, sino que su padre la llevaba en su automóvil. Había estado tres veces en Memphis antes de casarse con mi padre. Y había crecido en una casa pintada.

3

Los Chandler le arrendábamos las tierras a un tal señor Vogel, de Jonesboro, un hombre a quien yo jamás había visto. Su nombre raras veces se mencionaba, pero cuando se deslizaba en la conversación siempre se pronunciaba con respeto y reverencia. Yo pensaba que era el hombre más rico del mundo.

Pappy y Gran llevaban alquilando las tierras desde antes de la Gran Depresión, la cual había llegado muy pronto y se había quedado hasta muy tarde en la Arkansas rural. Después de treinta años de duro esfuerzo, habían conseguido comprarle al señor Vogel la casa y la hectárea y media de terreno que la rodeaba. También eran propietarios del tractor John Deere, dos escarificadores de disco, un plantador de semillas, un remolque para algodón, un remolque de plataforma, dos mulos, un carro y el camión. Mi padre tenía concertado un vago acuerdo con él, merced al cual era propietario de algunos de aquellos bienes. La escritura de la tierra estaba a nombre de Eli y Ruth Chandler.

Los únicos granjeros que ganaban dinero eran quienes poseían la tierra en propiedad. Los arrendatarios como nosotros procuraban no perder. Los aparceros eran los que peor lo tenían, y estaban condenados a la eterna pobreza.

El objetivo de mi padre era llegar a adquirir veinte hectáreas libres de cualquier gravamen. Mi madre no hablaba con nadie de sus sueños, y sólo los compartió conmigo cuando me hice un poco más mayor. Pero yo ya sabía que deseaba abandonar la vida rural y estaba firmemente decidida a que yo no fuera agricultor. Cuando cumplí los siete años, ya había conseguido que me convirtiese en un fiel creyente en sus ideas.

Tras comprobar que los mexicanos estaban debidamente alojados, me envió en busca de mi padre. El sol ya se ocultaba detrás de los árboles que bordeaban el río St. Francis y era hora de que pesara su saco de algodón por última vez y diese por finalizada su jornada.

Caminé descalzo por un sendero polvoriento que discurría entre dos algodonales, tratando de localizarlo. La tierra era oscura y fértil, una excelente tierra de cultivo del delta que producía lo suficiente para mantenerte atado a ella. Por delante de mí, vi el remolque del algodón y comprendí que mi padre se acercaba a él. Jesse Chandler era el hijo mayor de Pappy y Gran. Su hermano menor, Ricky, tenía diecinueve años y estaba combatiendo en algún lugar de Corea. Dos hermanas habían huido de la granja nada más terminar el instituto.

Mi padre no huyó. Estaba decidido a ser agricultor como su padre y su abuelo, pero él sería el primer Chandler en convertirse en propietario de sus tierras. Yo ignoraba si soñaba con una vida lejos de los campos de cultivo. Al igual que mi abuelo, había sido un excelente jugador de béisbol, y estoy seguro de que en determinado momento debió de soñar con la gloria de las Ligas Mayores. Pero en 1944, en Anzio, una bala alemana le atravesó el muslo, y así terminó su carrera como beisbolista.

Tenía una leve cojera, pero lo mismo les ocurría a las personas que trabajaban en los algodonales.

Me detuve al llegar a la altura del remolque, que estaba casi vacío y a la espera de que lo llenaran. Me encaramé a él. A mi alrededor y en todas direcciones, las pulcras hileras de tallos verdes y marrones se extendían hasta los árboles que delimitaban nuestras tierras. En lo alto de los tallos las lanudas cápsulas de algodón se estaban abriendo. El algodón cobraba vida por momentos, de modo que, cuando subí a la parte de atrás del remolque y contemplé los algodonales, vi un océano de blancura. De pie en el remolque, tuve una vislumbre de la razón por la cual mi padre deseaba ser agricultor.

Apenas lograba distinguir su viejo sombrero de paja moviéndose entre los tallos en la distancia. El crepúsculo se acercaba y las brechas entre las hileras eran todavía más oscuras. Gracias a la colaboración del sol y la lluvia, las hojas eran grandes y gruesas y se enredaban entre sí, por lo que me rozaban el cuerpo mientras yo apuraba el paso para reunirme con mi padre.

–¿Eres tú, Luke? –preguntó, levantando la voz, pese a constarle que nadie más podía ir en su busca.

–¡Sí, señor! –contesté, acercándome a la voz–. ¡Mamá dice que ya es hora de dejarlo!

–¿De veras?

–Sí, señor.

Fallé sólo por una hilera. Me abrí paso entre los tallos y allí estaba él, doblado por la cintura, moviendo las manos entre las hojas, arrancando hábilmente el algodón y arrojándolo al interior del saco casi lleno que llevaba colgado del hombro. Llevaba en los campos desde el amanecer y sólo había hecho una pausa para comer.

–¿Encontrasteis ayuda? –me preguntó sin mirarme.

–Sí, señor –contesté con orgullo–. Unos mexicanos y unos montañeses.

–¿Cuántos mexicanos?

–Diez –respondí, como si yo los hubiera reunido personalmente.

–Estupendo. ¿Y quiénes son los montañeses?

–Los Spruill. No recuerdo de dónde son.

–¿Cuántos?

Terminó con un tallo y siguió avanzando, lentamente, con el pesado saco a la espalda.

–Todo un camión. Es difícil decirlo. Gran está enfadada porque han acampado en el patio delantero e incluso han encendido una fogata donde está la base meta. Pappy les dijo que acamparan junto al silo. Yo mismo lo oí. No creo que sean muy buenos.

–No digas eso.

–Sí, señor. En cualquier caso, Gran no está muy contenta.

–Ya se le pasará. Necesitamos a los montañeses.

–Sí, señor. Es lo que dijo Pappy. Pero me da rabia que me hayan fastidiado la base meta.

–En estos momentos, la recolección es más importante que el béisbol.

–Supongo que sí.

Al menos, para él lo era.

–¿Cómo están los mexicanos?

–No muy bien. Los han trasladado apretujados otra vez en un remolque y mamá se ha llevado un disgusto.

Sus manos se detuvieron un segundo mientras pensaba en un nuevo invierno de disputas.

–Se alegran de estar aquí –dijo, reemprendiendo la tarea.

Yo eché a andar en dirección al lejano remolque y después me volví de nuevo hacia mi padre.

–Eso díselo a mamá.

Me miró antes de preguntar:

–¿Ha venido Juan?

–No, señor.

–Lo siento.

Yo me había pasado un año hablando de Juan. El otoño anterior me había prometido que regresaría.

–No importa –dije–. El nuevo se llama Miguel, y es muy simpático.

Le conté nuestro viaje a la ciudad, le expliqué cómo habíamos encontrado a los Spruill, le hablé de Tally y de Trot, del corpulento joven que estaba sentado con las piernas fuera de la plataforma, de nuestro regreso a la ciudad donde Pappy había discutido con el encargado de los temporeros, del viaje a la desmotadora y de los mexicanos. Yo fui de los dos el que más habló, pues era evidente que mi jornada había sido más accidentada y memorable que la suya.

Al llegar al lugar donde se encontraba el remolque, mi padre levantó las correas de su saco de algodón y las colgó del gancho que había en la parte inferior de la báscula. La aguja se detuvo en los veintinueve kilos. Anotó la cifra en un viejo registro sujeto con un alambre al remolcador.

–¿Cuánto? –le pregunté cuando volvió a cerrar el registro.

–Dos cuarenta y cinco.

–Un triple –dije.

Él se encogió de hombros:

–No está mal.

Doscientos cincuenta kilos equivalían a una carrera, algo que él conseguía cada dos por tres. Se agachó y añadió:

–Sube.

Yo me subí a su espalda y nos pusimos en marcha rumbo a casa. Tanto su camisa como su mono llevaban todo el día chorreando sudor, pero sus brazos eran como de acero. Pop Watson me había dicho que una vez Jesse Chandler dio un batazo tan fuerte que la pelota fue a parar al centro de Main Street. Pop y el señor Snake Wilcox, el barbero, lo midieron al día siguiente y empezaron a contarle a la gente que la pelota había recorrido en su trayectoria por el aire una distancia de ciento treinta y cinco metros. Pero de inmediato surgió una opinión hostil en el Tea Shoppe, donde el señor Junior Barnhard afirmó con cierta insolencia que la pelota había rebotado por lo menos una vez antes de llegar a Main Street.

Pop y Junior se pasaron varias semanas sin dirigirse la palabra. Mi madre verificó la discusión, pero no el *home run.*

Estaba esperándonos junto a la bomba hidráulica. Mi padre se sentó en un banco y se quitó las botas y los calcetines. Después se abrió el mono y se quitó la camisa.

Una de mis tareas al amanecer era llenar una bañera de agua y dejarla todo el día al sol para que por la tarde hubiera agua caliente para mi padre. Mi madre mojó una toalla de manos en la bañera y empezó a frotarle suavemente el cuello con ella.

Mi madre había crecido en una casa llena de chicas y la habían criado en parte dos ancianas tías muy remilgadas. Creo que se bañaban más de lo que suele hacerlo la gente del campo, y le había transmitido su manía por la limpieza a mi padre. A mí me daban un buen restregón todos los sábados por la tarde tanto si lo necesitaba como si no.

Tras haberlo lavado y secado, mi madre le entregó una camisa limpia. Ya era hora de ir a dar la bienvenida a nuestros huéspedes. Mi madre había llenado una gran canasta con todo un surtido de sus mejores hortalizas, todas ellas recolectadas a mano, naturalmente, y lavadas en el transcurso de las dos últimas horas. Había tomates, cebollas, patatas, pimientos rojos y verdes, mazorcas de maíz... Lo llevamos todo a la parte de atrás del establo, donde los mexicanos estaban descansando, conversando y esperando a que bajaran las llamas de una pequeña hoguera para empezar a preparar sus tortillas. Le presenté mi padre a Miguel y éste nos presentó a su vez a algunos de sus compañeros.

Cowboy permanecía sentado, solitario, de espaldas al establo, como si no se hubiera percatado de nuestra presencia. Advertí que observaba a mi madre por debajo del ala del sombrero. Por un instante, tuve miedo; después comprendí que si Cowboy llegaba a hacer un movimiento en falso, Jesse Chandler le partiría el cuello.

El año anterior habíamos aprendido muchas cosas de los mexicanos. No comían judías verdes, habas, calabacines, berenjenas ni nabos, y preferían los tomates, las cebollas, las patatas, los pimientos y el maíz. Nunca nos pedían nada de nuestro huerto. Se lo teníamos que ofrecer nosotros.

Mi madre les explicó a Miguel y a los otros hombres que

nuestro huerto estaba lleno a rebosar, por lo que les llevaríamos hortalizas en días alternos. No tendrían que pagar nada a cambio. Formaba parte del trato. Llevamos otro cesto a la parte delantera de la casa, donde el campamento de los Spruill parecía aumentar por momentos. Habían rebasado los confines del patio y el suelo estaba cubierto de cajas de cartón y sacos de arpillera. Habían improvisado una mesa apoyando tres tablas de madera sobre una caja por un lado y un tonel por el otro y, sentados a su alrededor, estaban cenando cuando nos acercamos a ellos. El señor Spruill se levantó y estrechó la mano de mi padre.

–Leon Spruill –dijo con restos de comida en los labios–. Encantado de conocerle.

–Me alegro de tenerlos aquí –contestó jovialmente mi padre.

–Gracias –dijo el señor Spruill, tirando los pantalones hacia arriba–. Ésta es mi mujer, Lucy.

La mujer sonrió sin dejar de masticar.

–Ésta es mi hija Tally –añadió, señalándola con el dedo.

Cuando ella me miró, noté que me ardían las mejillas.

–Y éstos son mis sobrinos Bo y Dale –dijo, indicando con la cabeza a los dos muchachos a los que habíamos visto sobre el colchón cuando se habían detenido en la carretera. Y, sentado al lado de éstos, el gigantón que dormitaba con las piernas fuera de la plataforma.

–Éste es mi hijo Hank –dijo el señor Spruill.

Hank debía de tener por lo menos veinte años y era lo bastante crecido para levantarse y estrechar la mano de mi padre. Pero siguió comiendo como si tal cosa, a dos carrillos, algo que parecía pan de maíz.

–Come mucho –explicó el señor Spruill, y nosotros intentamos reírnos–. Y éste es Trot –añadió.

Trot no levantó la vista. El inerte brazo izquierdo le colgaba a un lado del cuerpo y asía la cuchara con la mano derecha. Nadie explicó cuál era su situación en la familia.

Mi madre les ofreció la cesta de hortalizas y, por un instante, Hank dejó de masticar y contempló las nuevas provisiones. Después volvió a concentrarse en sus alubias.

–Los tomates y el maíz han salido especialmente buenos este año –apuntó mi madre–. Y hay en abundancia. Ya me dirán ustedes qué les gusta más.

Tally me miró, masticando muy despacio. Yo bajé la vista hacia mis pies.

–Es usted muy amable, señora –dijo el señor Spruill.

La señora Spruill se apresuró a dar las gracias.

No había peligro de que los Spruill se quedaran sin provisiones o de que se saltaran alguna comida. Hank era muy corpulento y tenía un tórax voluminoso que se estrechaba ligeramente en el punto en que se juntaba con el cuello. El señor y la señora Spruill también eran muy fornidos y parecían fuertes. Bo y Dale eran delgados, pero para nada esmirriados. Y Tally, naturalmente, estaba muy bien proporcionada. Sólo a Trot se lo veía demacrado y en los huesos.

–No queríamos interrumpir su cena –se disculpó mi padre mientras todos hacíamos ademán de retirarnos.

–Gracias otra vez –dijo el señor Spruill.

Yo sabía por experiencia que en cuestión de muy poco tiempo averiguaríamos mucho más de lo que queríamos saber acerca de los Spruill. Compartirían nuestras tierras, nuestra agua, nuestro retrete exterior. Les llevaríamos hortalizas del huerto, leche de *Isabel*, huevos del gallinero. Los invitaríamos a la ciudad el sábado y a la iglesia el domingo. Trabajaríamos codo con codo con ellos en los campos desde el amanecer hasta el anochecer, y cuando terminara la recolección, ellos regresarían a la montaña. Los árboles cambiarían de color, llegaría el invierno y nosotros pasaríamos muchas frías noches acurrucados alrededor del fuego, contando historias acerca de los Spruill.

La cena fue a base de patatas fritas cortadas muy finas, quingombó hervido, mazorcas de maíz y pan caliente de maíz... no había carne porque estábamos casi en otoño y además la víspera ya habíamos comido. Gran freía pollo dos veces a la semana, pero nunca los miércoles. El huerto de mi madre producía suficientes tomates y cebollas para abastecer todo Black Oak, por lo que en cada comida servía una bandeja llena de ambas hortalizas troceadas.

La cocina era pequeña y caldeada. Un ventilador redondo giraba ruidosamente sobre el frigorífico para que circulara el aire mientras mi madre y mi abuela preparaban la cena. Los movimientos de las dos eran lentos pero regulares. Estaban cansadas y hacía demasiado calor para darse prisa.

No simpatizaban demasiado la una con la otra, pero ambas estaban firmemente decididas a vivir en paz. Jamás las oí discutir, jamás oí a mi madre decir nada malo acerca de su suegra. Vivían en la misma casa, preparaban la misma comida, hacían la misma colada, recolectaban el mismo algodón. Habiendo tanto trabajo que hacer, ¿quién tenía tiempo para riñas?

Pero Gran había nacido y se había criado en una zona algodonera y sabía que sería enterrada en la tierra que trabajaba. Mi madre ansiaba huir de allí.

Mediante un ritual cotidiano, las dos habían elaborado en silencio un método para trabajar en la cocina. Gran permanecía en las inmediaciones del horno y los fogones, comprobando el grado de cocción del pan, removiendo las patatas, el quingombó y el maíz. Mi madre permanecía junto al fregadero, pelando tomates y amontonando los platos sucios. Yo contemplaba la escena desde la mesa de la cocina, junto a la cual me sentaba todas las noches a pelar pepinos con un cuchillo de mondar. A ambas les encantaba la música, y de vez en cuando una de ellas tarareaba mientras la otra cantaba en voz baja. La música era un buen remedio para la tensión.

Aquella noche, sin embargo, no era así. Las dos se sentían

demasiado preocupadas para tararear o cantar. Mi madre estaba furiosa por el hecho de que los mexicanos hubieran sido transportados como si de ganado se tratara. Mi abuela se quejaba de que los Spruill hubiesen invadido nuestro patio anterior.

A las seis en punto, Gran se quitó el delantal y se sentó delante de mí al otro lado de la mesa. El extremo de ésta estaba adosado a la pared y se utilizaba a modo de estante para acumular cosas. En el centro había una radio RCA con caja de madera de nogal. La encendió y me miró con una sonrisa.

El noticiario de la CBS cuyo locutor era Edward R. Murrow se retransmitía en directo desde Nueva York. Hacía ya una semana que se registraban fuertes combates en Pyongyang, cerca del mar del Japón, y por un viejo mapa que Gran tenía en su mesita de noche sabíamos que la división de Infantería de Ricky se encontraba en aquella zona. Habíamos recibido su última carta dos semanas atrás. Se trataba de una nota escrita con prisas, pero nos pareció leer entre líneas que estaba metido de lleno en la refriega.

Tras haber comentado la noticia más destacada acerca de un enfrentamiento con los rusos, el señor Murrow pasó a informar sobre Corea, y entonces Gran cerró los ojos. Entrelazó las manos, se acercó ambos índices a los labios y esperó. Yo no sabía muy bien qué esperaba. El señor Murrow no iba a anunciar a todo el país que Ricky Chandler estaba vivo o muerto.

Mi madre también escuchaba, sentada de espaldas al fregadero, secándose las manos con una toalla y mirando con rostro inexpresivo hacia la mesa. Esa escena se repitió casi todas las noches del verano y el otoño de 1952.

Se habían llevado a cabo algunos intentos en favor de la paz que posteriormente se habían abandonado. Los chinos se retiraron, pero volvieron a atacar de inmediato. A través de los reportajes del señor Murrow y de las cartas de Ricky, vivíamos la guerra.

Pappy y mi padre no escuchaban los noticiarios. Estaban ocupados fuera, en el cobertizo de las herramientas o con la bomba hidráulica, entregados a pequeñas tareas que habrían podido esperar, hablando de las cosechas, buscando algo con qué distraerse para no estar constantemente preocupados por Ricky. Ambos habían combatido en guerras. No necesitaban para nada que el señor Murrow leyera en Nueva York el cablegrama de algún corresponsal en Corea y le explicara al país lo que estaba ocurriendo en tal o cual batalla. Lo sabían de sobras.

En cualquier caso, el informe de aquella noche acerca de Corea fue muy breve, algo que en nuestra pequeña granja se consideraba positivo. El señor Murrow pasó a otros asuntos y entonces Gran volvió a mirarme con una sonrisa en los labios.

–Ricky está bien –me dijo, acariciándome la mano–. Lo tendremos en casa el día menos pensado.

Se había ganado el derecho a creerlo así. Había esperado a Pappy durante la Primera Guerra Mundial y había rezado desde lejos por mi padre y sus heridas durante la Segunda. Sus chicos siempre regresaban a casa y Ricky no nos decepcionaría.

Mi abuela apagó la radio. Las patatas y el quingombó exigían su atención. Ella y mi madre reanudaron la preparación de la cena y todos esperamos a que Pappy cruzara la mosquitera de la puerta trasera.

Creo que Pappy se esperaba lo peor de la guerra. Hasta aquel momento del siglo, los Chandler habían tenido suerte. No quería escuchar las noticias, pero deseaba saber si las cosas tenían buen o mal cariz. Solía entrar en la cocina cuando oía que apagaban la radio. Aquella noche se detuvo junto a la mesa y me alborotó el cabello. Gran lo miró sonriendo y le dijo:

–No hay malas noticias.

Mi madre me había dicho que muchas veces Gran y Pappy sólo dormían una o dos horas y, al despertar, empezaban a preocuparse por su hijo menor. Gran estaba convencida de que Ricky regresaría a casa. Pappy no.

A las seis y media nos sentamos alrededor de la mesa, juntamos las manos y dimos gracias por la comida y todas las demás dádivas. Pappy dirigía las plegarias, por lo menos las de la cena. Dio gracias a Dios por los mexicanos y por los Spruill y por las buenas cosechas. Yo recé en silencio, y sólo por Ricky. Agradecía la comida, pero no me parecía tan importante, ni de lejos, como Ricky.

Los mayores comían muy despacio y sólo hablaban del algodón. No se esperaba de mí que participara en la conversación. Gran, en particular, opinaba que en la mesa los niños tenían que oír y callar.

Yo hubiera deseado irme al establo para ver cómo estaban los mexicanos, y darme con disimulo una vuelta por el patio delantero y, con un poco de suerte, echar furtivamente un vistazo a Tally. Mi madre sospechaba algo, por lo que al terminar la cena me dijo que la ayudara a fregar los platos. Hubiera preferido que me dieran una zurra, pero no tuve más remedio que obedecer.

Nos dirigimos todos juntos al porche delantero para nuestra sesión nocturna. Parecía un ritual muy sencillo, pero no lo era. Primero dejábamos que la comida se asentara y después centrábamos nuestra atención en el béisbol. Encendíamos la radio y Harry Caray de la emisora KMOX de San Luis nos facilitaba información acerca de todos los partidos de nuestros queridos Cardinals. Mi madre y mi abuela se dedicaban a desvainar guisantes o judías verdes. Allí se ataban todos los cabos sueltos de los chismes que se habían comentado durante la cena, y, como es natural, se seguía hablando con inquietud de las cosechas.

Aquella noche, sin embargo, estaba lloviendo en San

Luis, a más de trescientos kilómetros de distancia, y el partido se había suspendido. Me senté en los escalones apretando con fuerza mi pelota de béisbol con el guante Rawlings mientras contemplaba las sombras de los Spruill en la distancia y me preguntaba cómo era posible que alguien tuviera la desconsideración de encender una fogata en una base meta.

La radio que escuchábamos en el porche era una pequeña General Electric que mi padre había comprado en Boston al salir del hospital durante la guerra. Su único propósito era incorporar a los Cardinals a nuestra vida. Raras veces nos perdíamos un partido. El aparato estaba colocado sobre un cajón de embalaje de madera cerca del chirriante columpio en el que descansaban los hombres. Mi madre y mi abuela se sentaban en sendas sillas de madera con el asiento tapizado, en el otro extremo del porche, y se dedicaban a desvainar guisantes. Yo me situaba en el centro, sentado en los escalones.

Antes de que llegaran los mexicanos, teníamos un ventilador portátil que colocábamos cerca de la mosquitera. Cada noche el ventilador zumbaba suavemente y conseguía agitar el pesado aire que nos rodeaba, con lo que la situación resultaba más llevadera. Pero, gracias a mi madre, ahora el ventilador se encontraba en el henil del establo. Ello había dado lugar a ciertas discusiones, de las cuales habían procurado mantenerme al margen.

Así pues, la noche era muy tranquila, sin partido de béisbol y sin ventilador... sólo se oía la apacible conversación de unos agricultores muy fatigados, a la espera de que la temperatura bajara unos cuantos grados más.

La lluvia de San Luis hizo que los hombres empezaran a preocuparse por el tiempo. Los ríos y los arroyos del delta del Arkansas se desbordaban con exasperante regularidad. Cada cuatro o cinco años se salían de sus cauces y anegaban las cosechas. Yo no recordaba ninguna inundación, pero había oído hablar tanto de ellas que me consideraba un veterano. Nos pasábamos varias semanas rezando para que lloviera. Cuando llegaba la lluvia y la tierra se empapaba de agua, Pappy y mi padre empezaban a estudiar las nubes y a contar historias de inundaciones.

Los Spruill se disponían a acostarse. Sus voces se oían cada vez más apagadas. Vi sus sombras moverse alrededor de las tiendas. Las llamas de la hoguera empezaron a parpadear y finalmente y se apagaron.

Todo estaba tranquilo en la granja de los Chandler. Teníamos a la gente de la montaña. Teníamos a los mexicanos. El algodón esperaba.

4

En determinado momento de la oscura noche, Pappy, que hacía las veces de despertador, abandonaba su lecho, se calzaba las botas y empezaba a trajinar en la cocina para preparar la primera cafetera del día. La casa no era grande –tres dormitorios, una cocina, una sala de estar– y tenía tantos años que las tablas de madera del suelo estaban combadas en algunos lugares. Si alguien se comprometía a despertar a los demás moradores de la casa, tenía que hacerlo sin falta.

A mí me permitían quedarme en la cama hasta que mi padre iba a buscarme, pero resultaba muy difícil dormir habiendo tanta gente en la granja y tanto algodón que recolectar. Para cuando mi padre me sacudía y me decía que ya era hora de levantarme yo ya estaba despierto. Me vestía rápidamente y me reunía con él en el porche trasero.

Aún no se distinguía ninguna luz en el horizonte cuando cruzábamos el patio de atrás y el rocío nos mojaba las botas. Al llegar al gallinero contiguo a la cocina, él se agachaba y entraba. A mí me indicaba que esperase fuera, pues el mes anterior, mientras recogíamos huevos en la oscuridad, yo había pisado una enorme culebra ratonera y me había pasado dos días llorando. Al principio, mi padre no se había mostrado muy comprensivo; las culebras ratoneras son inofensivas y forman parte de la vida de la granja, pero mi madre había intervenido con vehemencia en mi favor, y por el momento no me permitían recoger huevos solo. Mi padre llenó un cesto con doce huevos y me lo entregó. Después nos dirigimos al establo donde esperaba *Isabel.* Habíamos despertado a las gallinas, de modo que los gallos se pusieron a cantar.

La única luz procedía de la pálida bombilla del henil. Los mexicanos ya estaban despiertos. Habían encendido una hoguera detrás del establo y permanecían acurrucados en torno a ella como si tuvieran frío. Yo ya estaba casi sudando a causa de la humedad.

Como sabía ordeñar la vaca, casi todas las mañanas dicha tarea me correspondía a mí. Pero aún me duraba el susto de la culebra ratonera y, además, no disponíamos de mucho tiempo, pues teníamos que estar en los campos al amanecer. Así que mi padre la ordeñó rápidamente y obtuvo nueve litros de leche, cosa que a mí me habría llevado media mañana. Llevamos la leche y los huevos a la cocina, donde las mujeres ya habían puesto manos a la obra. El jamón estaba en la sartén y su penetrante aroma impregnaba toda la atmósfera.

El desayuno consistía en huevos frescos, leche, jamón curado, bizcochos calientes, y sorgo a voluntad. Mientras los mayores lo preparaban, yo me acomodé en mi silla, deslicé los dedos por el húmedo mantel de hule a cuadros y esperé a que me dieran mi taza de café. Era el único vicio que mi madre me permitía.

Gran colocó la taza y el platito delante de mí y después el azucarero y la crema de leche. Eché tanto azúcar en el café que parecía leche malteada, tras lo cual me lo bebí muy despacio.

A la hora del desayuno, la conversación en la cocina se reducía a su mínima expresión. Era emocionante tener a tantos forasteros en la granja para la recolección, pero el entusiasmo quedaba un poco mermado por la realidad de que íbamos a pasarnos buena parte de las doce horas siguientes con el espinazo doblado bajo el sol, recolectando algodón hasta que nos sangraran los dedos.

Comimos rápidamente mientras los gallos armaban alboroto en el patio de al lado. Los bizcochos que preparaba mi abuela eran compactos y absolutamente redondos, y estaban tan calientes que, cuando puse un trozo de mantequilla en el centro de uno de ellos, ésta se derritió de inmediato. Contemplé la amarilla crema penetrar en el bizcocho y después le hinqué el diente. Mi madre reconocía que Ruth Chandler hacía los mejores bizcochos que ella jamás hubiera probado. Yo habría deseado con toda el alma zamparme dos o tres como mi padre, pero no me cabían en la tripa, sencillamente. Mi madre se comía uno, lo mismo que Gran, Pappy dos y mi padre tres. Varias horas más tarde, a media mañana, nos deteníamos un momento bajo la sombra de un árbol o bien junto al remolque de algodón, y dábamos cuenta de los bizcochos restantes.

El desayuno era lento en invierno porque no teníamos casi nada que hacer. El ritmo se aceleraba un poco en primavera cuando plantábamos y en verano cuando cortábamos. En cambio, durante la recolección de otoño en que temíamos que el sol nos atrapara, comíamos a toda velocidad.

Se habló un poco del tiempo. La lluvia de San Luis que la víspera había obligado a posponer el partido de los Cardinals preocupaba a Pappy. San Luis estaba tan lejos que ninguno de los que nos sentábamos alrededor de la mesa, excepto Pappy, había ido nunca allí, pero ahora el tiempo que hiciera en la ciudad era un elemento esencial en la recolección de nuestras cosechas. Mi madre escuchaba pacientemente, y yo permanecía callado.

Mi padre había echado un vistazo al almanaque y a su juicio el tiempo colaboraría durante todo el mes de septiembre; pero a mediados de octubre la situación no presagiaba nada bueno. Se avecinaba mal tiempo. Era absolutamente necesario que, a lo largo de las seis semanas siguientes, trabajáramos hasta caer rendidos de cansancio. Cuanto más duro trabajáramos nosotros, tanto más duro trabajarían los mexicanos y los Spruill. Ésta era la versión de mi padre de lo que se suele llamar una charla de animación.

Salió a relucir el tema de los jornaleros. Se trataba de habitantes de la zona que iban de granja en granja en busca de las mejores condiciones laborales. Casi todos eran habitantes de la ciudad a quienes ya conocíamos. El pasado otoño, la señorita Sophie Turner, que daba clase de quinto y sexto curso, nos había hecho el gran honor de elegir nuestros campos. Necesitábamos la mayor cantidad posible de jornaleros, pero, por regla general, eran ellos los que decidían dónde trabajar.

Cuando Pappy terminó de comer el último bocado, les dio las gracias a su mujer y a mi madre por lo buena que estaba la comida y las dejó para que limpiaran y pusieran orden en la cocina. Yo salí al porche trasero con los hombres.

Nuestra casa estaba orientada al sur, el establo y las cosechas daban al norte y el oeste, y, hacia el este, vi asomar el primer resplandor anaranjado por encima de las llanas tierras de cultivo del delta del Arkansas. El sol estaba saliendo sin acobardarse ante la presencia de las nubes. La camisa ya empezaba a pegárseme a la espalda.

Un remolque de plataforma estaba enganchado al tractor John Deere y los mexicanos ya habían subido al mismo. Mi padre se acercó a Miguel.

–Buenos días. ¿Qué tal han dormido? ¿Listos para trabajar?

Pappy fue a buscar a los Spruill.

Yo tenía un sitio especial en el tractor, un hueco reservado para mí entre el guardabarros y el asiento, y me había pasado muchas horas en él asiendo con fuerza la vara metálica que sostenía el «paraguas» que protegía al conductor, ya fuera éste Pappy o mi padre, cuando avanzábamos lentamente por los campos, arando, sembrando o esparciendo fertilizante. Ocupé mi lugar y contemplé el abarrotado remolque, con los mexicanos a un lado y los Spruill al otro. En ese momento me sentí muy privilegiado, porque iba sentado en el tractor y el tractor era nuestro. Sin embargo, mi orgullo duraría muy poco, porque entre los tallos de algodón todos éramos iguales.

Sentía curiosidad por saber si el pobre Trot iría a los campos. Para recolectar, se necesitaban dos brazos fuertes, y él sólo tenía uno, que yo supiera. Pero allí estaba, sentado en el borde del remolque, de espaldas a todos los demás y con las piernas colgando fuera, solo en su propio mundo. Y allí estaba Tally también, que no me saludó sino que se limitó a permanecer inmóvil, con la mirada perdida en la distancia.

Sin decir una sola palabra, Pappy accionó el embrague, y el tractor y su remolque se pusieron en marcha con una fuerte sacudida. Comprobé que nadie se hubiera caído. A través de la ventana de la cocina vi el rostro de mi madre, que nos miraba mientras fregaba los platos. Terminaría sus tareas, se pasaría una hora en su huerto y después se reuniría con nosotros para una dura jornada en los campos. Y lo mismo haría Gran.

Nadie descansaba cuando el algodón estaba a punto.

Pasamos muy despacio por delante del establo con el motor diesel vibrando ruidosamente y el remolque chirriando, y giramos en dirección al sur hacia las veinte hectáreas bajas, una zona situada junto al arroyo Siler. Siempre recolectábamos primero esas veinte hectáreas, porque era allí donde empezaban las inundaciones.

Teníamos las veinte bajas y las veinte de atrás. Cuarenta hectáreas en total; no era poco.

En unos minutos llegamos al remolque del algodón y Pappy detuvo el tractor. Antes de saltar al suelo, miré hacia el este y vi las luces de nuestra casa a menos de un kilómetro de distancia. Más allá de ella, el cielo estaba cobrando vida con franjas de color amarillo y anaranjado. No se veía ni una sola nube, lo cual significaba que no habría inundaciones en un futuro próximo. Pero también significaba que no podríamos protegernos de los abrasadores rayos del sol.

Tally me dijo al pasar:

–Buenos días, Luke.

Conseguí devolverle el saludo. Me sonrió como si conociera un secreto que jamás revelaría.

Pappy no dio ninguna instrucción, ni falta que hacía. Eligió una hilera a cada lado y empezó a recolectar. Sin comentarios intrascendentes, sin estirar los músculos, sin hacer predicciones sobre el tiempo. Sin decir nada, los mexicanos se echaron los largos sacos de algodón al hombro, se pusieron en fila y se dirigieron al sur. Los de Arkansas se dirigieron al norte. Por un instante, permanecí inmóvil en la semipenumbra de una ya calurosa mañana de septiembre, contemplando una larga y recta hilera de algodón, una hilera que en cierto modo me habían asignado a mí. «Jamás conseguiré llegar hasta el final», pensé, y me sentí súbitamente cansado.

Tenía primos en Memphis, hijos e hijas de las dos hermanas de mi padre, y ellos jamás recolectaban algodón. Eran chicos de ciudad, que vivían en preciosas casitas de barrios residenciales de las que no tenían que salir para ir al lavabo. Regresaban a Arkansas cuando había algún entierro... y, a veces, el Día de Acción de Gracias. Mientras empezaba a trabajar en mi interminable hilera de algodón, pensé en esos primos.

Dos cosas me inducían a trabajar. La primera y más importante, porque tenía a mi padre a un lado y a mi abuelo al otro, y ninguno de los dos toleraba la holgazanería. La segunda, porque me pagaban por hacerlo, lo mismo que a los otros braceros. Un dólar con sesenta por cincuenta kilos. Y yo tenía grandes proyectos para el dinero.

–Vamos –dijo con firmeza mi padre, hablando hacia el lugar donde yo me encontraba.

Pappy ya se había adentrado casi tres metros entre los tallos. Podía ver su perfil y su sombrero de paja. Oía a los Spruill unas cuantas hileras más allá, hablando entre sí. La gente de la montaña era muy aficionada a cantar, y a menudo se les oía entonar en voz baja una triste melodía mientras recolectaban. Tally se rió por algo y su cantarina voz resonó por los campos. Sólo tenía diez años más que yo. El padre de Pappy había combatido en la guerra civil. Se llamaba Jeremiah Chandler y, según la tradición de la familia, había ganado prácticamente él solito la batalla de Shiloh. Al morir su segunda mujer, Jeremiah se casó con una tercera, una moza del lugar treinta años más joven que él. Unos años más tarde, ésta dio a luz a Pappy.

Había una diferencia de treinta años entre Jeremiah y su tercera esposa. Tally me llevaba diez. Quizá diera resultado.

Con solemne determinación, me eché a la espalda mi saco de algodón de dos metros y medio con la correa sobre el hombro derecho, y me abalancé sobre la primera cápsula de algodón. Estaba mojada de rocío y ésta era una de las razones de que empezáramos a trabajar tan temprano. Durante la primera hora más o menos, antes de que el sol se elevara demasiado en el cielo y lo abrasara todo, el algodón se notaba suave y delicado en nuestras manos. Más tarde, tras haberlo arrojado al interior del remolque, se secaba y se podía desmotar con facilidad. El algodón empapado de agua de lluvia no podía desmotarse, y eso era algo que todos los granjeros sabían por experiencia.

Yo recolectaba a la mayor rapidez posible utilizando ambas manos, y apretujaba el algodón en el interior del saco. Pero tenía que andarme con cuidado, pues en determinado momento de la mañana Pappy o mi padre, a veces los dos, inspeccionaban mi hilera. Si dejaba demasiado algodón en las cápsulas, me echaban un rapapolvo. La severidad de la reprimenda dependía de la distancia a la que se encontrarse mi madre en aquel momento determinado.

Con toda la habilidad de que era capaz, mis pequeñas manos penetraban en el laberinto de los tallos y asían las cápsulas, evitando, en la medida de lo posible, los erizos, pues eran muy puntiagudos y podían hacer sangre. Yo avanzaba poco a poco, inclinándome hacia uno y otro lado, cada vez más rezagado con respecto a mi padre y a Pappy.

Nuestro algodón era tan tupido que los tallos de las hileras se entremezclaban, y me rozaban la cara. Después del incidente con la culebra ratonera, yo vigilaba mucho dónde ponía los pies, sobre todo en los campos, pues cerca del río había muchas mocasines de agua. Cuando arábamos y plantábamos las veía desde la parte de atrás del John Deere.

No tardé en quedarme solo, un niño a quien los que tenían manos más rápidas y espaldas más fuertes habían dejado atrás. El sol, un globo de intenso color anaranjado, se elevaba rápidamente en el cielo, dispuesto a calcinar la tierra un día más. En cuanto perdí de vista a mi padre y a Pappy, decidí hacer la primera pausa. Tally era la persona que tenía más cerca. Se encontraba cinco hileras más allá y a unos doce metros por delante de mí. Apenas podía ver su desteñido sombrero de tela vaquera por encima del algodón.

A la sombra de los tallos extendí mi saco que, al cabo de una hora, todavía estaba desesperantemente plano. Dentro había unos cuantos bultos muy suaves, pero nada importante. El año anterior habían esperado que recolectara veinticinco kilos al día, pero yo temía que estuvieran decididos a aumentarme el cupo.

Tumbado boca arriba, contemplé el despejado cielo a través de los tallos, confiando en que se encapotara mientras soñaba con el dinero. Cada mes de agosto recibíamos por correo la última edición del catálogo de Sears Roebuck, y pocos acontecimientos eran más trascendentales que aquél, por lo menos, en mi vida. Lo enviaban envuelto en papel marrón directamente desde Chicago, y Gran exigía que se colocara en un extremo de la mesa de la cocina, justo al lado de la radio y la Biblia de la familia. Las mujeres estudiaban la ropa de vestir y los muebles, en tanto que los hombres examinaban la sección de herramientas y la de accesorios automovilísticos, pero yo prestaba atención a las secciones más importantes: juguetes y artículos de deporte, y elaboraba mentalmente mi lista de Navidad. Temía anotar todas las cosas con que soñaba, pues si alguien encontraba la lista podía pensar que o bien era irremediablemente codicioso o bien estaba mentalmente enfermo.

En la página 308 del catálogo había un increíble anuncio de chaquetas de precalentamiento de béisbol. Las había prácticamente de todos los equipos profesionales. Pero lo más asombroso del anuncio era que el modelo que presentaba las chaquetas lucía una de los Cardinals, y a todo color. Se trataba de una chaqueta roja con botones blancos y confeccionada en un tejido brillante. De entre todos los equipos existentes, alguien de Sears Roebuck había hecho gala de una extraordinaria sabiduría eligiendo precisamente a los Cardinals para presentar sus productos.

Costaba siete dólares y medio, más gastos de envío, y la hacían en tallas infantiles, lo cual me planteaba un dilema, pues yo crecería y quería llevar la chaqueta toda la vida.

Diez días de duro trabajo me permitirían ganar el dinero necesario para comprar la chaqueta. Estaba seguro de que jamás se había visto nada igual en Black Oak, Arkansas. Mi madre dijo que era un poco chillona, a saber lo que sería eso. Mi padre apuntó que necesitaría unas botas. Pappy comentó que era un despilfarro, pero me di cuenta de que en su fuero interno la admiraba. En cuanto empezara el mal tiempo, me pondría cada día la chaqueta para ir a la escuela y los domingos para ir a la iglesia. La luciría en la ciudad los sábados y sería como una mancha de vivo color rojo entre la muchedumbre vestida con prendas tristonas. La luciría en todas partes y sería la envidia de todos los chicos de Black Oak (y también de muchas personas mayores).

Ellos jamás tendrían la oportunidad de jugar en los Cardinals, mientras que yo iría a San Luis y me haría famoso como jugador, por lo que era importante que empezase a parecerlo.

–¡Lucas! –gritó una severa voz, rasgando el silencio de los campos.

Unos tallos empezaron a quebrarse muy cerca de mí.

–Sí, señor –dije, levantándome de un salto y doblando la espalda mientras acercaba las manos a la cápsula de algodón más cercana.

Mi padre apareció súbitamente por encima de mí.

–¿Qué estás haciendo? –me preguntó.

–Tenía que mear –le contesté sin dejar de mover las manos.

–Pues has tardado mucho –dijo no muy convencido.

–Sí, señor. La culpa la tiene el café.

Lo miré. Y él adivinó la verdad.

–Pues procura no rezagarte –me advirtió, dando media vuelta para alejarse.

–Sí, señor –repuse mientras se alejaba, consciente de que jamás lograría seguir su ritmo.

En un saco de tres metros y medio como los que usaban los adultos entraban unos treinta kilos de algodón, por lo que entre las ocho y media y las nueve y media de la mañana los hombres se hallaban en condiciones de pesar. Pappy y mi padre estaban a cargo de la báscula que colgaba de la parte posterior del remolque. Uno de ellos recibía los sacos. Las correas se pasaban alrededor de los ganchos de la parte inferior de la báscula, la aguja saltaba como el minutero de un enorme reloj, y todos podían ver qué cantidad de algodón había recolectado cada persona.

Pappy anotaba los datos en una libreta situada al lado de la báscula. Después el saco era izado y vaciado en el interior del remolque. No había tiempo para descansar. Recogías el saco vacío cuando te lo lanzaban. Elegías otra hilera y desaparecías por espacio de otras dos horas.

Yo me encontraba hacia la mitad de una interminable hilera de algodón, sudando, bajo el sol, encorvado, procurando ser lo más rápido posible con las manos y deteniéndome de vez en cuando para controlar los movimientos de Pappy y de mi padre para ver si podía echarme otra siestecita. Pero ya no se me ofreció una nueva oportunidad de soltar el saco. De manera que, seguí adelante sin descanso, confiando en que el saco se llenara cuanto antes mientras me preguntaba por primera vez si de veras necesitaba la chaqueta de los Cardinals.

Cuando hubo transcurrido lo que me pareció una eternidad, oí que el John Deere se ponía en marcha y comprendí que había llegado la hora del almuerzo. A pesar de que no había completado mi primera hilera, lo que indicaba mi escaso rendimiento. Nos reunimos junto al tractor y vi a Trot acurrucado en la plataforma del remolque. La señora Spruill y Tally le estaban dando palmadas. Al principio, pensé que debía de estar muerto, pero después me di cuenta de que se movía un poco.

–El calor ha podido con él –me explicó mi padre en voz baja mientras tomaba mi saco y se lo echaba al hombro como si estuviera vacío.

Lo seguí hasta la báscula, donde Pappy lo pesó rápidamente. Tras aquel esfuerzo terrible que me había dejado la espalda hecha polvo sólo había recolectado quince kilos de algodón.

Cuando se hubieron pesado los sacos de los mexicanos y los Spruill, nos dirigimos todos hacia la casa. El almuerzo era a las doce en punto del mediodía. Mi madre y Gran habían abandonado los campos una hora antes para prepararlo.

Desde mi puesto en el John Deere, agarré el palo del «paraguas» con mi arañada y lastimada mano izquierda y observé a los peones mientras iban subiendo al remolque. El señor y la señora Spruill sostenían a Trot, todavía pálido e inerte. Tally se sentó a su lado, con las largas piernas estiradas sobre la plataforma. Bo, Dale y Hank no daban muestras de que les preocupase el estado del pobre Trot. Como todos los demás, tenían calor, estaban cansados y deseaban hacer una pausa.

Al otro lado, los mexicanos permanecían sentados hombro contra hombro, con los pies colgando fuera de la plataforma y casi rozando el suelo. Dos de ellos no llevaban zapatos ni botas.

Cuando ya casi habíamos llegado a la altura del establo, vi una cosa que, al principio, no pude creer. Cowboy, sentado al fondo del corto remolque, se volvió rápidamente y miró a Tally. Me pareció que ella estaba deseando que lo hiciera, pues le dirigió una graciosa sonrisita como las que solía dirigirme a mí. Aunque no la imitó, saltaba a la vista que se sentía complacido.

Ocurrió en un instante y nadie lo advirtió más que yo.

5

Según Gran y mi madre, que en ese punto estaban enteramente de acuerdo, la siesta de primera hora de la tarde era esencial para el correcto desarrollo de un niño. Yo sólo lo creía cuando hacíamos la recolección del algodón. Durante el resto del año, luchaba contra la siesta con el mismo entusiasmo que ponía en la planificación de mi carrera de jugador de béisbol.

Durante la cosecha, todo el mundo descansaba después del almuerzo. Los mexicanos comían rápidamente y se tumbaban a la sombra de un arce cerca del establo. Los Spruill comieron jamón y bizcocho de las sobras y buscaron también la sombra.

A mí no me permitían utilizar mi cama porque iba sucio tras tantas horas en los campos, por lo que dormía en el suelo de mi habitación. Estaba cansado y entumecido a causa del esfuerzo. Temía la sesión de la tarde porque siempre me parecía más larga y el calor arreciaba. Me quedé dormido de inmediato, y cuando media hora después desperté, me noté todavía más entumecido.

Trot era motivo de preocupación en el patio delantero de la casa. Gran, que se consideraba algo así como una curandera, fue a echarle un vistazo, sin duda con la intención de preparar uno de sus horribles brebajes y hacérselo tragar a la fuerza. Lo habían colocado sobre un viejo colchón a la sombra de un árbol, y le habían puesto un paño húmedo sobre la frente. Estaba claro que no podría regresar a los campos y el señor y la señora Spruill no querían dejarlo solo. Ellos tenían que recolectar algodón para ganar el dinero que necesitaban para vivir, naturalmente, pero yo, no. Así es que en mi ausencia habían elaborado un plan que me exigiría permanecer sentado con Trot mientras todos los demás trabajaban en medio de un sofocante calor durante el resto de la tarde. En caso de que el estado de Trot empeorara, yo debería correr a las veinte hectáreas bajas y avisar al primer miembro de la familia Spruill que encontrara. Cuando mi madre me explicó el plan, fingí mostrarme disgustado.

–¿Y mi chaqueta de los Cardinals? –pregunté, procurando parecer muy preocupado.

–Te queda mucho algodón por delante –me contestó ella–. Tú quédate con él esta tarde. Mañana seguramente se encontrará mejor.

Había nada menos que cuarenta hectáreas de algodón, las cuales deberían recolectarse dos veces en el transcurso de los siguientes dos meses. Si perdía mi chaqueta de los Cardinals, no sería por culpa de Trot.

Vi alejarse por segunda vez el remolque; en esta ocasión mi madre y Gran iban sentadas entre los temporeros. Se alejó de la casa chirriando y traqueteando, pasó por delante del establo, bajó por el camino y se perdió finalmente entre las hileras de algodón. No pude por menos de preguntarme si Tally y Cowboy se habían echado el ojo el uno al otro. Si reunía el valor suficiente, se lo preguntaría a mi madre.

Cuando me acerqué al colchón, Trot yacía inmóvil y con los ojos cerrados. Me dio la impresión de que no respiraba.

–Trot –dije, levantando la voz, súbitamente temeroso de que hubiera muerto durante mi vigilancia.

Abrió los ojos y, poco a poco, se incorporó y me miró. Después miró alrededor, como para cerciorarse de que estábamos solos. Su marchito brazo izquierdo no era mucho más grueso que el mango de una escoba. Su negro cabello se proyectaba en todas direcciones.

–¿Te encuentras bien? –le pregunté.

Aún no lo había oído hablar y sentía curiosidad por saber si podía hacerlo.

–Creo que sí –contestó con un gruñido.

Tenía la voz ronca y me costaba entenderle. No comprendí si tenía alguna dificultad de lenguaje o si sencillamente estaba cansado y aturdido. Él seguía mirando alrededor para asegurarse de que los demás se habían ido. Entonces se me ocurrió pensar que, a lo mejor, Trot había fingido un poco. Y empecé a admirarlo.

–¿Le gusta el béisbol a Tally? –le pregunté; era una de las cien preguntas que pensaba formularle.

Creía que sería fácil de responder, pero a él le pareció demasiado y volvió a cerrar los ojos, se tumbó de lado, dobló las rodillas a la altura del pecho y se quedó nuevamente dormido.

Una suave brisa agitaba la copa del roble. Encontré un herboso lugar a la sombra del árbol y al lado del colchón, y me tumbé. Mientras contemplaba las hojas y las ramas de arriba, pensé en mi buena suerte. Los demás estaban sudando bajo el sol mientras el tiempo pasaba lentamente. Por un instante, traté de sentirme culpable, pero no lo conseguí. Mi suerte era provisional, sencillamente, y por lo tanto, decidí disfrutar de ella.

Tal como estaba haciendo Trot. Mientras él dormía como un bebé, yo me puse a contemplar el cielo, pero muy pronto el aburrimiento se apoderó de mí. Me dirigí a la casa en busca de mi guante de béisbol y una pelota. Me puse a hacerla botar cerca del porche de la entrada principal, pasatiempo al que podía dedicar horas. En determinado momento, recibí diecisiete pelotas seguidas.

Trot no abandonó el colchón en toda la tarde. Dormía, se incorporaba y miraba alrededor y después me miraba por un momento. Si yo intentaba trabar conversación con él, se tumbaba de lado y seguía durmiendo. Por lo menos, no se estaba muriendo.

La segunda baja fue Hank. A última hora del día se acercó con paso cansino, quejándose del calor. Explicó que tenía que echar un vistazo a Trot.

–He recolectado ciento cincuenta kilos –dijo, como si eso fuera a impresionarme–. Después, el calor ha podido conmigo.

Tenía el rostro enrojecido por el sol. No llevaba sombrero, lo cual constituía una buena muestra de su inteligencia. En los campos, nunca se debía ir con la cabeza descubierta.

Dirigió una rápida mirada a Trot, después se encaminó hacia la parte posterior del camión y empezó a rebuscar entre las cajas y los sacos igual que un oso hambriento. Se llevó un bizcocho a la bocaza y se tumbó bajo el árbol.

–Tráeme un poco de agua, chico –rezongó ásperamente dirigiéndose a mí.

La sorpresa me impidió moverme. Jamás nadie de la montaña nos había dado órdenes. No sabía qué hacer, pero él era mayor y yo sólo un niño.

–¿Cómo dice, señor?

–¡Que me traigas un poco de agua! –repitió, levantando la voz.

Estaba seguro de que debían de tener agua entre sus cosas. Me encaminé torpemente hacia su camión. Mi gesto provocó su enojo.

–¡Agua fría, chico! De la casa. ¡Y date prisa! Llevo todo el día trabajando. Tú, en cambio, no.

Me dirigí corriendo a la casa y entré en la cocina donde Gran guardaba en el frigorífico una jarra de cuatro litros de agua. Me temblaban las manos cuando eché agua en un vaso. Sabía que, cuando lo contara, se armaría jaleo. Mi padre intercambiaría unas cuantas palabras con Leon Spruill.

Le ofrecí el vaso a Hank, quien lo apuró rápidamente, hizo un chasquido con los labios y dijo:

–Tráeme otro vaso.

Trot se había incorporado y estaba contemplando la escena. Corrí a la casa y volví a llenar el vaso. Cuando lo hubo apurado, Hank soltó un escupitajo a mis pies.

–Eres un buen chico –dijo, lanzándome el vaso.

Yo lo atrapé.

–Y ahora, déjanos en paz –añadió, tumbándose sobre la hierba.

Me marché a la casa para esperar a mi madre.

Uno podía terminar a las cinco, si quería (era la hora en que Pappy regresaba con el remolque) o podía quedarse en los campos hasta el anochecer, como hacían los mexicanos, cuya resistencia era extraordinaria. Seguían recolectando hasta que ya la oscuridad impedía distinguir las cápsulas, y después recorrían casi un kilómetro con los pesados sacos a la espalda hasta llegar al establo, donde encendían una fogata y se comían unas cuantas tortillas antes de caer dormidos.

Los restantes Spruill se congregaron alrededor de Trot, que se las arregló para parecer todavía más indispuesto que antes durante el breve minuto en que los miembros de su familia lo examinaron. Tras comprobar que estaba vivo y más o menos consciente, dedicaron rápidamente su atención a la cena. La señora Spruill encendió una fogata.

Poco después Gran se acercó a Trot. Parecía muy preocupada y creo que los Spruill se lo agradecieron. Pero yo sabía que ella sólo quería hacer experimentos en el pobre chico con uno de sus repugnantes remedios. Puesto que yo era la víctima más débil que tenía a mano, solía hacer de conejillo de Indias para cada nuevo brebaje que descubría. Sabía por experiencia que era capaz de preparar una pócima tan curativa que Trot se levantaría de un salto del colchón y echaría a correr como un perro escaldado. A los pocos minutos, Trot empezó a sospechar y se puso a observarla con detenimiento. Parecía más consciente, lo que ella interpretó como una señal de que no necesitaba ninguna medicina, al menos, por el momento. Pero lo puso bajo vigilancia con la intención de echarle un vistazo al día siguiente.

Mi peor tarea de última hora de la tarde la tenía que cumplir en el huerto. Me parecía una crueldad obligarme, u obligar a cualquier otro niño de siete años, a despertarme cuando aún no había amanecido, trabajar todo el día en los algodonales y después cumplir mi tarea en el huerto antes de la cena. Pero sabía que podíamos considerarnos afortunados de tener un huerto tan fabuloso.

En determinado momento, antes de que yo naciera, las mujeres habían acotado unas pequeñas zonas de tierra tanto dentro como fuera de la casa, y habían tomado posesión de ellas. No sé cómo se las arregló mi madre para hacerse con todo el huerto, pero no cabía duda de que aquél era suyo.

Se encontraba en el lado oriental de la casa, el lado más tranquilo, lejos de la puerta de la cocina, del patio del establo y del gallinero. Lejos del camión de Pappy y del pequeño camino de tierra en el que solían aparcar los pocos visitantes que acudían a nuestra casa. Estaba cercado por una valla metálica de un metro de altura que había levantado mi padre siguiendo sus instrucciones, para impedir la entrada de los ciervos y animales por el estilo.

Se había plantado maíz alrededor de la valla a fin de que, una vez cerrada la desvencijada verja con la correa de cuero, uno se encontrara en un mundo secreto, oculto por los tallos.

Mi misión consistía en tomar una cesta de mimbre y seguir a mi madre mientras ella iba arrancando lo que consideraba maduro. Mi madre también llevaba un cesto que iba llenando poco a poco de tomates, pepinos, calabacines, pimientos, cebollas y berenjenas. Hablaba en voz baja sin dirigirse necesariamente a mí sino al huerto en general.

–Echa un vistazo al maíz, anda. Eso nos lo comeremos la semana que viene.

–Sí, señora.

–Los nabos estarán maduros para el día de Todos los Santos.

–Sí, señora.

Buscaba constantemente malas hierbas, unas pequeñas intrusas que sólo sobrevivían momentáneamente en nuestro jardín.

–Arranca estos hierbajos de aquí, Luke, junto a las sandías.

Yo dejaba el cesto en el sendero y los arrancaba con saña.

El trabajo en el huerto no era tan duro a finales de verano como en primavera, cuando había que cultivar la tierra y las malas hierbas crecían más rápidamente que las hortalizas.

Una larga culebra verde nos dejó momentáneamente petrificados y después desapareció entre las judías. El huerto estaba lleno de culebras, todas ellas inofensivas, pero serpientes al fin. Mi madre no les tenía mucho miedo, pero procurábamos no acercarnos demasiado a ellas. Yo vivía en el constante temor de alargar la mano hacia un pepino y sentir hundirse unos dientes en ella.

Mi madre quería con toda el alma aquella parcela de tierra porque era suya... y, en realidad, a nadie más le interesaba. Ella la trataba cual si fuese una especie de refugio. Cuando en la casa había demasiada gente, yo siempre la encontraba en el huerto, hablando con las hortalizas. Las palabras ásperas eran insólitas en nuestra familia. Cuando se pronunciaban, yo sabía que mi madre huiría a su refugio. Cuando terminaba de elegir las hortalizas, yo apenas conseguía acarrear mi cesto.

La lluvia se había detenido en San Luis. Exactamente a las ocho en punto, Pappy encendió la radio y, luego de que manipulase los botones y la antena, salió el pintoresco Harry Caray, la ronca voz de los Cardinals. Aún quedaban unos veinte partidos de liga por disputar. Los Dodgers ocupaban el primer lugar y los Giants el segundo. Los Cardinals iban los terceros y era más de lo que nosotros podíamos resistir. Como es natural, los hinchas de los Cardinals odiaban a los Yankees, y estar por detrás de otros dos equipos de Nueva York era más de lo que se podía soportar.

Pappy opinaba que hacía ya varios meses que tendrían que haber despedido al gerente Eddie Stanky. Cuando los Cardinals ganaban, era gracias a Stan Musial. Cuando perdían, con los mismos jugadores, la culpa era siempre del gerente.

Pappy y mi padre se sentaban el uno al lado del otro en el columpio, cuyas oxidadas cadenas chirriaban ruidosamente. Gran y mi madre desvainaban judías y guisantes en el otro extremo del pequeño porche. Yo me sentaba en el peldaño superior con la radio al alcance del oído, contemplando cómo el espectáculo de los Spruill tocaba lentamente a su fin, a la espera, junto con los mayores, de que el calor remitiese un poco. Echaba de menos el constante zumbido del ventilador, pero me guardaba mucho de plantear el tema.

Se escuchaba el suave murmullo de la conversación de las mujeres que hablaban de asuntos de la iglesia... la reunión de renovación de la fe que tendría lugar en otoño y la inminente comida de hermandad. Una chica de Black Oak iba a casarse en una iglesia muy grande de Jonesboro al parecer con un chico de familia adinerada, y todas las noches hablaban acerca del tema. Yo no acertaba a imaginar qué motivo podía inducir a las mujeres a volver sobre el mismo asunto noche tras noche.

Los hombres no tenían prácticamente nada que decir, o al menos nada que no guardara relación con el béisbol. Pappy era capaz de permanecer callado largo rato y mi padre no le iba a la zaga. Debían de preocuparles el tiempo o los precios del algodón, pero estaban tan cansados que no tenían ánimos para comentarlo en voz alta.

Yo me conformaba con escuchar, cerrar los ojos e intentar imaginarme el Sportsman's Park de San Luis, un impresionante estadio con capacidad para treinta mil espectadores que se congregaban allí para ver a Stan Musial y los Cardinals. Pappy había estado allí y, durante la temporada, por lo menos una vez a la semana yo le pedía que me describiera el estadio. Decía que, cuando contemplabas el campo, éste parecía aumentar de tamaño.

La hierba era tan verde y suave que habrías podido hacer rodar unas canicas a través de ella. La tierra del diamante se rastrillaba hasta dejarla impecable. El marcador que había en el centro izquierda era más grande que nuestra casa. Y toda aquella gente increíblemente afortunada de San Luis, que podía ver a los Cardinals y no tenía que recolectar algodón.

Dizzy Dean y Enos *Country* Slaughter y Red Schoendienst, todos los grandes Cardinals, toda aquella legendaria Pandilla de la Fábrica de Gas, habían jugado allí. Y, puesto que mi padre, mi abuelo y mi tío sabían jugar al béisbol, no me cabía la menor duda de que algún día yo sería el rey del Sportman's Park. Me deslizaría por la impecable hierba en presencia de treinta mil espectadores y yo solito les haría morder el polvo a los Yankees.

El miembro de los Cardinals más grande de todos los tiempos era Stan Musial y, cuando llegaba a la plataforma de lanzamiento en la segunda entrada con un corredor en la primera base, veía cómo Hank Spruill avanzaba en la oscuridad y se sentaba en medio de las sombras justo lo bastante cerca para oír la radio.

–¿Ha hecho Stan una buena jugada? –preguntaba mi madre.

–Sí, señora –contestaba yo.

Mi madre simulaba interés por el béisbol porque no tenía la menor idea acerca de él. Y, si lograba fingir interés por Stan Musial, podría sobrevivir a cualquier conversación acerca del tema en Black Oak.

El chasquido y el crujido de las vainas de las judías y los guisantes cesaron en seco. El columpio se detuvo. Yo apreté con fuerza mi guante de béisbol. Mi padre opinaba que la voz de Harry Caray adquiría un tono cortante cuando intervenía Musial, pero Pappy no estaba convencido. El primer lanzamiento del lanzador de los Pirates fue una bola rápida de trayectoria baja. Pocos lanzadores desafiaban a Musial con bolas rápidas en el primer lanzamiento. El año anterior éste había encabezado la Liga Nacional con un promedio bateador de 0,359, y en 1952, le había disputado el puesto en un reñido combate a Frankie Baumholtz, de los Cubs. Tenía fuerza, velocidad y un guante sensacional, y jugaba duro todos los días.

Yo guardaba un cromo de Stan Musial en el cajón de mi mesa de noche, dentro de una caja de puros, y si se hubiera incendiado la casa, habría sido lo primero que hubiese intentado salvar, por encima de cualquier otra cosa.

El segundo lanzamiento fue una bola de trayectoria curva muy alta, y a sólo dos lanzamientos casi nos parecía oír a los aficionados levantándose de sus asientos. Una pelota de béisbol estaba a punto de ser enviada a toda velocidad a algún remoto lugar del estadio de Sportman's Park. Ningún lanzador podía quedar rezagado por detrás de Stan Musial y sobrevivir al momento. El tercer lanzamiento fue una bola rápida, y Harry Caray titubeó justo lo suficiente para que oyéramos el golpe del bate. La muchedumbre estalló en exclamaciones de entusiasmo. Yo contuve la respiración a la espera de que el viejo Harry nos dijera hacia dónde se estaba dirigiendo la pelota. Ésta rebotó en la pared del exterior derecho y los rugidos de la multitud se intensificaron. En el porche delantero de la casa también reinaba la emoción. Yo me puse en pie de un salto, como si con ello pudiera ver el campo de San Luis. Pappy y mi padre se inclinaron hacia delante mientras Harry gritaba a través de la radio. Mi madre consiguió soltar una especie de exclamación.

Musial estaba luchando contra su compañero de equipo Schoendienst por el primer puesto de la liga en dobles. El año anterior había alcanzado doce triples, el mejor promedio de las Ligas Mayores. Cuando alcanzó la segunda, el griterío de los aficionados casi no permitió oír la voz de Caray. El jugador de la primera base se apuntó fácilmente una carrera y Stan se deslizó hacia la tercera base rozándola con los pies mientras el desventurado hombre de base recibía el último lanzamiento y lo devolvía al lanzador. Fue como si lo viera levantarse mientras los espectadores enloquecían de entusiasmo. Después, se sacudió con ambas manos la tierra de su uniforme blanco ribeteado de rojo.

El partido tenía que continuar, pero para nosotros los Chandler, o al menos para los miembros masculinos de la familia, el día ya había terminado. Musial había triunfado y, como no teníamos muchas esperanzas de que los Cardinals ganaran la liga, nos alegrábamos de nuestras victorias por pequeñas que éstas fueran. Los espectadores se calmaron, Harry bajó la voz y yo volví a sentarme en el escalón superior del porche, como si todavía estuviera contemplando a Stan en la tercera.

Si aquellos condenados Spruill no hubieran estado allí, me habría alejado para ocupar mi puesto en la imaginaria base meta. Allí esperaría la bola rápida, golpearía la pelota exactamente igual que mi héroe y después correría rápida y majestuosamente hacia la tercera base, justo en medio de las sombras en las que acechaba el monstruo Hank.

–¿Quién está ganando? –preguntó el señor Spruill desde algún lugar de la oscuridad.

–Los Cardinals. Una carrera a cero. Segunda mitad de la segunda entrada. Musial acaba de hacer un triple –contestó Hank.

Si tan aficionados eran al béisbol, ¿por qué habían encendido la fogata precisamente en la base meta y habían levantado sus maltrechas tiendas alrededor de mi diamante? Cualquier imbécil habría comprendido, al ver nuestro patio, que a pesar de los árboles, estaba hecho para jugar al béisbol.

De no ser por Tally, los habría despreciado a todos. Y también por Trot. Le tenía simpatía al pobre muchacho.

Había decidido no comentar la cuestión de Hank y del agua fría. Sabía que, si se lo hubiera dicho a mi padre o a

Pappy, se habría producido una grave discusión con los Spruill. Los mexicanos conocían el lugar que les correspondía, y los montañeses deberían haber conocido el suyo. No tenían que pedir nada de la casa ni darnos órdenes, ni a mí ni a nadie.

Yo jamás había visto un cuello tan grueso como el de Hank. Sus manos y sus brazos también eran enormes, pero lo que más miedo me daba eran sus ojos. Aunque me parecían inexpresivos y estúpidos, cuando me había ladrado que le llevara un vaso de agua fría, los había entornado y yo había detectado en ellos un brillo de maldad.

No quería que Hank se enfadara conmigo, y tampoco quería que mi padre se enfrentara con él. Mi padre podía ganar a cualquiera, excepto, quizá, a Pappy, que era más viejo pero, de ser necesario, tenía mucha más mala leche que él. Opté por apartar a un lado el incidente, al menos de momento, pero si volvía a ocurrir no tendría más remedio que contárselo a mi madre.

Los Pirates consiguieron dos carreras en la cuarta entrada, sobre todo porque, según Pappy, Eddie Stanky no había cambiado a los lanzadores cuando hubiera debido. En la quinta entrada consiguieron otras tres y entonces Pappy se puso tan furioso que decidió irse a la cama.

Al llegar la séptima entrada, la temperatura subió lo justo para convencernos de que era mejor que nos fuéramos a dormir. Los guisantes y las judías ya estaban desvainados. Los Spruill se habían acostado. Estábamos agotados y los Cardinals no levantarían cabeza. No nos costó demasiado desentendernos del partido.

En cuanto mi madre me acostó, y tras haber rezado nuestras oraciones, empujé las sábanas hacia abajo para poder respirar. Escuché el chirriante coro de los grillos, que se llamaban los unos a los otros a través de los campos. Todas las noches de verano, salvo cuando llovía, nos dedicaban una serenata. Oí una voz en la distancia... un Spruill, probablemente Hank, vagaba por el patio, hurgando entre la comida por si quedaba algún bizcocho.

En la sala de estar teníamos un extractor de aire, un aparato de gran tamaño instalado en la ventana cuya función, en teoría, era aspirar el aire de la casa y expulsarlo al patio del establo. Funcionaba durante medio día. Cuando una ráfaga de viento o alguien involuntariamente cerraba una puerta, la corriente de aire se interrumpía y uno se dormía bañado en sudor. En ocasiones el viento del exterior confundía al extractor y entonces el aire caliente se concentraba en la sala de estar y se extendía lentamente a toda la casa, asfixiándonos a todos. El extractor se estropeaba muy a menudo... pero era la más preciada posesión de Pappy, y, que nosotros supiéramos, sólo otras dos familias de agricultores de las que frecuentaban la iglesia disfrutaban de semejante lujo.

Por casualidad, aquella noche funcionaba.

Tumbado en la cama de Ricky, escuchando los grillos y disfrutando de la suave corriente que me acariciaba el cuerpo mientras el pegajoso aire estival era empujado hacia la sala de estar, dejé que mis pensamientos volaran a Corea, un lugar que no quería conocer. Mi padre no me hablaba de la guerra. Ni una palabra. Había oído contar algunas aventuras memorables vividas por el padre de Pappy y de sus victorias en la guerra civil, pero de las guerras de este siglo, casi nada. A mí me hubiera gustado saber contra cuántas personas había disparado. Cuántas batallas había ganado. Me hubiera gustado ver sus cicatrices, hacerle mil preguntas.

–No hables de la guerra –me había advertido muchas veces mi madre–. Es demasiado horrible.

Y ahora Ricky estaba en Corea. Se había ido en febrero, una mañana que nevaba, tres días después de haber cumplido los diecinueve años. En Corea también hacía frío. Lo sabía por haberlo escuchado en un reportaje de la radio. Yo estaba abrigado y a salvo en su cama mientras él permanecía en el interior de una trinchera disparando y recibiendo disparos.

¿Y si no regresaba a casa?

Esa pregunta me atormentaba todas las noches. Me lo imaginaba moribundo hasta que me echaba a llorar. No quería dormir en su cama. No quería ocupar su habitación. Quería que Ricky regresara a casa para jugar al béisbol en el patio y pescar en el St. Francis. En realidad, más que un tío era para mí un hermano mayor.

Estaban matando a muchos chicos en Corea. Rezábamos por ellos en la iglesia. En la escuela hablábamos de la guerra. En aquellos momentos, Ricky era el único chico de Black Oak que combatía en ella, lo cual confería a los Chandler una extraña distinción que a mí me tenía sin cuidado.

«¿Sabéis algo de Ricky?» era la gran pregunta con que teníamos que enfrentarnos cada vez que íbamos a la ciudad.

Sí o no, daba igual. Nuestros vecinos sólo pretendían ser amables. Pappy no les contestaba. Mi padre les daba una respuesta educada. Gran y mi madre comentaban brevemente su carta más reciente.

Yo siempre contestaba: «Sí. Pronto volverá a casa».

6

Poco después del desayuno, bajé con Gran por los escalones del porche delantero y nos detuvimos en el centro del patio. Era una mujer con una misión que cumplir: la «doctora» Gran estaba efectuando su visita de primera hora de la mañana, emocionada ante el hecho de que un auténtico enfermo se encontrara dentro de los límites de su jurisdicción.

Los Spruill estaban sentados alrededor de su improvisada mesa, comiendo rápidamente. De pronto, los lánguidos ojos de Trot cobraron súbitamente vida cuando Gran se acercó directamente a él, diciendo:

–Buenos días. ¿Cómo se encuentra Trot?

–Mucho mejor –contestó la señora Spruill.

–Está bien –dijo el señor Spruill.

Gran tocó la frente del chico.

–¿Tiene fiebre? –preguntó.

Trot sacudió enérgicamente la cabeza. La víspera no había tenido fiebre, ¿por qué iba a tenerla aquella mañana?

–¿Te sientes mareado?

Trot no sabía muy bien qué quería decir y el resto de los Spruill tampoco. Yo pensé que el chico debía de ir por la vida en un perpetuo estado de mareo.

Decidido a asumir el mando de la situación, el señor Spruill se limpió con el antebrazo unos restos de sorgo de la comisura de la boca y dijo:

–Tenemos intención de llevarlo a los campos y dejarlo sentado bajo el remolque, al abrigo del sol.

–Si el cielo se nubla, podrá trabajar –puntualizó la señora Spruill.

Era evidente que los Spruill ya habían hecho planes para Trot.

«Maldita sea», pensé.

Ricky me había enseñado unas cuantas palabrotas. Solía pronunciarlas en el bosque, a la orilla del río, para de inmediato rezar pidiendo perdón.

Había soñado con otra perezosa jornada jugando al béisbol a la sombra de los árboles del patio, mientras vigilaba a Trot y me tomaba las cosas con calma.

–Supongo que sí –dijo Gran, abriendo un ojo de Trot con el índice y el pulgar mientras el chico la miraba atemorizado con el otro ojo–. No me alejaré mucho –añadió, visiblemente decepcionada.

Durante el desayuno la oí decirle a mi madre que había llegado a la conclusión de que el remedio más apropiado sería una fuerte dosis de aceite de ricino, limón y una hierba negra que cultivaba en una jardinera de la ventana. Era su medicina preferida, más poderosa que la cirugía, y la había utilizado conmigo varias veces. Mis dolencias se curaban al instante mientras el mejunje me quemaba desde la lengua hasta los dedos gordos de los pies.

Una vez mezcló un remedio infalible para Pappy, que estaba estreñido. Se pasó dos días en el retrete exterior sin poder trabajar en la granja, pidiendo agua que yo le llevaba en una jarra de leche. Pensé que el pobre moriría. Cuando salió –pálido, desmejorado y un poco más delgado–, se encaminó a grandes zancadas hacia la casa, echando chispas. Mis padres me subieron al camión y salimos a dar un largo paseo.

Gran volvió a prometerle a Trot que lo vigilaría a lo largo del día. Él no dijo nada. Había dejado de comer y estaba mirando fijamente al otro lado de la mesa, más o menos en dirección a Tally, que simulaba no haber reparado en mí. Los dejamos y regresamos a la casa. Me senté en los escalones del porche, confiando en ver fugazmente a Tally mientras maldecía en silencio a Trot por ser tan estúpido. A lo mejor, volvía a venirse abajo. Seguro que, cuando el sol pegara más fuerte, sucumbiría y me necesitarían de nuevo para que lo vigilara mientras él permanecía tumbado en el colchón.

Cuando nos reunimos junto al remolque, saludé a Miguel mientras él y su grupo salían del establo y ocupaban su sitio a un lado del remolque. Los Spruill hicieron lo propio al otro lado. Mi padre se sentó en el centro, apretujado entre los dos grupos. Pappy guiaba el tractor y yo los observaba desde mi privilegiada atalaya al lado de su asiento. Especial interés revestía aquella mañana cualquier actividad que pudiera producirse entre el odiado Cowboy y mi amada Tally. No vi ninguna. Todo el mundo estaba aturdido y cabizbajo y mantenía los ojos entornados, temiendo una nueva jornada de sol y trabajo agotador.

El remolque brincaba y se tambaleaba mientras nos dirigíamos lentamente a los blancos campos. Contemplé los campos de algodón sin poder pensar en mi reluciente chaqueta de béisbol de los Cardinals. Intentaba con todas mis fuerzas evocar imágenes del gran Musial y sus musculosos compañeros de equipo corriendo por la cuidada y verde hierba del estadio de Sportsman's Park. Trataba de imaginármelos a todos con sus uniformes rojos y blancos y me imaginaba a algunos de ellos con una chaqueta de béisbol como la que aparecía en el catálogo de Sears Roebuck. Trataba de imaginarme todas aquellas escenas porque siempre me elevaban el ánimo, pero el remolque acababa de detenerse y lo único que yo podía ver era las interminables hileras de algodón que me esperaban.

El año anterior, Juan me había dado a conocer los placeres de la comida mexicana, especialmente de las tortillas. Los trabajadores las comían tres veces al día, por lo cual estaba seguro de que debían de ser muy buenas. Un día almorcé con Juan y su grupo tras haber comido en casa. Juan me preparó dos tortillas, que devoré. Tres horas después me arrastré a gatas bajo el remolque del algodón, mareado a más no poder. Todos los Chandler me regañaron, mi madre más que nadie.

–¡No puedes comer su comida! –exclamó en un tono de desprecio que yo jamás le había oído.

–¿Por qué? –pregunté.

–Porque no está limpia.

Me prohibieron terminantemente comer nada de lo que preparaban los mexicanos, lo cual hacía, naturalmente, que las tortillas me supieran a gloria. Volvieron a pillarme cuando Pappy se presentó inesperadamente en el establo para echar un vistazo a *Isabel*. Mi padre me llevó a la parte posterior del cobertizo de las herramientas y me propinó una azotaina con su cinturón. Procuré mantenerme lo más lejos que pude de las tortillas.

Pero había un nuevo chef entre nosotros y yo estaba deseando comparar la comida de Miguel con la de Juan. Después del almuerzo, y tras asegurarme de que los demás estaban haciendo la siesta, salí con sigilo por la puerta de la cocina y me acerqué al establo como el que no quiere la cosa. Era una excursión un tanto arriesgada, pues Pappy y Gran hacían una siesta muy ligera, aun cuando estuviesen agotados por el trabajo en los campos.

Los mexicanos se hallaban sentados a la sombra del extremo norte del establo, casi todos ellos durmiendo sobre la hierba. Miguel sabía que yo iría porque por la mañana ambos habíamos ido a que nos pesaran el algodón y habíamos charlado un momento. Él llevaba treinta y cinco kilos mientras que yo sólo ocho.

Se inclinó sobre los carbones de una pequeña hoguera y calentó una tortilla en una sartén. Le dio la vuelta y, cuando estuvo tostada por un lado, le añadió una fina capa de salsa preparada a base de tomates, cebollas y pimientos finamente troceados, todo ello procedente de nuestro huerto. También contenía jalapeños y unos pimientos rojos troceados que no se habían cultivado en el estado de Arkansas. Los importaban los propios mexicanos en sus mochilas.

A un par de mexicanos les sorprendió que yo quisiera una tortilla. Los demás estaban echando la siesta. A Cowboy no se le veía por ninguna parte. De pie en la esquina del establo de cara a la casa y a cualquier Chandler que pudiera venir a mirar, me comí una tortilla. Era picante y estaba caliente. No conseguí establecer ninguna diferencia entre la de Juan y la de Miguel. Ambas eran deliciosas. Miguel me preguntó si quería otra. Hubiese aceptado gustoso, pero no quería quitarles la comida. Todos eran bajitos, delgados y más pobres que las ratas, y el año anterior, cuando los mayores me sorprendieron y se turnaron en la tarea de echarme una bronca y de avergonzarme por mi mal comportamiento, Gran tuvo la ingeniosa ocurrencia de inventarse el pecado de quitarles la comida a los menos favorecidos. Como baptistas que éramos, nunca nos faltaban pecados de que arrepentirnos.

Le di las gracias, regresé con sigilo a la casa y al porche delantero sin despertar ni a un solo Spruill. Me acurruqué en el columpio como si me hubiera pasado el rato durmiendo. Nadie se movía, pero yo no lograba conciliar el sueño. Soplaba una suave brisa procedente no sé desde dónde, y empecé a soñar despierto en una perezosa tarde en el porche sin tener que recolectar algodón y sin nada que hacer como no fuera, quizá, pescar en el St. Francis y entretenerme haciendo botar la pelota en el patio.

El trabajo vespertino por poco me mata. Más tarde, me encaminé renqueando hacia el remolque del algodón, acalorado y muerto de sed, empapado de sudor y con los dedos hinchados a causa de los minúsculos pinchazos superficiales de los erizos. Aquel día ya había recolectado veinte kilos y medio. Mi cupo seguían siendo veinticinco kilos, y estaba seguro de que llevaba por lo menos cinco kilos en el saco. Esperaba que mi madre no anduviera lejos de la báscula, porque sabía que insistiría en que me permitieran dejarlo e irme a casa. Tanto Pappy como mi padre me enviarían por más algodón, tanto si había alcanzado el cupo como si no. Sólo ellos podían pesar el algodón, y cuando por casualidad estaban recolectando en alguna hilera, aprovechaba para descansar un poco hasta que ellos regresaban. Al no ver a ninguno de los dos, se me ocurrió la idea de echar una rápida cabezadita. Los Spruill se habían reunido a la sombra junto al extremo oriental del remolque. Estaban sentados sobre sus voluminosos sacos de algodón, descansando y contemplando a Trot, quien, que yo supiera, no se había alejado de aquel lugar más de tres metros en todo el día.

Me liberé de la correa del saco y me acerqué a la parte posterior del remolque.

–Hola –dijo uno de los Spruill.

–¿Cómo se encuentra Trot? –pregunté.

–Supongo que se recuperará.

Estaban comiendo galletas y salchichas vienesas, uno de los tentempiés más habituales en el campo. Tally, que se hallaba sentada al lado de Trot, no me prestó la menor atención.

–¿Tienes algo de comer, chico? –me preguntó súbitamente Hank mientras en sus líquidos ojos se encendía un perverso fulgor.

Por un instante, me llevé tal sorpresa que no supe qué responder. La señora Spruill meneó la cabeza y bajó la mirada al suelo.

–¿Tienes o no? –preguntó Hank, mirándome a la cara.

–Humm... pues no –conseguí contestar.

–Querrás decir «no, señor», ¿verdad, chico? –replicó enfurecido.

–Vamos, Hank –intervino Tally.

El resto de la familia pareció echarse hacia atrás. Todo el mundo mantenía la cabeza gacha.

–No, señor –dije.

–No señor, ¿qué?

Su voz había adquirido un tono áspero. Estaba claro que a Hank le encantaba buscar camorra. Lo más probable era que todos ellos hubieran pasado muchas veces por aquella situación.

–No, señor –repetí.

–Vosotros los agricultores sois unos engreídos, ¿sabes? Os consideráis por encima de nosotros, los de la montaña, porque tenéis esta tierra y nos pagáis para que trabajemos en ella, ¿verdad, chico?

–Ya basta, Hank –dijo el señor Spruill, pero con poca convicción.

Yo estaba deseando que aparecieran Pappy o mi padre. Quería que aquella gente se fuera de nuestra granja.

Se me hizo un nudo en la garganta y el labio inferior empezó a temblarme. Me sentía dolido y avergonzado, y no sabía qué decir. Pero Hank aún no había terminado. Apoyó el peso de su cuerpo en un codo y, esbozando una siniestra sonrisa, añadió:

–Estamos solamente un pelín por encima de los espaldas mojadas, ¿verdad, chico? Simples temporeros, eso somos para vosotros. Una pobre caterva de palurdos que beben alcohol de fabricación casera y se casan con sus hermanas, ¿no es así?

Hizo una pausa de una décima de segundo como si de veras esperara que yo contestase. Estuve tentado de echar a correr, pero en lugar de ello me miré las botas. Es probable que el resto de los Spruill se compadeciera de mí, pero ninguno de ellos acudió en mi ayuda.

–Tenemos una casa más bonita que la vuestra, chaval. ¿Lo crees? Mucho más bonita.

–Ya basta, Hank –dijo la señora Spruill.

–Es más grande –prosiguió él–, tiene un porche delantero muy largo y un techado de hojalata sin parches de alquitrán, ¿y sabes qué más tiene? No te lo vas a creer, chico, pero nuestra casa está pintada. De blanco. ¿Has visto pintura alguna vez, chico?

Al oírlo, Bo y Dale, los dos adolescentes que casi nunca emitían el menor sonido, empezaron a reír en voz baja, como si quisieran seguirle la corriente a Hank sin ofender a la señora Spruill.

–Mándale que se calle, mamá –pidió Tally, y por un segundo dejé de sentirme humillado.

Miré a Trot y, para mi asombro, vi que tenía los ojos muy abiertos, como si estuviese asimilando aquel pequeño enfrentamiento unilateral. Al parecer, se lo estaba pasando en grande.

Hank miró a Bo y a Dale con una estúpida sonrisa en los labios y entonces éstos rieron más fuerte. De pronto hasta la señora Spruill parecía divertida. Quizás a Hank lo hubieran llamado palurdo demasiadas veces.

–¿Por qué no pintáis vuestras casas, cabrones? –tronó Hank dirigiéndose a mí.

Al oír la palabra «cabrones», Bo y Dale se echaron a reír abiertamente. Hank soltó una sonora carcajada ante su propio chiste. Todos estaban casi a punto de darse palmadas en las rodillas de puro regocijo, cuando, de repente, Trot gritó con toda la fuerza de sus pulmones:

–¡Basta, Hank!

Las palabras estaban ligeramente mal articuladas, por lo que el nombre de «Hank» sonó como «An», pero aun así todos lo entendieron con claridad. Dieron un respingo y la bromita terminó de golpe. Todos se volvieron hacia Trot, que miraba a Hank con expresión de furia.

Yo estaba al borde de las lágrimas, por lo que di media vuelta y eché a correr, pasando por delante del remolque en dirección al camino que bordeaba el campo hasta ponerme a salvo, lejos de su vista. Entonces me introduje en el algodonal y esperé el sonido de voces amigas. Me senté en el ardiente suelo rodeado de tallos de más de un metro de altura y lloré, a pesar de que aborrecía hacerlo.

Los remolques de las granjas más importantes tenían hules para cubrir el algodón y evitar que éste volara cuando lo llevaban a la desmotadora. Nuestro viejo hule estaba firmemente sujeto, protegiendo el fruto de nuestro esfuerzo, incluidos los cuarenta y cinco kilos que yo había recolectado en el transcurso de los dos días anteriores. Ningún Chandler había llevado jamás una carga a la desmotadora con las cápsulas volando como si fueran copos de nieve, pues no querían ensuciar la carretera. Pero mucha gente lo hacía, y durante una parte de la temporada de la recolección las malas hierbas y las cunetas de la carretera 135 se iban cubriendo lentamente de blanco mientras los agricultores se dirigían a toda prisa con su cosecha a la desmotadora.

El remolque cargado de algodón parecía un gigante al lado de nuestro camión, por lo que Pappy condujo a menos de treinta kilómetros por hora en su marcha a la ciudad. Íbamos en silencio, digiriendo la comida. Yo pensaba en Hank y no sabía qué hacer al respecto. Estoy seguro de que a Pappy le preocupaba el tiempo.

Si le contaba lo de Hank, sabía perfectamente lo que ocurriría. Me obligaría a acompañarlo a ver a los Spruill, y allí, en el patio delantero, se produciría un desagradable enfrentamiento. Como Hank era más joven y fuerte, Pappy llevaría en la mano un palo o algo por el estilo y tendría sumo gusto en utilizarlo. Exigiría que Hank se disculpara y, cuando éste se negara a hacerlo, Pappy empezaría a amenazarlo e insultarlo. Hank interpretaría erróneamente a su contrincante y el palo no tardaría en entrar en acción. Hank no tendría la menor posibilidad. Mi padre se vería obligado a proteger los flancos de los Chandler con su escopeta del calibre 12. Las mujeres estarían a salvo en el porche, pero mi madre volvería a sentirse humillada por la afición de Pappy a la violencia.

Los Spruill se lamerían las heridas y recogerían sus pobres bártulos.

Y a mí me exigirían que recolectase todavía más algodón.

Por consiguiente, preferí no decir nada. Circulamos muy despacio por la carretera 135, agitando el algodón acumulado en el arcén derecho de la carretera y contemplando los campos en los que aún trabajaban algunos grupos de mexicanos en una veloz carrera contra el crepúsculo.

Decidí hacer caso omiso de Hank y los demás Spruill hasta que terminara la recolección y ellos regresaran a la montaña, a sus maravillosas casas pintadas, su whisky casero y sus bodas entre hermanos. Y en determinado momento del invierno, cuando todos estuviéramos sentados alrededor de la chimenea de la sala de estar contando historias sobre la cosecha, les soltaría finalmente todas las fechorías de Hank. Tendría tiempo suficiente para pulir mis historias y embellecerlas allí donde considerara conveniente. Era una tradición de los Chandler.

Sin embargo, tendría que andarme con cuidado cuando contara la historia de la casa pintada.

En nuestro camino hacia Black Oak, pasamos por delante de la granja Clench, el hogar de Foy y Laverl Clench y sus ocho hijos, todos los cuales, no me cabía la menor duda, aún debían de estar recolectando algodón. Nadie, ni siquiera los mexicanos, trabajaba más duro que los Clench. Los padres eran unos auténticos negreros, pero los hijos parecían disfrutar incluso con las tareas más serviles de la granja. Los setos vivos que rodeaban el patio delantero de la casa estaban perfectamente recortados. Las vallas estaban derechas y no necesitaban ningún arreglo. Su huerto era enorme y su producción, legendaria. Hasta el viejo camión brillaba de tan limpio. Uno de los hijos se bañaba todos los sábados.

Y su casa, la primera que había al borde de la carretera que conducía a la ciudad, estaba pintada. Era de color blanco, con adornos de color gris en los cantos y las esquinas. El porche y los escalones que conducían a él eran de color verde oscuro.

Muy pronto todas las casas estarían pintadas.

La nuestra había sido construida antes de la Primera Guerra Mundial, en una época en que ni siquiera se había oído hablar de la electricidad y los lavabos dentro de la casa. Su exterior era de tablillas de dos centímetros y medio de grosor por quince de anchura, procedentes de la madera de un roble talado probablemente en la misma tierra que ahora cultivábamos. El tiempo y las adversas condiciones meteorológicas habían desteñido las tablillas hasta conferirles un color marrón claro, muy parecido al de otras casas de labranza de los alrededores de Black Oak. La pintura no era necesaria. La gente procuraba conservar las tablas limpias y en buen estado, y además, la pintura costaba dinero.

Poco después de que mis padres contrajeran matrimonio, mi madre pensó que la casa necesitaba una reforma. Trató de convencer a mi padre, que a su vez deseaba complacer a su joven esposa. Sin embargo, los progenitores de éste no estaban por la labor. Pappy y Gran, con toda la obstinación propia de la gente del campo, se negaron de plano a considerar siquiera la posibilidad de pintar la casa. El motivo oficial fue el precio. Mi madre se enteró de la decisión a través de mi padre. No hubo ninguna pelea... ni una sola palabra. Sólo un tenso período invernal en el que cuatro personas mayores vivieron en una casita sin pintar y se esforzaron en ser amables las unas con las otras.

Mi madre se juró a sí misma que no criaría a sus hijos en una granja. Un día tendría su propia casa en la ciudad, una casa con el lavabo dentro, arbustos alrededor del porche y tablas pintadas, o puede que incluso ladrillos.

«Pintura» era una palabra muy delicada en la granja de los Chandler.

Cuando llegamos a la desmotadora, conté once remolques delante de nosotros. Otros veinte, aproximadamente, estaban vacíos y aparcados a un lado. Pertenecían a los agricultores lo bastante ricos para tener dos. Uno lo dejaban allí para que desmotaran el algodón durante la noche, y el otro se quedaba en el algodonal. Mi padre ansiaba con desesperación tener un segundo remolque.

Pappy aparcó y se acercó a un grupo de agricultores que se encontraba junto a un remolque. Por su actitud, comprendí que algo les preocupaba.

La desmotadora permanecía ociosa durante nueve meses. Era una estructura en forma de caja muy alta y alargada, el edificio más grande del condado. Cobraba vida a principios de septiembre, cuando se iniciaba la cosecha. En plena temporada funcionaba día y noche y sólo se detenía los sábados por la tarde y los domingos por la mañana. El rugido de sus prensas y molinos podía oírse por todo Black Oak.

Vi a los gemelos Montgomery arrojar piedras contra las malas hierbas junto a la desmotadora, y me reuní con ellos. Nos intercambiamos historias de mexicanos y mentimos acerca de la cantidad de algodón que cada uno de nosotros había recolectado. Ya había anochecido y, lentamente, la hilera de remolques empezaba a moverse.

–Mi padre asegura que el precio del algodón va a bajar –dijo Dan Montgomery, arrojando una piedra en la oscuridad–. Según él, los comerciantes de Memphis están bajando los precios porque hay mucho algodón.

–La cosecha ha sido muy buena –señalé.

Los gemelos Montgomery querían ser agricultores de mayores. Yo me compadecía de ellos. Cuando la lluvia anegaba las tierras y destruía las cosechas, los precios subían porque los comerciantes de Memphis no tenían suficiente algodón. Pero, como es natural, entonces los agricultores no tenían nada que vender. Y cuando la climatología colaboraba y las cosechas eran buenas, los precios bajaban porque los comerciantes de Memphis tenían demasiado algodón. Y los pobres que trabajaban en los campos no ganaban lo suficiente para pagar los préstamos que habían tomado antes de las cosechas.

Tanto si las cosechas eran buenas como si eran malas, daba igual.

Nos pasamos un rato hablando de béisbol. Los gemelos Montgomery no tenían aparato de radio, por lo que sus conocimientos acerca de los Cardinals eran muy limitados. También me compadecía de ellos por eso.

Cuando abandonamos la desmotadora, Pappy tampoco tenía nada que decir. Tenía el entrecejo fruncido y proyectaba la barbilla hacia fuera, lo que significaba que le habían dado una mala noticia. Pensé que ésta tendría algo que ver con el precio del algodón.

No dije nada mientras abandonábamos Black Oak. Cuando dejamos las luces a nuestra espalda, apoyé la cabeza en el borde de la ventanilla para que el viento me azotara el rostro. El aire era cálido y apenas se movía, por lo que yo hubiera querido que Pappy circulara más rápido a fin de refrescarnos un poco.

En los días sucesivos prestaría más atención. Dejaría que los mayores cuchichearan entre ellos y después le preguntaría a mi madre qué ocurría.

Si se trataba de algo relacionado con la granja, acabaría diciéndomelo.

7

Sábado por la mañana. Al amanecer, con los mexicanos a un lado y los Spruill al otro, ya estábamos en el remolque, dirigiéndonos a los campos. Decidí permanecer lo más cerca posible de mi padre por temor a que Hank volviera a perseguirme. Aquella mañana odiaba a todos los Spruill, tal vez con la sola excepción de Trot, mi único defensor. Ellos no me prestaron la menor atención. Yo esperaba que se avergonzaran de su comportamiento.

Procuré no pensar en los Spruill mientras atravesábamos los algodonales. Era sábado, un día mágico para todos los pobres desgraciados que cultivaban la tierra. En la granja Chandler, trabajábamos media jornada y después nos dirigíamos a la ciudad para reunirnos con los demás agricultores y sus familias, que iban a comprar comida y provisiones, a alternar en Main Street, a enterarse de los chismes y huir durante unas cuantas horas del duro esfuerzo de los campos. Los mexicanos y la gente de la montaña también iban. Los hombres se reunían en grupos delante del Tea Shoppe y la Cooperativa para comparar las cosechas y contar historias de inundaciones. Las mujeres abarrotaban la tienda de Pop y Pearl y tardaban una eternidad en comprar unos pocos comestibles. Los niños recibían permiso para corretear por las aceras de Main Street y las callejuelas de las inmediaciones hasta las cuatro de la tarde, aquella maravillosa hora en que el Dixie abría para las sesiones vespertinas.

Cuando el remolque se detuvo, saltamos al suelo y tomamos nuestros sacos de algodón. Yo estaba medio dormido y no prestaba atención a nada en particular, cuando una voz dulcísima me dijo:

–Buenos días, Luke.

Se trataba de Tally, que me miraba con una sonrisa en los labios. Era su manera de decirme que lamentaba lo de la víspera.

Yo era un Chandler, y por lo tanto la terquedad se me daba muy bien. Le volví la espalda y me alejé, pensando que odiaba a todos los Spruill. Me enfrenté con la primera hilera de algodón con tanta furia que habría podido recolectar veinte hectáreas antes del almuerzo. Pero, a los pocos minutos me cansé. Mientras me perdía entre los tallos, todavía me parecía oír la voz de Tally y ver su sonrisa.

Sólo tenía diez años más que yo.

Ningún ritual me resultaba más aborrecible que el baño de los sábados. Tenía lugar después del almuerzo, bajo la severa supervisión de mi madre. La bañera, en la que yo apenas cabía, era utilizada por cada miembro de la familia a lo largo de todo el día. Estaba ubicada en un rincón del porche trasero, protegida de la vista mediante una vieja sábana.

Primero yo tenía que acarrear el agua desde la bomba hasta la bañera, que llenaba hasta aproximadamente una tercera parte de su capacidad. Ello me exigía ocho viajes con el cubo, por lo que cuando empezaba el baño ya estaba cansado. Después extendía la sábana para cubrir el porche y me quitaba la ropa con extraordinaria rapidez. El agua estaba muy fría.

Con una pastilla de jabón adquirida en la tienda y una manopla, me restregaba enérgicamente el cuerpo para eliminar la suciedad, hacer burbujas y enturbiar el agua a fin de que mi madre no me viera las partes cuando entrara para inspeccionar. Primero se presentaba para recoger la ropa sucia y después regresaba con una muda limpia. A continuación, me atacaba directamente las orejas y el cuello. En sus manos, la manopla se convertía en un arma. Me rascaba la delicada piel como si la tierra que yo recogía trabajando en los campos la ofendiera. A lo largo de todo el proceso, no paraba de asombrarse de la suciedad que era capaz de acumular.

Cuando ya me había dejado el cuello poco menos que en carne viva, pasaba al cabello, como si lo tuviera lleno de piojos. Para enjuagarme, sobre la cabeza me echaba agua fría directamente del cubo. Mi humillación era completa cuando terminaba de azotarme los brazos y los pies... por suerte, la región abdominal me la dejaba a mí.

Para cuando salía de la bañera, el agua estaba cenagosa; era como si toda la tierra del delta del Arkansas se hubiera acumulado a lo largo de una semana de trabajo. Retiraba el tapón y la veía filtrarse a través de las grietas del porche mientras me secaba con la toalla y me ponía un mono limpio. Me sentía fresco y aseado y tres kilos más ligero, y ya estaba listo para ir a la ciudad.

Pappy anunció que su camión sólo efectuaría un viaje a Black Oak, lo que significaba que Gran y mi madre viajarían delante con él y mi padre y yo detrás, con los diez mexicanos. A éstos no les importaba en absoluto viajar como sardinas, pero a mí me disgustaba sobremanera.

Mientras nos alejábamos, vi que los Spruill derribaban postes y desataban cuerdas para soltar las ataduras de su viejo camión y desplazarse a la ciudad. Todo el mundo estaba ocupado menos Hank, que permanecía tranquilamente a la sombra comiendo no sé qué.

Para evitar que el polvo saltara por encima de los guardabarros y asfixiara a los que viajábamos detrás, Pappy circulaba a menos de ocho kilómetros por hora. Era un detalle por su parte, pero no servía demasiado para aliviar la situación. Teníamos calor y apenas podíamos respirar. El baño del sábado constituía un ritual en la Arkansas rural. Pero, por lo visto, en México, no.

El sábado algunas familias de agricultores llegaban a la ciudad al mediodía. Pappy pensaba que era un pecado perder demasiado tiempo disfrutando del sábado, por lo que nos lo tomábamos con calma y tardábamos un buen rato en llegar. En invierno incluso nos amenazaba con no ir a la ciudad, como no fuera el domingo para asistir al servicio religioso. Mi madre decía que en cierta ocasión Pappy se había pasado un mes sin salir de la granja, principalmente para no ir a la iglesia porque el predicador lo había ofendido. Era muy fácil ofender a Pappy. Pero teníamos suerte. Muchos aparceros jamás abandonaban las granjas. No tenían dinero para comprar comestibles ni automóvil para ir a la ciudad, y había algunos arrendatarios como nosotros y hasta propietarios que raras veces ponían los pies en ésta. El señor Clovis Beckly, de Caraway, llevaba catorce años sin ir a la ciudad, según Gran, y no iba a la iglesia desde la Primera Guerra Mundial. Yo había oído a algunas personas rezar en voz alta por él durante la ceremonia.

Me encantaba el tráfico, las aceras abarrotadas y el no saber a quién ibas a ver a continuación. Me encantaban los grupos de mexicanos reunidos a la sombra de los árboles, saboreando helados y saludando a sus paisanos de otras granjas en emocionados estallidos de español. Me encantaban las muchedumbres de forasteros, de gente de la montaña que no tardaría en marcharse. Pappy me contó una vez que, antes de la Primera Guerra Mundial, en San Luis vivía medio millón de personas, y que se perdía caminando por las calles.

Eso jamás me hubiera ocurrido a mí. Cuando yo caminara por las calles de San Luis, todo el mundo me conocería. Entré detrás de mi madre y de Gran en la tienda de Pop y Pearl Watson. Los hombres iban a la Cooperativa, donde todos los agricultores se reunían los sábados por la tarde. Yo jamás había conseguido averiguar qué era exactamente lo que hacían allí, aparte de comentar los precios del algodón y hablar del tiempo.

Pearl estaba ocupada en la caja.

–Hola, señora Watson –le dije en cuanto conseguí acercarme a ella.

La tienda estaba llena de mujeres y de mexicanos.

–Hola, Luke –repuso ella, guiñándome un ojo–. ¿Cómo va el algodón?

Todo el mundo te hacía la misma pregunta.

–La recolección marcha bien –contesté como si hubiera recogido una tonelada.

Gran y mi madre tardaron una hora en comprar dos kilos y medio de harina, un kilo de café, una botella de vinagre, medio kilo de sal común y dos pastillas de jabón. Los pasillos estaban llenos de mujeres más interesadas en saludarse que en adquirir comida. Hablaban de sus huertos, del tiempo, de la reunión en la iglesia del día siguiente y de quién estaba embarazada y quién probablemente lo estuviera. Parloteaban sin cesar de un funeral de aquí, una reunión religiosa de allá o una boda inminente.

Ni una sola palabra acerca de los Cardinals.

Mi única misión en la ciudad era llevar los comestibles al camión. Una vez cumplida, era libre de recorrer Main Street y las callejuelas adyacentes sin que nadie me vigilara. Me dirigí en medio del lento tráfico peatonal hacia el extremo norte de Black Oak, pasando por delante de la Cooperativa, la droguería, la ferretería y el Tea Shoppe. En la acera numerosos grupos de personas se detenían para chismorrear sin la menor intención de moverse de allí. Los teléfonos escaseaban y sólo había unos pocos televisores en todo el condado, por lo que la gente dedicaba el sábado a ponerse al día sobre los más recientes acontecimientos y noticias.

Encontré a mi amigo Dewayne Pinter tratando de convencer a su madre de que lo dejara pasear por su cuenta. Dewayne tenía un año más que yo, pero todavía estaba en segundo grado. Su padre le permitía conducir el tractor en su granja, lo cual le otorgaba una categoría especial entre todos los alumnos de segundo grado de la escuela de Black Oak. Los Pinter eran baptistas e hinchas de los Cardinals, pero, por una razón desconocida, a Pappy no le caían bien.

–Buenas tardes, Luke –me dijo la señora Pinter.

–Hola, señora Pinter.

–¿Dónde está tu madre? –me preguntó ella, mirando por detrás de mí.

–Creo que está todavía en la droguería. No estoy seguro.

Mis palabras bastaron para que Dewayne pudiera soltarse. Si a mí me permitían pasear solo por la calle, a él también debían permitírselo. Cuando ambos nos alejamos, la señora Pinter aún nos estaba dando instrucciones. Fuimos al Dixie, donde los chicos mayores estaban esperando a que dieran las cuatro. Llevaba unas cuantas monedas en el bolsillo: cinco centavos para la sesión de tarde, otros cinco para una Coca-Cola y tres centavos para palomitas de maíz. Mi madre me había entregado el dinero como anticipo de lo que iba a ganar recolectando algodón. Tenía que devolverlo algún día, pero ambos sabíamos que eso jamás ocurriría. Si Pappy intentaba cobrarlo, tendría que pasar por encima del cadáver de mamá.

Estaba claro que a Dewayne le había ido mejor con el algodón que a mí. Tenía los bolsillos llenos de monedas de diez centavos y se moría de ganas de exhibirlas. Su familia también arrendaba las tierras, pero era propietaria de diez hectáreas, por lo que su situación era mucho mejor que la de los Chandler.

Una niña pecosa llamada Brenda se acercó a nosotros, tratando de trabar conversación con Dewayne. Les había dicho a todas sus amigas que quería casarse con él, y ahora le estaba haciendo la vida imposible, pues lo seguía a todas partes, tanto en la iglesia como por Main Street, y no paraba de preguntarle si se sentaría a su lado en el cine.

Dewayne la despreciaba. Cuando un grupo de mexicanos pasó por nuestro lado, nos perdimos entre ellos.

Había estallado una pelea detrás de la Cooperativa, el lugar donde solían reunirse los chicos mayores para intercambiarse unos cuantos puñetazos. Ocurría todos los sábados, y nada entusiasmaba más a la gente de Black Oak que una buena pelea. La muchedumbre se abrió paso a través de una ancha calleja que había al lado de la Cooperativa y, en medio de la aglomeración, oí que alguien decía:

–Apuesto a que es un Sisco.

Mi madre me había prohibido que fuese a ver las peleas que se producían detrás de la Cooperativa, pero no se trataba de una prohibición estricta, pues yo sabía que no la encontraría allí. Ninguna mujer que se preciara habría tenido el valor de arriesgarse a que la sorprendieran contemplando una pelea.

Los Sisco eran unos aparceros muy pobres que vivían a un kilómetro de la ciudad. Siempre rondaban por allí los sábados. Nadie sabía cuántos hijos tenía la familia, pero a todos ellos les gustaba pelear. Su padre era un borracho que les pegaba, y en cierta ocasión su madre había propinado una paliza a un ayudante del sheriff que, armado hasta los dientes, pretendía detener a su marido. Le rompió un brazo y la nariz, y el hombre tuvo que abandonar ignominiosamente la ciudad. El mayor de los Sisco estaba en la cárcel por haber matado a un hombre en Jonesboro.

Los hijos de los Sisco no iban a la escuela ni a la iglesia, por lo cual yo los evitaba. Como era de esperar, cuando nos acercamos y miramos por entre los espectadores, vimos a Jerry Sisco propinándole un puñetazo en la cara a un desconocido.

–¿Quién es ése? –le pregunté a Dewayne.

La gente se desgañitaba, pidiéndole a gritos a cada uno

de los contendientes que se diera prisa y dejara baldado al otro.

–No lo sé –contestó Dewayne–. Debe de ser un palurdo.

Tenía sentido. El condado estaba lleno de montañeses que habían bajado para recolectar algodón y era lógico que sólo quien no conocía a los Sisco se enzarzara en una pelea con uno de ellos. Los habitantes de la zona se hubieran guardado muy bien de hacerlo. El desconocido tenía la cara hinchada y le salía sangre de la nariz. Jerry Sisco le soltó un derechazo a la boca y lo derribó al suelo. Varios Sisco y otros de su misma calaña reían en un rincón, probablemente mientras bebían. Iban desgreñados y sucios, vestían andrajos y sólo algunos de ellos calzaban zapatos. Su fuerza era legendaria. Estaban flacos y hambrientos, y cuando luchaban utilizaban todas las triquiñuelas habidas y por haber. El año anterior Billy Sisco había estado a punto de matar a un mexicano en una pelea detrás de la desmotadora.

Al otro lado del improvisado cuadrilátero, un grupo de montañeses animaba a su hombre –resultó que se llamaba Doyle–, gritándole que se levantara y siguiera combatiendo. Doyle se estaba frotando la barbilla cuando se levantó de un salto y se abalanzó contra su adversario. Consiguió propinar un fuerte cabezazo en el estómago a Jerry Sisco, y ambos cayeron al suelo. Los montañeses empezaron a lanzar vítores. Los demás sentimos deseos de imitarlos, pero no queríamos ponernos a mal con los Sisco. Aquello era asunto suyo, y se lo habrían hecho pagar muy caro a cualquiera.

Los dos combatientes se agarraron el uno al otro y rodaron por el suelo como animales salvajes entre un tremendo griterío. De repente, Doyle echó atrás el brazo izquierdo y descargó un impresionante puñetazo en pleno rostro de Jerry Sisco mientras la sangre salpicaba en todas direcciones. Jerry permaneció inmóvil por espacio de una décima de segundo y todos pensamos que, a lo mejor, al fin había encontrado la horma de su zapato. Doyle estaba a punto de soltar otro puñetazo cuando Billy Sisco abandonó repentinamente el grupo y le propinó una patada en la espalda. Doyle chilló como un perro herido y cayó rodando al suelo. Los dos Sisco se arrojaron de inmediato sobre él en medio de una lluvia de puñetazos y puntapiés.

Doyle estaba a punto de morir destrozado. No era justo que así fuera, pero se trataba, sencillamente, del riesgo que uno corría cuando se enfrentaba con un Sisco. Los montañeses permanecieron en silencio mientras los lugareños contemplaban la escena sin mover un dedo.

Los Sisco levantaron a Doyle y, con toda la paciencia de un verdugo, Jerry le propinó una patada en la entrepierna. Doyle soltó un grito y se desplomó. Los Sisco estaban tronchándose de risa.

Los Sisco se disponían a seguir castigando a su víctima cuando Hank Spruill, el del cuello como el tronco de un árbol, se apartó de la muchedumbre y le pegó a Jerry Sisco un fuerte puñetazo que lo derribó al suelo. Con la rapidez de un gato, Billy Sisco le soltó a Hank un gancho en la mandíbula, pero entonces ocurrió algo muy curioso. El golpe no hizo que mermara la fuerza de Hank Spruill, que se volvió, agarró a Billy por el cabello y, sin aparente esfuerzo, lo hizo girar y lo arrojó hacia el grupo de los Sisco que animaban a Jerry. Del mismo emergió un nuevo Sisco, Bobby, que no tenía más de dieciséis años pero era tan bruto como sus hermanos.

Tres Sisco contra Hank Spruill.

Mientras Jerry se levantaba, Hank, con increíble velocidad, le propinó una patada tan fuerte en las costillas que todos pudimos oír que éstas crujían. Después Hank se volvió y le soltó a Bobby un revés que dio con éste en tierra y, acto seguido, le pegó una patada en los dientes. Para entonces, Billy ya estaba a punto de abalanzarse de nuevo contra él, pero Hank, como si fuera uno de esos forzudos de circo, levantó al delgado muchacho en volandas y lo lanzó hacia la pared lateral de la Cooperativa, contra la cual éste se estrelló ruidosamente, haciendo vibrar las tablas y las ventanas, antes de caer de cabeza en la acera. Yo no habría podido lanzar una pelota de béisbol con mayor facilidad.

Cuando Billy alcanzó el suelo, Hank lo agarró por el cuello y lo llevó a rastras hasta el centro del cuadrilátero, donde Bobby, a cuatro patas, trataba de levantarse. Jerry estaba encogido en un rincón, sujetándose las costillas entre gemidos.

Hank le dio a Bobby una patada en la entrepierna. Cuando el chico emitió un grito, Hank soltó una carcajada. Después agarró a Billy por el cuello y empezó a golpearle el rostro con el dorso de la mano derecha. La sangre salpicaba por todas partes; cubría el rostro de Billy y le bajaba por el pecho.

Al final, Hank soltó a Billy y se volvió hacia el resto de los Sisco.

–¿Alguien quiere un poco más? –gritó–. ¡Adelante! ¿Quién quiere más?

Los demás Sisco se acobardaron e intentaron esconderse los unos detrás de los otros mientras los tres héroes mordían el polvo.

La pelea debería haber terminado en este punto, pero Hank tenía otros planes. Con deliberada complacencia, propinó a los tres toda una serie de puntapiés en el rostro y la cabeza hasta que dejaron de moverse. La multitud empezó a dispersarse.

–Vamos –dijo un hombre a mi espalda–. Vosotros no tenéis que ver estas cosas, niños.

Pero yo no podía moverme.

Hank vio en el suelo un grueso palo y lo levantó. Por un instante, la muchedumbre que ya se iba se detuvo para observar con morbosa curiosidad.

Cuando Hank golpeó con el palo la nariz de Jerry, alguien exclamó:

–¡Dios mío!

Otra voz anónima comentó que lo mejor sería avisar al sheriff.

–Vámonos de aquí –dijo un viejo granjero mientras la gente se retiraba por segunda vez, en esta ocasión un poco más rápido.

Hank aún no había terminado. Tenía el rostro congestionado por la furia y le brillaban los ojos como los de un demonio. Siguió golpeando a los Sisco hasta que el grueso palo se rompió en varios trozos.

No vi a ningún otro Spruill entre la gente. Cuando la paliza se convirtió en una carnicería, todo el mundo se largó. Nadie de Black Oak quería mezclarse con los Sisco. Y ahora nadie quería ver a aquel montañés loco.

Cuando regresamos a la acera, los que habíamos presenciado la escena guardamos silencio. La pelea aún no había terminado. Me pregunté si Hank seguiría pegándoles hasta matarlos.

Ni Dewayne ni yo dijimos una sola palabra mientras corríamos entre la gente en dirección al cine.

La película del sábado por la tarde era un acontecimiento especial para todos los chicos de las granjas. No teníamos televisión y las diversiones se consideraban pecado. Durante dos horas nos sentíamos transportados desde la dureza de la vida en los algodonales a una tierra de fantasía en la que los buenos siempre ganaban. A través de las películas aprendíamos cómo actuaban los criminales, cómo los atrapaba la policía, cómo se combatían y ganaban las guerras y cómo se hacía la historia en el Salvaje Oeste. A través de una película me enteré incluso de la triste verdad de que el Sur no había ganado la guerra civil, a diferencia de lo que me habían contado tanto en casa como en la escuela.

Pero aquel sábado Dewayne y yo nos aburrimos con el

western de Gene Autry. Cada vez que en la pantalla aparecía una pelea, yo pensaba en Hank Spruill y me lo imaginaba detrás de la Cooperativa machacando a los Sisco. Las peleas de Autry eran muy poca cosa comparadas con la carnicería que acabábamos de presenciar. Cuando la película ya estaba a punto de terminar, tuve el valor de decírselo a Dewayne.

–¿Sabes el palurdo que ha machacado a los Sisco? –susurré–. Trabaja en nuestra granja.

–¿Lo conoces? –me preguntó Dewayne en tono de incredulidad.

–Pues sí. Lo conozco muy bien.

Dewayne, muy impresionado, deseaba hacerme más preguntas, pero el cine estaba lleno a rebosar y el señor Starnes, el encargado, disfrutaba recorriendo los pasillos con la linterna en ristre. Si sorprendía a algún niño hablando, lo agarraba por una oreja y lo echaba a la calle. Además, Brenda, la de las pecas, había conseguido sentarse detrás de Dewayne y nos estaba haciendo sentir incómodos a los dos.

Había algunas personas mayores entre el público, casi todas de la ciudad. El señor Starnes obligaba a los mexicanos a sentarse en la galería, pero a ellos les daba igual. Además no eran muchos los que gastaban dinero en ir al cine.

Al terminar la película, salimos corriendo y, en pocos minutos, nos plantamos detrás de la Cooperativa, a la espera de encontrar los ensangrentados cadáveres de los hermanos Sisco. Pero no vimos a nadie. No quedaba ni rastro de la pelea... ni sangre, ni extremidades ni gruesos palos reducidos a trozos.

Pappy pensaba que el sábado la gente de bien debía abandonar la ciudad antes de que oscureciera. Todas las cosas malas ocurrían el sábado por la noche. Sin embargo, aparte de las peleas, yo jamás presencié nada que fuera verdaderamente malo. Había oído decir que algunas personas bebían y jugaban a los dados detrás de la desmotadora e incluso que se organizaban peleas, pero todo se hacía en secreto y los participantes eran muy pocos. No obstante, Pappy temía que nos contamináramos.

Ricky era el que más escándalos armaba en la familia Chandler, y mi madre me decía que tenía fama de quedarse demasiado tiempo en la ciudad los sábados por la noche. Un miembro de la familia había sido detenido recientemente, pero jamás conseguí averiguar detalle alguno al respecto. Mi madre decía que Pappy y Ricky se habían pasado varios años discutiendo acerca de la hora en que éste debía abandonar la ciudad, y recordaba varias veces en que nosotros nos habíamos ido sin él. Yo lloraba porque estaba seguro de que nunca volveríamos a verlo, pero el domingo por la mañana me lo encontraba sentado en la cocina, tomando café como si nada hubiera ocurrido. Ricky siempre regresaba a casa.

Nos reunimos junto al camión, que en ese momento estaba rodeado por docenas de vehículos aparcados sin orden ni concierto en torno a la iglesia baptista, pues los agricultores aún seguían llegando a la ciudad. Cada vez había más gente en Main Street y, al parecer, todo el mundo estaba congregándose en las inmediaciones de la escuela, donde a veces se reunían unos cuantos violinistas e intérpretes de banjo a tocar *bluegrass*. Yo no quería irme, y era de la opinión de que no había ninguna prisa para regresar a casa.

Gran y mi madre resolvieron unos asuntos de última hora en la iglesia, donde casi todas las mujeres encontraban algo que hacer la víspera del domingo. Desde el otro lado del camión, oí a mi padre y a Pappy hablar de una pelea. Cuando uno de ellos mencionó el nombre de Sisco, agucé el oído. Pero entonces apareció Miguel con algunos mexicanos, hablando sin parar en español, y ya no conseguí oír nada más.

Minutos después, Stick Powers, uno de los dos ayudantes del sheriff de Black Oak, cruzó la calle y saludó a mi padre y a Pappy. Se suponía que Stick había sido prisionero de guerra, y caminaba con una leve cojera que, según él, era el resultado de los malos tratos sufridos en un campo de prisioneros alemán. Pappy aseguraba que Stick no había abandonado el condado de Craighead ni oído un disparo enemigo en su vida.

–Uno de los chicos Sisco está a las puertas de la muerte –le oí decir mientras me acercaba un poco más.

Ya estaba casi oscuro y nadie me miraba.

–No se perderá nada –contestó Pappy.

–Dicen que ese palurdo trabaja en su casa.

–Yo no he visto la pelea, Stick –replicó Pappy, a punto de perder los estribos–. ¿Sabe cómo se llama?

–Hank no sé qué.

–Tenemos muchos no sé qués.

–¿Le importa que me acerque mañana y eche un vistazo? –preguntó Stick.

–No se lo puedo impedir.

–No, en efecto.

Stick dio media vuelta y miró a los mexicanos como si fueran culpables de todos los pecados del mundo.

Rodeé el camión hasta donde estaban mi padre y Pappy y pregunté:

–¿Qué es todo eso que están diciendo?

Tal como ocurría cuando se trataba de algo que yo no debería haber sabido u oído, no me hicieron ni caso.

Regresamos a la granja en medio de la oscuridad mientras las luces de Black Oak iban desvaneciéndose a nuestra espalda y el frío aire del camino nos alborotaba el cabello. Al principio, quería contarle a mi padre lo de la pelea, pero no podía hacerlo delante de los mexicanos. Después decidí que era mejor no haber sido testigo. No se lo diría a nadie porque ganar habría resultado imposible. Cualquier lío con los Sisco habría puesto en peligro mi vida, y yo no quería que los Spruill se enfadaran y nos dejaran plantados. La recolección acababa de empezar y yo ya estaba cansado. Y, por encima de todo, no quería que Hank Spruill se enfadara conmigo, con mi padre o con Pappy.

El viejo camión de los Spruill no estaba en el patio cuando regresamos a casa. Debían de seguir en la ciudad, probablemente en compañía de otros montañeses.

Después de cenar, salimos al porche como de costumbre y Pappy empezó a manipular la radio. Los Cardinals estaban en Filadelfia, jugando un partido nocturno. Musial bateó en la segunda entrada y yo me puse a soñar.

8

El domingo despertamos al amanecer entre estallidos de relámpagos y el retumbo de truenos distantes. Se avecinaba una tormenta por el sudoeste que estaba retrasando la salida del sol mientras yo, tumbado en la oscuridad de la habitación de Ricky, me preguntaba una vez más por qué llovía los domingos en lugar de hacerlo durante la semana, para que no me viera obligado a recolectar algodón. El domingo ya era de por sí un día de descanso.

Mi abuela vino en mi busca y me dijo que me sentara con ella en el porche y contempláramos la lluvia juntos. Me preparó el café, mezclándolo con grandes cantidades de leche y azúcar, y empezamos a balancearnos suavemente en el columpio mientras el viento aullaba a nuestro alrededor. Los Spruill correteaban de un lado para otro, recogiendo cosas en varias cajas y buscando cobijo lejos de las goteras de sus tiendas.

Gran sabía elegir con cuidado los momentos más indicados para hablar. En ocasiones, normalmente una vez a la semana, me llevaba a dar un paseo o se reunía conmigo en el porche, nosotros dos solos. Llevaba treinta y cinco años casada con Pappy y había aprendido el arte del silencio. Podía pasarse largo rato paseando o columpiándose sin apenas pronunciar palabra.

–¿Qué tal estaba el café? –me preguntó con una voz casi apagada por el rugido de la tormenta.

–Muy bien, Gran –contesté.

–¿Qué te apetece para el desayuno?

–Unos bizcochos.

–Pues entonces, haré unos cuantos.

Los hábitos del domingo eran un poco más pausados. Por regla general, nos levantábamos más tarde, aunque aquel día la lluvia nos había despertado más temprano. Además, no desayunábamos huevos con jamón, sino que conseguíamos sobrevivir con bizcochos y melaza. El trabajo en la cocina era un poco más ligero. A fin de cuentas, se trataba de un día de descanso.

El columpio oscilaba lentamente hacia delante y hacia atrás mientras sus oxidadas cadenas chirriaban por encima de nosotros. Un relámpago estalló al otro lado de la carretera, en algún lugar de las tierras de los Jeter.

–Anoche soñé con Ricky –me dijo Gran.

–¿Fue un buen sueño?

–Sí, muy bueno. Soñé que la guerra terminaba de golpe, pero se olvidaban de decírnoslo. Y una noche, mientras estábamos sentados aquí en el porche, escuchando la radio, veíamos aparecer a un hombre en la carretera, corriendo hacia nosotros. Era Ricky. Vestía su uniforme del Ejército y, de pronto, empezaba a gritarnos que la guerra había terminado.

–Me gustaría tener un sueño así –musité.

–Yo creo que el Señor nos quiere decir algo.

–¿Que Ricky va a volver a casa?

–Sí. Quizá no ahora mismo, pero la guerra va a terminar muy pronto. Un día levantaremos los ojos y lo veremos cruzar este patio.

Contemplé el patio. Empezaban a formarse unos charcos y unas corrientes que bajaban hacia el lugar donde se encontraban los Spruill. La hierba había desaparecido casi por completo y el viento estaba llevándose las primeras hojas muertas de nuestros robles.

–Rezo todas las noches por Ricky, Gran –dije, rebosante de orgullo.

–Yo rezo por él a todas horas –dijo ella con los ojos levemente empañados.

Seguimos columpiándonos mientras contemplábamos la lluvia. Cuando pensaba en Ricky, raras veces me lo imaginaba vestido de uniforme y empuñando un fusil bajo el fuego enemigo, saltando de un lugar seguro a otro. Prefería recordarlo como a mi mejor amigo, un tío que era más bien un hermano, un compañero con una caña de pescar y un guante de béisbol.

Mi madre no tardó en aparecer en el vano de la puerta. El baño del sábado iba seguido del fregamiento del domingo, un rápido pero brutal rito en el transcurso del cual una mujer poseída me restregaba enérgicamente el cuello y las orejas.

–Tenemos que prepararnos –dijo.

Y empecé a experimentar el dolor.

Seguí a Gran a la cocina para tomarme otro café. Pappy estaba sentado junto a la mesa, leyendo la Biblia y preparando su clase de la escuela dominical. Mi padre se encontraba en el porche trasero, contemplando la tormenta y mirando en la distancia hacia el río, preocupado sin duda por la posibilidad de que se produjeran inundaciones.

La lluvia cesó mucho antes de que saliéramos de casa para ir a la iglesia. Los caminos estaban embarrados y Pappy conducía más despacio que de costumbre. Avanzábamos traqueteando, a veces resbalando en las rodadas y los charcos del viejo camino sin asfaltar. Mi padre y yo estábamos sentados en la parte de atrás, fuertemente agarrados a los costados de la plataforma, y mi madre y Gran iban delante, todos vestidos con nuestra mejor ropa del domingo. El cielo se había despejado y el sol ya calentaba la tierra mojada, de la que la humedad se elevaba perezosamente por encima de los tallos de algodón.

–Va a ser un día muy caluroso –anunció mi padre, ofreciendo la misma previsión meteorológica que solía hacer cada día entre mayo y septiembre.

Cuando llegamos a la carretera, nos levantamos y nos apoyamos en la cabina para que el viento nos diera en la cara y nos refrescase. En los campos no había nadie; ni siquiera a los mexicanos se les permitía trabajar en domingo. Todos los períodos de cosecha se oían los mismos rumores acerca de agricultores impíos que se dirigían a escondidas a los campos y recolectaban algodón en domingo, pero yo jamás había sido testigo de un comportamiento tan pecaminoso.

Casi todo se consideraba pecaminoso en el rural estado de Arkansas, en especial si uno era baptista, y una parte considerable de nuestros ritos dominicales consistía en escuchar los sermones del reverendo Akers, un colérico personaje de voz estentórea que se pasaba la vida inventándose nuevos pecados. Como es natural, a mí los sermones me importaban un bledo –al igual que a casi todos los chicos–, pero el domingo tenía algo más que los oficios religiosos. Era un tiempo dedicado a hacer visitas e intercambiar noticias y chismes. Era una reunión festiva en la que todo el mundo estaba de buen humor o, por lo menos, fingía estarlo. Cualesquiera que fuesen las preocupaciones del mundo –las inminentes inundaciones, la guerra de Corea, las fluctuaciones en el precio del algodón– durante las reuniones en la iglesia todo se dejaba a un lado.

El Señor no quería que Su pueblo estuviera preocupado, decía siempre Gran, y mucho menos en Su casa, lo cual a mí siempre se me antojaba un poco raro, pues solía mostrarse casi tan preocupada como Pappy.

Aparte de la familia y la granja, nada era tan importante para nosotros como el templo baptista de Black Oak. Yo conocía a casi todas las personas de nuestra congregación y, como es natural, ellas me conocían a mí. Constituíamos una gran familia, para bien o para mal. Todos se amaban los unos a los otros, o por lo menos eso decían, y si alguno se ponía aunque sólo fuera un poquito enfermo, los demás rezaban toda suerte de oraciones y practicaban profusamente la virtud cristiana de la caridad. Un funeral duraba una semana y era un acontecimiento prácticamente sagrado. Las reuniones de renovación de la fe de primavera y otoño se planificaban con varios meses de antelación y en ellas participaba casi todo el mundo. Por lo menos una vez al mes celebrábamos una comida de hermandad –una especie de sencillo almuerzo campestre a la sombra de los árboles de la parte de atrás de la iglesia– que solía prolongarse hasta bien entrada la tarde. Las bodas eran importantes, especialmente para las mujeres, pero carecían del dramatismo de los funerales y los entierros.

El aparcamiento de grava de la iglesia estaba casi lleno cuando llegamos. La práctica totalidad de los vehículos eran viejos camiones de agricultores como el nuestro, todos ellos cubiertos por una capa de barro reciente. Había algunas berlinas pertenecientes a habitantes de la ciudad o a agricultores propietarios de sus tierras. Calle abajo, en el templo metodista, había menos camiones y más automóviles. Los metodistas se consideraban ligeramente superiores a nosotros, pero, como baptistas que éramos, nosotros sabíamos que teníamos línea directa con Dios.

Salté del camión y fui corriendo en busca de mis amigos. Tres chicos mayores que yo estaban lanzando pelotas de béisbol detrás de la iglesia, cerca del cementerio, por lo que me encaminé hacia allí.

–Luke –dijo alguien en voz baja. Era Dewayne, estaba a la sombra de un olmo y parecía muy asustado–. Ven aquí –me llamó.

Me acerqué al olmo.

–¿No te has enterado? –me preguntó–. Jerry Sisco ha muerto a primera hora de esta mañana.

Tuve la sensación de haber hecho algo malo, y no supe qué decir. Dewayne me miró en silencio. Al final, conseguí articular:

–¿Y qué?

–Pues que están buscando a la gente que lo vio.

–Mucha gente lo vio.

–Sí, pero nadie quiere decir nada. Todo el mundo teme a los Sisco, y a vuestro palurdo tanto o más que a ellos.

–No es nuestro palurdo –repliqué.

–Bueno, pues yo le tengo miedo. ¿Tú no?

–Sí.

–¿Qué vamos a hacer?

–Nada. No vamos a decir ni una palabra, por lo menos de momento.

Acordamos no hacer nada. Si nos preguntaban algo, mentiríamos, y rezaríamos una oración de más para compensarlo. Las plegarias fueron muy largas y solemnes aquel domingo por la mañana. También lo fueron los rumores acerca de lo que le había ocurrido a Jerry Sisco. La noticia se propagó rápidamente antes de que diese comienzo la escuela dominical. Dewayne y yo oímos unos detalles sobre la pelea que nos parecieron increíbles. La figura de Hank crecía por momentos.

–Tiene unas manos tan grandes como jamones –dijo alguien.

–Unos hombros de toro –apuntó otro–. Debía de pesar ciento cincuenta kilos.

Los hombres y los chicos mayores se agruparon cerca de la entrada de la iglesia y Dewayne y yo nos acercamos para escuchar. Oí calificar los hechos de asesinato y después de matanza, sin comprender muy bien la diferencia entre ambas cosas hasta que le oí decir al señor Snake Wilcox:

–Eso no es un asesinato. A las personas buenas se las asesina. A la basura como los Sisco simplemente se la mata.

La matanza era la primera que tenía lugar en Black Oak desde 1947: unos aparceros del este de la ciudad se emborracharon y se enzarzaron en una guerra familiar. Un adolescente se cruzó por delante de una escopeta de caza, pero no se presentó ninguna denuncia. Huyeron durante la noche y jamás se volvió a saber de ellos. Nadie recordaba el último asesinato «auténtico».

Los chismes me fascinaban. Nos sentamos en las gradas

de la iglesia, mirando hacia Main Street, escuchando las discusiones y comentarios de los hombres acerca de lo que se tenía o no tenía que hacer.

Calle abajo divisé la fachada de la Cooperativa y, por un instante, me pareció ver de nuevo a Jerry Sisco con el rostro hecho papilla mientras Hank Spruill le propinaba una paliza mortal.

Había visto matar a un hombre. De repente, experimenté el impulso de refugiarme de nuevo en el templo y ponerme a rezar. Sabía que era culpable de algo.

Entramos en la iglesia, donde las mujeres y las muchachas también se habían reunido para comentar en voz baja las distintas versiones de la tragedia. Quien crecía a ojos de ellas era la figura de Jerry. Brenda, la pecosa enamorada de Dewayne, vivía a sólo medio kilómetro de los Sisco y, dado que éstos eran prácticamente vecinos suyos, estaba siendo objeto de especial interés. Las mujeres se mostraban más comprensivas que los hombres.

Dewayne y yo fuimos a buscar unas galletas a la sala comunitaria, nos dirigimos a nuestras pequeñas aulas y, por el camino, prestamos atención a los comentarios.

Nuestra profesora de la escuela dominical, la señorita Beverly Dill Cooley, que enseñaba en el instituto de Monette, empezó con un prolongado y generoso comentario necrológico sobre Jerry Sisco, un pobre chico perteneciente a una familia muy pobre, que jamás había tenido una oportunidad. Después nos hizo juntar las manos y cerrar los ojos mientras ella elevaba su voz y, durante un buen rato, le pedía a Dios que acogiera al pobre Jerry entre sus amorosos y eternos brazos. Hablaba como si Jerry fuera un cristiano y una víctima inocente.

Dewayne y yo nos miramos.

Todo aquello resultaba un poco extraño. Como baptistas, nos habían enseñado desde la cuna que la única manera de ir al Cielo consistía en creer en Jesús y tratar de seguir su ejemplo, llevando una vida cristiana, limpia y ética. Era un mensaje muy sencillo que nos predicaban desde el púlpito los domingos por la mañana e incluso los domingos por la noche; y todos los predicadores que pasaban por Black Oak lo repetían con vehemencia y claridad. Lo oíamos en la escuela dominical, los miércoles durante el servicio de plegaria nocturna y en la Escuela Bíblica durante las vacaciones. Estaba en nuestra música, en nuestros devocionarios, en nuestra literatura. Era un mensaje firme y directo, sin trampa, compromisos o escapatorias. Y el que no aceptaba a Jesús ni vivía como un cristiano, sencillamente se iba al infierno. Allí había ido a parar Jerry Sisco y todos lo sabíamos.

La señorita Cooley, sin embargo, seguía rezando. Rezó por todos los Sisco en aquella hora de amargura y pérdida, y también por nuestra pequeña ciudad, para que tendiera la mano a los Sisco y los ayudara.

A mí no se me ocurría pensar en ninguna persona de Black Oak que quisiera tenderles la mano a los Sisco.

Fue una plegaria muy rara, y cuando la señorita Cooley dijo finalmente «amén», me quedé perplejo. Jerry Sisco jamás en su vida se había acercado a una iglesia, pero la señorita Cooley rezaba como si en aquel preciso instante estuviera con Dios. Si los forajidos como los Sisco podían ir al Cielo, los demás no teníamos por qué esforzarnos en ser buenos.

Después se puso a hablarnos de nuevo de Jonás y de la ballena, y por un buen rato nos olvidamos de la matanza.

Una hora después, durante el servicio religioso, me senté en mi sitio de costumbre, en el mismo banco en el que siempre se sentaban los Chandler, a la izquierda y hacia la parte central de la iglesia, entre Gran y mi madre. Los bancos no estaban marcados ni reservados, pero todo el mundo sabía dónde solían sentarse los demás. Mis padres aseguraban que en cuestión de tres años, cuando yo tuviera diez, me permitirían sentarme con mis amigos, siempre y cuando me portara bien, claro. Había conseguido arrancarles esa promesa, pero existía igualmente la posibilidad de que no me permitieran hacerlo hasta que cumpliera los veinte.

Aunque las ventanas estaban abiertas, la atmósfera era sofocante. Las mujeres se abanicaban, mientras que los hombres permanecían sentados sudando la gota gorda. Para cuando el hermano Akers se levantó para predicar, yo ya tenía la camisa pegada a la espalda.

El hombre estaba furioso, como de costumbre, y se puso a gritar casi de inmediato nada más empezar, dijo que el pecado había llevado la tragedia a Black Oak. El pecado había sido causa de muerte y destrucción, tal como siempre lo había sido y seguiría siéndolo. Nosotros, los pecadores, bebíamos, jugábamos, maldecíamos, mentíamos, luchábamos, matábamos y cometíamos adulterio porque nos habíamos apartado de Dios, y era por eso por lo que un joven de nuestra ciudad había perdido la vida. Dios no quería que nos matáramos los unos a los otros.

Volví a sentirme perplejo. Yo creía que Jerry Sisco había muerto porque finalmente había encontrado la horma de su zapato. No tenía nada que ver con el juego, el adulterio o cualquiera de los otros pecados contra los que estaba clamando el hermano Akers. Y, además, ¿por qué nos pegaba tantos gritos? Nosotros éramos los buenos. ¡Estábamos en la iglesia!

Raras veces comprendía de qué hablaba el hermano Akers en sus sermones y, de vez en cuando, le había oído comentar a Gran durante la comida del domingo que ella también había quedado confusa por alguno de sus sermones. En una ocasión Ricky me había dicho que, a su juicio, el hermano Akers estaba medio chiflado.

Los pecados aumentaron y fueron acumulándose los unos encima de los otros hasta que los hombros se me empezaron a encorvar. Aún no había dicho ninguna mentira a propósito de la pelea, pero ya empezaba a sentir los efectos.

Después el hermano Akers recorrió toda la historia del asesinato, empezando con Caín, que había matado a Abel, y siguiendo todo el ensangrentado camino de las carnicerías bíblicas. Gran cerró los ojos y yo comprendí que estaba rezando... Siempre rezaba. Pappy mantenía la mirada fija en la pared, pensando probablemente en la clase de efecto que podría ejercer la muerte de un Sisco en su cosecha de algodón. Me pareció que mi madre prestaba sinceramente atención al predicador, en tanto que yo empezaba a dar cabezaditas.

Cuando desperté, tenía la cabeza apoyada en el regazo de Gran, pero a ella no le importaba. Cuando estaba preocupada por Ricky, quería tenerme cerca. El piano sonaba y los miembros del coro se habían puesto de pie. Nos levantamos y cantamos cinco estrofas de *Tal como soy*. Acto seguido, el reverendo nos despidió.

Fuera los hombres se reunieron a la sombra de un árbol y empezaron a discutir acerca de no sé qué. Pappy, que acaparaba toda la atención, hablaba en voz baja y agitaba las manos en actitud apremiante. Me guardé mucho de acercarme.

Las mujeres formaron pequeños grupos y empezaron a intercambiarse chismes en el césped delantero, donde los niños jugaban y los ancianos se despedían. Nadie tenía prisa en alejarse de la iglesia los domingos, pues en casa no había apenas nada que hacer, aparte de almorzar, echar la siesta y prepararse para una nueva semana de recolección de algodón.

Regresamos lentamente al aparcamiento. Volvimos a despedirnos de nuestros amigos y después saludamos con la mano mientras nos alejábamos. Solo en la parte de atrás del camión con mi padre, traté de armarme de valor para confesarle que yo había presenciado la pelea. En la iglesia, los hombres no habían hablado de otra cosa. No estaba muy seguro del papel que yo interpretaba en aquel asunto, pero la conciencia me decía que se lo confesara todo a mi padre y después me escondiera detrás de él, buscando protección. Sin embargo, Dewayne y yo habíamos prometido no decir nada hasta que nos preguntaran algo, momento en el cual trataríamos de escabullirnos como pudiéramos. No dije nada mientras regresábamos a casa.

Aproximadamente a un kilómetro y medio de nuestra granja, donde la grava empezaba a ceder el paso a la tierra, el camino se juntaba con el río St. Francis a la altura de un puente de madera de un solo carril. El puente se había construido en los años treinta como parte de un proyecto de obras públicas llevado a cabo por el gobierno con el fin de reducir el paro, y era lo bastante resistente para soportar el peso de los tractores y los remolques cargados de algodón. Sin embargo, las gruesas tablas crujían y chirriaban cada vez que pasabas por él, y cuando mirabas la pardusca agua de abajo, tenías la sensación de que el puente se balanceaba.

Lo cruzamos muy despacio y, al llegar al otro lado, vimos a los Spruill. Bo y Dale estaban en el río, sin camisa y con las perneras de los pantalones subidas hasta las rodillas, brincando entre las rocas. Trot permanecía sentado en una gruesa rama, con los pies colgando sobre el agua. El señor y la señora Spruill se encontraban a la sombra de un árbol, junto al mantel sobre el cual habían dispuesto la comida.

Tally también estaba en el agua, tenía las piernas desnudas hasta las rodillas y la larga cabellera le caía sobre los hombros. Se me aceleró el pulso al verla dar pataditas al agua, abstraída en sus pensamientos.

Río abajo, en un lugar donde casi nunca había peces, vimos a Hank con una pequeña caña de pescar. Se había quitado la camisa y ya tenía la piel enrojecida por el sol. Me pregunté si sabría que Jerry Sisco había muerto. Probablemente, no. Pero no tardaría en enterarse.

Los saludamos con la mano. Se quedaron de piedra, como si los hubiéramos sorprendido entrando ilegalmente en algún sitio, pero después sonrieron y correspondieron con una inclinación de la cabeza. Sin embargo, Tally no nos miró. Hank, tampoco.

9

El almuerzo del domingo siempre era a base de pollo frito, bizcochos y salsa, y, a pesar de que las mujeres trabajaban con la mayor rapidez posible, tardaban una hora en prepararlo. Cuando nos sentábamos a la mesa, estábamos muertos de hambre. A menudo pensaba, para mis adentros, claro, que, si el hermano Akers no ladrara y divagara tanto, no estaríamos tan hambrientos.

Pappy rezó la oración de acción de gracias. Nos pasamos las bandejas de la comida y, cuando estábamos a punto de empezar a comer, oímos la portezuela de un automóvil cerrarse ruidosamente muy cerca de la casa. Dejamos de comer y nos miramos los unos a los otros. Pappy se levantó en silencio y se acercó a la ventana de la cocina.

–Es Stick Powers –anunció, levantando la vista, y a mí se me pasó de golpe el apetito. Había llegado la policía y no cabía esperar que ocurriera nada bueno.

Pappy lo recibió en el porche trasero. Oímos con toda claridad sus palabras.

–Buenas tardes, Eli.

–¿En qué puedo servirle, Stick?

–Creo que ya se habrá enterado de que el chico de los Sisco ha muerto.

–Pues sí –repuso Pappy sin el menor asomo de tristeza en la voz.

–Tengo que hablar con uno de sus temporeros.

–Fue una simple pelea, Stick. Las habituales tonterías de

los sábados que los Sisco llevan años haciendo. Ustedes jamás se lo han impedido, y ahora a uno de ellos le han dado su merecido.

–Pero yo tengo que investigar lo ocurrido.

–Pues tendrá que esperar hasta después del almuerzo. Acabamos de sentarnos a la mesa. Algunas personas acostumbramos ir a la iglesia.

Mi madre se estremeció al oírlo. Gran meneó lentamente la cabeza.

–Estoy de servicio.

Según los rumores, a Stick le daba un ataque de fervor religioso cada cuatro años, en período electoral. Después, a lo largo de tres años y medio, no experimentaba la menor necesidad de acudir al templo. En Black Oak, si alguien no lo hacía, la gente se enteraba. Necesitábamos tener a alguien por quien rezar durante las reuniones de renovación de la fe.

–Puede sentarse en el porche –le dijo Pappy antes de regresar a la mesa de la cocina.

En cuanto se hubo sentado, los demás se pusieron nuevamente a comer. Yo sentía en la garganta un nudo del tamaño de una pelota de béisbol y no había manera de que me pasara el pollo frito.

–¿Sabes si ha almorzado? –preguntó Gran en voz baja.

Pappy se encogió de hombros, como si le diera igual. Si a aquellas horas Stick aún no había encontrado nada que comer, ¿qué nos importaba a nosotros?

Pero a Gran sí le importaba. Se levantó y sacó un plato del armario. Mientras nosotros la mirábamos, le puso patatas con salsa, tomates y pepinos cortados, dos bizcochos que untó cuidadosamente con mantequilla, un muslo y una pechuga. Después llenó un vaso alto con té helado y lo llevó al porche trasero.

–Tenga, Stick –oímos que decía–. Aquí nadie se queda sin comer.

–Gracias, señora Ruth, pero ya he comido.

–Pues vuelva a comer.

–La verdad es que no debería.

Fue entonces cuando comprendimos que las carnosas ventanas de la nariz de Stick ya habían percibido los deliciosos efluvios del pollo y los bizcochos.

–Gracias, señora Ruth. Es usted muy amable.

No nos sorprendimos al verla entrar con las manos vacías. Pappy estaba enfadado, pero mantuvo la boca cerrada. Stick se había presentado allí para entrometerse en los asuntos de nuestros peones, lo cual significaba que estaba haciendo peligrar nuestra cosecha de algodón. ¿Por qué alimentarlo?

Comimos en silencio, lo que me permitió disponer de tiempo para ordenar mis pensamientos. Como no quería que sospecharan nada, me introduje a la fuerza la comida en la boca y procuré masticarla lo más despacio posible.

No tenía mucha idea de qué era la verdad ni sabía distinguir entre el bien y el mal. Los Sisco se estaban metiendo con un pobre palurdo cuando Hank acudió en ayuda de éste. Eran tres Sisco contra Hank. Él les paró rápidamente los pies, y allí debería haber terminado la pelea. ¿Por qué recogió después aquel palo? Era fácil pensar que los Sisco jamás tenían razón, pero Hank ya había ganado la pelea mucho antes de que empezara a golpearlos.

Pensé en Dewayne y en nuestro pacto secreto. Llegué a la conclusión de que el silencio y la ignorancia eran las mejores estrategias.

No queríamos que Stick nos oyera hablar, por eso no dijimos nada durante toda la comida. Pappy comió más despacio que de costumbre porque quería hacer esperar a Stick, conseguir que se inquietara y, quizá, se enojara y se marchara. Pero yo dudaba mucho que la tardanza molestara a Stick. Casi me parecía oírlo lamer el plato.

Mi padre miró en torno a la mesa mientras masticaba, con los pensamientos aparentemente en otro sitio, probablemente en Corea. Tanto mi madre como Gran parecían muy tristes, lo cual no tenía nada de extraño después de la paliza verbal que nos propinaba cada semana el hermano Akers. Éste era otro de los motivos por los cuales yo siempre procuraba echarme a dormir durante sus sermones.

Las mujeres le tenían mucha más simpatía a Jerry Sisco. A medida que pasaban las horas, su muerte resultaba cada vez más lamentable. Su perversidad y sus restantes defectos estaban cayendo lentamente en el olvido. A fin de cuentas, era un chico de la zona, alguien a quien conocíamos, aunque sólo fuera de pasada, y había tenido un final horrible.

Y su asesino dormía en el patio delantero de nuestra casa.

Oímos ruido. Los Spruill acababan de regresar del río.

La investigación tuvo lugar bajo nuestro roble más alto, a medio camino entre el porche delantero y el campamento de los Spruill. Primero se reunieron los hombres, Pappy y mi padre desperezándose y frotándose el estómago, y Stick con cara de haber dado cuenta de una excelente comida. Tenía un vientre abultado sobre el que se tensaban los botones de su camisa marrón, y saltaba a la vista que no se pasaba los días en los algodonales. Pappy decía que se trataba de un holgazán que todo lo que hacía era dormir en el interior de su coche patrulla a la sombra de un árbol, cerca del tenderete de perritos calientes de Gurdy Stone en las afueras de la ciudad.

Desde el otro lado del patio, los Spruill se acercaron con el señor Spruill a la cabeza y Trot en la retaguardia, ladeando el cuerpo y arrastrando los pies con sus habituales andares que ya todos conocíamos. Yo caminaba detrás de Gran y de mi madre, atisbando entre ellas en mi afán de mantenerme al margen. Sólo los mexicanos no estaban presentes.

Se formó un desordenado corrillo alrededor de Stick; los Spruill a un lado y los Chandler al otro, aunque, bien mirado, todos estábamos en el mismo lado. No me gustaba ser aliado de Hank Spruill, pero el algodón estaba por encima de todo.

Pappy presentó a Stick al señor Spruill, quien estrechó torpemente la mano del agente y después retrocedió unos pasos. Los Spruill parecían temerse lo peor, y entonces traté de recordar si alguno de ellos había presenciado la pelea. Había mucha gente y todo había ocurrido muy rápido. Dewayne y yo nos habíamos quedado como hipnotizados al ver la sangre, y ahora no conseguía recordar si me había fijado en los rostros de los demás espectadores.

Stick empezó a mascar una brizna de hierba que asomaba por la comisura de su boca, y con los pulgares de las manos introducidos en los bolsillos de los pantalones, empezó a estudiar a nuestros montañeses. Hank se apoyó contra el roble, mirando con desprecio a cualquiera que tuviera la osadía de posar la vista en él.

–Ayer hubo una pelea violenta en la ciudad, detrás de la Cooperativa –comenzó Stick, mirando a los Spruill. El señor Spruill asintió con la cabeza sin decir nada–. Unos chicos de la ciudad se enzarzaron en una pelea con un tipo de la montaña. Uno de ellos, Jerry Sisco, ha muerto esta mañana en el hospital de Jonesboro. Fractura de cráneo.

Los Spruill empezaron a agitarse con inquietud, a excepción de Hank, que no se movió. Estaba claro que no se habían enterado de las últimas noticias acerca de Jerry Sisco.

Stick soltó un escupitajo al suelo, desplazó el peso del cuerpo de una pierna a la otra, disfrutando de su condición de moderador y representante de la autoridad, provisto de placa y arma de fuego.

–Por eso estoy buscando por ahí –añadió–, haciendo preguntas, sencillamente para tratar de averiguar quién participó.

–No ha sido ninguno de nosotros –afirmó el señor Spruill–. Somos gente de paz.

–¿De veras?

–Sí, señor.

–¿Ayer todos ustedes estuvieron en la ciudad?

–Pues sí.

Ahora que habían empezado las mentiras, atisbé entre las dos mujeres para ver mejor a los Spruill. Tenían pinta de asustados. Bo y Dale permanecían muy juntos, mirando rápidamente en todas direcciones. Tally estudiaba la tierra adherida a sus pies descalzos, sin atreverse a levantar la cabeza. El señor y la señora Spruill parecían buscar algún rostro amistoso. Y, como es natural, Trot estaba en otro mundo.

–¿Tienen ustedes a un chico llamado Hank? –preguntó Stick.

–Es posible –contestó el señor Spruill.

–No jueguen conmigo –gruñó Stick, súbitamente furioso–. Le he hecho una pregunta y usted debe contestar con claridad. Sobra espacio en nuestra cárcel de Jonesboro. Puedo encerrar a toda la familia para interrogarla. ¿Entendido?

–¡Yo soy Hank Spruill! –dijo una voz de trueno.

Hank se abrió paso con arrogancia entre el grupo y se detuvo lo bastante cerca de Stick para arrearle un puñetazo. Éste, que era mucho más bajo, consiguió mantener el tipo, lo estudió por un segundo y preguntó:

–¿Estuviste ayer en la ciudad?

–Sí.

–¿Interviniste en una pelea detrás de la Cooperativa?

–No. Yo impedí que siguieran haciéndolo.

–¿Golpeaste a los muchachos Sisco?

–No conozco sus nombres. Dos de ellos estaban pegando a un chico de la montaña. Yo interrumpí la pelea.

Hank parecía muy ufano y no aparentaba temor; lo admiré muy a mi pesar por su manera de enfrentarse con la ley. Stick miró al grupo y sus ojos se posaron en Pappy. Stick estaba siguiendo una buena pista y se sentía enormemente orgulloso de sí. Con la lengua se pasó la brizna de hierba al otro lado de la boca y después volvió a mirar a Hank.

–¿Utilizaste un palo?

–No me hizo falta.

–Responde a la pregunta. ¿Utilizaste un palo?

—No —contestó Hank sin titubear—. Eran ellos los que tenían un palo.

Naturalmente, la respuesta no coincidía con lo que alguien le había revelado a Stick.

—Creo que será mejor que lo detenga —dijo Stick, sin hacer el menor ademán de tomar las esposas que colgaban de su cinturón.

El señor Spruill se adelantó y le dijo a Pappy:

—Si él se va, nosotros también nos vamos. Ahora mismo.

Pappy ya estaba preparado. La gente del campo era famosa por su habilidad para tomar sus bártulos y marcharse de inmediato, y ninguno de nosotros dudaba de que el señor Spruill hablaba en serio. Se irían en menos de una hora y regresarían a Eureka Springs, a sus montañas y a su whisky casero. Resultaría prácticamente imposible recolectar cuarenta hectáreas de algodón con la ayuda exclusiva de los mexicanos. Todas las manos eran esenciales.

—Tranquilo, Stick —intervino Pappy—. Hablemos con calma. Usted y yo sabemos que los Sisco son unos indeseables. Se pelean a menudo y juegan sucio. Lo que ocurre es que se enfrentaron con quien no debían.

—Tengo un cadáver, Eli. ¿Acaso no lo entiende?

—Dos contra uno no me parece muy justo. Desde mi punto de vista, se trata de un caso de legítima defensa.

—Pero mire lo fuerte que es.

—Tal como ya le he dicho, los Sisco se equivocaron de contrincante. Usted y yo sabemos que se lo estaban buscando. Deje que el chico le cuente su versión de la historia.

—¡No soy un chico! —exclamó Hank.

—Cuéntale lo que pasó —dijo Pappy, tratando de ganar tiempo. Si la cosa se alargaba un poco quizá Stick encontrara algún motivo para largarse y regresar al cabo de unos días.

—Adelante —convino Stick—. Oigamos tu versión. Bien sabe Dios que nadie más ha dicho nada.

Hank se encogió de hombros y dijo:

–Me acerqué y vi a los muy cabrones golpeando a Doyle y entonces interrumpí la pelea.

–¿Quién es Doyle? –preguntó Stick.

–Un chico de Hardy.

–¿Lo conoces?

–No.

–Entonces, ¿cómo sabes de dónde es?

–Lo sé y eso es todo.

–¡Maldita sea! –masculló Stick, soltando un escupitajo cerca de Hank–. Nadie sabe nada. Nadie vio nada. Media ciudad estaba detrás de la Cooperativa, pero nadie sabe absolutamente nada.

–Parece que fueron dos contra uno –insistió Pappy–, y cuide el lenguaje; está en mi casa y hay señoras delante.

–Perdón –dijo Stick, tocándose el ala del sombrero e inclinando la cabeza en dirección a mi madre y a Gran.

–Lo único que hizo fue interrumpir una pelea –intervino mi padre por primera vez.

–Hay algo más que eso, Jesse. He oído decir que, cuando terminó la pelea, éste echó mano de un palo y golpeó a los chicos con él. Supongo que fue entonces cuando se produjo la fractura de cráneo. Dos contra uno no está bien y ya sé cómo son los Sisco, pero no estoy seguro de que a uno de ellos tuvieran que matarlo.

–Yo no maté a nadie –dijo Hank–. Interrumpí una pelea. Y no eran dos sino tres.

Ya era hora de que Hank aclarara las cosas. Me parecía un poco raro que Stick no supiera que tres de los Sisco habían salido muy malparados del enfrentamiento. Le habría bastado con contar las caras magulladas. Sin embargo, lo más probable era que sus parientes se los hubieran llevado y los tuviesen escondidos en casa.

–¿Tres? –repitió Stick sin poderlo creer.

Todos los presentes se quedaron de piedra.

Pappy aprovechó la ocasión.

–En tal caso, no pueden detenerlo por asesinato. Ningún jurado de este país emitirá un veredicto de culpabilidad si fueron tres contra uno.

Por un instante, Stick pareció mostrarse de acuerdo, pero no quería reconocerlo.

–Eso siempre y cuando diga la verdad. Necesitará testigos y ahora mismo hay muy pocos. –Stick se volvió hacia Hank y le preguntó–: ¿Quiénes eran los tres?

–No les pregunté cómo se llamaban, señor –contestó Hank en tono sarcástico–. No tuvimos ocasión de saludarnos. Eso lleva mucho tiempo, sobre todo cuando el que se enfrenta a tres tipos eres tú.

Las risas habrían molestado a Stick, y nadie quería correr semejante riesgo. Por consiguiente, nos limitamos a inclinar la cabeza y esbozar una sonrisa.

–¡No te hagas el gracioso conmigo, chaval! –exclamó Stick, tratando de reafirmar su autoridad–. Supongo que no tienes ningún testigo, ¿verdad?

Se hizo el silencio. Yo esperaba que Bo o Dale dieran un paso al frente y dijeran que habían presenciado la pelea. Puesto que los Spruill acababan de demostrar que, sometidos a una fuerte presión, eran capaces de mentir, me parecía lógico que uno de ellos se apresurara a confirmar la versión de Hank. Pero nadie abrió la boca. Me acerqué unos cuantos centímetros y me situé directamente detrás de mi madre.

Entonces oí las palabras que cambiarían mi vida. En medio del aire absolutamente inmóvil, Hank dijo:

–El pequeño Chandler lo vio.

Cuando abrí los ojos, todo el mundo estaba mirándome. Gran y mi madre parecían especialmente horrorizadas. Me sentí culpable, la expresión de mi rostro me delataba y comprendí al instante que todos los presentes creían en lo que Hank decía. ¡Yo era un testigo!

–Ven aquí, Luke –me ordenó Pappy.

Me acerqué al centro del grupo tan lentamente como fui

capaz. Levanté la mirada hacia Hank y vi un fulgor de furia en sus ojos. Esbozaba una sonrisa más despectiva que de costumbre y su rostro me decía que sabía que estaba atrapado. Los presentes se acercaron un poco más, como si quisieran rodearme.

–¿Presenciaste la pelea? –preguntó Pappy.

En la escuela dominical me habían enseñado que la mentira lo enviaba a uno directamente al infierno. Sin rodeos ni segundas oportunidades. Directamente a las llamas del infierno, donde Satanás esperaba con gente como Hitler, Judas Iscariote y el general Grant. «No darás falso testimonio» no significaba exactamente una prohibición absoluta de mentir, pero así lo interpretaban los baptistas. Y a mí me habían pegado un par de veces por decir pequeños embustes sin importancia. «Di la verdad y te quedarás más tranquilo», era uno de los dichos preferidos de Gran.

–Sí, señor –contesté.

–¿Qué estabas haciendo allí?

–Oí que había una pelea y fui a ver.

No estaba dispuesto a incluir a Dewayne, por lo menos hasta que me viera obligado a hacerlo.

Stick hincó una rodilla en tierra para que su mofletudo rostro quedara al nivel de mis ojos.

–Dime lo que viste –me dijo–. Y di la verdad.

Miré a mi padre, que estaba inclinado sobre mi hombro, y a Pappy, que, curiosamente, no parecía enojado conmigo.

Aspiré una gran bocanada de aire hasta llenarme los pulmones y miré a Tally, que me observaba con gran detenimiento. Después contemplé la chata nariz y los abultados ojos negros de Stick y dije:

–Jerry Sisco se estaba peleando con un hombre montañés. Después Billy Sisco también se echó encima de éste. Entonces el señor Hank entró en la pelea para ayudar al montañés.

–Y justo en ese momento, ¿eran dos contra uno o dos contra dos? –preguntó Stick.

–Dos contra uno.

–¿Qué ocurrió con el primer montañés?

–No lo sé. Se fue. Creo que estaba muy malherido.

–Muy bien. Sigue. Y di la verdad.

–¡Está diciendo la verdad! –gritó Pappy.

–Sigue.

Volví a mirar alrededor para cerciorarme de que Tally todavía me observaba. Ahora no sólo estaba estudiándome con gran detenimiento sino que, además, esbozaba una sonrisa encantadora.

–Entonces Bobby Sisco salió de pronto de entre la gente y atacó al señor Hank. Eran tres contra uno, tal como él ha dicho.

Hank no sólo no se relajó, sino que me miró con mayor crueldad aún. Se estaba adelantando mentalmente a los acontecimientos y todavía no había terminado conmigo.

–Creo que con eso queda todo aclarado –dijo Pappy–. Yo no soy abogado, pero si fueron tres contra uno, no me costaría nada convencer a un jurado.

Stick no le hizo caso y se acercó más a mí.

–¿Quién tenía el palo? –inquirió, entornando los ojos como si ésta fuera la pregunta más importante de las que se habían formulado hasta el momento.

De repente, Hank estalló.

–¡Di la verdad, chico! –gritó–. Uno de los Sisco recogió del suelo el palo, ¿a que sí?

Sentí las miradas de Gran y de mi madre a mi espalda. Y sabía que Pappy estaba deseando alargar la mano y sacudirme por el cuello para que de mi boca brotaran las palabras apropiadas.

Delante de mí, a escasa distancia, Tally me contemplaba con expresión suplicante, al igual que Bo, Dale, e incluso Trot.

–¡A que sí, chico! –volvió a ladrar Hank.

Miré a Stick a los ojos y empecé a asentir con la cabeza,

primero muy despacio, una tímida mentirijilla sin palabras, luego con vehemencia, y de ese modo hice más por nuestra cosecha de algodón que seis meses de buen tiempo.

Me encontraba al borde del ardiente abismo del infierno. Satanás estaba esperándome y yo percibía el calor de las llamas. Correría al bosque en cuanto pudiera y rezaría pidiendo perdón. Le suplicaría a Dios que se apiadara de mí. Él nos había dado el algodón; de nosotros dependía protegerlo y cosecharlo.

Stick se levantó muy despacio sin apartar los ojos de los míos, pues ambos sabíamos que yo estaba mintiendo. No quería detener a Hank Spruill, al menos en aquel momento. En primer lugar, habría tenido que colocarle las esposas, lo que sin duda habría sido una tarea un tanto peliaguda. Y, en segundo lugar, se habría puesto a mal con todos los agricultores.

Mi padre me agarró por el hombro y me empujó de nuevo hacia las mujeres.

–Nos ha pegado usted un susto de muerte, Stick –dijo, soltando una torpe carcajada en un intento de romper la tensión y sacarme de allí antes de que dijera lo que no debía.

–¿Es buen chico? –preguntó Stick.

–Dice la verdad –contestó mi padre.

–Pues claro que dice la verdad –terció Pappy, considerablemente enfadado.

La verdad acababa de reescribirse.

–Seguiré preguntando por ahí –dijo Stick mientras se encaminaba hacia su automóvil–. Es posible que vuelva más tarde.

Cerró la portezuela de su viejo coche patrulla y abandonó nuestro patio. Lo vimos alejarse hasta que se perdió de vista.

10

Como en domingo no trabajábamos, la casa se nos quedaba pequeña, pues mis padres y abuelos procuraban ocupar el tiempo haciendo las pocas tareas sencillas que nos estaban permitidas. Tratábamos de echar la siesta, pero desistíamos del intento a causa del calor. De vez en cuando, los ánimos se caldeaban un poco, y entonces mis padres me hacían subir a la parte de atrás del camión y nos íbamos a dar un largo paseo a pesar de que no había nada que mereciera la pena ver. Todas las tierras eran llanas y estaban cubiertas de algodón. Las vistas eran las mismas que podían contemplarse desde el porche delantero. Pero lo importante era alejarse de la casa.

Poco después de que Stick se retirara, me enviaron al huerto y me ordenaron que acarreara hortalizas. Se estaba preparando un viaje por carretera. Se llenaron dos cajas de cartón de verduras. Pesaban tanto que mi padre tuvo que colocarlas en la parte de atrás. Mientras nos alejábamos, vimos a los Spruill diseminados por el patio delantero en distintas fases de descanso. No quería mirarlos. Sentado en la parte de atrás del camión entre las cajas de verduras, contemplé la polvareda que levantaba el vehículo, formando unas nubes grises que se cernían en el sofocante aire por encima de la carretera antes de disiparse lentamente a causa de la ausencia de viento. No quedaba ni rastro de la lluvia y el barro de primera hora de la mañana. Todo estaba ardiendo de nuevo: las tablas de madera de la plataforma del camión, su oxidada estructura sin pintar e incluso el maíz, las patatas y los tomates que mi madre acababa de lavar. En la zona de Arkansas en que vivíamos nevaba dos veces al año, y yo soñaba con la gruesa y fría manta blanca que cubría nuestros estériles campos invernales cuando no había algodón.

La polvareda cesó finalmente en la orilla del St. Francis, y empezamos a cruzar el puente muy despacio. Contemplé el río cuya espesa corriente marrón apenas se movía. En la parte de atrás había dos cañas de pescar, y mi padre me había prometido que después de entregar las verduras iríamos a pescar un rato.

Los Latcher eran unos aparceros que vivían a no más de un kilómetro de nuestra casa, pero lo mismo hubiese dado que vivieran en otro condado. Su destartalada cabaña se levantaba en un recodo del río, las ramas de los olmos y los sauces rozaban el techado y el algodón llegaba casi hasta el porche delantero. Alrededor de la casa no crecía ni una brizna de hierba; no había más que un anillo de tierra en el que jugaba una horda de pequeños Latcher. En mi fuero interno me alegraba de que vivieran al otro lado del río, pues de lo contrario, probablemente me hubieran ordenado que jugase con ellos.

Cultivaban quince hectáreas y se repartían la cosecha con el propietario de la tierra. Eso prácticamente equivalía a la mitad de nada, motivo por el que los Latcher eran más pobres que las ratas. Carecían de electricidad y no tenían automóvil ni camión. De vez en cuando, el señor Latcher se acercaba a pie a nuestra casa y le pedía a Pappy que la siguiente vez que fuera a Black Oak lo llevase con él. La anchura del camino que conducía a la casa a duras penas permitía el paso de nuestro camión, y cuando nos deteníamos el porche ya estaba lleno de rostros pequeños y mugrientos. Una vez conté siete niños Latcher, pero un cálculo exacto habría sido imposible. Costaba distinguir a los niños de las niñas; todos llevaban el cabello desgreñado, tenían el mismo rostro demacrado y los mismos ojos azul pálido, y vestían los mismos andrajos. La señora Latcher emergió del destartalado porche secándose las manos con el delantal.

–Hola, señora Chandler –susurró, esbozando una sonrisa.

Iba descalza y tenía unas piernas tan delgadas como palillos.

–Me alegro de verla, Darla –contestó mi madre.

Mi padre se entretuvo en la parte de atrás del camión, cambiando de sitio las cajas mientras mi madre y la señora Latcher charlaban un rato. No abrigábamos ninguna esperanza de ver al señor Latcher. El orgullo le impedía salir y aceptar la comida. Que de eso se encargaran las mujeres.

Mientras ellas hablaban de la cosecha y del calor que hacía, yo me aparté del camión bajo la mirada vigilante de todos aquellos chiquillos. Me acerqué a la parte lateral de la casa, donde el chico más alto estaba holgazaneando a la sombra sin prestarnos la menor atención. Se llamaba Percy y según él tenía doce años, aunque yo abrigaba dudas al respecto. Su estatura no era la que correspondía a un niño de esa edad, pero como los Latcher no iban a la escuela era imposible compararlo con los chicos de doce años. Iba descalzo y sin camisa, y su piel era de color bronce oscuro debido a las muchas horas que pasaba al sol.

–Hola, Percy –le dije, pero él no me contestó.

Los aparceros solían ser muy raros. Unas veces te hablaban y otras te miraban con rostro inexpresivo como si quisieran que los dejaras en paz.

Contemplé la casa, una cajita cuadrada, y me pregunté una vez más cómo era posible que en un lugar tan pequeño pudiera vivir tanta gente. Nuestro cobertizo de herramientas tenía casi el mismo tamaño. Las ventanas estaban abiertas y los restos de unos visillos colgaban inmóviles. No había tela metálica que impidiera la entrada de las moscas y los mosquitos y, por supuesto, ningún ventilador que removiera un poco el aire.

Me compadecí de ellos. Gran era muy aficionada a las citas de las Sagradas Escrituras, como «Bienaventurados los pobres de espíritu porque de ellos será el Reino de los Cielos», y «A los pobres siempre los tendréis con vosotros», pero a mí me parecía una crueldad que alguien tuviera que vivir en semejantes condiciones. No tenían zapatos. Su ropa estaba tan vieja y gastada que se avergonzaban de ir a la ciudad, y como carecían de electricidad, no podían enterarse de las noticias sobre los Cardinals.

Percy nunca había tenido una pelota, un guante o un bate de béisbol, jamás había jugado a atrapar la pelota con su padre ni, mucho menos, soñado con derrotar a los Yankees. En realidad, puede que ni siquiera hubiera soñado con abandonar el algodonal. La sola idea me resultaba casi insoportable.

Mi padre sacó la primera caja de verduras mientras mi madre explicaba su contenido y los chiquillos Latcher se acercaban a los peldaños de la entrada, mirando ansiosamente desde lejos. Percy no se movió; mantenía la mirada fija en los campos, en algo que ni él ni yo podíamos ver.

Había una chica en la casa. Se llamaba Libby, tenía quince años, era la mayor y, según los más recientes rumores de Black Oak, estaba embarazada. Decían que no había querido revelar a nadie, ni siquiera a sus padres, el nombre del chico que la había preñado.

Semejantes rumores superaban toda la capacidad de comprensión de Black Oak. Las noticias de la guerra, una pelea, un caso de cáncer, el nuevo hijo que esperaban dos personas legalmente casadas... todos aquellos acontecimientos alimentaban los rumores. Una defunción seguida de un buen funeral mantenía electrizada a la ciudad durante varios días. La detención, aunque sólo fuera del más insignificante de los ciudadanos, constituía un acontecimiento que daba juego para varias semanas. Pero que una niña de quince años, aunque fuera la hija de un aparcero, estuviera embarazada de un hijo ilegítimo era algo tan extraordinario que la ciudad estaba totalmente alborotada. Lo malo era que el embarazo no se había confirmado. Sólo se trataba de un rumor. Puesto que los Latcher jamás abandonaban la granja, resultaba muy difícil confirmarlo. Y, dado que nosotros éramos los que más cerca vivíamos de ellos, la tarea de investigar había recaído en mi madre. Y ella había recabado mi ayuda para que le echara una mano en las comprobaciones. Me había revelado en parte los rumores que corrían y, como yo me había pasado toda la vida viendo criar y reproducirse a los animales de la granja, poseía los conocimientos básicos necesarios. A pesar de ello, sin embargo, me mostraba reacio a participar. Tampoco estaba demasiado seguro de la razón por la cual teníamos que confirmar el embarazo. Se había hablado tanto de ello que ahora toda la ciudad creía que la pobre chica se encontraba en estado. El gran misterio era la identidad del padre. «A mí no van a endilgármelo», le oí decir a Pappy en la Cooperativa mientras todos los viejos se partían de risa.

–¿Qué tal va el algodón? –le pregunté a Percy. Como si ambos fuéramos unos agricultores de verdad.

–Aún está por ahí –contestó, señalando con un movimiento de la cabeza los algodonales que empezaban a muy pocos metros de distancia.

Me volví a mirar su algodón cuyo aspecto era exactamente igual que el del nuestro. A mí me pagaban un dólar con sesenta por cada cincuenta kilos que recolectaba. A los hijos de los aparceros no les pagaban nada.

Después contemplé de nuevo la casa, las ventanas, los visillos, las alabeadas tablas de madera y el patio trasero con la colada tendida en unas cuerdas. Miré hacia el sendero de tierra que pasaba por delante del retrete exterior y se dirigía al río, pero no vi ni rastro de Libby Latcher. Probablemente la mantuviesen encerrada en una habitación y el señor Latcher montara guardia ante la puerta con una escopeta de caza. Algún día daría a luz al bebé y nadie se enteraría. Sería un Latcher más que corretearía desnudo por allí.

–Mi hermana no está aquí –dijo Percy, con la mirada perdida en la distancia–. Eso es lo que estás buscando, ¿verdad?

Quedé boquiabierto de asombro y me puse colorado como un tomate.

–¿Cómo? –fue lo único que acerté a decir.

–No está aquí. Y ahora, vuelve a tu camión.

Mi padre acarreó el resto de la comida hasta el porche y yo me aparté de Percy.

–¿La has visto? –me preguntó mi madre en un susurro cuando ya nos íbamos.

Negué con la cabeza.

En cuanto nos alejamos, los Latcher se abalanzaron sobre las cajas como si llevaran una semana sin comer.

Regresaríamos al cabo de unos días con un nuevo cargamento de verduras, en un segundo intento de confirmar los rumores. Mientras mantuvieran escondida a Libby, los Latcher estarían bien alimentados.

El río St. Francis tenía quince metros de profundidad según mi padre, y cerca del embarcadero del puente había peces gato de hasta treinta kilos que devoraban todo cuanto encontraban a su alcance. Eran unos peces carroñeros, sucios y de gran tamaño, que sólo se movían cuando había comida cerca. Algunos vivían veinte años. Según las leyendas de la familia, Ricky había pescado uno de aquellos monstruos cuando tenía trece años. Pesaba veintidós kilos y al abrirle el vientre con un cuchillo se derramaron toda suerte de desperdicios por la compuerta posterior del camión de Pappy: una bujía de encendido, una canica, montones de pececillos a medio digerir, dos monedas de un centavo y algunas sustancias sospechosas que más tarde identificamos como desechos humanos.

Gran jamás volvió a freír otro pez gato, y Pappy desistió de seguir comiendo pescado de agua dulce.

Utilizando lombrices rojas como cebo, yo pescaba en las someras aguas de los remansos del río que rodeaban los bancos de arena en busca de bremas y pomosios, dos pequeñas especies muy abundantes y fáciles de pescar. Vadeaba descalzo entre los cálidos remolinos y, de vez en cuando, oía gritar a mi madre:

—¡Ya basta, Luke!

La orilla estaba bordeada de robles y sauces, detrás de los cuales brillaba el sol. Mis padres permanecían sentados a la sombra sobre una de las muchas mantas que hacían las señoras en la iglesia durante el invierno, compartiendo un melón de nuestro huerto.

Hablaban en voz baja, casi en susurros, y yo ni siquiera trataba de escuchar lo que decían, pues era uno de los pocos momentos de la temporada de la recolección en que podían estar solos. Por la noche, después de toda una jornada en los algodonales, el sueño no tardaba en llegar, y era tan profundo que raras veces los oía hablar en la cama. A veces se sentaban en el porche a oscuras, a la espera de que pasara un poco el calor, pero no estaban auténticamente solos.

El miedo que me infundía el río me mantenía a salvo de los peligros. Aún no había aprendido a nadar... estaba esperando que Ricky regresara. Me había prometido que el verano siguiente, cuando yo cumpliera los ocho años, me enseñaría. Permanecí muy cerca de la orilla, donde el agua apenas me cubría los pies.

Los ahogamientos no eran insólitos y toda mi vida había oído contar dramáticas historias de personas mayores que quedaban atrapadas en los movedizos bancos de arena y eran arrastradas por la corriente mientras sus familias las contemplaban horrorizadas. Las aguas tranquilas podían volverse violentas, pero yo jamás lo había visto. Al parecer, todos los ahogamientos se producían en el St. Francis, aunque la localización exacta variaba según el narrador. Un niño pequeño estaba sentado tranquilamente en un banco de arena cuando, de pronto, el banco se movía, el agua rodeaba al niño y éste se hundía en un visto y no visto. Su hermano mayor lo advertía, se arrojaba a las agitadas aguas y era arrastrado por una fuerte corriente que también lo devoraba. Entonces una hermana mayor oía los gritos de los dos primeros y se arrojaba al río, y cuando el agua ya le llegaba a la cintura, recordaba que no sabía nadar. Impertérrita, seguía adelante, gritándole al mayor de sus hermanos que resistiera, que allá iba ella para salvarlo. Pero el banco de arena se hundía por completo, como si se produjera una especie de terremoto, y surgían nuevas corrientes en todas direcciones.

Los tres hermanos se alejaban cada vez más de la orilla. La madre, que en algunos relatos estaba embarazada y en otros no, y que sólo a veces sabía nadar, se hallaba preparando el almuerzo a la sombra de un árbol cuando oía los gritos de sus hijos. Entonces también se arrojaba al agua y no tardaba en verse metida en un apuro.

El padre estaba pescando cerca del puente cuando oía el repentino alboroto, y en lugar de perder el tiempo corriendo a la orilla y penetrando en el agua por allí, se arrojaba de cabeza al St. Francis y se desnucaba.

Toda la familia moría ahogada. Algunos cadáveres eran encontrados y otros, no. Algunos eran devorados por los peces gato y otros arrastrados hasta el mar, dondequiera que éste estuviese. Había teorías para todos los gustos acerca de lo que finalmente ocurría a los cuerpos de aquella desventurada familia que, curiosamente, había permanecido en el anonimato durante décadas.

La historia se iba repitiendo para que los niños como yo comprendiéramos los peligros que encerraba el río. A Ricky le encantaba meterme miedo con ella, pero confundía a menudo las versiones. Mi madre decía que todo era un cuento.

Hasta el hermano Akers había conseguido introducirla en sus sermones para demostrar que Satanás siempre andaba por el mundo tratando de extender la desgracia y el sufrimiento. Yo permanecía despierto y lo escuchaba con atención, pero cuando omitía la parte del hombre que se desnucaba, también pensaba que exageraba.

Sin embargo, estaba firmemente decidido a no ahogarme. Los peces picaban, pero eran bremas muy pequeñas que yo desprendía del anzuelo y arrojaba de nuevo al río. Cerca de una laguna encontré un tocón donde sentarme y empecé a pescar un pez tras otro. Era casi tan divertido como jugar al béisbol. La tarde transcurrió lentamente y yo agradecí la soledad. Nuestra granja estaba llena de forasteros. Los algodonales esperaban con la promesa de un trabajo agotador. Había sido testigo de la muerte de un hombre y, en cierto modo, me había visto metido en el fregado.

El suave susurro de las aguas someras me serenaba. ¿Por qué no podía pasarme todo el día pescando, sentado a la orilla del río bajo la sombra de un árbol? Cualquier cosa, menos recolectar algodón. No quería ser agricultor. No necesitaba adquirir práctica.

–Luke –dijo mi padre, sentado un poco más abajo.

Recogí el anzuelo y los gusanos y me acerqué a él.

–Sí, señor –dije.

–Siéntate. Tenemos que hablar.

Me senté justo en el borde de la manta, lo más lejos posible de ellos. No parecían enfadados; por el contrario, la expresión de mi madre era más bien de complacencia.

La severidad del tono de voz de mi padre, sin embargo, fue suficiente para asustarme.

–¿Por qué no nos dijiste nada de la pelea? –me preguntó.

Al parecer, aquella pelea no iba a terminar jamás.

En realidad, la pregunta no me sorprendió.

–Creo que tuve miedo.

–Miedo, ¿de qué?

–Miedo de que me sorprendieran detrás de la Cooperativa, presenciando una pelea.

–Porque yo te había dicho que no lo hicieras, ¿verdad? –intervino mi madre.

–Sí, señora. Y lo siento.

Presenciar una pelea no constituía un acto grave de desobediencia, y los tres lo sabíamos. ¿Qué hubieran tenido que hacer los chicos un sábado por la tarde cuando la ciudad estaba llena de gente y todo el mundo quería pasarlo bien?

Sonrió porque había dicho que lo sentía. Yo quería inspirarle compasión.

–No me preocupa que vieras la pelea –señaló mi padre–, pero los secretos pueden traerte problemas. Deberías haber dicho lo que viste.

–Vi una pelea. No sabía que Jerry Sisco iba a morir.

Mi lógica lo dejó momentáneamente perplejo. Después inquirió:

–¿Le dijiste la verdad a Stick Powers?

–Sí, señor.

–¿El que recogió primero el palo fue uno de los Sisco? ¿O acaso fue Hank Spruill?

Si hubiese dicho la verdad, habría equivalido a reconocer que había mentido al dar mi primera versión. Decir la verdad o decir una mentira, ésa era la cuestión que siempre quedaba por resolver. Decidí confundir un poco las cosas.

–Bueno, si quieres que te diga la verdad, papá, todo ocurrió muy rápido. Había cuerpos cayendo y volando por todas partes. Hank lanzaba de un lado a otro a los chicos como si fueran muñecos, y la gente no paraba de moverse y gritar. Entonces, de pronto vi el palo.

Curiosamente, mis palabras lo dejaron satisfecho. A fin de cuentas, yo sólo tenía siete años y me había visto atrapado entre una multitud que estaba presenciando una terrible pelea detrás de la Cooperativa. ¿Quién hubiera podido reprocharme el que no estuviese muy seguro de lo que había ocurrido?

–No le digas nada a nadie, ¿de acuerdo? Ni a una sola persona.

–Sí, señor.

–Los niños pequeños que no les cuentan los secretos a sus padres siempre tropiezan con grandes problemas –apuntó mi madre–. Es mejor que siempre nos lo cuentes todo.

–Sí, señora.

–Y ahora, ve a seguir pescando un poco más –dijo mi padre, y regresé corriendo a mi puesto junto al río.

11

La semana empezó en medio de la semipenumbra de un lunes por la mañana. Nos reunimos junto al remolque para dirigirnos a los campos, un trayecto que cada día era más corto, pues la recolección estaba desplazándose lentamente del río hacia la casa.

Nadie dijo ni una sola palabra. Teníamos por delante cinco interminables días de esfuerzo y calor agotadores seguidos de un sábado que el lunes siempre se nos antojaba tan lejano como la Navidad.

Miré hacia abajo desde mi elevada posición en el tractor y recé para que pronto llegara el día en que los Spruill abandonaran nuestra granja. Formaban un grupo compacto, y se los veía tan soñolientos y aturdidos como yo. Trot no iba con ellos y tampoco se reuniría con nosotros en el algodonal. A última hora del domingo, el señor Spruill le había preguntado a Pappy si le importaría que el muchacho pasara el día en el patio delantero.

–El chico no resiste el calor –explicó el señor Spruill.

A Pappy le importaba un bledo lo que le ocurriese a Trot. Era un inútil completo.

Cuando el tractor se detuvo, tomamos nuestros sacos y nos perdimos entre las hileras de algodón. Nadie abrió la boca. Una hora más tarde, el sol comenzaba a achicharrarnos. Pensé en Trot, que estaría echando una siesta a la sombra de un árbol, sin duda encantado de perderse el trabajo. Quizá no anduviese muy bien de la cabeza, pero justo en aquel momento era el más listo de todos los Spruill.

Cuando recolectábamos el algodón, el tiempo parecía

detenerse. Los días transcurrían despacio y cada uno cedía lentamente el paso al siguiente.

Durante la cena del jueves, Pappy anunció:

–El sábado no iremos a la ciudad.

Sentí deseos de echarme a llorar. Si duro era trabajar toda la semana en los campos, el no poder disfrutar de la recompensa de unas palomitas de maíz y una película rayaba en la crueldad. ¿Qué ocurriría con mi Coca-Cola semanal?

Se produjo un prolongado silencio. Mi madre me observó. No parecía sorprendida, por lo que tuve la impresión de que los mayores ya habían discutido aquella decisión y se limitaban a hacer el numerito para mí.

«No tengo nada que perder», pensé. Apreté los dientes y pregunté:

–Y eso, ¿por qué?

–Porque yo lo digo –respondió Pappy, y comprendí que estaba pisando un terreno peligroso.

Miré a mi madre y vi en su rostro una curiosa sonrisa.

–No será que les tenéis miedo a los Sisco, ¿verdad? –inquirí al aguardo de que uno de los hombres alargara la mano para darme un coscorrón.

Se produjo otro silencio, éste tenso.

Mi padre carraspeó y dijo:

–Es mejor que los Spruill se mantengan alejados de la ciudad por un tiempo. Lo hemos hablado con el señor Spruill y hemos acordado quedarnos aquí el sábado, incluidos los mexicanos.

–Yo no le tengo miedo a nadie, hijo –rezongó Pappy–. Y no me repliques –añadió.

Mi madre seguía sonriendo y los ojos le brillaban. Estaba orgullosa de mí.

–Necesito un par de cosas de la tienda –anunció Gran–. Un poco de harina y azúcar.

–Yo iré por ellas –dijo Pappy–. Estoy seguro de que los mexicanos también necesitarán algunas cosas.

Más tarde nos fuimos todos al porche delantero para nuestro rito cotidiano, pero yo estaba demasiado apesadumbrado para participar en él. Me tumbé en el entarimado de la habitación de Ricky, a oscuras, prestando atención a las jugadas de los Cardinals a través de la ventana abierta mientras procuraba abstraerme del lento y suave murmullo de la conversación de los mayores. Traté de inventarme nuevas maneras de odiar a los Spruill, pero muy pronto me sentí abrumado por la magnitud de sus fechorías. En determinado momento me quedé dormido en el suelo.

El almuerzo del sábado solía ser un acontecimiento festivo. El trabajo de la semana había tocado a su fin. Iríamos a la ciudad. Si lograra sobrevivir al brutal restregamiento a que me sometía mi madre en el porche trasero, la vida sería auténticamente maravillosa, aunque sólo fuese durante unas pocas horas.

Pero aquel sábado no tenía la menor emoción.

–Trabajaremos hasta las cuatro –dijo Pappy, como si nos estuviera haciendo un gran favor.

Menuda gracia. Terminaríamos una hora antes. Estaba a punto de preguntarle si también íbamos a trabajar el domingo, pero ya había dicho suficiente el jueves por la noche. Él hacía caso omiso de mí y yo de él. La situación podía prolongarse varios días.

Así pues, regresamos a los campos en lugar de irnos a Black Oak. Hasta los mexicanos parecían irritados. En cuanto el remolque se detuvo, tomamos los sacos y nos perdimos lentamente entre el algodón. Recolecté un poco, me entretuve todo lo que pude y, cuando consideré que la ocasión era propicia, busqué un lugar y me tumbé a echar una siesta. Podían prohibirme que pisara la ciudad, podían obligarme a ir a los algodonales, pero no podían hacerme trabajar duro. Creo que aquel sábado por la tarde fueron muchos los que durmieron la siesta.

Mi madre me localizó y regresamos juntos a la casa, sólo nosotros dos. No se encontraba bien y comprendía la injusticia que se había cometido conmigo. Recogimos unas pocas hortalizas en el huerto, fui sometido al temido baño y sobreviví. Y, cuando estuve limpio, salí al patio delantero, donde Trot pasaba los días montando guardia en el campamento de los Spruill. No teníamos idea de lo que hacía a lo largo del día, y en realidad a nadie le importaba. Estábamos demasiado ocupados y agotados para preocuparnos por Trot. Le encontré sentado al volante del viejo camión de la familia, simulando conducir mientras emitía un extraño sonido con los labios. Me miró y regresó a su conducción y a sus pedorretas.

Cuando oí acercarse el tractor, entré en la casa, donde encontré a mi madre tumbada en la cama, algo que jamás hacía durante el día. Se oían voces alrededor, voces en el patio delantero, donde los Spruill empezaban a relajarse, y detrás de la casa, donde los mexicanos se dirigían con paso cansino al establo. Permanecí escondido un buen rato en la habitación de Ricky con una pelota de béisbol en una mano y el guante en la otra, y pensé en Dewayne, en los gemelos Montgomery y en el resto de mis amigos, todos sentados en el Dixie viendo la película del sábado y comiendo palomitas de maíz.

Se abrió la puerta y apareció Pappy.

–Voy a la tienda de Pop y Pearl por unas cosas. ¿Quieres acompañarme?

Negué con la cabeza, sin mirarlo.

–Te invitaré a una Coca-Cola –dijo.

–No, gracias –contesté, con la vista fija en el suelo.

Eli Chandler no hubiera suplicado clemencia ni siquiera delante de un pelotón de fusilamiento, y, desde luego, no pensaba implorarle nada a un niño de siete años. La puerta se cerró y, unos segundos después, el motor del camión se puso en marcha.

Temeroso de salir al patio delantero, me dirigí al de la parte de atrás. Cerca del silo donde deberían haber acampado los Spruill, había una zona cubierta de hierba donde se podía jugar al béisbol. No era tan larga ni ancha como mi diamante del patio delantero, pero estaba bastante despejada y discurría bordeando el algodonal. Lancé unas cuantas pelotas todo lo alto que pude para atraparlas haciendo una plancha y sólo me detuve tras haber conseguido atrapar diez pelotas consecutivas.

Miguel apareció como llovido del cielo. Estuvo observándome por espacio de un minuto y, nervioso al reparar en que estaba actuando ante un público, perdí tres pelotas seguidas. Le lancé la pelota con cuidado, porque no llevaba guante. Él la pilló sin el menor esfuerzo y me la devolvió. Atrapé la pelota, la solté, la impulsé con el pie, volví a recogerla y volví a lanzársela a Miguel, esta vez un poco más fuerte. El año anterior había averiguado que muchos mexicanos jugaban al béisbol, y estaba claro que Miguel conocía el juego. Sus manos eran rápidas y seguras, y sus lanzamientos más precisos que los míos. Pasamos un rato lanzándonos la pelota, al cabo del cual Rico, Pepe y Luis se unieron a nosotros.

—¿Tienes un bate? —preguntó Miguel.

—Pues claro —contesté, y corrí a la casa a buscarlo.

Cuando regresé, Roberto y Pablo se habían unido a los demás y el grupo estaba lanzando mi pelota en todas direcciones.

—Bateas tú —dijo Miguel, asumiendo el mando de la situación. Colocó un trozo de tabla de madera en el suelo a casi tres metros de la parte anterior del silo, y añadió—: Base meta.

Los demás se distribuyeron por el improvisado diamante. Pablo en el centro, relativamente cerca de la base meta, casi al borde del algodonal. Rico se agachó detrás de mí y yo ocupé mi posición a la derecha de aquélla. Miguel tomó impulso con un impresionante movimiento circular del brazo antes de lanzar la pelota, me pegó un susto momentáneo y después efectuó un suave lanzamiento. Yo intenté darle a la pelota con el bate, pero erré.

Erré también los tres siguientes lanzamientos, pero después acerté un par. Los mexicanos me vitoreaban y se reían cuando lograba batear, pero no decían nada cuando fallaba. Tras varios minutos de práctica, le pasé el bate a Miguel e intercambiamos nuestros puestos. Empecé con unas cuantas bolas rápidas, pero no conseguí intimidarlo. Devolvió varias pelotas cortas en línea recta y otras al suelo, algunas de las cuales fueron atrapadas limpiamente por los mexicanos. Casi todos ellos habían jugado antes al béisbol, pero había dos que jamás habían lanzado una pelota. Los otros cuatro que se encontraban en el establo oyeron el alboroto y salieron. Cowboy iba sin camisa y llevaba las perneras de los pantalones enrolladas hasta las rodillas. Parecía un palmo más alto que los demás.

Luis fue el siguiente bateador. No tenía tanta experiencia como Miguel y no me resultó difícil engañarlo con una *finta*. De pronto, descubrí con alegría que Tally y Trot estaban sentados a la sombra de un olmo, observándonos.

Después vi acercarse muy despacio a mi padre.

Cuanto más jugábamos, tanto más se animaban los mexicanos. Gritaban y se reían de sus respectivas pifias. Sólo Dios sabía lo que debían de estar comentando acerca de mis lanzamientos.

–Vamos a jugar un partido –propuso mi padre.

Bo y Dale acababan de llegar, también descalzos y sin camisa. Lo consultaron con Miguel y, tras una breve discusión, decidieron que los mexicanos serían los Arkansans. Rico sería el receptor de ambos equipos, y a mí me enviaron una vez más a la casa, en esta ocasión en busca del viejo guante de mi padre y de mi segunda pelota.

Cuando regresé, Hank también se había acercado y estaba preparado para jugar. No me gustaba que fuésemos miembros del mismo equipo pero no podía hacer nada al respecto. Tampoco estaba muy seguro de qué puesto iba a ocupar Trot. Por si eso fuera poco, Tally era una chica, y todo el mundo sabía que tener a una chica en el equipo constituía una ignominia. Pero no había elección, pues los mexicanos nos superaban en número.

En una nueva ronda de negociaciones, se estableció que nosotros batearíamos primero.

–Tenéis niños en el equipo –dijo Miguel con una sonrisa.

Se colocaron más tablones de madera alrededor de las bases. Mi padre y Miguel establecieron las normas especiales para aquel partido, muy ingeniosas, por cierto, tratándose de un campo tan irregular. Los mexicanos se distribuyeron alrededor de las bases y estuvimos listos para jugar.

Para mi sorpresa, Cowboy se acercó a la base de lanzamiento y empezó a hacer ejercicios de precalentamiento. Era delgado pero fuerte, y cuando lanzó la pelota los músculos de su cuello y su tórax se tensaron. La piel morena le brillaba a causa del sudor.

–Es bueno –susurró mi padre.

Su posición de impulso era muy suave, su *drive* impecable, lanzaba la pelota casi con indiferencia, pero cada vez más fuerte.

–Es muy bueno –corroboró mi padre, sacudiendo la cabeza–. Este chico ha jugado mucho al béisbol.

–Las chicas primero –dijo alguien.

Tally tomó el bate y se acercó a la base meta. Iba descalza, llevaba unos pantalones ajustados subidos hasta las rodillas y una camisa holgada con los faldones recogidos en un nudo. Se le veía el vientre. Al principio no miró a Cowboy, pero éste sí la miró a ella. Se desplazó un poco hacia la base e hizo un primer lanzamiento con la mano por debajo del hombro. Ella efectuó un balanceo y falló; sin embargo, fue un balanceo impresionante, por lo menos para tratarse de una chica.

Las miradas de ambos se encontraron brevemente. Cowboy estaba acariciando la pelota, Tally balanceaba el bate, nueve mexicanos charlaban como cotorras.

El segundo lanzamiento fue todavía más lento, y Tally deslizó la pelota, que pasó rodando por delante de Pepe en la tercera, y conseguimos poner un jugador en la primera base.

–Bate, Luke –dijo mi padre.

Me acerqué a la base con toda la confianza de un Stan Musial, en la esperanza de que Cowboy no me enviara bolas fuertes. Había permitido que Tally tocara la pelota y seguramente haría lo mismo conmigo. Estaba en el banquillo del entrenador, oyendo a miles de entusiastas hinchas de los Cardinals corear mi nombre. El estadio estaba lleno a rebosar, Harry Caray gritaba contra el micrófono... miré a Cowboy a unos tres metros de distancia y se me paró el corazón. No esbozaba el menor atisbo de sonrisa. Sostenía la pelota con ambas manos y me miraba como si estuviera deseando arrancarme la cabeza con una bola rápida.

¿Qué habría hecho Musial? ¡Balancear el maldito bate!

El primer lanzamiento también se efectuó por debajo del hombro, por lo que empecé a respirar de nuevo con normalidad. Fue alto, yo no intenté batear y el coro de los mexicanos lo comentó animadamente.

El segundo lanzamiento se efectuó por debajo de la línea media, y balanceé el bate hacia la valla del exterior izquierdo, situada a diez metros de distancia. Cerré los ojos y bateé en honor de los treinta mil afortunados espectadores del Sportsman's Park. Y también en el de Tally.

–¡*Strike!* –gritó mi padre, levantando demasiado la voz para mi gusto.

Pues claro. También traté de dejar pasar el tercer lanzamiento y, cuando Rico devolvió el lanzamiento, me enfrenté con el horror de haber dejado pasar dos *strikes*. Un *strike out* era impensable. Tally acababa de darle muy bien a la pelota. Estaba en primera base, deseando que yo pusiera la bola en juego para que ella pudiera avanzar. Estábamos jugando en mi campo, con mi pelota y mi bate. Toda aquella gente estaba mirando. Me aparté de mi base, pensando con angustia en el *strike out*. De repente, el bate me resultó mucho más pesado. El corazón me golpeaba en el pecho, y notaba la boca seca. Miré a mi padre como pidiéndole ayuda y él me dijo:

–Vamos, Luke. Dale a la pelota.

Miré a Cowboy y vi que su sonrisa era todavía más antipática que antes. No sabía si estaba preparado para lo que me iba a lanzar. Retrocedí a trompicones hacia la base, me rechinaron los dientes y traté de pensar en Musial, pero no las tenía todas conmigo cuando me dispuse a batear una bola muy lenta. Mi tercer fallo fue recibido con un silencio sepulcral. Arrojé el bate, lo recogí y no oí nada mientras regresaba a mi equipo. Noté que me temblaban los labios y me esforcé por no llorar. No podía mirar a Tally, y mucho menos a mi padre.

Hubiera deseado regresar corriendo a casa y cerrar todas las puertas.

Trot fue el siguiente. Sostenía el bate con la mano derecha, justo por debajo de la etiqueta. El brazo izquierdo le colgaba inerte como siempre y todos nos sentíamos un poco turbados en presencia de aquel pobre muchacho que intentaba batear. Sin embargo, él sonreía y parecía alegrarse de poder jugar, y eso en aquel momento era más importante que cualquier otra cosa. Falló las dos primeras bolas, y empecé a pensar que los mexicanos iban a ganarnos por veinte carreras. Pero consiguió darle a la tercera, una que fue a parar suavemente detrás de la segunda base, donde cuatro mexicanos no consiguieron alcanzarla. Tally rodeó la segunda base y alcanzó la tercera mientras Trot se dirigía arrastrando los pies a la primera.

Mi humillación, que ya era muy grande, se intensificó todavía más. Trot en primera, Tally en tercera, sólo un jugador eliminado.

A continuación, intervino Bo y, como era un adolescente muy alto y sin ningún defecto visible, Cowboy lanzó la bola tras tomar impulso. No fue un lanzamiento muy rápido, pero el pobre Bo ya estaba temblando cuando la pelota cruzó la base meta. Intentó batear cuando Rico ya la había alcanzado y Hank soltó una sonora carcajada. Bo le gritó que se callara; Hank le contestó algo y entonces temí que se produjera una reyerta entre los miembros de la familia Spruiil en la primera mitad de la primera entrada.

El segundo lanzamiento fue un poco más rápido. Y el bateo de Bo fue un poco más lento.

–¡Que lance por debajo del hombro! –nos gritó Bo soltando una risita para quitarle importancia.

–Será marica –masculló Hank.

El señor y la señora Spruill se habían unido a los espectadores y Bo los miró.

Yo esperaba que el tercer lanzamiento fuera todavía más rápido; y Bo también. Sin embargo, Cowboy efectuó una *finta* y Bo bateó mucho antes de que llegara la pelota.

–Es muy bueno –dijo mi padre, refiriéndose a Cowboy.

–Ahora voy yo –anunció Hank, aunque era el turno de Dale, que no protestó–. Yo os enseñaré cómo se juega al béisbol.

El bate parecía un palillo entre las manos de Hank, que parecía capaz de enviarla al otro lado del río. El primer lanzamiento de Cowboy fue una bola rápida muy desviada, que Hank no intentó tocar. Fue a parar al guante de Rico y los mexicanos empezaron a burlarse en español.

–¡Lanza la pelota por encima de la base! –le gritó Hank, mirándonos en busca de aprobación.

Yo esperaba que Cowboy le metiera una bola rápida por la oreja.

El segundo lanzamiento fue mucho más fuerte. Hank bateó y falló. Cowboy recibió la pelota de Rico y miró hacia la tercera base, donde Tally esperaba y observaba.

Después Cowboy efectuó un lanzamiento curvo directamente hacia la cabeza de Hank; éste se agachó y soltó el bate, y la pelota siguió adelante y cayó milagrosamente en la zona de *strike*. Los mexicanos se echaron a reír.

–¡*Strike, strike!* –gritó Miguel desde la segunda base.

–¡No ha sido *strike*! –replicó Hank con furia.

–Aquí no hay árbitros –dijo mi padre–. No hay *strike* a menos que se lance directamente hacia allí.

A Cowboy le daba igual. Aún guardaba otra bola con efecto en su arsenal. Al principio, el lanzamiento dio la impresión de ser bastante inofensivo, muy lento y dirigido hacia el centro de la base. Hank echó el brazo hacia atrás para efectuar un impresionante bateo, pero la pelota se desvió de su trayectoria y rebotó antes de que Rico la atrapara. Hank falló, perdió el equilibrio, cayó más allá de la base y, cuando los mexicanos volvieron a estallar en carcajadas, temí que los atacase. En lugar de ello, se levantó, miró de soslayo a Cowboy, murmuró algo y volvió a ocupar su posición en la base.

Dos *outs*, dos *strikes*, dos lanzamientos pendientes. Cowboy acabó con él con una bola rápida. Hank clavó el bate en el suelo al ver que se le escapaba la pelota.

–¡No arrojes el bate! –le gritó mi padre–. Si no sabes perder, no juegues.

Entramos en el campo mientras los mexicanos se retiraban precipitadamente.

Hank miró a mi padre con rabia, pero no dijo nada. Por alguna razón, se había decretado que yo efectuara un lanzamiento.

–Lanza el primero, Luke –me indicó mi padre.

Yo no quería hacerlo. No me sentía a la altura de Cowboy. Estábamos a punto de sufrir una derrota vergonzosa en nuestro deporte más característico.

Hank se encontraba en la primera base, Bo en la segunda y Dale en la tercera. Tally estaba en el centro izquierdo, con los brazos en jarras, y Trot en el exterior derecho, buscando tréboles de cuatro hojas. ¡Menuda defensa! Con los lanzamientos que yo hacía, necesitábamos colocar a los cuatro jugadores lo más lejos posible de la base meta.

Miguel envió en primer lugar a Roberto a la base meta, y creo que lo hizo a propósito, pues el pobre chico jamás había jugado al béisbol. Éste envió muy alta la pelota, que mi padre interceptó sin dificultad. Pepe golpeó la suya con pocas energías, y mi padre la atrapó detrás de la segunda base. Dos *ups*, dos *outs*, mi situación era favorable, pero la suerte estaba a punto de darme la espalda. Los mejores bateadores del equipo contrario ocuparon sus posiciones y, por turnos, devolvieron todas las pelotas, lanzándolas muy lejos. Yo probé con bolas rápidas y con efectos, pero fue inútil. Ellos se apuntaron una carrera tras otra y se lo pasaron en grande. Yo me sentía apesadumbrado, porque estaban machacándome, pero al mismo tiempo me alegraba ver a los mexicanos brincar y celebrar su arrolladora victoria.

Mi madre y Gran contemplaban el espectáculo sentadas a la sombra de un árbol, en compañía del señor y de la señora Spruill. Estábamos todos menos Pappy, que aún no había vuelto de la ciudad.

Cuando se habían apuntado unas diez carreras, mi padre pidió tiempo muerto y se acercó a la base de lanzamiento.

–¿Tienes suficiente? –me preguntó.

Qué pregunta tan ridícula.

–Creo que sí –contesté.

–Haz una pausa –dijo.

–Yo puedo lanzar –gritó Hank desde la primera base.

Mi padre dudó un instante, pero después le arrojó la pelota. Yo hubiera deseado situarme en el exterior derecho junto con Trot, donde apenas ocurría nada, pero mi entrenador me indicó:

–Ve a la primera.

Sabía por experiencia que Hank Spruill era extraordinariamente rápido. Se había llevado por delante a los tres Sisco en cuestión de segundos, de modo que no me sorprendió que lanzara la pelota como si llevara años haciéndolo. Se lo veía muy confiado. Lanzó tres bolas rápidas muy bonitas hacia Luis y así terminó la escabechina de la primera entrada. Miguel le comunicó a mi padre que se habían apuntado once carreras. A mí me pareció que habían sido cincuenta.

Cowboy regresó a la plataforma de lanzamiento y reanudó lo que había dejado interrumpido. Dale cometió varias faltas y mi padre se situó en la plataforma. Esperaba una bola rápida, bateó y, tras trazar un largo globo, la pelota se desvió de su trayectoria y fue a parar al algodonal. Pablo fue a recogerla mientras nosotros utilizábamos la segunda de mis pelotas. Por nada del mundo abandonaríamos el juego hasta que recuperáramos las dos.

El segundo lanzamiento fue una bola curva muy fuerte y a mi padre se le doblaron las rodillas antes de interpretar su trayectoria.

–Menudo *strike* –dijo, meneando la cabeza con asombro–; pero ha sido un lanzamiento digno de un profesional –añadió, levantando la voz para que lo oyeran, pero sin dirigirse a nadie en particular.

El equipo de Arkansas estaba a punto de perder otra vez. Tally se acercó muy despacio a la plataforma de lanzamiento. Cowboy suavizó un poco la ceñuda expresión de su rostro y se dirigió hacia ella, deteniéndose a mitad de camino. Efectuó un par de lanzamientos con la mano por debajo del hombro en un intento de que la pelota fuera a parar al bate de Tally, hasta que finalmente ésta devolvió una bola lenta que fue a parar a la segunda, donde dos mexicanos compitieron por ella lo suficiente para que la corredora se salvara.

Había llegado mi turno.

–Agarra el bate un poco más arriba –me dijo mi padre, y yo así lo hice. Habría sido capaz de hacer lo que fuera.

Cowboy efectuó un lanzamiento muy lento, y yo bateé con fuerza hacia el centro del campo. Los mexicanos se volvieron locos de entusiasmo. Todo el mundo lanzaba vítores. Me avergoncé un poco ante aquel alboroto, pero estaba claro que me había librado de un *strike*. Me sentía más tranquilo; mi futuro como jugador de los Cardinals iba otra vez por buen camino.

Trot intentó batear los tres primeros lanzamientos pero los falló todos por un palmo por lo menos.

–Cuatro *strikes* –dijo Miguel, cambiando nuevamente las reglas del juego.

Cuando llevas una ventaja de diez carreras en la segunda entrada, puedes permitirte el lujo de ser generoso. Trot falló con el bate y la pelota regresó de nuevo a Cowboy, quien, sólo para divertirse, la lanzó a la tercera base en un vano intento de alcanzar a Tally. Ésta, sin embargo, se encontraba a salvo; las bases estaban ocupadas. Los mexicanos intentaban darnos carreras. Bo se dirigió a la plataforma, pero Cowboy no se retiró a la base de lanzamiento. Lanzó la pelota con la mano por debajo del hombro y Bo la devolvió con un golpe demasiado corto a la altura de Pablo, que tuvo que apartarse para evitarla. Tally hizo contacto y yo me desplacé a la tercera base.

Hank tomó el bate y empezó a practicar. Todas las bases estaban ocupadas, y sólo pensaba en una cosa: un *grand slam*. Pero Cowboy tenía otros planes. Retrocedió y dejó de sonreír. Hank permanecía a la espera cerca de la base, mirando fijamente al lanzador, como si lo desafiara a lanzar algo que pudiera alcanzar. El alboroto del diamante cesó momentáneamente. Los mexicanos se acercaron de puntillas como si desearan participar en la jugada. El primer lanzamiento fue una impresionante bola rápida que cruzó la base una fracción de segundo después de que Cowboy la hubiera soltado. Hank no tuvo tiempo ni de pensar en batearla. Se retiró de la base y pareció aceptar la derrota. Miré a mi padre y lo vi menear la cabeza. ¿Hasta dónde llegaría la fuerza de Cowboy?

Después Cowboy lanzó una bola de trayectoria curva muy débil que parecía prometedora pero no alcanzó la zona *strike*. Hank trató de batearla, pero le resultó imposible. A continuación le llegó otra bola muy fuerte lanzada directamente contra su cabeza que, en el último segundo, cambió de trayectoria y atravesó la base. Hank enrojeció de rabia.

Otra bola rápida que Hank intentó alcanzar. Dos *strikes*, bases ocupadas, dos *outs*. Sin sonreír ni por un momento, Cowboy decidió divertirse un poco. Lanzó una bola lenta con efecto que cayó fuera y otra más rápida que obligó a Hank a agacharse. Acto seguido, otra lenta que éste estuvo a punto de batear. Pensé que, de haberlo querido, Cowboy no habría tenido la menor dificultad en enrollar una pelota de béisbol alrededor de la cabeza de Hank. La defensa estaba parloteando de nuevo a todo volumen.

El tercer lanzamiento fue un tiro muy suave. La pelota pareció flotar hacia la base con la suficiente lentitud para que yo la bateara; pero en el último segundo se desvió. Hank efectuó un poderoso *swing*, falló por un palmo y volvió a caer al suelo. Soltó una maldición y arrojó el bate cerca de mi padre, que, recogiendo éste, le dijo:

–Cuida el lenguaje.

Hank masculló algo y se sacudió el polvo de encima. Nuestra mitad de la entrada había terminado.

Miguel se acercó a la base meta en la segunda mitad de la segunda entrada. El primer lanzamiento de Hank fue directamente hacia su cabeza y estuvo a punto de alcanzarla. La pelota rebotó en el silo y rodó hasta detenerse cerca de la tercera base. Los mexicanos guardaron silencio. El segundo lanzamiento fue todavía más fuerte y entró por dos palmos. La pelota de Miguel golpeó una vez más la tierra y sus compañeros de equipo empezaron a murmurar.

–¡Ya basta de tonterías! –gritó mi padre, ubicado entre la segunda y la tercera bases–. Limítate a efectuar lanzamientos.

Hank lo miró con su habitual sonrisa de desprecio. Lanzó la pelota por encima de la base y Miguel la golpeó hacia el exterior derecho, donde Trot jugaba de defensa de espaldas a la base meta, contemplando la lejana hilera de árboles que bordeaba el río St. Francis. Tally corrió tras la pelota y se detuvo al llegar al borde del algodonal. Según las reglas acordadas, era un triple.

El siguiente lanzamiento era el último del partido. Cowboy se dispuso a batear. Hank se echó hacia atrás para tomar todo el impulso posible y lanzó una bola rápida directamente hacia aquél. Cowboy se agachó pero no con la suficiente velocidad, por lo que la pelota le dio directamente en las costillas, produciendo un sonido desagradable semejante al de un melón que se estrellara contra unos ladrillos. Cowboy emitió un grito y arrojó mi bate, como si de un hacha de guerra se tratara, contra Hank. No dio entre los ojos de éste, adonde estaba dirigido, sino que rebotó a sus pies y le golpeó las espinillas. Hank soltó un juramento y de inmediato embistió como un toro enfurecido.

Otros embistieron también. Mi padre desde su lugar entre la segunda y la tercera bases. El señor Spruill desde detrás del silo. Algunos mexicanos desde donde fuese que se encontraran. Yo no me moví. Me mantuve en mi sitio en la primera base, demasiado asustado para dar un paso, mientras todo el mundo gritaba y corría hacia la base meta.

Cowboy no retrocedió. Permaneció inmóvil por un instante, bañado en sudor, con los largos brazos preparados y en tensión y la boca entreabierta.

Cuando el toro estuvo a dos pasos, Cowboy metió rápidamente las manos en los bolsillos y de uno de ellos extrajo una navaja. Accionó el resorte y salió una hoja de brillante acero muy larga y afilada. Cuando se abrió, produjo un chasquido seco que yo oiría durante muchos años.

La sostuvo en alto para que todos la viéramos y Hank se detuvo casi resbalando.

–¡Guárdala! –gritó desde una distancia de un metro y medio.

Con la mano izquierda, Cowboy hizo un ligero movimiento como si lo llamara por señas y le dijera: «Anda, ven por ella si te atreves».

La navaja atemorizó a todo el mundo, y por espacio de unos segundos reinó un silencio absoluto. Nadie se movió. El único sonido era el de las afanosas respiraciones de los presentes. Hank contemplaba fijamente la navaja, que parecía cada vez más grande. Nadie dudaba de que Cowboy la había utilizado otras veces, que sabía cómo hacerlo y que si Hank se acercaba un poco más no dudaría en decapitarlo.

Entonces mi padre, con el bate en la mano, se interpuso entre ellos, y Miguel se acercó a Cowboy.

–Guárdala –repitió Hank–. Pelea como un hombre.

–¡A callar! –exigió mi padre, agitando el bate en dirección a cada uno de ellos–. Aquí no peleará nadie.

El señor Spruill asió a Hank por el brazo diciendo:

–Vamos, Hank.

Mi padre miró a Miguel y le ordenó:

–Llévatelo al establo.

Poco a poco, los demás mexicanos rodearon a Cowboy y lo apartaron de allí. Al final, Cowboy dio media vuelta y empezó a caminar con la navaja todavía bien a la vista. Como era de esperar, Hank no quería irse. Permaneció de pie mirando a los mexicanos como si con ello proclamara su victoria.

–Voy a matar a este chico –masculló.

–Ya has matado bastante –le dijo mi padre–. Ahora, vete. Y no te acerques al establo.

–Vamos –repitió el señor Spruill mientras los otros –Trot, Tally, Bo y Dale– empezaban a retirarse a paso lento hacia el patio delantero.

Cuando los mexicanos se hubieron marchado, Hank se alejó hecho una furia.

–Voy a matarlo –murmuró, lo bastante alto para que mi padre lo oyera.

Yo recogí las pelotas, los guantes y el bate y apuré el paso detrás de mis padres y de Gran.

12

Aquella misma tarde, Tally fue a buscarme al patio trasero. Era la primera vez que la veía rodear la casa, pero a medida que pasaban los días los Spruill mostraban un interés creciente en explorar la zona.

Llevaba una bolsita. Iba descalza, pero se había cambiado de ropa y se había puesto el vestido ajustado con que yo la había visto por primera vez.

–¿Quieres hacerme un favor, Luke? –me preguntó dulcemente.

Me puse muy colorado. No tenía ni idea de la clase de favor que quería, pero no cabía duda de que se lo haría.

–¿De qué se trata? –pregunté, en tono de indiferencia.

–Tu abuela le dijo a mi madre que aquí cerca hay un arroyo donde podemos bañarnos. ¿Sabes dónde está?

–Sí. Es el arroyo Siler. A menos de un kilómetro de aquí –contesté, señalando hacia el norte.

–¿Hay serpientes?

Me reí como si tener miedo a las serpientes fuese de tontos.

–Puede que alguna que otra culebra de agua, pero ninguna venenosa, si a eso te refieres.

–¿El agua es transparente? ¿No hay barro?

–No llueve desde el domingo, así que debería estar muy limpia.

Miró alrededor para cerciorarse de que nadie escuchaba y después me preguntó:

–¿Quieres acompañarme?

Sentí que se me detenía el corazón y noté la boca repentinamente seca.

–¿Por qué? –conseguí preguntar.

Volvió a sonreír y apartó la mirada.

–No lo sé –contestó en un suave susurro–. Para que vigiles que nadie me vea.

Hubiera podido decir: «Porque no sé dónde está el arroyo», «Para que vigiles que no haya serpientes», o cualquier otra cosa, algo que no tuviera nada que ver con el hecho de verla bañarse.

Pero no lo hizo.

–¿Tienes miedo? –le pregunté.

–Un poco, quizá.

Echamos a andar por el camino del campo hasta perder de vista la casa y el establo y después tomamos un angosto sendero que utilizábamos para las plantaciones de primavera. En cuanto estuvimos solos, ella empezó a hablar. Yo no sabía qué decir, y me alegré de que supiera manejar la situación.

–Siento mucho lo de Hank –dijo–. Siempre está armando jaleo.

–¿Viste la pelea?

–¿Cuál?

–La de la ciudad.

–No. Fue horrible, ¿verdad?

–Sí, bastante. Atizó de mala manera a aquellos chicos, y cuando la pelea ya había terminado.

Ella se detuvo, y yo me detuve también. Se acercó a mí. Ambos respirábamos afanosamente.

–Dime la verdad, Luke: ¿fue él quien tomó primero el palo?

Mientras contemplaba sus bellos ojos pardos, estuve a punto de contestar que sí. Pero, de pronto, algo me lo impidió. Preferí actuar con cautela. A fin de cuentas, Hank era su hermano y, en el transcurso de una de las muchas discusiones de los Spruill, tal vez ella le contara todo lo que yo había dicho. No quería que Hank fuera a por mí.

–Ocurrió muy rápido –dije, reanudando la marcha.

Ella me dio rápidamente alcance y se pasó unos minutos sin decir nada.

–¿Crees que van a detenerlo? –preguntó al cabo.

–No lo sé.

–¿Qué piensa tu abuelo?

–No tengo ni puta idea.

Quería impresionarla con algunas de las palabrotas que utilizaba Ricky.

–Luke, ¿qué manera de hablar es ésa? –dijo sin impresionarse en absoluto.

–Perdón.

Seguimos caminando.

–¿Había matado a alguien antes? –pregunté.

–No, que yo sepa –contestó–. Una vez se fue al norte –añadió cuando estábamos a punto de llegar al arroyo–, y allí hubo algún problema; pero nosotros nunca supimos qué ocurrió.

Yo estaba seguro de que allí donde fuese Hank habría problemas.

El arroyo Siler discurría a lo largo del límite norte de nuestra granja, donde bajaba serpeando hasta verter sus aguas en el St. Francis, en un lugar que casi podía verse desde el puente. Unos árboles añosos bordeaban ambas orillas, por lo que en verano solía ser un sitio muy fresco para nadar y bañarse. Pero se secaba con gran rapidez y, por regla general, su caudal era escaso.

La acompañé bajando por la orilla hasta un banco de grava, donde el agua era más profunda.

–Éste es el mejor sitio –señalé.

–¿Es muy hondo? –preguntó, mirando alrededor.

El agua era transparente.

–Aproximadamente hasta aquí –respondí, tocándome un punto no muy por debajo de la barbilla.

–No hay riesgo de que venga nadie, ¿verdad?

Parecía un poco nerviosa.

–No. Todo el mundo está en la granja.

–¿Quieres retroceder un poco por el sendero y vigilar?

–Bueno –contesté sin moverme de donde estaba.

–Anda, Luke –dijo, dejando la bolsa en la orilla.

–De acuerdo –repuse, echando a andar.

–Y no mires, ¿eh?

Fue como si me hubiera sorprendido espiándola. Hice un gesto con la mano como si la idea ni siquiera se me hubiera pasado por la cabeza.

–Pues claro que no –dije.

Subí por la orilla y me senté en la rama de un olmo, a pocos palmos del suelo, y desde allí casi pude ver la techumbre de nuestro establo.

–¡Luke! –me llamó Tally.

–¿Qué?

–¿Todo bien?

–¡Sí!

Oí el chapoteo del agua, pero seguí mirando hacia el sur. Al cabo de uno o dos minutos, me volví muy despacio hacia el arroyo. No podía verla, y estuve en un tris de soltar un suspiro de alivio. El banco de grava se encontraba tras un pequeño recodo, y tanto los árboles como las ramas eran muy frondosos.

Transcurrió otro minuto y empecé a sentirme inútil. Nadie sabía que estábamos allí, nadie intentaría verla a hurtadillas. ¿Cuántas ocasiones tendría yo de ver bañarse a una chica guapa? No recordaba ninguna prohibición expresa de la iglesia o de las Sagradas Escrituras, pero sabía que no estaba bien. Aunque, a lo mejor, no era un pecado muy grave.

Tratándose de una fechoría, pensé en Ricky. ¿Qué habría hecho él en semejante situación?

Bajé de la rama del olmo, me abrí paso entre la maleza hasta situarme por encima del banco de grava y, una vez allí, avancé a gatas entre los arbustos.

Su vestido y su ropa interior estaban colgados de una rama. Tally se encontraba en el agua con la cabeza cubierta de blanca espuma, pues estaba lavándose el cabello. Yo sudaba, pero apenas respiraba. Tumbado boca abajo sobre la hierba, atisbando a través de dos gruesas ramas, era imposible que ella me viera. Los árboles se movían más que yo.

Tally, una bonita muchacha bañándose en un arroyo y disfrutando del agua fría, tarareaba una canción. No miraba atemorizada alrededor; confiaba en mí.

Se agachó y sumergió la cabeza en el agua para eliminar el champú, y la espuma se alejó corriente abajo. Después volvió a levantarse y alargó la mano hacia una pastilla de jabón. Se encontraba de espaldas a mí y pude verle el trasero con toda claridad. No llevaba nada encima, lo mismo que yo durante mis baños semanales, y era justo lo que yo imaginaba. Pero el hecho de confirmarlo me hizo experimentar un estremecimiento. Levanté instintivamente la cabeza, creo que para ver mejor, pero después recuperé el juicio y volví a agacharla.

Si me sorprendía, se lo diría a su padre, quien a su vez se lo diría al mío, que me daría una paliza que me dejaría baldado. Mi madre se pasaría una semana regañándome. Y Gran estaría tan dolida que no me dirigiría la palabra. Pappy me echaría un sermón, aunque sólo para satisfacer a los demás. Estaría perdido.

Con el agua hasta la cintura, se lavó los brazos y el pecho, que yo podía verle de lado. Jamás había visto los pechos de una mujer y dudaba que algún niño de siete años del condado de Craighead lo hubiera hecho. A lo mejor, alguno había visto involuntariamente a su madre, pero seguro que ningún niño de mi edad había contemplado un espectáculo como aquél.

De pronto, por algún motivo, volví a pensar en Ricky, y se me ocurrió inesperadamente una idea perversa. Tras haber visto casi todas las partes íntimas de Tally, ahora me apetecía verlo todo. En caso de que gritara «¡Una serpiente!» con toda la fuerza de mis pulmones, ella chillaría horrorizada, se olvidaría del jabón y de la manopla, de su desnudez y de todo lo demás, correría hacia la orilla y recogería su ropa. Durante unos gozosos instantes la contemplaría completamente desnuda.

Tragué saliva, intenté carraspear, pero no pude, pues tenía la boca muy seca. Mientras el corazón me latía violentamente, dudé sin saber qué hacer, y entonces aprendí una valiosa lección acerca de la paciencia.

Para lavarse las piernas, Tally se acercó un poco más a la orilla hasta que el agua sólo le cubrió los pies. Lentamente, con el jabón y la manopla, se inclinó y se estiró para acariciarse las piernas, las nalgas y el vientre. Creí que el corazón me estallaría en el pecho.

Se enjuagó echándose agua sobre el cuerpo, y, cuando terminó, todavía con el agua a la altura de los tobillos, espléndidamente desnuda, se volvió y miró directamente hacia el lugar donde yo estaba escondido.

Agaché la cabeza y me oculté todavía más entre la maleza. Esperaba que ella gritara algo, pero no lo hizo. De repente tuve la certeza de que mi pecado era imperdonable.

Retrocedí poco a poco y sin hacer ruido hasta llegar al borde del algodonal. Entonces me arrastré rápidamente siguiendo la hilera de los árboles y volví a ocupar mi posición cercana al sendero, como si nada hubiera ocurrido. Cuando la oí acercarse procuré adoptar una expresión de aburrimiento.

Tenía el cabello mojado y se había cambiado de vestido.

–Gracias, Luke –me dijo.

–De nada –conseguí articular.

–Ahora me siento mucho mejor.

«Yo también», pensé.

Regresamos lentamente a la casa. Al principio, no hablamos, pero cuando ya estábamos a medio camino de casa, ella me preguntó:

–Me has visto, ¿verdad, Luke?

El tono de su voz era ligero y burlón y yo no quería mentirle.

–Sí –contesté.

–No importa. No estoy enfadada.

–Ah, ¿no?

–No. Supongo que es natural que los chicos miren a las chicas.

Parecía natural, desde luego. No supe qué decir.

–La próxima vez que me acompañes al arroyo para vigilar, podrás volver a hacerlo –añadió.

–¿Hacer, qué?

–Mirarme.

–De acuerdo –dije con excesiva rapidez.

–Pero no puedes decírselo a nadie.

–No lo haré.

A la hora de cenar, procuré comportarme como si nada hubiera ocurrido. Pero me costaba comer, pues tenía el estómago revuelto. Veía a Tally con tanta claridad como si todavía estuviéramos en el arroyo.

Había hecho una cosa terrible. Y estaba deseando volver a hacerla.

–¿En qué estás pensando, Luke? –me preguntó Gran.

–Pues en nada en particular –contesté, regresando con un sobresalto a la realidad.

–Algo te ronda por la cabeza –dijo Pappy.

–Pues pensaba en aquella navaja –contesté, en un rapto de inspiración.

Los cuatro adultos menearon la cabeza en gesto de reproche.

–Piensa en cosas agradables –dijo Gran.

«Si es por eso, no te preocupes –pensé yo–. No te preocupes.»

13

Por segundo domingo consecutivo, la muerte dominó nuestra ceremonia religiosa. La señora Letha Haley Dockery era una mujer corpulenta de voz estentórea cuyo marido la había abandonado muchos años atrás y había huido a California. Era lógico que hubieran corrido unos cuantos rumores acerca de lo que hizo una vez allí, el preferido de los cuales, que yo había oído muchas veces, era que había elegido a una mujer más joven perteneciente a otra raza... probablemente china, aunque, como muchos rumores que circulaban por Black Oak, este extremo no había podido confirmarse. ¿Quién había estado en California?

La señora Dockery había criado dos hijos, ninguno de los cuales se había distinguido por nada en especial, salvo por tener el sentido común de abandonar los algodonales. Uno vivía en Memphis y el otro en el Oeste, dondequiera que eso estuviera exactamente.

Tenía otros parientes repartidos por el noreste de Arkansas, incluido un primo lejano que vivía en Paragould, a treinta kilómetros de distancia. Según Pappy, era muy lejano y, encima, no le caía nada bien la señora Dockery. Aquel primo de Paragould tenía un hijo que también estaba combatiendo en Corea.

Cada vez que en las plegarias de la iglesia se mencionaba a Ricky, un molesto acontecimiento que ocurría cada dos por tres, la señora Dockery saltaba de inmediato y les recordaba a los feligreses que ella también tenía parientes combatiendo. Acorralaba a Gran y le comentaba en voz baja la angustia que le causaba la espera de las noticias del frente. Pappy no hablaba de la guerra con nadie y le había echado una bronca a la señora Dockery tras uno de sus iniciales intentos de compadecerse de él. En la familia tratábamos de olvidar lo que ocurría en Corea, por lo menos en público.

Meses atrás, en el transcurso de una de las frecuentes campañas de la señora Dockery para ganarse la comprensión de los demás, alguien le había preguntado si tenía una fotografía de su sobrino. Como miembros de la congregación, nosotros habíamos rezado mucho por él y alguien deseaba ver su rostro. Al no poder mostrar ninguna, la mujer se sintió profundamente humillada.

Cuando lo mencionó por ver primera, el chico se llamaba Jimmy Nance y era sobrino de su primo en cuarto grado, un primo con quien ella mantenía una «estrecha relación». Conforme avanzaba la guerra, se convirtió en Timmy Nance y no era un simple sobrino sino un primo en segundo o tercer grado. No acabábamos de entenderlo. Aunque ella prefería el nombre de Timmy, Jimmy asomaba de vez en cuando en la conversación.

Cualquiera que fuera su verdadero nombre, un buen día resultó que lo habían matado. Nos enteramos de la noticia en la iglesia, antes de bajar del camión.

Estaba en la sala comunitaria, rodeada de mujeres de la escuela dominical, todas las cuales lloraban y hacían grandes aspavientos. Observé desde lejos que Gran y mi madre hacían cola para darle el pésame y me compadecí sinceramente de la señora Dockery. Tanto si el parentesco era estrecho como si era lejano, la pobre mujer estaba profundamente afligida.

Los detalles se comentaban en voz baja: conducía el jeep de su comandante cuando el vehículo pisó una mina. El cuerpo tardaría dos meses en ser repatriado, o probablemente no lo fuera jamás. Tenía veinte años, estaba casado y vivía en Kenneth, Misouri.

Mientras la gente hacía esta clase de comentarios, el reverendo Akers entró en la sala y se sentó al lado de la señora Dockery. Tomó su mano y ambos rezaron largo rato en silencio. Todos los feligreses estaban allí, mirándola y esperando para presentarle sus condolencias.

Al cabo de unos minutos, vi que Pappy abandonaba la sala.

De modo que eso sería lo que iba a ocurrir, pensé, en caso de que nuestros peores temores se hicieran realidad: desde la otra punta del mundo nos comunicarían la noticia de su muerte. Y entonces los amigos se congregarían alrededor de nosotros y todo el mundo lloraría.

De repente, me dolió la garganta y se me llenaron los ojos de lágrimas. «Eso no puede pasarnos a nosotros –pensé–. Ricky no conduce jeeps, y, aunque lo hiciera, no sería tan tonto como para pisar una mina. Seguro que vuelve a casa.»

No quería que me vieran llorar, así que abandoné con disimulo el edificio justo en el momento en que Pappy subía al camión, donde me reuní con él. Permanecimos sentados un buen rato mirando a través del parabrisas; después, sin pronunciar palabra, él puso en marcha el motor y nos fuimos.

Pasamos por delante de la desmotadora. Aunque los domingos por la mañana estaba cerrada, todos los agricultores habrían deseado en su fuero interno que funcionara a toda marcha. Sólo funcionaba tres meses al año.

Salimos de la ciudad sin rumbo fijo o, por lo menos, yo no supe establecerlo. Circulamos por polvorientas carreteras secundarias cubiertas de grava cuyos arcenes distaban de las hileras de algodón apenas uno o dos metros.

Sus primeras palabras fueron:

–Aquí viven los Sisco.

Señaló con la cabeza hacia la izquierda sin apartar la mano del volante. En la distancia, apenas visible más allá de varias hectáreas de algodón, se distinguía una típica casa de aparceros. La oxidada techumbre de hojalata estaba combada, el porche aparecía inclinado, el patio estaba sucio y el algodón llegaba prácticamente hasta las cuerdas de tender la ropa. No vi a nadie por los alrededores, y fue un alivio. Pappy era muy capaz de experimentar el repentino impulso de detenerse delante de la casa y empezar a armar camorra.

Seguimos adelante a través de los algodonales interminables. Me había saltado la clase de la escuela dominical, y me parecía un regalo casi increíble. A mi madre no le gustaría, pero no se atrevería a discutir con Pappy. Ella misma me había dicho que, siempre que se sentían muy preocupados por Ricky, él y Gran buscaban mi compañía.

De pronto aminoró la marcha hasta casi detenerse.

–Es la granja de los Embry –dijo, señalando de nuevo con la cabeza–. ¿Ves a aquellos mexicanos?

Estiré el cuello y conseguí verlos, cuatro o cinco sombreros de paja rodeados de un inmenso mar blanco, agachados como si nos hubieran oído acercarnos y quisieran esconderse.

–¿Recolectan en domingo? –pregunté.

–Sí.

Aceleramos y los perdimos de vista.

–¿Qué vas a hacer? –pregunté, como si se hubiera quebrantado una ley.

–Nada. Eso es asunto de los Embry.

El señor Embry era un feligrés de la iglesia. No me lo imaginaba permitiendo que se trabajara en sus algodonales en domingo.

–Supongo que él lo sabe, ¿verdad? –pregunté.

–Puede que no. Supongo que a los mexicanos les resulta fácil trasladarse a los campos cuando él se va a la iglesia –repuso sin demasiada convicción.

–Pero ellos mismos no pueden pesarse el algodón –le apunté.

–No, creo que no –reconoció Pappy con una sonrisa.

Eso significaba que el señor Embry permitía que sus mexicanos recolectaran en domingo. Cada otoño corrían rumores en este sentido, pero no acertaba a imaginarme a un excelente diácono como el señor Embry, cometiendo un pecado tan despreciable. Yo estaba escandalizado, pero no así Pappy.

Aquellos pobres mexicanos... Los transportaban como si fueran ganado, los hacían trabajar igual que a bestias y les robaban su único día de descanso mientras el propietario se escondía en la iglesia.

–Será mejor que no se lo digamos a nadie –añadió Pappy, satisfecho de haber confirmado un rumor.

Más secretos.

Mientras nos acercábamos a la iglesia, oímos los cantos de la congregación. Jamás había estado fuera en los momentos en que tenía que estar dentro.

–Diez minutos de retraso –murmuró Pappy, abriendo la puerta.

Los fieles permanecían de pie entonando sus cánticos y nosotros pudimos ocupar nuestros puestos en el banco sin provocar demasiado alboroto. Miré a mis padres, pero ellos no me prestaron la menor atención.

Cuanto terminó el canto, nos sentamos y me vi cómodamente ubicado entre mis abuelos. Era probable que Ricky corriese peligro, pero no cabía duda de que yo estaría muy bien protegido.

El reverendo Akers evitó abordar los temas de la guerra y la muerte. Empezó comunicándonos en tono solemne la noticia sobre Timmy Nance, de la que todos estábamos al corriente. La señora Dockery había sido acompañada a casa para que descansara. Los miembros de su clase de la escuela dominical estaban organizando unas comidas. Ya era hora, dijo, de que la congregación cerrara filas para consolar a uno de sus miembros.

Sería la mejor hora de gloria de la señora Dockery, y todos lo sabíamos.

Si hablaba de la guerra, el reverendo tendría que habérselas con Pappy cuando terminara la ceremonia, por lo que decidió atenerse al mensaje que ya tenía preparado. Nosotros los baptistas nos enorgullecíamos de enviar misioneros por el mundo, y todos los miembros de este credo estaban llevando a cabo una gran campaña de recogida de fondos para tal fin. De eso habló el hermano Akers: de la necesidad de aportar más dinero para enviar a más personas a lugares como la India, Corea, África y China. Jesús nos enseñó que los baptistas debíamos amar a todo el mundo. De nosotros dependía que la gente se convirtiera.

Yo decidí no dar ni un centavo de más.

Me habían enseñado a entregar un diezmo de mis ganancias, y así lo hacía, bien que a regañadientes; pero era algo que se decía en las Sagradas Escrituras y no había vuelta de hoja. Sin embargo, el hermano Akers nos estaba pidiendo algo más, algo de carácter opcional, y, por lo que a mí respectaba, no tendría suerte. Ni una pizca de mi dinero iría a parar a Corea. Estaba seguro de que el resto de los Chandler opinaba lo mismo. Y probablemente, todos los feligreses de nuestra iglesia también.

Aquella mañana el reverendo estaba un poco apagado. Predicó acerca del amor y la caridad, no del pecado y la muerte, pero a mí me dio la impresión de que no ponía toda el alma en ello. Quizá por eso empezó a entrarme sueño.

Al terminar el oficio, no estábamos de humor para charlas intrascendentes. Los mayores se encaminaron directamente hacia el camión, y nos marchamos a toda prisa. Cuando ya estábamos en las afueras de la ciudad, mi padre preguntó:

–¿Adónde fuisteis tú y Pappy?

–A dar una vuelta por ahí.

–Pero, ¿adónde?

Señalé hacia el este y dije:

–Por allí. A ningún sitio en especial. Creo que le apetecía salir de la iglesia.

Asintió con la cabeza como si pensara que ojalá nos hubiera acompañado.

Cuando ya estábamos a punto de terminar la comida dominical, oímos que llamaban a la puerta con suavidad. Como era el que estaba más cerca, mi padre se levantó y salió al porche trasero, donde se encontró a Miguel y a Cowboy.

–Madre, te necesitan –dijo, y entonces Gran salió corriendo de la cocina. Los demás la seguimos.

Cowboy se había quitado la camisa; el lado izquierdo de su pecho estaba hinchado y ofrecía un aspecto terrible. Apenas podía levantar el brazo izquierdo y, cuando Gran le indicó que lo hiciera, una mueca de dolor deformó su rostro. Me compadecí de él. Presentaba una pequeña herida superficial en la zona en la que había impactado la pelota.

–Puedo contar las marcas de las costuras de la pelota –dijo Gran.

Mi madre fue por una palangana de agua y un lienzo. A los pocos minutos, Pappy y mi padre se hartaron y se fueron. Estoy seguro de que estaban preocupados por el efecto que pudiera tener la lesión de un mexicano en la producción.

Gran se mostraba encantada cuando tenía ocasión de ejercer de médico, por lo que Cowboy recibió un tratamiento completo. Tras haber vendado la herida, lo hizo tender en el porche trasero, con la cabeza apoyada en un almohadón de nuestro sofá.

–Hay que procurar que no se mueva –le dijo a Miguel–. ¿Duele mucho? –preguntó.

–No mucho –contestó Cowboy, meneando la cabeza.

Sus conocimientos de inglés nos dejaron sorprendidos.

–No sé si darle un analgésico –murmuró Gran, dirigiéndose a mi madre.

Los analgésicos de Gran eran peores que cualquier hueso fracturado, por lo que miré horrorizado a Cowboy, quien captó el mensaje y dijo:

–No, no quiero medicinas.

Gran llenó una pequeña bolsa de arpillera con hielo y la aplicó con mucho cuidado sobre sus inflamadas costillas.

–Mantenla aquí –dijo, colocando el brazo izquierdo de Cowboy sobre la bolsa.

Al percibir la frialdad del hielo, el cuerpo de Cowboy se contrajo, pero volvió a relajarse al cabo de un instante. En cuestión de segundos, el agua resbaló por su piel y empezó a gotear sobre el suelo del porche. Cowboy cerró los ojos y respiró profundamente.

–Gracias –dijo Miguel en inglés.

–*Gracias* –dije en español, y entonces Miguel me miró con una sonrisa.

Los dejamos allí y nos reunimos en el porche delantero para tomar nuestro habitual té helado.

–Tiene las costillas rotas –le informó Gran a Pappy, que estaba sentado en el columpio, digiriendo la cena.

Pappy no quería decir nada, pero tras un instante de silencio, soltó un gruñido y dijo:

–Lástima.

–Conviene que lo vea un médico.

–¿Y qué va a hacer un médico?

–Puede que sufra una hemorragia interna.

–Y puede que no.

–Podría ser peligroso.

–Si estuviera sangrando por dentro –dijo Pappy–, a esta hora ya se habría muerto, ¿no te parece?

–Pues claro –convino mi padre.

Allí estaban ocurriendo dos cosas. La primera y más importante, a los hombres les aterrorizaba la idea de tener que pagar a un médico. La segunda, y casi tan significativa como la primera, ambos habían combatido en las trincheras. Habían visto cadáveres mutilados, miembros diseminados, hombres sin extremidades, y no tenían paciencia para las cosas de poca monta. Las pequeñas heridas y fracturas eran riesgos que uno corría en la vida. Había que aguantarse.

Gran sabía que no iba a salirse con la suya.

–Si se muere, la culpa será nuestra.

–No se morirá, Ruth –dijo Pappy–. Y, aunque se muera, nosotros no tendremos la culpa. Las costillas se las ha roto Hank.

Mi madre se levantó y entró en la casa. Volvía a encontrarse indispuesta, y yo empezaba a preocuparme por ella. La conversación se centró de nuevo en el tema del algodón, y abandoné el porche.

Rodeé sigilosamente la casa para dirigirme a la parte de atrás, donde Miguel estaba sentado a escasa distancia de Cowboy. Me pareció que ambos dormían. Entré silenciosamente en la casa y fui a ver cómo estaba mi madre. La vi tumbada en la cama con los ojos abiertos.

–¿Te encuentras bien, mamá? –le pregunté.

–Pues claro que me encuentro bien, Luke. No te preocupes por mí.

Habría dicho lo mismo por mal que se hubiera encontrado. Me apoyé un momento en el borde de su cama y, cuando ya estaba a punto de retirarme, pregunté:

–¿Seguro que te encuentras bien, mamá?

–Estoy bien, Luke –contestó, dándome unas palmadas en el brazo.

Fui a la habitación de Ricky en busca de mi guante y mi pelota de béisbol. Miguel ya no estaba cuando salí sigilosamente de la cocina. Cowboy se había incorporado y estaba sentado en el borde del porche con las piernas colgando y el brazo izquierdo sujetando la bolsa de hielo contra las heridas. Seguía inspirándome miedo, pero en las condiciones en que se encontraba dudaba mucho que pudiera causar algún daño.

Tragué saliva y le mostré la pelota de béisbol, la misma que le había roto las costillas.

–¿Cómo haces para conseguir esa trayectoria curva? –le pregunté.

La hostil expresión de su rostro se suavizó, y hasta me pareció que intentaba sonreír.

–Allí –dijo, señalando la hierba que crecía junto al porche. Yo salté del porche y me situé junto a sus rodillas.

Cowboy tomó la pelota con el pulgar y el índice en contacto directo con las costuras.

–Así –dijo.

Era lo mismo que Pappy me había enseñado.

–Y después, la sueltas –añadió, girando la muñeca para que los dedos quedaran situados en la parte inferior de la pelota en el momento de lanzarla.

No era ninguna novedad. Tomé la pelota e hice exactamente lo que él me había indicado.

Me miró en silencio. El amago de sonrisa había desaparecido, y tuve la impresión de que le dolía mucho.

–Gracias –dije.

Asintió casi imperceptiblemente con la cabeza.

Después observé la punta de la navaja automática, que asomaba por un agujero del bolsillo anterior derecho de sus pantalones de trabajo. No pude por menos de mirarla. Después lo miré a él y ambos bajamos los ojos hacia el arma. Lentamente, Cowboy la extrajo del bolsillo. El mango era de color verde oscuro y muy liso, con unos dibujos labrados. La sostuvo en alto para que la contemplara, accionó el resorte y apareció la hoja. Oí un clic y di un respingo.

–¿De dónde la sacaste? –quise saber.

La pregunta era tonta, y él no contestó.

–Vuelve a hacerlo –le pedí.

En un santiamén, apoyó la hoja contra su pierna, cerró la navaja, la agitó cerca de mi rostro y volvió a abrirla.

–¿Me dejas probar?

Negó enérgicamente con la cabeza.

–¿Has pinchado alguna vez a alguien con ella? –inquirí.

Apartó la navaja de mi rostro y me dirigió una mirada siniestra.

–A muchos hombres –contestó.

Ya había visto suficiente. Me retiré y pasé trotando por delante del silo buscando un lugar donde estar solo. Dediqué una hora a lanzar pelotas al aire y a atraparlas, esperando desesperadamente que Tally pasara por allí en su camino hacia el arroyo.

14

A primera hora de la mañana del lunes nos reunimos en silencio junto al tractor. Hubiera deseado regresar a la casa, acostarme en la cama de Ricky y pasarme varios días durmiendo, sin acordarme del algodón, ni de Hank Spruill, ni de nada que hiciera la vida desagradable. «Podemos descansar en invierno», solía decir Gran, y era verdad. Una vez recolectado el algodón y arados los campos, nuestra pequeña granja se pasaba los meses fríos en estado de hibernación.

Pero a mediados de septiembre el invierno era un sueño lejano. Pappy, el señor Spruill y Miguel estaban hablando cerca del tractor con expresión muy seria. Los demás intentábamos escuchar. Los mexicanos aguardaban agrupados a cierta distancia. Se había elaborado un plan, según el cual éstos empezarían con el algodón que había cerca del establo a fin de que pudieran desplazarse a pie a los campos. Los de Arkansas trabajaríamos un poco más allá, y el remolque constituiría la línea divisoria entre los dos grupos. Era imprescindible que Hank y Cowboy estuvieran separados, o de lo contrario se produciría otra muerte.

—Ya no quiero más problemas —le oí decir a Pappy.

Todos sabían que la navaja automática jamás abandonaría el bolsillo de Cowboy, y dudábamos mucho que Hank, a pesar de lo tonto que era, cometiese la estupidez de volver a atacarlo. Durante el desayuno de aquella mañana, Pappy había aventurado la hipótesis de que Cowboy quizá no fuera el único mexicano armado. Bastaría un gesto imprudente por parte de Hank para que aparecieran navajas automáticas por doquier. El señor Spruill se mostró de acuerdo y le aseguró a mi padre que ya no habría más problemas. Para entonces, sin embargo, nadie creía que el señor Spruill, o cualquier otra persona, fuera capaz de controlar a Hank.

La víspera había llovido, pero no quedaba ni rastro de ello en los campos; el algodón estaba seco y la tierra casi polvorienta. No obstante, tanto Pappy como mi padre habían visto en la lluvia un siniestro presagio de las inevitables inundaciones y su nerviosismo se nos estaba contagiando a los demás.

Nuestras cosechas eran casi perfectas y sólo nos quedaban unas cuantas semanas para recolectarlas antes de que se abrieran los cielos. Cuando el tractor se detuvo cerca del remolque, tomamos rápidamente nuestros sacos y desaparecimos entre los tallos de algodón. No se oían risas ni cantos en la zona en que se encontraban los Spruill ni el menor sonido en el lugar donde estaban los mexicanos. Y yo no hice la siesta. Recolecté a la mayor velocidad que pude.

El sol se elevó rápidamente en el cielo y achicharró el rocío que cubría las cápsulas de algodón. El denso aire se me pegaba a la piel y me empapaba el mono, y el sudor me goteaba por la barbilla. Una pequeña ventaja del hecho de ser tan bajito era que casi todos los tallos eran más altos que yo, gracias a lo cual podía disfrutar de un poco de sombra.

Con dos días de recolección a marchas forzadas, conseguimos llenar el remolque. Pappy lo llevó a la ciudad. Tal como ocurría con mi madre y el huerto, era una de las tareas que se habían asignado mucho antes de que yo naciese. Estaba previsto que yo lo acompañara, y me encantaba hacerlo, pues significaba un viaje a la ciudad, aunque sólo fuera hasta la desmotadora.

Después de una comida rápida, llevamos el camión al algodonal y le enganchamos el remolque. Luego subimos a éste y lo cubrimos todo con la lona para que ninguna cápsula se escapara volando. Nos parecía un crimen que se perdiera un solo grano de algo que tanto trabajo nos había costado recolectar.

Mientras regresábamos a la casa, vi a los mexicanos reunidos detrás del establo, comiendo con parsimonia sus tortillas. Mi padre se encontraba en el cobertizo de las herramientas, arreglando la cámara de un neumático delantero del John Deere. Las mujeres estaban lavando los platos. Pappy detuvo bruscamente el camión.

–Quédate aquí –me dijo–. Vuelvo enseguida.

Había olvidado algo.

Cuando regresó de la casa, llevaba su escopeta de caza del calibre 12, que colocó debajo del asiento sin decir nada.

–¿Vamos a cazar? –pregunté, aunque sabía muy bien que no iba a contestar.

La cuestión de los Sisco no se había comentado durante la comida ni tampoco en el porche. Creo que los mayores habían decidido no hablar del tema, al menos en mi presencia. Sin embargo, la escopeta sugería una variada serie de posibilidades.

De inmediato pensé en un tiroteo estilo Gene Autry alrededor de la desmotadora. Los buenos, es decir, los agricultores, a un lado, disparando a lo bestia desde detrás y por entre sus remolques de algodón; y los malos, los Sisco y sus amigos, al otro lado, devolviendo los disparos. El algodón recolectado volaba por los aires y los remolques recibían un impacto tras otro. Los cristales de las ventanas estallaban. Los camiones explotaban. Cuando cruzábamos el río, el recinto de la desmotadora estaba cubierto de cadáveres.

–¿Vas a disparar contra alguien? –inquirí en un intento de obligar a Pappy a hablar.

–Tú ocúpate de tus asuntos –contestó en tono áspero mientras cambiaba de marcha.

A lo mejor, tenía una cuenta pendiente con alguien que lo había ofendido. Me vino a la mente una de las historias preferidas de los Chandler. Cuando era mucho más joven, Pappy, como todos los agricultores, trabajaba la tierra con un tiro de mulos. Eso era mucho antes de que se utilizaran los tractores, y para llevar a cabo las labores del campo el hombre se valía de los animales. Un día, un bien intencionado vecino llamado Woolbright vio a Pappy en los campos. Al parecer, Pappy tenía problemas con los mulos. Según Woolbright, estaba golpeando a las pobres bestias en la cabeza con un bastón de gran tamaño. Más tarde, Woolbright comentó en el Tea Shoppe:

–Si hubiera tenido a mano un saco de arpillera mojado, le habría enseñado a Eli Chandler un par de cosas.

Se corrió la voz y Pappy se enteró de lo que Woolbright había dicho. Unos días más tarde, tras haberse pasado una larga y calurosa jornada en los campos, Pappy tomó un saco de arpillera, lo introdujo en un cubo de agua y, saltándose la cena, recorrió a pie los cinco kilómetros (o los ocho o los quince, depende de quién contara la historia) que lo separaban de la casa de Woolbright.

Una vez allí, llamó a gritos a Woolbright y le pidió que saliera para resolver un asunto. Woolbright estaba terminando de cenar, y puede que tuviese o que no un montón de hijos. Sea como fuere, Woolbright se acercó a la puerta mosquitera, miró hacia el patio y llegó a la conclusión que estaría más seguro dentro.

Pappy repitió varias veces a voz en cuello que saliera.

–¡Woolbright! –gritó–. Sal a terminar el trabajo.

Woolbright se retiró al interior de la casa y Pappy, al comprender que no iba a salir, arrojó el saco de arpillera al otro lado de la puerta mosquitera. Después recorrió los cinco, los ocho, o los quince kilómetros en sentido contrario para regresar a casa y se fue a la cama sin cenar.

Ya había oído contar la historia tantas veces que me la

creía. Hasta mi madre se la creía. Eli Chandler había sido un pendenciero en sus años mozos, y a los sesenta seguía teniendo mucho genio. Pero jamás hubiera matado a nadie, a no ser en legítima defensa, y prefería utilizar los puños o armas menos amenazadoras, como un saco de arpillera. Había decidido llevar la escopeta por si acaso. Los Sisco eran unos locos.

La desmotadora estaba rugiendo cuando llegamos. Nos precedía una larga fila de remolques, y yo sabía que pasaríamos varias horas allí. Estaba oscuro cuando Pappy apagó el motor y tamborileó con los dedos sobre el volante. Jugaban los Cardinals y yo deseaba regresar a casa.

Antes de bajar del camión, Pappy examinó los remolques, los camiones y los tractores y observó a los peones y los trabajadores de la desmotadora, que iban de un lado para otro ocupados en sus tareas. Estaba buscando camorra y, al no ver ninguna posibilidad, dijo finalmente:

–Voy a echar un vistazo. Espera aquí.

Lo vi caminar arrastrando los pies por la grava y detenerse junto a un grupo de hombres que se encontraban delante de la puerta del despacho. Permaneció un rato con ellos, hablando y escuchando. Cerca de un camión situado por delante de nosotros, había otro grupo, formado por unos jóvenes que fumaban y charlaban mientras esperaban. A pesar de que la desmotadora era el centro de toda la actividad, las cosas se movían muy despacio. Me pareció ver una figura detrás de nuestro camión.

–Hola, Luke –dijo una voz, pegándome un susto.

Me volví bruscamente y vi el simpático rostro de Jackie Moon, un chico mayor que yo que vivía al norte de la ciudad.

–Hola, Jackie –contesté, soltando un suspiro de alivio.

Por una décima de segundo, había temido que uno de los Sisco nos hubiera tendido una emboscada. Jackie se apoyó en el guardabarros delantero, de espaldas a la desmotadora, y se sacó del bolsillo un cigarrillo ya liado.

–¿Sabéis algo de Ricky? –me preguntó.

Contemplé el cigarrillo.

–Últimamente, no –contesté–. Recibimos una carta hace un par de semanas.

–¿Qué tal está?

–Supongo que bien.

Rascó una cerilla contra el costado de nuestro camión y encendió el cigarrillo. Era alto y delgado y llevaba un montón de tiempo siendo una estrella del baloncesto en el Instituto de Monette. Él y Ricky jugaban juntos hasta que sorprendieron a éste fumando detrás de la escuela. El entrenador, que había perdido una pierna en la guerra, expulsó a Ricky del equipo. Pappy se pasó una semana recorriendo enfurecido la granja Chandler y amenazando con matar a su hijo menor. Ricky me dijo en privado que, de todos modos, ya estaba harto de jugar al baloncesto. Él quería jugar al fútbol americano, pero Monette no podía tener un equipo a causa de la recolección del algodón.

–Puede que me vaya para allá.

–¿A Corea?

–Sí.

Me hubiera gustado preguntarle por qué creía que lo necesitaban en Corea. Por mucho que yo aborreciera recolectar algodón, lo prefería a morir de un disparo.

–¿Y el baloncesto? –le pregunté.

Corrían rumores de que la Universidad de Arkansas quería fichar a Jackie.

–Dejo la escuela –dijo, exhalando una nube de humo.

–¿Por qué?

–Ya estoy harto. Llevo doce años en ella, contando los intervalos en que he dejado los estudios. Es más de lo que ha estado cualquier otro miembro de mi familia. Creo que ya he aprendido lo suficiente.

En nuestro país, los chicos abandonaban constantemente los estudios. Ricky lo había intentado varias veces hasta que a Pappy le dio igual. Pero Gran impuso su ley, y al final Ricky se graduó.

–A muchos chicos les pegan un tiro allí abajo –dijo Jackie con la mirada perdida en la distancia.

Era algo que no deseaba oír, por eso no hice ningún comentario. Terminó de fumar el cigarrillo y se metió las manos en los bolsillos.

–Andan diciendo por ahí que tú presenciaste la pelea de los Sisco –añadió, nuevamente sin mirarme.

Yo había pensado en hablar con mi abuelo del asunto en el transcurso de aquel viaje a la ciudad. Recordé la severa advertencia de mi padre en el sentido de que no hablara de ello con nadie.

Pero podía fiarme de Jackie. Él y Ricky habían crecido juntos.

–Mucha gente la presenció –dije.

–Sí, pero nadie lo reconoce. Los palurdos mantienen el pico cerrado porque es uno de los suyos. La gente de la ciudad no habla porque Eli le advirtió a todo el mundo que se callara. O eso, por lo menos, es lo que se cuenta.

Le creía. No dudaba ni por un instante de que Eli Chandler había utilizado a sus hermanos baptistas para imponer su voluntad, al menos hasta que se hubiera recolectado todo el algodón.

–¿Y los Sisco? –pregunté.

–Nadie les ha visto el pelo. Se esconden. El viernes se celebró el entierro. Los propios Sisco cavaron la tumba; lo enterraron detrás de la iglesia de Bethel. Stick está vigilándolos muy de cerca.

Se produjo otra larga pausa en la conversación mientras la desmotadora aullaba a nuestras espaldas.

Jackie lió otro cigarrillo y me dijo finalmente:

–Te vi allí, en la pelea.

Me sentí como si me hubieran sorprendido cometiendo un crimen. Sólo fui capaz de replicar:

–¿Y qué?

–Te vi con el pequeño de los Pinter. Y cuando aquel palurdo levantó el palo del suelo, os miré y pensé: «Estos chicos no tendrían que estar viendo eso». Y tenía razón.

–Ojalá no lo hubiera visto.

–Ojalá yo tampoco lo hubiera visto –dijo, exhalando un perfecto círculo de humo.

Miré hacia la desmotadora para cerciorarme de que Pappy no se encontrase cerca. Estaba dentro, quizás en el pequeño despacho donde el propietario de la desmotadora tenía todos los papeles. Habían llegado otros remolques y habían aparcado detrás de nosotros.

–¿Has hablado con Stick? –le pregunté.

–No –respondió Jackie–. Ni tengo intención de hacerlo. ¿Y tú?

–Sí. Vino a nuestra casa.

–¿Y habló con el palurdo?

–Sí.

–¿O sea que Stick conoce su nombre?

–Supongo.

–¿Y por qué no lo detuvo?

–No lo sé muy bien. Le dije que habían sido tres contra uno.

Jackie emitió un gruñido y soltó un escupitajo hacia las malas hierbas.

–Es verdad que fueron tres contra uno, pero no debería haber muerto nadie. No me caen bien los Sisco, como a todo el mundo, pero no tendría que haberles pegado de aquella manera.

No dije nada. Dio una calada al cigarrillo y añadió mientras el humo le salía por la boca y la nariz:

–Tenía la cara congestionada y le brillaban los ojos de rabia, y de repente dejó de pegarles y se los quedó mirando como si un fantasma lo hubiera obligado a detenerse. A continuación, retrocedió, enderezó la espalda y volvió a mirarlos como si aquello lo hubiera hecho otra persona. Después se fue rumbo a Main Street y los demás Sisco y su gente se acercaron corriendo y recogieron a los chicos. Le pidieron prestada la furgoneta a Roe Duncan y se los llevaron a casa. Jerry ya no despertó. El propio Roe lo llevó al hospital en mitad de la noche, pero Roe asegura que para entonces ya estaba muerto. Fractura de cráneo. Por suerte, los otros dos no murieron. Les pegó tan fuerte como a Jerry. En mi vida había visto nada igual.

–Yo tampoco.

–Yo en tu lugar me mantendría alejado de las peleas durante una buena temporada. Eres demasiado joven.

–No te preocupes. –Miré hacia la desmotadora y vi a Pappy–. Ya viene Pappy –dije.

Jackie arrojó el cigarrillo al suelo y lo pisó.

–No le digas a nadie lo que te he dicho, ¿de acuerdo?

–Pues claro –repuse.

–No quiero verme metido en líos con este palurdo.

–No diré una palabra.

–Saluda a Ricky de mi parte. Dile que resista hasta que yo llegue.

–Se lo diré, Jackie.

Desapareció tan sigilosamente como había aparecido.

Más secretos que guardar.

Pappy desenganchó el remolque y se sentó al volante del camión.

–No podemos esperar tres horas –murmuró, poniendo el motor en marcha.

Se alejó de la desmotadora y abandonó la ciudad. Entrada la noche, un trabajador de la desmotadora engancharía un pequeño tractor a nuestro remolque y tiraría de él. El algodón sería aspirado al interior de la desmotadora y, una hora después, saldrían de ésta dos balas perfectas. Las pesarían, tomarían sendas muestras de ellas y ambas se guardarían para que el comprador del algodón pudiera evaluarlas. Después del desayuno, Pappy regresaría a la desmotadora para recoger el remolque, examinaría las balas y las muestras y buscaría otra cosa por la que preocuparse.

Al día siguiente, llegó una carta de Ricky. Gran la había dejado sobre la mesa de la cocina, y la vimos cuando entramos por la puerta trasera, arrastrando los pies y con la espalda dolorida. Aquel día yo había recolectado cuarenta kilos de algodón, un récord sin precedentes para un niño de siete años, aunque los récords no se podían controlar porque siempre había muchas mentiras de por medio. Sobre todo, entre los niños. En aquellos momentos tanto Pappy como mi padre estaban recolectando doscientos cincuenta kilos diarios.

Gran tarareaba y sonreía, lo cual significaba que la carta contenía buenas noticias. La tomó y nos la leyó en voz alta. Para entonces, ya se la había aprendido de memoria.

Queridos papá, mamá, Jesse, Kathleen y Luke:

Espero que todo vaya bien en casa. Jamás pensé que pudiera echar tanto de menos la recolección del algodón, pero os aseguro que ahora mismo desearía estar allí. Lo echo todo de menos: la granja, el pollo frito, a los Cardinals.

¿Será posible que los Dodgers ganen la Liga? Me pongo enfermo sólo de pensarlo.

Sea como fuere, aquí no van mal las cosas. Todo está tranquilo. Ya no estamos en el frente. Mi unidad se encuentra a unos ocho kilómetros de él y poco a poco recuperamos el sueño atrasado. Estamos abrigados y descansados y comemos muy bien, y ahora mismo nadie dispara contra nosotros ni nosotros disparamos contra nadie.

Creo que no tardaré en volver a casa. Parece que las cosas se están calmando un poco. Oímos rumores sobre conversaciones de paz y cosas por el estilo, de modo que cruzamos los dedos.

Recibí vuestra última remesa de cartas, que significan mucho para mí. Así que seguid escribiéndome.

Luke, tu carta era un poco corta, a ver si me escribes otra más larga.

Tengo que irme corriendo. Con todo mi cariño,

RICKY

La carta corrió de mano en mano, y la leímos una y otra vez. Después Gran la guardó en una caja de puros al lado del aparato de radio. Allí estaban todas las cartas de Ricky y no era insólito entrar en la cocina por la noche y sorprender a Pappy o a Gran leyéndolas.

Recibir noticias de Ricky nos hizo olvidar los músculos entumecidos y la piel quemada por el sol, y todos comimos muy deprisa para sentarnos alrededor de la mesa y responder aquella carta.

Tomé mi cuaderno y un lápiz y me puse a contarle a Ricky todo lo de Jerry Sisco y Hank Spruill sin ahorrar ningún detalle. La sangre, el palo, Stick Powers, todo. Muchas palabras no sabía cómo se escribían pero me las apañé. Si había alguien capaz de perdonarme las faltas de ortografía, era Ricky. Como no quería que nadie supiera que estaba expandiendo chismes hasta en Corea, tapé el cuaderno lo mejor que pude.

Se escribieron cinco cartas al mismo tiempo, describiendo otras tantas versiones de los mismos acontecimientos. Mientras escribíamos, los mayores empezaron a contar historias divertidas. Fue un momento de felicidad en medio de la cosecha. Pappy encendió la radio y salieron los Cardinals, y entonces nuestras cartas se fueron alargando.

Sentados alrededor de la mesa de la cocina mientras nos reíamos, escribíamos y escuchábamos la retransmisión del partido, a nadie le cupo la menor duda de que Ricky no tardaría en regresar a casa.

Él así lo había dicho.

15

El jueves por la tarde, mi madre me fue a buscar a los campos y me dijo que me necesitaba en el huerto. Yo desaté la correa del saco y dejé a los otros trabajadores perdidos en medio del algodonal. Regresamos a la casa, felices de que la jornada laboral hubiera terminado para nosotros.

–Hemos de visitar a los Latcher –dijo mi madre por el camino–. Estoy muy preocupada por ellos. Puede que estén pasando hambre, ¿sabes?

Los Latcher tenían un huerto, aunque no era gran cosa. Yo dudaba mucho que pasaran hambre. Por supuesto que no estaban en situación de ahorrar ni un centavo, pero en el condado de Craighead nadie se moría de hambre. Hasta los más míseros aparceros conseguían cultivar unos cuantos tomates y pepinos. Todas las familias de agricultores tenían unas cuantas gallinas ponedoras.

Sin embargo, mi madre estaba firmemente decidida a ver a Libby para confirmar o negar los rumores que corrían.

Cuando entramos en nuestro huerto, comprendí cuál era su propósito. Si nos dábamos prisa y llegábamos a casa de los Latcher antes de que terminara la jornada, los padres y todos los hijos se encontrarían en los campos. Si Libby estaba embarazada, se hallaría en casa, probablemente sola. No tendría más remedio que salir y aceptar las verduras. La sorprenderíamos y, en ausencia de sus progenitores, no podría evitar ser objeto de nuestra bondad cristiana. Era un plan genial.

Bajo la severa supervisión de mi madre, empecé a arrancar tomates, pepinos, guisantes, judías, maíz...

–Arranca este tomatito rojo de aquí, Luke, a tu derecha –dijo–. No, no, esos guisantes pueden esperar. No, aquel pepino no está del todo a punto.

A pesar de que muy a menudo ella misma recogía las hortalizas, mi madre prefería supervisar la tarea. Resultaba más fácil conservar el equilibrio del huerto si ella se mantenía a cierta distancia, echaba un vistazo al conjunto y, con la mirada propia de un artista, encauzaba mis esfuerzos, o los de mi padre, hacia la eliminación de las malas hierbas que perjudicaban el desarrollo de las hortalizas.

Yo aborrecía el huerto, pero en aquellos momentos aborrecía mucho más estar en el campo recolectando algodón.

Mientras alargaba la mano hacia una mazorca de maíz, vi entre los tallos algo que me indujo a detenerme en seco. Más allá del huerto, había una pequeña y umbría franja de hierba, demasiado estrecha para jugar a arrojar la pelota y, por consiguiente, completamente inservible. Lindaba con el muro este de nuestra casa, el más alejado de cualquier clase de tráfico. En el lado oeste estaba la puerta de la cocina, la zona de aparcamiento de nuestro camión, los senderos que conducían al establo, los cobertizos y los algodonales. Todo ocurría en el lado oeste; en el este no ocurría nada. En la esquina, de cara al huerto e invisible a los ojos del mundo, alguien había pintado parcialmente, de blanco, la tabla de madera de la parte inferior. El resto de la casa conservaba el mismo color marrón claro de siempre, el triste color de las viejas y resistentes tablas de roble.

–¿Qué ocurre, Luke? –me preguntó mi madre.

Por ser el huerto su refugio, jamás tenía prisa en él, pero aquel día quería tender una emboscada y el tiempo revestía una importancia primordial.

–No lo sé –contesté, todavía azorado.

Se acercó a mí, miró a través de los tallos de maíz que

bordeaban y protegían su huerto y, cuando sus ojos se posaron en la tabla pintada, ella también se quedó de piedra.

La capa de pintura era gruesa en la esquina, pero más delgada en la zona cercana a la parte posterior de la casa. Se trataba evidentemente de un trabajo en vías de ejecución. Alguien estaba pintándonos la casa.

–Es Trot –susurró mi madre, esbozando una sonrisa.

No se me había ocurrido pensar en él, pero comprendí de inmediato que no podía ser otro. ¿Quién si no hubiera podido ser? ¿Quién se pasaba todo el día holgazaneando en el patio delantero sin nada que hacer mientras los demás trabajábamos como esclavos en los campos?

Había sido Trot quien había gritado a Hank que dejara de atormentarme a propósito de nuestra casa sin pintar, propia de pobretones. Trot había acudido en mi ayuda. Pero, ¿de dónde sacaba el dinero para la pintura? Y ¿por qué lo hacía? Las preguntas eran muchas.

Mi madre retrocedió y salió del huerto. La seguí hasta la esquina de la casa, donde ambos examinamos la pintura. Se percibía su olor, y parecía que aún estaba un poco pegajosa. Volvió la mirada hacia el patio delantero. No se veía a Trot por ninguna parte.

–¿Qué vamos a hacer? –pregunté.

–Nada, al menos por el momento.

–¿Se lo dirás a alguien?

–Se lo comentaré a tu padre. Entretanto, será nuestro secreto.

–Tú me dijiste una vez que los niños no debían guardar secretos.

–No deben guardar secretos a sus padres.

Llenamos dos cestos de paja con toda clase de hortalizas y los cargamos en el camión. Mi madre conducía una vez al mes, aproximadamente. Sabía llevar el camión de Pappy, pero no conseguía relajarse detrás del volante. Agarró éste con fuerza, pisó bruscamente el embrague y el freno e hizo girar la llave de encendido. Experimentamos una sacudida y brincamos en el asiento al hacer marcha atrás, y hasta nos reímos cuando el viejo camión se puso en marcha. Mientras nos alejábamos, vi a Trot tumbado bajo el camión de los Spruill, observándonos desde detrás de un neumático trasero.

La diversión cesó pocos minutos después, cuando llegamos al río.

–Agárrate, Luke –dijo mi madre mientras cambiaba a primera y se inclinaba sobre el volante, presa de un inmenso terror.

¿Que me agarrara a qué? El puente era de un solo carril y carecía de pretiles. Si el camión se desviaba de su trayectoria y caíamos, ambos moriríamos ahogados.

–Tú puedes hacerlo, mamá –la animé sin demasiada convicción.

–Pues claro que puedo –repuso.

Yo había cruzado el puente con ella otras veces, y siempre había sido una aventura. Lo atravesamos muy despacio sin atrevernos a mirar hacia abajo. Contuvimos la respiración hasta que llegamos al otro lado.

–Buen trabajo, mamá –dije.

–No tiene importancia –contestó, exhalando finalmente el aire.

Al principio, no vi a ningún Latcher en el algodonal, pero cuando estuvimos más cerca de la casa, detecté varios sombreros de paja en el extremo más alejado del mismo. Ignoro si nos oyeron, pero no interrumpieron su tarea. Aparcamos cerca del porche delantero mientras el polvo que había levantado el camión se posaba alrededor de éste. Antes de que tuviéramos tiempo de apearnos, la señora Latcher bajó por los escalones, secándose nerviosamente las manos con una especie de trapo. Parecía que estuviera hablando sola y se la veía muy preocupada.

–Hola, señora Chandler –dijo, apartando la mirada.

Nunca supe por qué no llamaba a mi madre por su nombre de pila. Era mayor que ella y tenía por lo menos seis hijos más.

–Hola, Darla. Le hemos traído unas cuantas hortalizas.

Ambas mujeres se encontraban frente a frente.

–Me alegro de que haya venido –dijo la señora Latcher con cierta inquietud.

–¿Qué ocurre?

La señora Latcher me miró, pero sólo por espacio de un segundo.

–Necesito su ayuda. Es Libby. Creo que está a punto de dar a luz a su bebé.

–¿Un bebé? –dijo mi madre como si no tuviera ni idea del asunto.

–Sí. Creo que está de parto.

–Pues entonces, avisemos a un médico.

–Oh, no. No podemos. Nadie lo sabe. Nadie en absoluto. Hay que mantenerlo en secreto.

Yo me había desplazado a la parte posterior del camión y me había agachado un poco para que la señora Latcher no pudiera verme. Pensé que, de esa manera, seguiría hablando sin que mi presencia la condicionara. Algo muy gordo estaba a punto de ocurrir y yo no quería perderme ningún detalle.

–Estamos muy avergonzados –añadió con la voz quebrada por la angustia–. No quiere decirnos quién es el padre, y en estos momentos no me importa. Sólo deseo que nazca el niño.

–Pero necesita un médico.

–No, señora. Eso no debe saberlo nadie. Si viene el médico, todo el condado se enterará. Tiene usted que guardar el secreto, señora Chandler. ¿Me promete que lo hará?

La pobre mujer estaba al borde de las lágrimas. Quería con desesperación guardar un secreto que desde hacía varios meses era la comidilla de Black Oak.

–Déjeme verla –dijo mi madre sin responder a la pregunta.

Ambas se encaminaron hacia la casa.

–Luke, tú quédate aquí, en el camión –me ordenó mi madre, volviendo la cabeza.

En cuanto entraron en la casa, me dirigí a la parte de atrás de ésta y atisbé a través de la primera ventana que vi. Era una minúscula sala de estar en el suelo de la cual había un colchón viejo y sucio. De pronto oí las voces de mi madre y la señora Latcher a través de la ventana contigua. Me acerqué y presté atención. Tenía el algodonal detrás de mí.

–Libby, la señora Chandler está aquí –anunció la señora Latcher–. Ha venido para ayudarte.

Libby gimoteó algo que yo no conseguí entender. Tuve la impresión de que estaba sufriendo mucho. Después la oí decir:

–Cuánto me arrepiento.

–Todo irá bien –dijo mi madre–. ¿Cuándo han empezado los dolores?

–Hace aproximadamente una hora –contestó la señora Latcher.

–Tengo mucho miedo, mamá –dijo Libby, levantando un poco más la voz, su tono era de absoluto terror. Ambas mujeres trataron de tranquilizarla.

Yo ya no era inexperto en el tema de la anatomía femenina, y estaba deseando echar un vistazo a una chica embarazada. Pero la oía demasiado cerca de la ventana, y si me sorprendían espiando mi padre se pasaría una semana zurrándome. La contemplación prohibida de una mujer de parto era sin duda un pecado de la máxima gravedad. Era probable incluso que me quedara ciego en el acto.

Pero no pude contenerme. Me agaché y me situé justo bajo el alféizar. Me quité el sombrero de paja y estaba empezando a incorporarme poquito a poco cuando un pesado terrón se estrelló ruidosamente contra la parte lateral de la casa a menos de dos palmos de mi cabeza, haciendo crujir las maltrechas tablas y asustando a las mujeres hasta el punto de hacerlas gritar. Unos fragmentos de tierra me salpicaron el costado de la cara. Caí al suelo y me aparte rodando de la ventana. Después me levanté precipitadamente y miré hacia el algodonal.

Percy Latcher se encontraba a dos pasos de allí, entre dos hileras de algodón, sosteniendo otro terrón en una mano mientras me apuntaba con el que sostenía en la otra.

–Es su chico –dijo una voz.

Miré hacia la ventana y vislumbré fugazmente la cabeza de la señora Latcher. Eché otro vistazo a Percy y corrí como un perro escaldado hacia el camión. Salté al asiento delantero, subí el cristal de la ventanilla y esperé a mi madre.

Percy desapareció en el algodonal. La jornada estaba a punto de terminar y yo quería irme antes de que el resto de los Latcher regresaran.

Un par de chiquillos, niño y niña, ambos desnudos, aparecieron en el porche. Me pregunté qué debían de pensar de su hermana mayor, que estaba a punto de dar a luz. Me miraron fijamente sin decir nada.

Mi madre salió apresuradamente de la casa seguida de la señora Latcher, en dirección al camión.

–Voy por Ruth –dijo mi madre, refiriéndose a Gran.

–Dése prisa, se lo ruego –pidió la señora Latcher.

–Ruth lo ha hecho muchas veces.

–Que venga, por favor. Y no se lo diga a nadie. Podemos confiar en usted, ¿verdad, señora Chandler?

Mi madre estaba abriendo la portezuela para subir.

–Por supuesto que sí.

–Estamos muy avergonzados –dijo la señora Latcher, enjugándose las lágrimas–. Por favor, no se lo diga a nadie.

–Todo irá bien, Darla –la tranquilizó mi madre, haciendo girar la llave de encendido–. Regresaré en cuestión de media hora.

Hicimos bruscamente marcha atrás y, tras unas cuantas sacudidas y paradas, conseguimos dar la vuelta y abandonamos la granja de los Latcher. Ahora mi madre conducía mucho más rápido y mantenía casi toda su atención centrada en el volante.

–¿Has visto a Libby Latcher? –me preguntó.

–No, señora –contesté enérgica y rápidamente.

Sabía que iba a preguntármelo y ya tenía preparada la respuesta.

–¿Seguro?

–Sí, señora.

–¿Qué estabas haciendo al lado de la casa?

–Paseaba por allí cuando Percy me arrojó un terrón. Eso fue lo que golpeó contra la casa. Yo no tuve la culpa, fue Percy.

Mis palabras eran rápidas y seguras, y comprendí que mi madre deseaba creerme. Tenía cosas mucho más importantes en qué pensar.

Nos detuvimos al llegar al puente. Cambió a primera, contuvo la respiración y repitió:

–Agárrate, Luke.

Gran estaba junto a la bomba del patio trasero, secándose el rostro y las manos antes de empezar a preparar la cena. Tuve que correr para seguir el ritmo de los pasos de mi madre, que anunció:

–Debemos ir a casa de los Latcher. La chica está de parto y su madre quiere que la ayudes a dar a luz.

–Vaya por Dios –dijo Gran mientras un brillo de expectación iluminaba de repente sus ojos cansados–. O sea que era cierto que estaba embarazada.

–Eso parece. Lleva más de una hora de parto.

Yo escuchaba con gran interés, disfrutando de mi participación en todo aquel asunto, cuando de pronto y sin motivo aparente, ambas mujeres volvieron la mirada hacia mí.

–Luke, entra en la casa –me indicó mi madre con cierta

severidad mientras la señalaba con el dedo como si yo no supiera dónde estaba.

–¿Qué he hecho ahora? –pregunté, compungido.

–Te digo que entres –insistió mientras me alejaba.

Reanudaron su conversación en voz baja y, cuando yo ya había alcanzado el porche trasero, atrás, mi madre me llamó.

–¡Luke, corre y busca a tu padre! ¡Lo necesitamos!

–¡Y date prisa! –añadió Gran, emocionada ante la perspectiva de atender a una paciente de verdad.

Yo no quería regresar a los campos, y habría protestado si no hubiese sido porque Libby Latcher estaba a punto de tener un bebé.

–Sí, señora –dije, y pasé corriendo por delante de ellas.

Mi padre y Pappy se encontraban junto al remolcador, pesando algodón por última vez aquel día. Ya eran casi las cinco y los Spruill estaban reunidos con sus pesados sacos. A los mexicanos no se les veía por ninguna parte.

Conseguí llevar a mi padre aparte y le expliqué la situación. Él le dijo algo a Pappy y regresamos trotando a la casa. Gran estaba recogiendo todo lo que necesitaba: alcohol, toallas, analgésicos, frascos de horribles remedios que harían que Libby se olvidara del parto. Ordenaba su arsenal sobre la mesa de la cocina con unas energías que yo jamás le había visto.

–¡Límpiate! –le dijo bruscamente a mi padre–. Tienes que acompañarnos, y puede que la cosa dure un buen rato.

Adiviné que a mi padre no le hacía ninguna gracia verse envuelto en aquel asunto, pero no pensaba discutir con su madre.

–Yo también voy a limpiarme –dije.

–Tú no vas a ninguna parte –me espetó mi madre desde el fregadero de la cocina, donde estaba troceando un tomate.

Pappy y yo tendríamos que cenar las sobras, aparte de la habitual bandeja de pepinos y tomates.

Se fueron corriendo a salvar a Libby, mi padre al volante y mi madre apretada entre él y Gran. Me quedé en el porche delantero viéndolos alejarse a toda velocidad en medio de una nube de polvo hasta que el camión se detuvo al llegar al río. Me moría de ganas de ir.

Cenaríamos a base de judías verdes y bizcochos fríos. Pappy aborrecía las sobras. En su opinión, las mujeres habrían tenido que dejar la cena preparada antes de ir a ayudar a los Latcher, y es que él ni siquiera se mostraba de acuerdo en que se les enviara comida.

–No comprendo por qué se han tenido que ir las dos mujeres –murmuró mientras se sentaba–. Son más curiosas que los gatos, ¿verdad, Luke? Estaban deseando ir allí y ver a la chica embarazada.

–Sí, señor –dije.

Pappy bendijo la comida con una rápida plegaria y comimos en silencio.

–¿Con quién juegan los Cardinals? –preguntó al fin.

–Con los Reds.

–¿Quieres escuchar el partido?

–Pues claro.

Escuchábamos el partido todas las noches. ¿Qué otra cosa podíamos hacer?

Quitamos la mesa y dejamos los platos sucios en el fregadero. A Pappy jamás se le habría pasado por la cabeza lavarlos; eso era un trabajo de mujeres.

Cuando oscureció, fuimos al porche, nos sentamos en nuestros lugares habituales y esperamos a Harry Caray y a los Cardinals. La atmósfera era densa y todavía tremendamente calurosa.

–¿Cuánto se tarda en tener un hijo? –pregunté.

–Depende –contestó Pappy desde el columpio.

Fue lo único que dijo. Tras esperar el tiempo suficiente, pregunté:

–¿De qué depende?

–Pues de muchas cosas. Algunos niños salen enseguida y otros tardan varios días.

–¿Cuánto tardé yo?

–Creo que no lo recuerdo –repuso tras reflexionar un instante–. Los primeros siempre tardan más.

–¿Estabas cerca?

–No. Estaba sentado en un tractor.

La llegada al mundo de los niños no era un tema que a Pappy le interesara demasiado, de modo que la conversación empezó a languidecer.

Vi a Tally abandonar el patio delantero y perderse en la oscuridad. Los Spruill se disponían a acostarse, la fogata donde cocinaban estaba a punto de apagarse.

Los Reds se apuntaron cuatro carreras en la primera mitad de la primera entrada. Pappy se llevó tal disgusto que se fue a la cama. Yo apagué la radio y me quedé sentado en el porche, esperando volver a ver a Tally. Al cabo de unos minutos, oí los ronquidos de Pappy.

16

Estaba firmemente decidido a permanecer sentado en los escalones del porche delantero hasta que mis padres y Gran regresaran de casa de los Latcher. Ya me imaginaba la escena; las mujeres en la habitación trasera con Libby, los hombres sentados fuera, con todos aquellos niños, lo más lejos posible del lugar donde tenía lugar el parto. Su casa se alzaba justo al otro lado del río, muy cerca de la nuestra, y yo me lo estaba perdiendo.

El cansancio me vencía por momentos y poco faltó para que me quedara dormido. El campamento de los Spruill estaba a oscuras y en silencio, pero yo aún no había visto regresar a Tally.

Crucé la casa de puntillas, oí la respiración de Pappy, sumido en un profundo sueño, y salí al porche trasero. Me senté en el borde con las piernas colgando. Los campos que se extendían más allá del establo y el silo adquirían un suave color gris cuando la luna asomaba entre las nubes dispersas. Cuando éstas volvían a ocultarla, las negras sombras lo cubrían todo de negro. La vi acercarse sola por el camino principal, justo en el momento en que la luz de la luna bañaba fugazmente la tierra. No tenía prisa. Después, todo se sumió de nuevo en la oscuridad. Pasó un buen rato sin que se oyera el menor sonido hasta que ella pisó unas ramas cerca de la casa.

–Tally –murmuré todo lo alto que pude.

Tras una prolongada pausa, contestó:

–¿Eres tú, Luke?

–Aquí –dije–. En el porche.

Iba descalza y no hacía ruido al caminar.

–¿Qué estás haciendo aquí fuera, Luke? –preguntó, de pie delante de mí.

–¿De dónde vienes? –inquirí.

–Fui a dar un paseo.

–¿Y por qué se te ocurrió dar un paseo?

–No lo sé. A veces necesito alejarme de mi familia.

Me parecía muy comprensible. Se sentó a mi lado en el porche, se subió la falda por encima de las rodillas y empezó a balancear las piernas.

–A veces necesito huir de ellos –añadió en voz baja–. ¿Tú nunca sientes deseos de huir, Luke?

–Pues no. Sólo tengo siete años. Pero no pienso pasarme la vida aquí.

–¿Dónde vas a vivir?

–En San Luis.

–¿Por qué San Luis?

–Es donde juegan los Cardinals.

–¿Y tú vas a ser uno de ellos?

–Pues claro.

–Eres un chico muy listo, Luke. Sólo un tonto querría pasarse la vida recolectando algodón. Yo también quiero ir al norte, donde hace frío y hay montones de nieve.

–¿Adónde?

–No lo sé muy bien... A Montreal, quizá.

–Y eso, ¿dónde está?

–En Canadá.

–¿Juegan al béisbol allí?

–No lo creo.

–Pues entonces, olvídalo.

–No, es un sitio muy bonito. Lo estudiamos en la escuela, en la clase de Historia. Lo colonizaron los franceses y por eso todo el mundo habla francés.

–¿Tú hablas francés?

–No, pero puedo aprender.

–Debe de ser fácil. Yo ya puedo hablar español. Juan me enseñó el año pasado.

–¿De veras?

–*Sí*[1] –contesté.

–Di otra cosa.

–*Buenos días. Por favor. Adiós. Gracias. Señor. ¿Cómo está?*[1]

–Caray.

–¿Lo ves?, ya te he dicho que era fácil. ¿Está muy lejos Montreal?

–No lo sé muy bien. Creo que mucho. Por eso me quiero ir allí.

De repente, se encendió una luz en el dormitorio de Pappy, iluminó el otro extremo del porche y nos sobresaltó.

–No te muevas –susurré.

–¿Quién es? –preguntó, agachándose como si estuvieran a punto de acribillarnos a balazos.

–Es Pappy, que quiere beber un poco de agua. Se pasa toda la noche levantándose.

Pappy entró en la cocina y abrió el frigorífico. Lo observé a través de la mosquitera. Se bebió dos vasos de agua, regresó a grandes zancadas a su dormitorio y apagó la luz. Cuando todo volvió a quedar a oscuras y en silencio, Tally preguntó:

–¿Se pasa toda la noche levantándose?

–Está muy preocupado. Ricky está combatiendo en Corea.

–¿Quién es Ricky?

–Mi tío. Tiene diecinueve años.

Reflexionó un instante y después inquirió:

–¿Es guapo?

–No lo sé. No se me ha ocurrido pensarlo. Es mi mejor amigo y quiero que vuelva a casa.

Pensamos por un momento en Ricky mientras balanceábamos las piernas y la noche iba pasando poco a poco.

1. En español en el original. *(N. de la T.)*

–Oye, Luke, el camión se fue antes de la cena. ¿Sabes adónde?

–A casa de los Latcher.

–¿Quiénes son?

–Unos aparceros que viven al otro lado del río.

–¿Y por qué han ido allí?

–No puedo decírtelo.

–¿Por qué?

–Porque es un secreto.

–¿Qué clase de secreto?

–Uno muy gordo.

–Vamos, Luke. Nosotros ya compartimos un par de secretos, ¿verdad?

–Supongo.

–Yo no le he dicho a nadie que me viste en el arroyo, ¿verdad?

–Supongo que no.

–Y, si se lo dijera a alguien, te verías metido en un buen lío, ¿no?

–Supongo que sí.

–¿Lo ves? Yo puedo guardar secretos y tú también. Entonces, cuéntame qué está ocurriendo en casa de los Latcher.

–Prométeme que no se lo dirás a nadie.

–Te lo prometo.

Toda la ciudad sabía que Libby estaba embarazada. ¿De qué servía simular que era un secreto?

–Bueno pues, una chica que se llama Libby Latcher va a tener un bebé. Ahora mismo.

–¿Cuántos años tiene?

–Quince.

–Dios mío.

–Y no quieren que nadie se entere. No han avisado a un médico de verdad porque entonces todo el mundo lo sabría. Le han pedido a Gran que vaya a ayudar al niño a nacer.

–¿Y por qué no quieren que nadie se entere?

–Porque no está casada.

–No fastidies. ¿Y quién es el padre?

–No quiere decirlo.

–¿Nadie lo sabe?

–Nadie más que Libby.

–¿Tú la conoces?

–La he visto varias veces, pero hay muchos Latcher. Conozco a su hermano Percy. Dice que tiene doce años, pero yo no estoy muy seguro. Como no van a la escuela es difícil de saber.

–¿Tú sabes cómo se quedan embarazadas las chicas?

–Me parece que no.

–Pues entonces, será mejor que no te lo diga.

Me parecía muy bien. Una vez Ricky había intentado hablarme de las chicas, pero me pareció muy desagradable.

Se puso a balancear las piernas más rápido mientras asimilaba aquel chisme tan sensacional.

–El río no queda muy lejos –dijo.

–Aproximadamente a un kilómetro y medio.

–¿A qué distancia queda su casa de la otra orilla del río?

–A pocos pasos, bajando por un sendero sin asfaltar.

–¿Has visto nacer a un niño alguna vez, Luke?

–No. He visto nacer vacas y perros, pero nunca a un niño.

–Yo tampoco.

Saltó al suelo, me tomó de la mano y tiró de ella para que bajara del porche.

–Vamos, Luke. Vamos a ver lo que se pueda.

Me arrastró antes de que yo tuviera tiempo de negarme.

–Estás loca, Tally –protesté al fin, tratando de impedírselo.

–No, Luke –murmuró–. Es una aventura, como lo del otro día en el arroyo. ¿Verdad que te gustó?

–Sí.

–Pues entonces, confía en mí.

–¿Y si nos pillan?

—¿Cómo van a pillarnos? Aquí todo el mundo está durmiendo. Tu abuelo acaba de despertar y ni siquiera se le ha ocurrido ir a echarte un vistazo.

De pronto me di cuenta de que habría sido capaz de seguir a Tally adonde fuera.

Avanzamos sigilosamente por detrás de los árboles a través de las rodadas en las que debería haber estado aparcado el camión y seguimos el corto camino, procurando mantenernos lo más alejados posible de los Spruill. Oíamos los ronquidos y la sonora respiración de unas personas cansadas que finalmente se habían quedado dormidas. Nos dirigimos en silencio a la carretera. Tally era muy rápida y ágil y atravesaba la noche como una exhalación. Cuando giramos hacia el río, la luna iluminó el camino. La carretera de un solo carril era justo lo bastante ancha para permitir el paso de dos camiones, y el algodón crecía prácticamente hasta los bordes de la misma. Cuando no brillaba la luna, teníamos que vigilar dónde poníamos los pies, pero cuando lo hacía podíamos levantar los ojos y ver lo que había delante. Ambos íbamos descalzos. En la carretera había la grava suficiente para que nuestros pasos fueran cortos y rápidos; las plantas de nuestros pies eran como el cuero de mi guante de béisbol.

Me moría de miedo, pero no quería que se me notara. Ella parecía que no... no temía que la pillaran, ni la oscuridad, ni acercarse a escondidas a una casa en la que estaba naciendo un niño. Tally era fría, taciturna y casi misteriosa, y parecía casi tan mayor como mi madre. Sin embargo, a veces se reía como una niña, por ejemplo cuando jugaba al béisbol, le gustaba que la miraran cuando se bañaba, daba largos paseos en la oscuridad y, por encima de todo, le encantaba la compañía de un niño de siete años.

Nos detuvimos en el centro del puente y contemplamos con cuidado el agua desde el borde. Le hablé de los peces gato de allí abajo, de lo grandes que eran y de las porquerías que comían, y mencioné que en una ocasión Ricky había pescado uno que pesaba aproximadamente veintidós kilos. Me tomó de la mano mientras cruzábamos el puente y me la apretó ligeramente, no por afán de protegerme sino por afecto.

El camino que conducía a la casa de los Latcher estaba mucho más oscuro. Avanzábamos despacio porque intentábamos ver la casa sin desviarnos. Como no tenían electricidad, no se veía ninguna luz; en el recodo del río donde se levantaba la casa reinaba la oscuridad más absoluta.

Tally oyó algo que nos indujo a detenernos en seco. Unas voces en la distancia. Nos acercamos al borde del algodonal y esperamos pacientemente a que brillara la luna. Señalé con el dedo en distintas direcciones, explicándole dónde creía yo que estaba la casa. Las voces eran infantiles, sin duda se trataba de los hijos de los Latcher.

Al final, la luna decidió colaborar y logramos echar un vistazo al paisaje. La oscura sombra de la casa se encontraba a la misma distancia que mediaba entre nuestro establo y el porche trasero de nuestra casa, a unos ciento cincuenta metros, la misma distancia que separaba la base meta de la pared que señalaba el perímetro del campo del Sportman's Park, en San Luis. Casi todas las grandes distancias de mi vida se medían tomando como referencia aquella pared. El camión de Pappy estaba aparcado delante.

–Será mejor que demos un rodeo por aquí –dijo tranquilamente, como si hubiera encabezado muchas incursiones como aquélla. Nos agachamos entre el algodón y seguimos una hilera de tallos y después otra, recorriendo en silencio un gran semicírculo a través del algodonal. En casi todas partes, los tallos eran casi tan altos como yo. Cuando llegamos a una brecha en que empezaban a ralear, nos detuvimos para estudiar el terreno. Brillaba una débil luz en la habitación de atrás de la casa, la misma donde se encontraba Libby. Cuando estuvimos directamente al este de la casa, atravesamos las hileras de algodón para acercarnos en silencio a ella.

La posibilidad de que alguien nos viese era muy remota. Nadie nos esperaba, y además estaban pensando en otras cosas. De noche, el algodonal era tupido y oscuro; un niño podía caminar a gatas entre los tallos sin que detectaran su presencia.

Mi cómplice en aquel delito se movía con la misma agilidad que los soldados que yo había visto en el cine. Mantenía los ojos fijos en la casa y apartaba cuidadosamente los tallos para abrirme camino. No pronunciamos una sola palabra. Nos lo tomamos con calma, avanzando lentamente por la parte lateral de la casa. El algodón llegaba casi hasta el angosto patio de tierra y, cuando ya nos encontrábamos a unas diez hileras de distancia, nos detuvimos para examinar la situación.

Oíamos a los hijos de los Latcher alrededor de nuestro camión, que estaba aparcado lo más lejos posible del porche. Mi padre y el señor Latcher permanecían sentados en la plataforma, hablando en voz baja. Los niños guardaban silencio, pero de pronto, se pusieron a hablar todos a la vez. Permanecían a la espera y yo tuve la impresión de que llevaban mucho rato así.

La ventana se encontraba situada justo delante de nosotros, que estábamos más cerca del lugar de los hechos que el resto de los Latcher y mi padre. Además, nuestro escondrijo era tan perfecto que no habrían podido descubrirnos ni con un reflector instalado en el tejado de la casa.

Junto a la ventana, sobre una especie de mesa, había una vela encendida. Las mujeres iban de un lado a otro y, a juzgar por las sombras que subían y bajaban, pensé que debía de haber varias velas en la estancia. La iluminación era muy débil y las sombras muy grandes.

–Acerquémonos un poco –propuso Tally en voz baja.

Ya llevábamos cinco minutos allí, y a pesar de que estaba muy asustado no creía que nos sorprendieran. Mientras esperábamos, sentí que el ritmo de los latidos de mi corazón se iba calmando poco a poco y que se me normalizaba la respiración. Miré alrededor y empecé a oír los sonidos de la noche, el coro de los grillos, el croar, río abajo, de las ranas toro, el murmullo de las roncas voces de los hombres en la distancia.

Mi madre, Gran y la señora Latcher también hablaban en voz muy baja. Las oíamos, pero no conseguíamos entender qué decían.

Todo estaba inmóvil y en silencio, de pronto Libby emitió un grito de dolor que me hizo dar un respingo. Su voz lastimera resonó por los campos, y tuve la certeza de que había muerto. Se hizo de nuevo el silencio, y hasta los grillos parecieron enmudecer por un instante.

–¿Qué ha ocurrido? –pregunté.

–Una contracción del parto –contestó Tally sin apartar los ojos de la ventana.

–¿Y eso qué es?

–Forma parte del proceso –repuso encogiéndose de hombros–. Aún lo va a pasar peor.

–Pobre chica.

–Ella se lo ha buscado.

–¿Qué quieres decir?

–No tiene importancia.

Transcurrieron unos minutos de tranquilidad, tras los cuales oímos llorar a Libby. Su madre y Gran trataban de consolarla.

–Lo siento –repetía Libby, una y otra vez.

–Todo irá bien –dijo su madre.

–Nadie se enterará –dijo Gran.

Era una mentira descarada, pero quizá constituyese un pequeño alivio para Libby.

Uno de los hijos medianos de los Latcher se acercó disimuladamente a la ventana, tal como había hecho yo unas cuantas horas atrás, momentos antes de que Percy estuviera a punto de desgraciarme con aquel terrón. El niño o la niña

–no logré distinguir lo que era– empezó a fisgar, cuando uno de sus hermanos mayores le gritó desde el extremo de la casa:

–Lloyd, apártate de la ventana.

Lloyd hizo precipitadamente lo que le decían y se perdió en la oscuridad. Su infracción fue comunicada de inmediato al señor Latcher, que procedió sin tardanza a propinarle a Lloyd una buena zurra no lejos del lugar donde nosotros nos encontrábamos. El señor Latcher estaba utilizando algún tipo de palo y repetía sin cesar:

–¡La próxima vez, buscaré un palo más grande!

Lloyd pensaría sin duda que con aquél era más que suficiente. Sus gritos debían de oírse desde el puente.

Cuando terminó la azotaina, el señor Latcher tronó:

–¡Os he dicho que no os alejéis, pero que os mantengáis apartados de la casa, niños!

No pudimos contemplar la escena, pero ni falta que hacía para imaginar sus efectos.

Me horrorizaba mucho más pensar en la severidad y la duración de la paliza que me propinaría mi padre si llegaba a enterarse de dónde estaba yo en aquellos momentos. De repente, sentí deseos de largarme.

–¿Cuánto se tarda en tener un bebé? –le pregunté en un susurro a Tally, que no tenía aspecto de estar cansada. Permanecía inmóvil, sentada en cuclillas, sin apartar ni por un instante los ojos de la ventana.

–Depende –repuso–. Los primeros siempre tardan más.

–¿Cuánto tarda el séptimo?

–No lo sé. Para entonces, deben de soltarse solos. Pero ¿quién tiene siete hijos?

–La madre de Libby. Siete u ocho. Creo que suelta uno por año.

Estaba a punto de quedarme dormido cuando se produjo la séptima contracción. Una vez más, sacudió toda la casa y dio lugar primero a un llanto desgarrador y después a unas palabras de consuelo. A continuación, volvió a reinar la calma, y comprendí que aquello podía durar mucho rato.

Cuando ya no pude mantener los ojos abiertos por más tiempo, me acurruqué en la cálida tierra entre dos hileras de algodón.

–¿No crees que tendríamos que irnos? –pregunté en voz baja.

–No –contestó Tally con firmeza, sin moverse.

Al cabo de un instante cambió de posición. Se sentó en el suelo con las piernas cruzadas y apoyó suavemente mi cabeza en su regazo. Me acarició los hombros y la cabeza. Yo no quería quedarme dormido, pero no pude evitarlo.

Al despertar, me vi perdido en un mundo extraño, tumbado sobre la tierra, en medio de una oscuridad absoluta. No me moví. Me notaba los pies fríos. Abrí los ojos y miré hacia arriba aterrorizado hasta que distinguí los tallos de algodón por encima de mi cabeza. Oí unas voces apremiantes cerca de allí. «Libby», dijo alguien, y entonces regresé bruscamente a la realidad. Alargué la mano, pero Tally se había ido.

Me incorporé y miré a través de los tallos de algodón. La escena no había cambiado. La ventana seguía abierta, las velas permanecían encendidas, pero mi madre, Gran y la señora Latcher estaban muy ocupadas.

–¡Tally! –susurré, levantando demasiado la voz, pero es que estaba más asustado que nunca.

–¡Chist! –fue la respuesta–. Por aquí.

Apenas lograba distinguir la parte posterior de su cabeza dos hileras por delante de mí y un poco a la izquierda. Había cambiado de sitio para ver mejor. Me arrastré entre los tallos y no tardé en situarme a su lado. La base meta se encuentra a dieciocho metros de la base de lanzamiento. La distancia que nos separaba de la ventana era muy inferior. Sólo dos hileras de algodón se interponían entre nosotros y el patio lateral de la casa. Agachándome y mirando a través de los tallos, vi finalmente los sudorosos rostros de mi madre, mi abuela y la señora Latcher. Miraban hacia abajo donde se encontraba Libby, a quien nosotros no podíamos ver, naturalmente. No sé muy bien si me apetecía verla en aquellos momentos, pero a mi compañera de aventura seguro que sí.

A continuación, las mujeres se inclinaron hacia delante y empezaron a ejercer presión, instando a Libby a que empujara hacia fuera y respirase, empujara y respirase, al tiempo que le aseguraban que todo iría bien. Sin embargo, no lo parecía. La pobre chica lloraba desesperadamente, gemía y, de vez en cuando, soltaba unos gritos penetrantes y desgarradores que las paredes de la estancia no lograban amortiguar. Su angustiada voz traspasaba el silencio de la noche, y yo me preguntaba qué debían de pensar sus hermanitos y hermanitas.

En los momentos en que no gemía y lloraba, Libby no cesaba de repetir, «Lo siento, cuánto lo siento», una y otra vez. Era la letanía inútil de una chica que sufría. «Tranquila, cariño», repetía su madre.

–Pero, ¿es que no pueden hacer nada? –pregunté en voz baja.

–No, nada en absoluto –respondió Tally–. El bebé sale cuando quiere.

Deseé preguntarle cómo era posible que supiese tantas cosas acerca de los partos, pero me mordí la lengua. No era asunto mío, y seguramente eso mismo me diría.

De repente, se hizo el silencio en la estancia. Mi madre y Gran se apartaron y la señora Latcher se inclinó hacia delante con un vaso de agua.

–¿Qué pasa?

–Nada.

Aquella pausa me dio tiempo para pensar en otras cosas, concretamente en la posibilidad de que me sorprendieran allí. Ya había visto suficiente. Por lo que a mí respectaba la aventura había tocado a su fin. Tally la había comparado con la excursión al arroyo Siler, pero la verdad era que no podía equipararse ni de lejos. Llevábamos varias horas fuera de casa. ¿Y si a Pappy se le ocurría entrar en la habitación de Ricky para comprobar si yo dormía? ¿Y si los Spruill despertaban y empezaban a buscar a Tally? ¿Y si mi padre se hartaba y se iba a casa?

La paliza que me propinarían me dolería varios días seguidos, eso siempre y cuando consiguiera sobrevivir. Estaba empezando a asustarme en serio cuando Libby soltó otro aullido y las mujeres le suplicaron que empujara y respirara.

–¡Ya está! –exclamó mi madre, y entonces las mujeres empezaron a afanarse alrededor de la muchacha.

–¡Sigue empujando! –dijo Gran, levantando la voz.

Los gemidos de Libby se intensificaron. Estaba agotada, pero por lo menos ya empezaba a vislumbrarse el final.

–No te rindas, cariño –le imploró su madre–. No te rindas.

Tally y yo permanecimos inmóviles, hipnotizados por los dramáticos acontecimientos que se estaban produciendo tan cerca del lugar donde nos encontrábamos. Me tomó de la mano y me la estrechó con fuerza. Mantenía las mandíbulas apretadas y los ojos muy abiertos a causa del asombro.

–Es un varón –dijo Gran, levantando en alto al bebé, todavía cubierto de sangre y restos de placenta.

–Es un varón –repitió la señora Latcher.

Libby no hizo comentario alguno al respecto.

Era más de lo que yo esperaba ver.

–Vámonos –dije, tirando de Tally para alejarme, pero ella no se movió.

Gran y mi madre seguían atendiendo a Libby mientras la señora Latcher limpiaba al bebé, que por algún motivo, estaba muy enfadado y no paraba de llorar. No pude por menos de pensar en lo triste que sería convertirse en un Latcher, haber nacido en una casa tan sucia y pequeña y entrar a formar parte de aquella manada de chiquillos.

Al cabo de unos minutos, Percy se acercó a la ventana.

–¿Podemos ver al bebé? –preguntó casi sin atreverse a mirar.

–Dentro de un minuto –contestó la señora Latcher.

Todos los Latcher, incluido el padre, que ahora también era abuelo, se congregaron junto a la ventana, esperando para ver al niño. Estaban justo delante de nosotros, a medio camino, más o menos entre la base meta y la base de lanzamiento, por lo que yo dejé casi de respirar por temor a que nos oyeran. Pero en aquel momento ninguno de ellos pensaba en los intrusos. Todos miraban por la ventana abierta, petrificados por el asombro.

La señora Latcher se acercó a ellos con el bebé en brazos y se inclinó para presentarlo a la familia. Me recordó mi guante de béisbol; el bebé era casi tan oscuro como éste e iba envuelto en una toalla. Permaneció en silencio un instante, sin que al parecer le impresionase la muchedumbre que lo contemplaba.

–¿Cómo está Libby? –preguntó uno de ellos.

–Está bien –contestó la señora Latcher.

–¿Podemos verla?

–Ahora mismo, no. Está muy cansada.

Se apartó con el bebé y los restantes Latcher se retiraron poco a poco a la parte delantera de la casa. No vi a mi padre, pero imaginé que estaría escondido cerca de su camión. Ni por todo el dinero del mundo habría contemplado a un recién nacido ilegítimo.

Las mujeres se pasaron unos cuantos minutos tan ocupadas como poco antes del alumbramiento, pero poco a poco fueron finalizando su trabajo.

Mi trance hipnótico se desvaneció lentamente, y comprendí que nos encontrábamos muy lejos de casa.

–¡Tenemos que irnos, Tally! –dije en un susurro apremiante.

Ella se mostró de acuerdo, y la seguí mientras volvíamos

atrás, abriéndonos paso a través del algodonal, girar posteriormente hacia el sur y echar a correr hacia mi casa. Nos detuvimos para orientarnos. No se veía la luz de la ventana. La luna se había ocultado. No se distinguían sombras ni siluetas en la granja de los Latcher. La oscuridad era absoluta.

Giramos hacia el oeste entre las hileras de algodón, avanzando en sentido transversal y apartando los tallos con las manos para que no nos arañaran el rostro. Al final, las hileras se acabaron y encontramos el sendero que conducía al camino principal. Me dolían los pies y tenía las piernas lastimadas, pero no podíamos perder tiempo. Echamos a correr hacia el puente. Tally quería detenerse para contemplar las agitadas aguas de abajo, pero yo la insté a seguir adelante.

–Vamos a caminar –dijo al llegar al otro lado, y por un instante dejamos de correr.

Avanzamos en silencio, tratando de recuperar el aliento. El cansancio nos vencía por momentos; la aventura había merecido la pena, pero estábamos pagando un precio muy alto. Ya nos encontrábamos muy cerca de la granja cuando oímos un retumbo a nuestras espaldas. ¡Unos faros delanteros! ¡En el puente! Presas del pánico, echamos a correr como alma que lleva el diablo. Tally era más veloz que yo, lo que habría resultado humillante en otras circunstancias, pero en aquellos momentos no tenía tiempo para avergonzarme, ni siquiera cuando ella aminoró el ritmo para no dejarme rezagado.

Sabía que mi padre no iría muy rápido, pues era de noche y en el camión iban mi madre y Gran, pero los faros seguían ganando terreno. Cuando llegamos a las inmediaciones de la casa, saltamos por encima de la cuneta y echamos a correr por el borde de un campo. El motor se oía cada vez más cerca.

–Yo esperaré aquí, Luke –me dijo Tally, deteniéndose cerca del límite de nuestro patio. El camión ya se nos echaba encima–. Tú corre al porche trasero y entra sin hacer ruido.

Yo esperaré aquí hasta que hayan entrado en la casa. Date prisa.

Eché a correr y doblé rápidamente la esquina de la parte de atrás de la casa justo en el momento en que el camión entraba en el patio. Me deslicé sigilosamente en la cocina y me dirigí a la habitación de Ricky, donde tomé una almohada y me acurruqué en el suelo junto a la ventana. Estaba demasiado sucio y mojado para acostarme en la cama y recé para que ellos se sintieran demasiado cansados para comprobar si yo dormía.

Penetraron en la cocina sin apenas hacer ruido. Hablaron en susurros mientras se quitaban los zapatos y las botas. Un oblicuo rayo de luz se coló en mi habitación. Las sombras de mis padres y de Gran lo atravesaron, pero a nadie se le ocurrió ir a ver cómo estaba el pequeño Luke. Se acostaron en cuestión de minutos, y la casa quedó sumida en el silencio. Tenía previsto esperar un poco y después ir a la cocina y lavarme la cara y las manos con un trapo. Luego me acostaría en la cama y dormiría profundamente. Si me oían trajinar por la cocina, diría que ellos me habían despertado al entrar en la casa.

La elaboración de ese plan fue lo último que recuerdo antes de quedarme dormido como un tronco.

17

No sé cuánto dormí, pero me parecieron sólo unos pocos minutos. Pappy estaba arrodillado a mi lado, preguntándome qué hacía durmiendo en el suelo. Traté de responder, pero no pude. Estaba paralizado por el cansancio.

–Estamos solos tú y yo –dijo–. Todos los demás duermen. –Su voz destilaba desprecio.

Todavía incapaz de hablar o pensar, lo seguí hasta la cocina, donde él ya me había preparado el café. Comimos sorgo y bollos fríos en silencio. Naturalmente, Pappy estaba irritado porque esperaba un desayuno completo, y furioso por el hecho de que Gran y mis padres aún durmieran en lugar de empezar a prepararse para una dura jornada de trabajo.

–Anoche esa chica Latcher tuvo un bebé –dijo, secándose la boca.

La chica Latcher y el recién nacido estaban entorpeciendo nuestro trabajo de recolección y nuestro desayuno, por lo que Pappy apenas podía dominar su furia.

–¿Sí? –dije, fingiéndome sorprendido.

–Pues sí, pero aún no han encontrado al padre.

–¿No?

–Quieren mantenerlo en secreto, ¿sabes?, de modo que no digas nada por ahí.

–No, señor.

–Y ahora, date prisa. Tenemos que irnos.

–¿A qué hora volvieron?

–Sobre las tres.

Salió y puso en marcha el tractor. Yo dejé los platos en el fregadero y fui a echar un vistazo a mis padres. Permanecían inmóviles como estatuas; el único sonido era el de su profunda respiración. Hubiera deseado quitarme las botas, deslizarme en la cama con ellos y pasarme una semana durmiendo como un lirón. En lugar de ello, salí al patio arrastrando los pies. Hacia el este, el sol acababa de asomar por encima de los árboles. En la distancia, vi las siluetas de los mexicanos dirigirse a pie a los campos.

Los Spruill estaban acercándose con paso cansino procedentes del patio delantero. A Tally no se la veía por ninguna parte. Le pregunté por ella a Bo y me dijo que se encontraba mal. Debía de tener el estómago revuelto. Pappy lo oyó y su irritación aumentó un poco más. Otro trabajador en la cama en lugar de estar recolectando algodón.

Lo único que pensé fue: «¿Por qué no se me ha ocurrido la idea del estómago revuelto?»

Recorrimos algo menos de un kilómetro hasta llegar al lugar en que estaba aparcado el remolque medio vacío, que se levantaba como un monumento en medio de los campos, llamándonos a una nueva jornada de sufrimiento. Tomamos lentamente nuestros sacos y fuimos manos a la obra. Esperé a que Pappy se alejara y me aparté todo lo que pude de él y también de los Spruill.

Trabajé sin desmayo por espacio de aproximadamente una hora. El algodón estaba mojado y resultaba suave al tacto, y el sol aún no se había situado por encima de nuestras cabezas. No me movía ni el dinero ni el temor; sólo deseaba encontrar un lugar blando donde dormir. Cuando ya me hube adentrado en los campos lo suficiente para que nadie me localizara y tuve el suficiente algodón en el saco para que éste pudiera servirme de mullido colchón, me tumbé.

Mi padre apareció a media mañana y quiso la casualidad que, de las cuarenta hectáreas de algodón que había, eligiera precisamente la hilera que discurría paralela a la mía.

–¡Luke! –gritó en tono de enfado al tropezar conmigo.

El sobresalto le impidió regañarme. Cuando conseguí despejarme un poco, empecé a quejarme de dolor de estómago y de cabeza y, para redondear un poco más la cosa, añadí que la víspera apenas había pegado ojo.

–¿Por qué? –me preguntó.

–Estaba esperando a que regresarais a casa.

Mis palabras contenían cierto elemento de verdad.

–¿Y por qué estabas esperándonos?

–Quería saber cómo estaba Libby.

–Ha tenido un bebé. ¿Qué más quieres saber?

–Pappy me lo dijo.

Me incorporé muy despacio y procuré poner la mayor cara de enfermo posible.

–Vuelve a casa –me dijo, y se alejó sin añadir palabra.

Las tropas chinas y norcoreanas habían tendido una emboscada a un convoy norteamericano cerca de Pyongyang, matando por lo menos a ochenta hombres y haciendo muchos prisioneros. El señor Edward R. Murrow abrió su noticiario nocturno con este reportaje, y Gran se puso a rezar. Como siempre, estaba sentada delante de mí, al otro lado de la mesa. Mi madre, que también había interrumpido la tarea, permanecía apoyada en el fregadero de la cocina, con los ojos cerrados. Oí carraspear a Pappy, que estaba en el porche de atrás, escuchando.

Las conversaciones de paz habían quedado nuevamente interrumpidas y los chinos estaban trasladando más tropas a Corea. El señor Murrow dijo que la paz, en otro tiempo tan cercana, ahora parecía imposible. Aquella noche el tono de su voz sonaba un poco más severo o puede que nosotros estuviéramos más agotados que de costumbre. Un anuncio interrumpió el noticiario y después éste se reanudó con un reportaje sobre un terremoto.

Gran y mi madre estaban trajinando muy despacio en la cocina cuando entró Pappy. Me alborotó el cabello como si todo marchara bien y preguntó:

–¿Qué hay para cenar?

–Chuletas de cerdo –contestó mi madre.

Poco después entró mi padre y todos ocupamos nuestros respectivos lugares. Cuando Pappy terminó de bendecir la comida, rezamos por Ricky. Prácticamente no hubo conversación; los cinco pensábamos en Corea, pero ninguno quería mencionar el tema.

Mi madre estaba hablando de su clase dominical cuando oí el leve chirrido de la mosquitera del porche trasero. Nadie lo oyó más que yo. No soplaba viento, no había nada que pudiera empujar la puerta en uno u otro sentido. Dejé de comer.

–¿Qué te pasa, Luke? –me preguntó Gran.

–Me ha parecido oír algo –contesté.

Todos miraron hacia la puerta. Nada. Luego siguieron comiendo.

Cuando de pronto apareció Percy Latcher en la cocina, nos quedamos de piedra. Cruzó la puerta, avanzó dos pasos y después se detuvo como si se hubiera extraviado. Iba descalzo, estaba cubierto de tierra de la cabeza a los pies y tenía los ojos enrojecidos como si se hubiera pasado varias horas llorando. Nos miró; lo miramos. Pappy estaba a punto de levantarse para hacer frente a la situación cuando yo le dije:

–Es Percy Latcher.

Pappy permaneció sentado, sosteniendo el cuchillo en la mano derecha. Los ojos de Percy estaban empañados, y, cuando respiró, un leve gemido escapó de su garganta, como si hiciera un esfuerzo por reprimir su cólera. O quizás estuviese herido, o lo estuviera alguien al otro lado del río y él hubiera acudido corriendo a nuestra casa en busca de auxilio.

–¿Qué hay, chico? –masculló Pappy–. Es de simple educación llamar a la puerta antes de entrar.

Percy lo miró fijamente y dijo:
–Lo hizo Ricky.
–¿Qué es lo que hizo Ricky? –preguntó Pappy, en tono repentinamente más suave, como si ya estuviera batiéndose en retirada.
–Lo hizo Ricky.
–¿Qué es lo que hizo Ricky? –repitió Pappy.
–El bebé es suyo –dijo Percy–. De Ricky.
–¡Cállate, chico! –gritó Pappy en tono tajante, asiendo el borde de la mesa como si estuviera a punto de levantarse para propinarle unos azotes al pobre niño.
–Ella no quería, pero él la convenció –prosiguió Percy, fijando los ojos en mí–. Después se fue a la guerra.
–¿Es eso lo que ella afirma? –preguntó Pappy en tono de enfado.
–No le grites, Eli –intervino Gran–. No es más que un niño. –Respiró hondo y pareció ser la primera en tomar en consideración la posibilidad de que hubiera ayudado a nacer a su propio nieto.
–Eso es lo que ella dice –contestó Percy–. Y es verdad.
–Luke, vete a tu habitación y cierra la puerta –ordenó mi padre, sacándome bruscamente de mi ensimismamiento.
–No –intervino mi madre antes de que yo tuviera tiempo de moverme–. Eso nos atañe a todos. Puede quedarse.
–No debería oírlo.
–Ya lo ha oído.
–Tiene que quedarse –terció Gran, poniéndose de la parte de mi madre y zanjando la cuestión. Daban por sentado que yo deseaba quedarme. Pero lo que yo de verdad deseaba en aquel momento era salir corriendo al patio, buscar a Tally y dar un largo paseo con ella... lejos de su desquiciada familia, lejos de Ricky y de Corea, lejos de Percy Latcher. Sin embargo permanecí donde estaba.
–¿Te han enviado aquí tus padres? –le preguntó mi madre a Percy.

–No, señora. No saben dónde estoy. El bebé se ha pasado todo el día llorando. Libby se ha vuelto loca, dice que quiere arrojarse desde el puente, que quiere matarse, cosas así, y me ha contado lo que le hizo Ricky.

–¿No se lo ha dicho a vuestros padres?

–Sí, señora. Ahora todo el mundo lo sabe.

–Querrás decir que «todo el mundo» de tu familia lo sabe.

–Sí, señora. No se lo hemos dicho a nadie más.

–Ni se os ocurra –rezongó Pappy.

Se había echado hacia atrás en la silla, con los hombros encorvados, asumiendo rápidamente su derrota. Si Libby Latcher afirmaba que Ricky era el padre, todo el mundo le creería. Él no estaba presente para defenderse. Y, en un concurso de juramentos, Libby contaría con más partidarios que Ricky, dada la fama de juerguista de éste.

–¿Has cenado, hijo? –preguntó Gran.

–No, señora.

–¿Tienes hambre?

–Sí, señora.

La mesa estaba cubierta de comida que nadie tocaba. A los Chandler se les habían pasado súbitamente las ganas de comer. Pappy se apartó de la mesa diciendo:

–Puede comerse la mía. –Se levantó de un salto, abandonó la cocina y salió al porche delantero. Mi padre lo siguió en silencio.

–Siéntate aquí, hijo.

Gran le señaló a Percy la silla de Pappy.

Le sirvieron un buen plato de comida y un vaso de té azucarado. Se sentó y comió muy despacio. A continuación, Gran se dirigió al porche delantero y nos dejó a mí y a mi madre con Percy. Éste no hablaba a menos que le dijeran algo.

Después de una prolongada discusión, que Percy y yo nos perdimos porque nos enviaron al porche trasero, Pappy y mi padre hicieron subir al niño al camión y lo acompañaron a su casa. Gran y yo nos sentamos en el columpio mientras ellos se alejaban justo cuando empezaba a oscurecer. Mi madre estaba desvainando judías verdes.

–¿Pappy va a hablar con el señor Latcher? –pregunté.

–Estoy segura de que sí –contestó mi madre.

–¿Y de qué hablarán? –En mi mente se agolpaban las preguntas porque ahora suponía que tenía derecho a saberlo todo.

–Seguro que hablarán del bebé –respondió Gran–. Y de Ricky y Libby.

–¿Discutirán?

–No, llegarán a un acuerdo.

–¿Qué clase de acuerdo?

–Acordarán no hablar del bebé y mantener el nombre de Ricky al margen de todo el asunto.

–Eso también te incluye a ti, Luke –dijo mi madre–. Es un secreto muy grande.

–No se lo diré a nadie –prometí con profunda convicción. La idea de que la gente supiera que los Chandler y los Latcher estaban en cierto modo emparentados me horrorizaba.

–¿De veras lo hizo Ricky? –pregunté.

–Por supuesto que no –contestó Gran–. Los Latcher no son gente de fiar. No son buenos cristianos, por eso se quedó embarazada la chica. Seguramente pedirán dinero para cerrar el trato.

–¿Dinero?

–No sabemos lo que pedirán –apuntó mi madre.

–¿Tú crees que lo hizo, mamá?

Vaciló un segundo antes de contestar en un susurro:

–No.

–Yo tampoco lo creo –dije para conferir más fuerza a la afirmación.

Defendería a Ricky con uñas y dientes y, si alguien mencionaba al bebé Latcher, estaba dispuesto a luchar a brazo partido.

Pero Ricky era el principal sospechoso, y todos lo sabíamos. Los Latcher raras veces abandonaban su granja. Había un chico de los Jeter a más de tres kilómetros de distancia, pero yo jamás lo había visto en las inmediaciones del río. Los únicos que vivíamos cerca de los Latcher éramos nosotros, y Ricky el mujeriego y calavera más próximo.

De repente, los asuntos de la iglesia adquirieron importancia y mi madre y Gran se pusieron a hablar animadamente de ellos. Yo tenía muchas otras preguntas que hacer acerca del bebé de los Latcher, pero no tuve ocasión de formular ninguna. Al final, me harté y me fui a la cocina a escuchar la retransmisión del partido de los Cardinals.

Me moría de ganas de estar en la parte de atrás de nuestro camión en la granja de los Latcher, escuchando a escondidas cómo manejaban los hombres la situación.

Mucho después de que me hubieran enviado a la cama, aún permanecía despierto luchando contra el sueño, pues el aire estaba lleno de voces. Cuando mis abuelos hablaban en la cama, los suaves murmullos de sus voces llegaban a mí por el estrecho pasillo. No entendía una sola palabra y ellos, por su parte, trataban por todos los medios de que nadie los oyera. Sin embargo, en ocasiones, cuando estaban preocupados o pensaban en Ricky, no podían evitar hablar hasta altas horas de la noche.

Mientras permanecía tumbado en la cama escuchando sus amortiguados murmullos, comprendí que la situación era grave.

Mis padres salieron al porche delantero y se sentaron en los escalones, a la espera de que una suave brisa aliviara el implacable calor. Al principio, hablaban en voz baja, pero las preocupaciones eran demasiado grandes para que moderasen sus palabras. En la certeza de que yo dormía, levantaron la voz más que de costumbre.

Me levanté y repté por el suelo como una serpiente. Miré por la ventana y los vi sentados en el lugar de siempre, a escasa distancia y de espaldas a mí.

Yo asimilaba cuanto oía. Las cosas no habían ido bien en la granja de los Latcher. Libby se encontraba en la parte de atrás de la casa con el bebé, que no paraba de llorar. Todos los Latcher tenían los nervios de punta y estaban agotados. El señor Latcher se había enfadado con Percy por haber venido a nuestra casa, pero su enojo era mucho mayor cuando hablaba de Libby. Ésta les había dicho que no quería tontear con Ricky, pero que él la había obligado. Pappy lo negó, e incluso afirmó que dudaba que Ricky conociera a Libby, pero no tenía modo de demostrarlo.

En cambio, ellos sí tenían testigos. El propio señor Latcher dijo que en dos ocasiones, justo después de Navidad, Ricky había aparecido en el patio anterior de su casa con el camión de Pappy y se había llevado a Libby a dar un paseo. Habían ido a Monette, donde Ricky la había invitado a un refresco.

Mi padre comentó que, en caso de que así hubiera ocurrido, Ricky debió de elegir Monette porque allí había menos gente que lo conocía. Jamás se habría dejado ver en Black Oak con la hija de un aparcero.

–Es una chica muy guapa –señaló mi madre.

El siguiente testigo era un niño de no más de diez años. El señor Latcher lo llamó y lo hizo salir del grupo que se encontraba a la espera delante de los escalones del porche delantero. El niño declaró haber visto el camión de Pappy aparcado al final de una hilera de algodón, cerca de un matorral. Se encaramó al camión sin que nadie lo advirtiera y vio a Ricky y Libby besándose. No se lo dijo a nadie porque tuvo miedo, y sólo hacía unas horas que había revelado la historia.

Los Chandler, como es natural, carecían de testigos. En nuestra parte del río, no se había observado la menor señal de un incipiente idilio. Ricky jamás se lo habría dicho a nadie. Pappy le habría pegado.

El señor Latcher explicó que había sospechado desde el principio que el padre era Ricky, pero que Libby lo había negado. Y la verdad era que había otros dos muchachos que habían mostrado interés por ella. Pero la muchacha ya lo había confesado todo, que Ricky la había forzado, que ella no quería el bebé.

–¿Quieren que nosotros nos hagamos cargo de la criatura? –preguntó mi madre.

Estuve a punto de emitir un gemido de desesperación.

–No, no creo –contestó mi padre–. ¿Qué más da otro niño en la casa?

Mi madre dijo que el bebé se merecía crecer en un buen hogar. Mi padre contestó que la cuestión estaba descartada, al menos hasta que Ricky reconociese que el niño era suyo, lo cual, conociendo a Ricky, no era probable.

–¿Has visto al bebé? –preguntó mi madre.

–No.

–Es la viva imagen de Ricky –dijo ella.

Mi único recuerdo del Latcher más reciente era el de un pequeño objeto que, en aquel momento, me había hecho evocar la imagen de mi guante de béisbol. Apenas parecía humano. Pero mi madre y Gran se pasaban horas analizando los rostros de la gente para establecer quién se parecía a quién y a quién había sacado la nariz o el cabello. Miraban a los niños en la iglesia y decían: «Se ve claro que es un Chisenhall». O: «Fíjate qué ojos, los ha heredado de su abuela».

A mí todos me parecían unos muñequitos.

–¿O sea que tú crees que es un Chandler? –preguntó mi padre.

–No me cabe la menor duda.

18

Estábamos otra vez a sábado, pero un sábado sin la emoción que suponía ir a la ciudad. Yo sabía que iríamos, porque jamás nos habíamos saltado dos sábados seguidos. Gran necesitaba algo de comida, sobre todo harina y café, y mi madre tenía que ir a la droguería. Mi padre llevaba dos semanas sin ir a la Cooperativa. Yo no tenía voz ni voto en el asunto, pero mi madre sabía lo importantes que eran las sesiones vespertinas del sábado para el correcto desarrollo de un niño, sobre todo de un niño del campo sin apenas contacto con el resto del mundo. Sí, iríamos a la ciudad, pero sin el habitual entusiasmo.

Un nuevo horror había caído sobre nosotros, muchísimo peor que todo el asunto de Hank Spruill. ¿Y si alguien se enteraba de lo que andaban diciendo los Latcher? Bastaba una sola persona, un solo susurro en una esquina de Main Street, para que el chisme se propagara por toda la ciudad. Las señoras que estuvieran comprando en la tienda de Pop y Pearl soltarían los cestos y se cubrirían la boca con la mano con expresión de incredulidad. Los viejos campesinos que estaban en la Cooperativa esbozarían una sonrisa relamida y dirían: «No me extraña». Los chicos mayores de la iglesia me señalarían con el dedo como si yo fuera en cierto modo el culpable. La ciudad aceptaría el rumor como si fuera una verdad indiscutible y la sangre de los Chandler quedaría manchada para siempre.

Por consiguiente, no me apetecía ir a la ciudad. Quería

quedarme en casa jugando al béisbol y, quizá, salir a dar un paseo con Tally.

Apenas se habló de nada durante el desayuno. Aún estábamos muy abatidos y creo que ello se debía a que todos sabíamos la verdad. Ricky había dejado tras de sí un pequeño recuerdo. Me pregunté si sabría lo de Libby y el niño, pero no pensaba comentar el tema. Se lo preguntaría más tarde a mi madre.

–Ya ha llegado la feria ambulante –anunció Pappy.

Y, de repente, el día mejoró.

–¿A qué hora iremos? –pregunté.

–A la misma de siempre. Por la tarde, justo después de la comida –contestó Pappy.

–¿Hasta qué hora podremos quedarnos?

–Eso ya lo veremos.

La feria ambulante era un grupo de gitanos que hablaban con un acento muy raro, pasaban el invierno en Florida, y en otoño recorrían las pequeñas localidades agrícolas, cuando la cosecha estaba en pleno apogeo y la gente tenía dinero en el bolsillo. Solían presentarse de repente, un jueves, por ejemplo, sin permiso se instalaban en el campo de béisbol y permanecían en la ciudad todo el fin de semana. Nada despertaba mayor entusiasmo en Black Oak que la feria ambulante.

Cada año eran distintas. Una tenía un elefante y una tortuga mordedora gigante. Otra no llevaba animales, pero estaba especializada en seres humanos extraños: un enano que daba volteretas, una chica con seis dedos, un hombre con una pierna de más. Todas, sin embargo, tenían una noria, un tiovivo y dos o tres atracciones más que chirriaban, matraqueaban y solían aterrorizar a las madres. Las sillas voladoras eran una de ellas; se trataba de un círculo de columpios que colgaban de unas cadenas y giraban cada vez más rápido hasta que los ocupantes volaban paralelos al suelo y gritaban suplicando que se detuviera. Un par de años atrás, en Monette, una cadena se había roto y una niña había sido lanzada hacia la avenida central de la feria y se había estrellado contra el costado de un remolque. A la semana siguiente, las sillas voladoras estaban en Black Oak con unas cadenas nuevas y la gente hacía cola para subir a ellas.

Instalaban barracones en los que arrojabas objetos y dardos, disparabas con pistolas de perdigones y ganabas premios. En algunas ferias ambulantes había adivinas, otras tenían cabinas para fotografías instantáneas y en otras había magos. Todas eran ruidosas y pintorescas y todas estaban llenas de emociones. La voz se corría rápidamente por el condado, la gente acudía en tropel y, en pocas horas, en Black Oak no cabía ni una aguja. Yo estaba deseando ir.

Pensé que, quizá, la alegría que despertaba sería capaz de borrar la curiosidad en torno a Libby Latcher. Me comí a toda prisa los bollos y salí corriendo al patio.

–Ha llegado la feria ambulante –le dije en voz baja a Tally cuando nos reunimos junto al tractor para dirigirnos a los campos.

–¿Iréis todos? –preguntó.

–Pues claro. Nadie quiere perdérsela.

–Tengo un secreto –me susurró mientras miraba rápidamente en todas direcciones.

–¿De qué se trata?

–Algo que oí anoche.

–¿Dónde lo oíste?

–Cerca del porche delantero.

No me gustó su tono de misterio.

–¿Qué es?

Se inclinó todavía más hacia mí.

–Algo sobre Ricky y la chica de los Latcher. Me parece que tienes un nuevo primo.

Sus palabras eran crueles, y me miraba con malicia. Aquélla no era la Tally que yo conocía.

–¿Y qué estabas haciendo allí fuera? –inquirí.

–Eso no es asunto tuyo.

Pappy salió de la casa y se acercó al tractor.

–Será mejor que no digas nada –musité entre dientes.

–Tenemos nuestros pequeños secretos, ¿o es que no lo recuerdas? –repuso, y se marchó.

–Sí.

Almorcé rápidamente y después pasé a toda prisa por la experiencia del restregamiento y el baño. Mi madre sabía que estaba deseando ir a la ciudad y no perdió mucho tiempo en asearme.

Los diez mexicanos se apretujaron en la parte de atrás del camión conmigo y mi padre, y nos alejamos de nuestra granja. Cowboy se había pasado toda la semana recolectando algodón a pesar de las costillas rotas, circunstancia que no había pasado inadvertida ni a Pappy ni a mi padre y que había despertado la admiración de éstos.

–Es gente muy fuerte –había dicho Pappy.

Los Spruill se apresuraban para darnos alcance. Tally había corrido la voz acerca de la feria ambulante y hasta Trot parecía moverse con un propósito definido.

Cuando cruzamos el río, forcé la vista mirando en dirección al sendero que conducía a la casa de los Latcher, pero no logré distinguir la pequeña cabaña. Miré a mi padre. Él también estaba mirando con expresión casi de rabia. ¿Cómo era posible que aquella gente se hubiera introducido en nuestra vida?

Avanzamos muy despacio por el camino de grava y no tardamos en dejar detrás de nosotros las tierras de los Latcher. Cuando nos detuvimos en la carretera, yo ya estaba soñando de nuevo con la feria ambulante.

Como es natural, nuestro conductor jamás tenía prisa. Llevando a tanta gente en el camión, yo dudaba mucho que rebasara los cuarenta por hora, y, desde luego, Pappy no aceleró. Me pareció que habíamos tardado una hora.

El coche patrulla de Stick estaba aparcado junto a la iglesia baptista. El tráfico en Main Street ya empezaba a ser muy lento y las aceras rebosaban de actividad. Aparcamos y los mexicanos se desperdigaron.

Stick, que estaba a la sombra de un árbol, se encaminó directamente hacia nosotros. Gran y mi madre se fueron a hacer sus compras. Yo me quedé con los hombres, en la certeza de que hablarían de asuntos muy serios.

–¿Qué tal, Eli? Hola, Jesse –dijo Stick con el sombrero ladeado y una brizna de hierba asomando por una de las comisuras de la boca.

–Buenas tardes, Stick –contestó Pappy.

Mi padre se limitó a inclinar la cabeza. No se habían trasladado a la ciudad para perder el tiempo con Stick, y saltaba a la vista que su presencia les irritaba.

–Estoy pensando en detener al chico de los Spruill –anunció Stick.

–Me importa un bledo lo que haga –replicó Pappy, cada vez más furioso–, pero aguarde a que acabemos de recolectar el algodón.

–Seguro que no le importará esperar un mes –intervino mi padre.

Stick siguió mascando la brizna de hierba, soltó un escupitajo y dijo:

–Supongo que no.

–Es un buen trabajador –añadió mi padre–, y hay mucho algodón. Si lo detiene ahora, perderemos seis peones. Usted ya sabe cómo es esta gente.

–Supongo que puedo esperar –repitió Stick. Me pareció que estaba deseando llegar a un acuerdo–. He hablado con muchas personas y no estoy muy seguro de que su chico haya dicho la verdad.

Me dirigió una prolongada mirada mientras lo decía, y yo empecé a propinar patadas a la grava.

–No le meta en eso, Stick –le advirtió mi padre–. Es sólo un niño.

–¡Tiene siete años! –gritó Pappy–. ¿Por qué no se busca usted un testigo de verdad?

Stick echó los hombros hacia atrás como si hubiera recibido un golpe.

–Hagamos un trato –propuso Pappy–. Usted deja en paz a Hank hasta que hayamos recolectado el algodón y yo mismo vendré a la ciudad para comunicarle que ya hemos terminado nuestra relación con los Spruill. A partir de ese momento, no me importa lo que haga con él.

–Me parece bien –dijo Stick.

–Pero creo que no hay base para una denuncia. Fueron tres contra uno, Stick, y ningún jurado lo declarará culpable.

–Eso ya lo veremos –repuso Stick, muy pagado de sí mismo.

Se alejó con los pulgares en los bolsillos y el suficiente contoneo para que nos sintiéramos molestos.

–¿Puedo ir a la feria? –pregunté.

–Pues claro que puedes –contestó Pappy.

–¿Cuánto dinero tienes? –me preguntó mi padre.

–Cuatro dólares.

–¿Cuánto vas a gastar?

–Cuatro dólares.

–Creo que dos son suficiente.

–¿Qué tal tres?

–Dejémoslo en dos y medio, ¿de acuerdo?

–Sí, señor.

Me alejé corriendo de la iglesia, abriéndome rápidamente camino entre los viandantes que caminaban por la acera, y me planté en menos que canta un gallo en el campo de béisbol que se encontraba al otro lado de la calle, delante de la Cooperativa, el cine Dixie y la sala de billar. La feria se extendía desde la base meta hasta la valla que marcaba el perímetro del campo. La noria se levantaba en el centro, rodeada por las atracciones de menor tamaño, los barracones y la avenida central. Una música estridente brotaba a todo volumen de los altavoces del tiovivo. Largas colas de personas estaban esperando. Se aspiraba en el aire el aroma de las palomitas de maíz, del pan de harina de maíz y de otras fritangas.

Localicé el remolque donde vendían el algodón de azúcar. Costaba diez centavos, pero yo habría pagado mucho más por él. Dewayne me vio en la avenida central, donde yo observaba a unos chicos mayores disparar con pistolas de aire comprimido contra unos patitos que nadaban en un estanque. Nunca daban en el blanco y ello se debía según Pappy a que las miras estaban torcidas.

Las manzanas escarchadas también costaban diez centavos. Nos compramos una cada uno y empezamos a recorrer lentamente la feria. Había una bruja con el cabello negro vestida con una túnica del mismo color, que, por veinticinco centavos, te leía el futuro. Una vieja de ojos oscuros hacía lo mismo, y por el mismo precio, con unas cartas de tarot. Un hombre vestido de forma estrafalaria y con un micrófono en la mano te adivinaba la edad y el peso por diez centavos. Si erraba por tres años o cinco kilos, ganabas un premio. En la avenida central se concentraban los juegos habituales, como lanzar pelotas de *softball*, contra jarras de leche, tratar de meter balones de baloncesto en canastas siempre demasiado pequeñas, arrojar dardos contra globos, o acertarle a una botella con un aro.

Recorrimos lentamente todo el recinto, disfrutando del ruido y la emoción. Vimos que una multitud se congregaba cerca del área del receptor, y fuimos a averiguar de qué se trataba. Un gran letrero anunciaba la presencia de «Sansón, el Luchador Más Fuerte del Mundo, venido directamente desde Egipto», y debajo del mismo había una estera con unas estacas acolchadas en las esquinas y unas cuerdas alrededor. Sansón no estaba en el cuadrilátero, pero sólo faltaban unos momentos para su aparición según Dalila, la alta y voluptuosa mujer que estaba hablando a través del micrófono. Su vestido dejaba al descubierto las piernas y casi todo el pecho, y yo estuve seguro de que jamás en Black Oak se había visto tanta carne expuesta. La mujer explicó al silencioso público, integrado en buena medida por hombres, que las reglas eran muy sencillas. Sansón pagaba a razón de diez a uno a cualquier persona que aguantara un minuto con él en el *ring*.

–¡Sólo sesenta segundos –gritó Dalila–, y el dinero será suyo!

Su acento sonaba tan raro que bastó para convencerme de que procedían efectivamente de otro país. Yo jamás había visto a nadie de Egipto, aunque sabía por haberlo estudiado en la escuela dominical que Moisés había vivido no sé qué aventuras por allí.

La mujer empezó a pasear por delante del cuadrilátero mientras los ojos de todos los presentes seguían sus movimientos.

–En su gira actual –prosiguió en tono desafiador–, Sansón ha ganado trescientos combates seguidos. En realidad, la última vez que perdió fue en Rusia, donde se necesitaron tres hombres para derrotarlo y, encima, tuvieron que jugar sucio.

La música empezó a sonar a todo volumen a través del altavoz que había por encima del letrero.

–¡Y ahora, señoras y señores –gritó la mujer–, les presento al único y más grande luchador de todo el mundo, el increíble Sansón!

Contuve el aliento.

Sansón salió de detrás de una cortina y subió al cuadrilátero entre unos tibios y desganados aplausos. ¿Por qué teníamos que aplaudirle? Estaba allí para zurrarnos. Su cabello fue lo primero que me llamó la atención. Era negro y ondulado, y le caía sobre los hombros como el de una mujer. Yo había visto ilustraciones de relatos del Antiguo Testamento en las que los hombres llevaban el cabello de esa manera, pero todo aquello había ocurrido hacía cinco mil años. Era un gigante de cuerpo poderoso y músculos imponentes que le envolvían los hombros y se extendían por todo su pecho. Sus brazos estaban cubiertos de vello oscuro y parecían capaces de levantar un edificio. Para que contempláramos toda la magnificencia de su físico, Sansón iba con el torso desnudo. A pesar de que nosotros llevábamos meses trabajando en los algodonales, su piel estaba mucho más morena que la nuestra, y al reparar en ello comprendí que procedía de algún lugar remoto. ¡Había combatido incluso contra los rusos!

Se exhibió por el cuadrilátero al ritmo de la música, doblando los brazos y tensando su colosal musculatura. Y siguió haciéndolo hasta que nos hubo mostrado todo lo que tenía, que en mi opinión era más que suficiente.

–¿Quién va primero? –gritó Dalila a través del micrófono, mientras la música se iba apagando–. ¡Apuesta mínima, dos dólares!

La multitud enmudeció de repente. Sólo un necio hubiera subido a aquel *ring*.

–Yo no tengo miedo –gritó alguien.

Contemplamos con incredulidad que un joven a quien yo jamás había visto se adelantaba y le entregaba dos dólares a Dalila. Ella tomó el dinero y dijo:

–Diez a uno. Si aguanta sesenta segundos en el cuadrilátero, ganará veinte dólares. –Acercó el micrófono al joven y le preguntó–: ¿Cómo te llamas?

–Farley.

–Buena suerte, Farley.

El joven subió al *ring* como si no le tuviera miedo a Sansón, que había estado observando lo que ocurría sin dar muestras de la menor preocupación. Dalila tomó un martillo y golpeó un timbre situado a un lado del cuadrilátero.

–¡Sesenta segundos! –exclamó.

Farley se movió un poco por el *ring* y después se retiró a un rincón mientras Sansón daba un paso para acercarse a él. Ambos hombres se estudiaron, Sansón mirando hacia abajo con expresión de desprecio, Farley mirando hacia arriba con expresión expectante.

–¡Cuarenta y cinco segundos! –gritó la mujer.

Sansón se acercó un poco más a su contrincante mientras éste se desplazaba velozmente al otro lado del cuadrilátero. La estatura considerablemente inferior de Farley le permitía moverse con mayor rapidez y utilizar la estrategia de la huida. Sansón se acercó a grandes zancadas mientras Farley se movía rápidamente de un lado a otro.

–¡Treinta segundos!

El tamaño del cuadrilátero no permitía correr demasiado, por lo que Sansón también se había llevado algún que otro susto. Finalmente logró ponerle una zancadilla a Farley, tras lo cual lo levantó del suelo, rodeándole fuertemente la cabeza con un brazo, y empezó a hacerle una llave.

–¡Oh, me parece que está sometiéndolo a la Guillotina! –exclamó Dalila en tono exageradamente dramático–. ¡Veinte segundos!

Sansón retorció a su presa e hizo una mueca de sádico placer mientras el pobre Farley agitaba los brazos.

–¡Diez segundos!

Sansón giró sobre sí mismo y arrojó a su rival al otro lado del cuadrilátero. Antes de que Farley pudiera levantarse, el Luchador Más Fuerte del Mundo lo agarró por un pie, lo levantó en el aire, lo sostuvo en alto por encima de las cuerdas y, cuando faltaban dos segundos, lo dejó caer al suelo para apuntarse la victoria.

–¡Uy, por un pelo, Sansón! –dijo Dalila a través del micrófono.

Farley estaba aturdido, pero se retiró indemne y aparentemente orgulloso de sí mismo. Había demostrado su virilidad, no se había asustado y sólo se había quedado a dos segundos de ganar veinte dólares. El siguiente voluntario era también un forastero, un muchacho corpulento llamado Claude que pagó tres dólares a cambio de la oportunidad de ganar treinta. Pesaba dos veces más que Farley, pero era mucho más lento, por lo que en cuestión de diez segundos Sansón lo inmovilizó con un rápido Puntapié de Rebote y le retorció el cuerpo en una Trenza. Cuando faltaban diez segundos, Sansón levantó a Claude por encima de su cabeza y, en un soberbio alarde de fuerza, se acercó al borde del cuadrilátero y lo arrojó al otro lado de las cuerdas. Claude también se retiró muy orgulloso. Estaba claro que Sansón, a pesar de todo el teatro y de los gestos amenazadores, era un buen chico y no tenía intención de hacer daño a nadie. Y, puesto que todos los chicos deseaban acercarse a Dalila, muy pronto se formó una cola a su lado.

Fue todo un espectáculo. Dewayne y yo nos pasamos un buen rato contemplando cómo Sansón se sacaba de encima a un contrincante tras otro, echando mano de todo su variado repertorio, que incluía el Cangrejo de Boston, las Tijeras, el Mazo, el Martillo Neumático, el Portazo... Bastaba con que Dalila mencionara una de sus muchas fresas y llaves a través del micrófono para que Sansón se apresurara a ponerla en práctica.

Al cabo de una hora, Sansón chorreaba sudor y necesitaba una pausa, por lo que Dewayne y yo nos fuimos a dar un par de vueltas en la noria. Estábamos discutiendo si tomarnos otra ración de algodón de azúcar o no cuando oímos comentar a unos chicos el espectáculo de las chicas desnudas.

–¡Se lo quitan todo! –exclamó uno de ellos al pasar por nuestro lado.

Y entonces nos olvidamos del algodón de azúcar.

Los seguimos hasta el final de la avenida central, donde estaban aparcadas las caravanas de los gitanos. Detrás de las caravanas había una pequeña tienda de campaña levantada de tal manera que resultase muy difícil verla. Unos hombres aguardaban fumando con expresión de culpabilidad. Se oía música procedente del interior de la tienda.

Algunas ferias ambulantes ofrecían espectáculos de *striptease*. Tal como era de esperar, alguien había visto a Ricky salir de uno de ellos, lo cual había provocado un gran escándalo en casa. No lo habrían descubierto si no hubieran descubierto también al señor Ross Lee Hart. El señor Hart era clérigo de la iglesia metodista, un agricultor propietario de sus tierras, y también un probo ciudadano cuya mujer tenía una lengua muy larga. Ésta había ido a buscarlo un sábado por la noche, ya tarde, a la feria, y casualmente lo había visto salir de la tienda prohibida. Soltó un grito quejumbroso al ver a su descarriado marido, que se ocultó detrás de las caravanas. Ella lo persiguió soltando amenazas a voz en cuello, y Black Oak tuvo una nueva historia que comentar.

Por una razón inexplicable, la señora Hart contó a todo el mundo lo que había hecho su marido y el pobre hombre se convirtió en un proscrito durante muchos meses. La señora Hart hizo saber también que, detrás de él, había visto salir a Ricky. Los Chandler sufrimos en silencio. Nunca asistas a un espectáculo de mujeres desnudas en tu propia ciudad, era la norma tácita. Vete a Monette, a Lake City o a Caraway, pero no se te ocurra hacerlo en Black Oak.

Dewayne y yo no reconocimos a ninguno de los hombres que esperaban en las inmediaciones de la tienda. Rodeamos las caravanas y nos acercamos por el otro lado, pero allí había un perrazo encadenado al suelo para impedir el paso a los mirones como nosotros. Nos retiramos y decidimos esperar a que oscureciera.

Cerca ya de las cuatro, tuvimos que adoptar una dolorosa decisión: ir a la sesión de tarde o quedarnos en la feria. Estábamos a punto de elegir la película cuando Dalila apareció en el cuadrilátero. Se había cambiado de vestido y ahora lucía un modelo rojo de dos piezas que dejaba al descubierto una superficie de piel mucho mayor que la de antes. La muchedumbre se acercó a ella y Sansón empezó una vez más a sacar del *ring* a chicos del campo, palurdos e incluso algún que otro mexicano.

Su único desafío tuvo lugar al anochecer. El señor Horsefly Walker tenía un hijo sordomudo que pesaba ciento cincuenta kilos. Lo llamábamos Gruñidos, no por falta de respeto o crueldad sino porque siempre lo habían llamado así. Horsefly apostó cinco dólares y Gruñidos subió lentamente al cuadrilátero.

–Ahora viene un gigante, Sansón –ronroneó Dalila a través del micrófono.

Sansón comprendió que quizá tardara un poco más en arrojar ciento cincuenta kilos fuera del *ring*, por lo que decidió atacar de inmediato. Empezó con una Humillación China, un movimiento con el que se golpeaban los dos tobillos a la vez y se provocaba la caída del contrincante. Gruñidos cayó, en efecto, pero encima del propio Sansón, quien no pudo evitar lanzar un grito de dolor. Algunos espectadores también gritaron y empezaron a animar a Gruñidos, quien, como es lógico, no tenía modo de oírlos. Ambos contendientes rodaron y soltaron puntapiés en el suelo hasta que Gruñidos consiguió inmovilizar a Sansón por un instante.

–¡Cuarenta segundos! –anunció Dalila.

El reloj parecía funcionar mucho más despacio cuando Sansón estaba tumbado boca arriba en el suelo. Éste dio inútilmente unos cuantos puntapiés y después echó mano de la Vuelta de Campana de Jersey, un rápido movimiento mediante el cual levantó los pies e inmovilizó a Gruñidos por las orejas para empujarlo posteriormente hacia atrás. A continuación, Sansón se levantó de un salto mientras Dalila describía sus llaves. Un Puntapié de Rebote dejó aturdido a Gruñidos.

–¡Quince segundos! –exclamó Dalila, y entonces las manecillas del reloj volvieron a girar con rapidez.

Gruñidos embistió como un toro enfurecido y ambos hombres cayeron nuevamente al suelo. La multitud lanzó vítores. Horsefly brincaba alrededor del cuadrilátero presa de un entusiasmo delirante. Los contendientes forcejearon un rato y Dalila anunció:

–¡Diez segundos!

Se oyeron algunos silbidos dirigidos contra la mujer-cronómetro. Sansón aplicó una llave a Gruñidos que le inmovilizó el brazo, lo agarró por un pie y arrojó al pobre chico al otro lado del *ring* y a través de las cuerdas. Gruñidos aterrizó a los pies de su padre.

–¡Tramposo hijo de puta! –gritó Horsefly.

Sansón se tomó a mal el insulto y le hizo señas a Horsefly de que subiera. Luego se adelantó y separó las cuerdas. Dalila, que evidentemente había sido testigo muchas veces de semejantes amenazas, dijo:

–Yo que usted no lo haría. Puede hacer mucho daño cuando se enfada.

En ese momento, Horsefly estaba buscando una razón para mantener el tipo. Sansón, que de pie en el borde del cuadrilátero semejaba un gigante de tres metros de estatura, miró despectivamente hacia abajo. Horsefly se inclinó para echar un vistazo a Gruñidos, que estaba frotándose el hombro y parecía a punto de echarse a llorar. Sansón se burló de ellos mientras se retiraban y después, para provocar al público, empezó a pasearse por el *ring*, marcando músculo. Algunos espectadores empezaron a silbarlo, que era justo lo que él quería.

Despachó a unos cuantos aspirantes más y, acto seguido, Dalila anunció que su hombre tenía que irse a cenar. Regresarían al cabo de una hora para hacer la exhibición final.

Ya había oscurecido. Los sonidos de la feria llenaban el aire: los emocionados gritos de los chiquillos en los tiovivos, los alaridos de los ganadores de los juegos de los barracones de la avenida central, la música que sonaba a través de los altavoces, cada uno de los cuales emitía una melodía distinta, el constante parloteo de los pregoneros, invitando a la gente a gastarse el dinero en la contemplación de la tortuga más grande del mundo o a ganar otro premio y, por encima de todo, el murmullo de la entusiasmada multitud. Había tanta gente apretujada que no cabía ni un alfiler, como solía decir

Gran. La muchedumbre se congregaba alrededor de los barracones, mirando y aplaudiendo. Alrededor de las atracciones se formaban largas filas. Varios grupos de mexicanos paseaban lentamente y miraban asombrados alrededor, pero casi ninguno de ellos gastaba dinero. Jamás en mi vida había visto a tantas personas juntas.

Encontré a mis padres cerca de la calle, bebiendo limonada y contemplando el espectáculo desde una distancia prudencial. Pappy y Gran ya estaban en el camión, preparados para marcharse, pero dispuestos a esperar. De la feria sólo se disfrutaba una vez al año.

–¿Cuánto dinero tienes? –me preguntó mi padre.

–Un dólar más o menos –contesté.

–Esta noria no parece muy segura, Luke –dijo mi madre.

–Yo he subido dos veces y está muy bien.

–Te daré otro dólar si no vuelves a subir.

–Trato hecho.

Me entregó un billete de un dólar. Acordamos reunirnos en una hora aproximadamente. Localicé de nuevo a Dewayne y juntos decidimos probar a echar un vistazo a las chicas desnudas. Avanzamos rápidamente entre la gente que llenaba la avenida central y aminoramos la marcha al llegar a las inmediaciones de las caravanas de los gitanos. Allí detrás estaba más oscuro. Delante de la tienda había varios hombres fumando cigarrillos, y en la entrada vimos a una chica con un vestidito muy corto, moviendo las caderas y bailando de manera muy provocadora.

Como baptistas, sabíamos que todos los bailes eran no sólo perversos por definición, sino decididamente pecaminosos. Junto con la bebida y las maldiciones, ocupaban los primeros lugares de la lista de los pecados más graves.

La bailarina no era tan atractiva como Dalila, ni dejaba al descubierto tanta carne ni se movía con tanta gracia, pero es que Dalila tenía muchos años de experiencia y había viajado por todo el mundo.

Nos deslizamos lentamente entre las sombras hasta que una voz extraña surgida de ninguna parte dijo:

–Eh, vosotros, chicos, largo de aquí.

Nos detuvimos en seco, nos volvimos y, justo en aquel instante oímos una voz conocida gritar a nuestras espaldas:

–¡Arrepentíos, obradores de iniquidad! ¡Arrepentíos!

Era el reverendo Akers, de pie con su Biblia en una mano mientras la otra la mantenía levantada con el índice apuntando al cielo.

–¡Raza de víboras! –gritó con toda la fuerza de sus pulmones.

No sé si la señorita dejó de bailar o si los hombres se dispersaron. Dewayne y yo nos agachamos y nos arrastramos como si alguien nos persiguiera a través del laberinto de caravanas y camiones hasta que vimos filtrarse la luz entre dos barracones de la avenida central.

–¿Crees que nos ha visto? –preguntó Dewayne en cuanto estuvimos a salvo.

–No lo sé –respondí–, pero lo dudo.

Dimos unas cuantas vueltas y regresamos a la seguridad de las caravanas de los gitanos. El hermano Akers se encontraba en excelente forma. Se había acercado hasta una distancia de unos diez metros de la tienda y estaba expulsando demonios a voz en grito. Y tenía éxito. La bailarina había desaparecido al igual que los hombres que esperaban fumando. Les había desbaratado el espectáculo, aunque yo sospechaba que todos se encontraban dentro, escondidos a la espera de que se largara.

En cambio, Dalila había regresado, ataviada con otro vestido. Estaba hecho de piel de leopardo y sólo le cubría lo imprescindible. Yo sabía que a la mañana siguiente el hermano Akers tendría algo que decir al respecto. Le encantaba la feria porque le ofrecía mucho material para sus sermones.

Una pequeña multitud se había congregado alrededor del cuadrilátero y miraba embobada a Dalila a la espera de que Sansón regresara. Dalila lo presentó una vez más con las frases que ya conocíamos. Él subió de un salto al *ring*, vestido también de piel de leopardo. Pantalones cortos muy ajustados, torso al aire y relucientes botas de cuero negro. Se pavoneó e hizo poses, provocándonos para que le silbáramos.

Mi amigo Jackie Moon fue el que primero subió al *ring*, y, como casi todos los que lo habían hecho antes que él, intentó esquivar a su contrincante, corriendo de un lado a otro durante veinte segundos hasta que Sansón se hartó. Una Guillotina, seguida de un Descenso Turco, tal como explicó Dalila, fueron suficientes para que Jackie aterrizara sobre la hierba cerca del lugar donde me encontraba. Jackie se rió.

–No ha estado mal.

Sansón no tenía intención de hacer daño a nadie; habría sido perjudicial para su negocio; pero hacia el final de su exhibición se volvió más arrogante y gritaba a cada momento:

–¿Hay algún hombre por aquí? –Su acento era muy exótico y su voz profunda y aterradora–. ¿No hay guerreros en Black Oak, Arkansas?

Deseé medir dos metros y medio de estatura. Habría subido al cuadrilátero de un salto, lo habría arrojado por los aires y me habría convertido en el mayor héroe en la historia de Black Oak. Pero por el momento sólo podía silbarle.

Hank Spruill entró en escena. Se acercó al borde del cuadrilátero entre un combate y otro y se detuvo justo el tiempo suficiente para llamar la atención de Sansón. Los espectadores guardaron silencio mientras ambos se miraban con furia. Sansón se acercó a él y dijo:

–Sube, chiquitín.

Hank se limitó a mirarlo con desprecio. Después se aproximó a Dalila y sacó dinero del bolsillo.

–¡*Oh là là*, Sansón! –exclamó ella, tomando el dinero–. ¡Veinticinco dólares!

Se oyeron unos murmullos de incredulidad.

–¡Veinticinco pavos! –exclamó un hombre a mi espalda–. Eso equivale a una semana de trabajo.

–Sí, pero puede ganar doscientos cincuenta –apuntó otro.

Mientras la gente se apretujaba, Dewayne y yo fuimos desplazándonos hacia delante a fin de ver mejor, buscando un hueco entre los adultos.

–¿Cómo te llamas? –preguntó Dalila, empujando el micrófono hacia Hank.

–Hank Spruill –contestó éste, soltando un gruñido–. ¿Siguen pagando diez a uno?

–Ése es el trato, muchachote. ¿Estás seguro de que quieres apostar veinticinco dólares?

–Sí. Lo único que tengo que hacer es quedarme un minuto en el *ring*, ¿verdad?

–Sí, sesenta segundos. Ya sabes que Sansón lleva cinco años sin perder una pelea. La última vez fue en Rusia, y porque hicieron trampa.

–A mí Rusia me importa un carajo –dijo Hank, quitándose la camisa–. ¿Alguna otra regla?

–No. –Dalila se volvió hacia los espectadores y, con el mayor dramatismo posible, gritó–: Señoras y señores, el gran Sansón ha sido desafiado en el mayor combate de todos los siglos. El señor Hank Spruill apuesta veinticinco dólares a diez contra uno. Jamás nadie en la historia ha planteado un desafío semejante.

Sansón estaba exhibiéndose en el *ring* al tiempo que sacudía los llamativos bucles de su cabello como si deseara con impaciencia que el combate se iniciara cuanto antes.

–Quiero ver el dinero –masculló Hank, mirando a Dalila.

–Aquí está –dijo ella a través del micrófono.

–No, quiero ver los doscientos cincuenta.

–No será necesario –replicó ella, soltando una carcajada sin poder disimular su nerviosismo.

A continuación se apartó el micrófono de la cara y ambos discutieron acerca de los detalles. Bo y Dale surgieron de entre el público y Hank les indicó que se situaran al lado de la mesita en la que Dalila guardaba el dinero. Tras asegurarse de que éste se encontraba allí, subió al cuadrilátero donde el gran Sansón aguardaba con los musculosos brazos cruzados sobre el pecho.

–¿No es ése el tipo que mató al muchacho de los Sisco? –preguntó alguien detrás de nosotros.

–Sí, es él –fue la respuesta.

–Es casi tan corpulento como Sansón.

En realidad, medía unos cuantos centímetros menos, pero no parecía ser consciente del peligro. Sansón empezó a bailar a un lado del *ring* mientras Hank lo observaba y estiraba los brazos.

–¿Preparados? –preguntó Dalila en tono quejumbroso mientras los espectadores empujaban hacia delante. Golpeó la campana con el martillo. Ambos luchadores se miraron con rabia, pero Hank permaneció en su rincón. El cronómetro se encontraba a su lado. A los pocos segundos, Sansón, que a mi juicio era consciente de que tenía un considerable esfuerzo por delante, empezó a brincar y moverse como suelen hacer los luchadores de verdad. Hank siguió inmóvil.

–¡Vamos, muchacho, sal de ahí! –tronó Sansón desde un metro y medio de distancia, pero Hank no se apartó de su rincón.

–¡Cuarenta y cinco segundos! –anunció Dalila.

El error de Sansón fue suponer que se trataba de un combate de lucha, no de una reyerta. En su intento de aplicar una de sus muchas llaves o presas, actuó con excesiva lentitud y, por una décima de segundo, no se cubrió el rostro. Hank se le echó encima como una serpiente de cascabel. A la velocidad del rayo, descargó un impresionante puñetazo contra la poderosa mandíbula de Sansón. La cabeza de éste experimentó una fuerte sacudida y su hermoso cabello se alborotó. El impacto produjo un sonoro crujido. Stan Musial no habría podido golpear una pelota de béisbol con más fuerza.

Sansón puso los ojos en blanco. Debido a su elevada estatura, el cuerpo tardó unos segundos en darse cuenta de que su cabeza había sufrido una contusión. Se le dobló súbitamente una pierna y después la otra, y el Luchador Más Fuerte del Mundo, venido directamente de Egipto, se desplomó de espaldas con un ruido sordo. El pequeño cuadrilátero se estremeció y las cuerdas vibraron. Sansón daba la sensación de estar muerto.

Hank se relajó en su rincón, apoyando los brazos en las cuerdas superiores. No tenía ninguna prisa. La pobre Dalila se había quedado sin habla. Trató de decir algo para convencernos de que todo aquello formaba parte del espectáculo, pero al mismo tiempo deseaba subir al *ring* para prestar ayuda a Sansón. El público estaba pasmado.

En el centro del cuadrilátero, Sansón emitió un gemido y trató de incorporarse. Consiguió colocarse a cuatro patas y se balanceó unas cuantas veces hacia delante y hacia atrás hasta que, finalmente, adelantó un pie. Haciendo un gran esfuerzo, trató de levantarse, pero las piernas no le respondían. Arremetió contra las cuerdas y logró agarrarse a ellas y no caer de nuevo al suelo. El pobrecillo nos miraba, pero no podía ver nada. Tenía los ojos enrojecidos y la mirada extraviada y no parecía percatarse de dónde estaba. Permaneció asido a las cuerdas, tambaleándose y tratando de recuperar el sentido todavía sin haber conseguido afianzar los pies en el suelo.

El señor Horsefly Walker subió de un salto al *ring* y le gritó a Hank:

—¡Mata a este cabrón! ¡Acaba con él de una vez!

Hank no se movió. En lugar de ello, gritó:

—¡Tiempo!

Pero Dalila se había olvidado del cronómetro.

Algunos espectadores vitoreaban y emitían gritos de burla; la mayoría, sin embargo, había quedado muda de asombro al ver al Luchador Más Fuerte del Mundo aturdido y casi sin conocimiento.

Sansón se volvió y trató de concentrar la mirada en Hank.

Agarrado a las cuerdas para no perder el equilibrio, Sansón dio un par de pasos vacilantes e hizo un último y desesperado intento de abalanzarse sobre su contrincante. Hank se limitó a apartarse y Sansón se estrelló violentamente contra el poste del rincón. Las cuerdas se tensaron y los otros tres postes estuvieron a punto de romperse. Sansón gemía y trastabillaba agitando los brazos como un oso que acabara de recibir un disparo. Logró mantener los pies en el suelo y recuperar el equilibrio suficiente para volverse. Más le hubiera valido quedarse en la lona. Hank arremetió contra él y le soltó un derechazo. Aprovechando la indefensión de su contrincante, le propinó un tercer y definitivo golpe. Sansón se desplomó como un guiñapo. Dalila lanzó un grito y subió precipitadamente al *ring*. Hank se relajó en su rincón con los brazos apoyados en las cuerdas superiores, esbozando una sonrisa sin mostrar la menor preocupación por el estado de su adversario.

Yo no sabía qué hacer, y la mayoría de los espectadores, tampoco. Por una parte, era agradable ver a un muchachote de Arkansas machacando al gigante egipcio. Pero, por otra, se trataba de Hank Spruill, y éste había utilizado los puños. Su victoria estaba empañada, aunque a él no le importase. Nos habríamos sentido mucho mejor si un chico de nuestro estado hubiera combatido noblemente.

Cuando Hank tuvo la certeza de que el tiempo había expirado, se introdujo entre las cuerdas y saltó al suelo. Bo y Dale ya tenían el dinero, y los tres se alejaron.

–Éste ha matado a Sansón –dijo alguien detrás de mí.

El Luchador Más Fuerte del Mundo yacía boca arriba con las piernas y los brazos estirados mientras su pareja, arrodillada a su lado, trataba de hacerlo volver en sí. Me compadecí de él. Resultaban tremendamente pintorescos, y tardaríamos mucho tiempo en volver a contemplar semejante espectáculo, eso si lo contemplábamos. De hecho, dudaba mucho que Sansón y Dalila regresaran alguna vez a Black Oak, Arkansas.

Cuando Sansón se incoporó, todos soltamos un suspiro de alivio. Algunos espectadores se compadecieron de él y aplaudieron débilmente mientras el público empezaba a dispersarse.

Se me ocurrió que no sería mala idea que Hank Spruill se incorporase a la feria. Podría cobrar por pegar a la gente y nosotros nos libraríamos de su presencia en la granja. Decidí comentárselo a Tally.

El pobre Sansón se había pasado todo el día trabajando duro a pesar del calor y en una décima de segundo había perdido las ganancias de toda la jornada. Menuda manera de ganarse la vida. Al final, comprobé que había trabajos mucho peores que recolectar algodón.

19

En primavera e invierno, las tardes de los domingos solían dedicarse a las visitas. Después de la comida, nos tumbábamos a hacer la siesta y, a continuación, subíamos al camión, nos trasladábamos a Lake City o Paragould y nos presentábamos sin previo aviso en las casas de algunos parientes o viejos amigos que siempre se mostraban encantados de vernos. En ocasiones eran ellos los que nos visitaban a nosotros. «Venid a vernos», solían decir, y la gente se lo tomaba al pie de la letra. No era necesario y ni siquiera posible ponerse de acuerdo o avisar con la suficiente antelación. Ni nosotros ni nuestros parientes y amigos teníamos teléfono.

Sin embargo a finales del verano y en otoño las visitas no eran lo más importante, porque había mucho trabajo y las tardes eran muy calurosas. Durante un tiempo nos olvidábamos de los tíos y las tías, pero sabíamos que más adelante lo compensaríamos.

Me encontraba en el porche delantero, escuchando la retransmisión de un partido de los Cardinals mientras mi madre y Gran desvainaban guisantes y judías, cuando vi acercarse una nube de polvo procedente del puente.

–Viene un automóvil –anuncié, y ambas miraron en aquella dirección.

El tráfico por nuestro camino era muy escaso. Casi siempre se trataba de uno de los Jeter, que vivían al otro lado del río, o bien de uno de los Tolliver, cuya granja se hallaba al este de la nuestra. De vez en cuando pasaba un camión o un automóvil desconocido, y lo contemplábamos en silencio hasta que la polvareda se posaba en el suelo. Después comentábamos el hecho a la hora de la cena y hacíamos conjeturas acerca de la identidad de sus ocupantes y de lo que éstos estaban haciendo en aquella parte del condado de Craighead. Pappy y mi padre hablaban de ello en la Cooperativa y mi madre y Gran se lo decían a las otras mujeres antes de la escuela dominical, y más tarde o más temprano encontraban a alguien que también había visto el vehículo desconocido. Por regla general, el misterio se resolvía, pero de vez en cuando pasaba alguno y jamás averiguábamos su procedencia.

Aquel automóvil en concreto avanzaba muy despacio. Vi un atisbo de rojo cada vez más grande y brillante hasta que, al final, una larga y reluciente berlina de dos puertas giró para adentrarse por nuestro camino particular. El conductor aparcó detrás del camión. Desde el patio delantero los Spruill también se lo quedaron mirando, boquiabiertos de asombro.

El conductor abrió la portezuela y bajó.

–Pero bueno, si es Jimmy Dale –dijo Gran.

–Vaya si lo es –dijo mi madre, algo menos sorprendida.

–Luke, corre a avisar a Pappy y a tu padre –me indicó Gran.

Entré en la casa y los llamé a gritos, pero ellos ya habían oído cerrarse la portezuela y se acercaban desde el patio trasero.

Todos nos congregamos alrededor del nuevo y reluciente automóvil, sin duda el vehículo más espléndido que yo hubiera visto jamás. Todos se abrazaron, se estrecharon la mano y se intercambiaron saludos, tras lo cual Jimmy Dale presentó a su esposa, con quien acababa de casarse, una mujer que parecía más joven que Tally. Se llamaba Stacy, era de Michigan y hablaba con un acusado tono nasal cortando las sílabas con rapidez. A los pocos segundos, noté que me hormigueaba la piel.

–¿Por qué habla de esa manera? –le pregunté en un susurro a mi madre mientras nos dirigíamos en grupo al porche delantero.

–Porque es yanqui –fue la sencilla explicación de mi madre.

El padre de Jimmy Dale era Ernest Chandler, el hermano mayor de Pappy. Ernest había sido agricultor en Leachville hasta que un ataque cardíaco lo había matado hacía unos cuantos años. Yo no recordaba a Ernest ni a Jimmy, aunque había oído contar muchas historias acerca de ellos. Sabía que el segundo había huido de la granja y se había ido a vivir a Michigan, donde había encontrado trabajo en una fábrica de la Buick, en la que ganaba tres dólares por hora, un sueldo increíble comparado con lo que era habitual en Black Oak. Jimmy había ayudado a otros chicos del pueblo a encontrar trabajo allá arriba. Dos años atrás, después de otra mala cosecha, mi padre había pasado un triste invierno en Flint, colocando parabrisas en los nuevos modelos de Buick. Llevó a casa mil dólares y los gastó en el pago de las deudas pendientes de la granja.

–Menudo automóvil –comentó mi padre mientras él y Jimmy se sentaban en los escalones del porche.

Gran estaba en la cocina, preparando té helado, y a mi madre le correspondió la ingrata tarea de conversar con Stacy, una inadaptada a partir del momento en que bajó del automóvil.

–Nuevo a estrenar –dijo orgullosamente Jimmy Dale–. Me lo entregaron la semana pasada, justo a tiempo para trasladarme con él a casa. Yo y Stacy nos casamos hace un mes, y éste es nuestro regalo de boda.

–Se dice «Stacy y yo nos casamos», no yo y Stacy –lo corrigió su flamante esposa, que se hallaba en el extremo opuesto del porche.

Se produjo una breve pausa en la conversación mientras los demás asimilábamos el hecho de que Stacy acababa de atreverse a corregir a su marido en presencia de terceros. Jamás en mi vida había oído cosa semejante.

–¿Es del cincuenta y dos? –preguntó Pappy.

–No, del cincuenta y tres, lo más nuevo que circula por las carreteras. Yo mismo lo construí.

–No me digas.

–Pues sí. La Buick nos permite hacernos los vehículos a la medida. Después tenemos que estar atentos cuando bajan por la cadena de montaje. A éste le he puesto un salpicadero.

–¿Cuánto le ha costado? –pregunté, y pensé que mi madre me estrangulaba.

–¡Luke! –me reprendió mientras Pappy y mi padre me dirigían una mirada severa.

Estaba a punto de añadir algo más cuando Jimmy Dale contestó:

–Dos mil setecientos dólares. No es ningún secreto. Cualquier concesionario del país sabe lo que valen.

Para entonces, los Spruill ya se habían acercado y estaban inspeccionando el automóvil, todos menos Tally, a quien no se veía por ninguna parte. Era domingo por la tarde, y a mi juicio hora de tomarse un buen baño en las frescas aguas del arroyo Siler. Yo me había pasado un rato en las inmediaciones del porche, a la espera de que regresara.

Trot rodeó el vehículo anadeando, como era habitual en él, seguido de Bo y Dale. Hank examinó su interior, probablemente en busca de las llaves. El señor y la señora Spruill lo admiraban desde cierta distancia.

Jimmy Dale los estudió detenidamente.

–¿Montañeses?

–Sí, son de Eureka Springs.

–¿Buena gente?

–Más o menos –contestó Pappy.

–¿Qué está haciendo ese gigantón?

–Nunca se sabe.

Aquella mañana nos habíamos enterado en la iglesia de

que Sansón finalmente había conseguido levantarse y abandonar el cuadrilátero, por lo que Hank no había añadido otra baja a su lista. El hermano Akers se había pasado media hora predicando acerca del carácter pecaminoso de la feria ambulante: apuestas, combates, lascivia, atuendos vulgares, asociación con gitanos y toda clase de inmundicias. Dewayne y yo prestamos atención, pero nuestros nombres no se mencionaron en ningún momento.

–¿Por qué viven de esta manera? –preguntó Stacy con los ojos fijos en el campamento de los Spruill.

Sus cortantes palabras traspasaron el aire como un cuchillo.

–¿Y de qué otra manera podrían vivir? –replicó Pappy.

Él también había llegado a la conclusión de que no le gustaba la flamante esposa de Jimmy Dale Chandler. Permanecía posada como un pajarillo en el borde de la mecedora, observando cuanto la rodeaba.

–¿No podría facilitarles alojamiento? –preguntó ella.

Advertí que Pappy estaba a punto de estallar.

–En cualquier caso –dijo Jimmy Dale–, la Buick nos permite pagar los automóviles en veinticuatro meses.

–¿De veras? –dijo mi padre, sin apartar los ojos del vehículo–. Creo que es el automóvil más bonito que he visto en mi vida.

Gran apareció con una bandeja y empezó a servir altos vasos de té helado con azúcar.

Stacy declinó el ofrecimiento.

–Té con hielo –dijo–. Eso no es para mí. ¿No tiene un poco de té caliente?

¿Té caliente? ¿Dónde se había oído semejante tontería?

–No, aquí no bebemos té caliente –contestó Pappy, mirando con furia a Stacy.

–Pues en Michigan no lo bebemos con hielo –dijo Stacy.

–Aquí no estamos en Michigan –replicó Pappy.

–¿Te gustaría ver mi huerto? –preguntó repentinamente mi madre.

–Sí, buena idea –contestó Jimmy Dale–. Anda, cariño, Kathleen tiene el huerto más precioso de Arkansas.

–Voy con vosotras –dijo Gran en un intento de alejar a la chica del porche y de cualquier discusión.

Las tres mujeres se alejaron y Pappy esperó justo lo suficiente para preguntar:

–¿Dónde demonios la encontraste, Jimmy Dale?

–Es una chica encantadora, tío Eli –contestó Jimmy Dale sin demasiada convicción.

–Es una maldita yanqui.

–Los yanquis no están tan mal como se dice. Fueron lo bastante listos para no dedicarse al cultivo del algodón. Viven en casas estupendas, con lavabo, teléfono y televisión. Se ganan bien la vida y tienen buenas escuelas. Stacy ha estudiado dos cursos en un colegio universitario. Su familia tiene televisor desde hace tres años. Justo la semana pasada vi el partido de los Indians contra los Tigers. ¿Te imaginas, Luke, ver partidos de béisbol por televisión?

–No, señor.

–Pues yo, sí. Bob Lemon lanzó por los Indians. Los Tigers no son gran cosa. Ya vuelven a ocupar el último puesto.

–A mí no me interesa demasiado la Liga Americana –dije, repitiendo las palabras que tantas veces les había oído pronunciar a Pappy y a mi padre.

–¡Qué sorpresa! –dijo Jimmy Dale, y soltó una carcajada–. Hablas como un auténtico seguidor de los Cardinals. Yo también era así hasta que me trasladé a vivir al Norte. Este año he asistido a once partidos en el Tiger Stadium, y la Liga Americana acaba gustándote cada vez más. Los Yankees estuvieron en la ciudad hace un par de semanas; se agotaron las localidades. Tienen a un nuevo jugador, Mickey Mantle, que es de lo mejor que he visto en mi vida. Mucha fuerza, gran rapidez, deja pasar mucho la pelota, pero cuando golpea, es una maravilla. Será un gran jugador. Y también tienen a Berra y Rizzuto.

–Yo sigo odiándolos –dije, y Jimmy Dale soltó una nueva carcajada.

–¿Aún sigues queriendo jugar en los Cardinals? –me preguntó.

–Sí, señor.

–¿No quieres ser agricultor?

–No, señor.

–Chico listo.

Yo había oído hablar a los mayores acerca de Jimmy Dale. Estaba muy satisfecho de haber conseguido abandonar los algodonales y ganarse mejor la vida en el Norte. Le encantaba hablar del dinero que tenía. Había logrado prosperar y solía aconsejar a los demás chicos del campo que siguieran su ejemplo.

Pappy pensaba que las labores agrícolas eran el único medio honrado de ganarse la vida, con la sola excepción tal vez del béisbol profesional.

Nos pasamos un rato bebiendo té y, al final, Jimmy Dale preguntó:

–Bueno, ¿qué tal va el algodón?

–Hasta ahora, muy bien –contestó Pappy–. La primera recolección ha ido sin problemas.

–Ahora tenemos que hacer otra –intervino mi padre–. Probablemente terminemos dentro de un mes.

Tally emergió de las profundidades del campamento de los Spruill, sosteniendo en la mano una toalla o algo por el estilo. Trazó un amplio círculo alrededor del automóvil rojo que su familia estaba contemplando embobada; nadie reparó en su presencia. Me miró desde lejos, pero no me hizo ninguna señal. De repente, me harté del béisbol, del algodón, de los automóviles y de cosas por el estilo, pero no podía escaparme corriendo sin más. Habría sido una grosería irme de aquella manera, y mi padre habría sospechado algo. Por consiguiente, permanecí sentado en mi sitio mientras Tally se alejaba, pasando por delante de la casa.

–¿Cómo está Luther? –preguntó mi padre.

–Le va muy bien –contestó Jimmy Dale–. Lo tengo en la planta. Gana tres dólares por hora, y trabaja cuarenta horas por semana. Luther jamás había visto tanto dinero junto.

Luther era otro primo, otro Chandler de una rama lejana de la familia. Lo había visto una vez en un entierro.

–¿O sea que no va a volver a casa? –preguntó Pappy.

–Lo dudo.

–¿Va a casarse con una yanqui?

–No se lo he preguntado. Supongo que hará lo que le dé la gana.

Se produjo una pausa en cuyo transcurso la tensión pareció disiparse momentáneamente. Poco después Jimmy Dale añadió:

–No le puedes echar en cara que quiera quedarse allá arriba. Qué demonios, no olvidemos que perdieron su granja. Estaba recolectando algodón por cuenta de otros y ganaba mil dólares anuales, el pobre no tenía ni un centavo. Ahora gana más de seis mil dólares por año, más incentivos y jubilación.

–¿Se ha afiliado al sindicato? –preguntó mi padre.

–Por supuesto que sí. He hecho afiliarse al sindicato a todos los chicos de aquí.

–¿Qué es un sindicato? –pregunté.

–Luke, ve a ver qué está haciendo tu madre –dijo Pappy–. Anda.

Una vez más había formulado una pregunta inocente y, como consecuencia de ello, me habían excluido de la conversación. Abandoné el porche y corrí a la parte de atrás de la casa en la esperanza de ver a Tally. Pero se había ido, seguramente a bañarse en el arroyo sin su fiel vigilante.

Gran estaba apoyada en la valla junto a la verja del huerto, contemplando cómo mi madre y Stacy iban de planta en planta. Me situé a su lado y ella me alborotó el cabello.

–Pappy ha dicho que es una maldita yanqui –dije en voz baja.

–No digas palabrotas.

–No digo palabrotas. Sólo las estoy repitiendo.

–Son buena gente, pero distintos.

Los pensamientos de Gran estaban en otra parte. Aquel verano, en ocasiones hablaba conmigo sin verme. Sus cansados ojos se perdían en la distancia mientras sus pensamientos abandonaban nuestra granja.

–¿Por qué habla de esa manera? –quise saber.

–Ella piensa que nosotros hablamos de un modo muy raro.

–¿De veras?

–Pues claro.

No acertaba a comprenderlo.

Una culebra verde de menos de un palmo de longitud asomó la cabeza desde la parcela de los pepinos y bajó reptando rápidamente por un sendero en dirección a mi madre y Stacy. Ambas la vieron casi al mismo tiempo. Mi madre la señaló con toda naturalidad, y dijo:

–Mira esa culebrita verde.

Stacy reaccionó de otra manera. Abrió la boca, pero estaba tan horrorizada que tardó uno o dos segundos en emitir un sonido. Entonces lanzó un grito que los Latcher habrían podido oír desde su casa, un grito que helaba la sangre en las venas, mucho peor que la más peligrosa de las serpientes.

–¡Una serpiente! –exclamó, pegando un salto para esconderse detrás de mi madre–. ¡Jimmy Dale! ¡Jimmy Dale!

La culebra se había detenido en el sendero y parecía mirarla. No se trataba más que de una inofensiva culebrita verde. ¿Cómo era posible que alguien le tuviese miedo? Crucé corriendo el huerto y la levanté del suelo, en la creencia de que de aquella manera resolvería la situación. Pero la contemplación de un niño con una criatura tan mortífera en la mano fue más de lo que Stacy podía resistir. Se desmayó y se desplomó sobre las judías mientras los hombres se acercaban corriendo desde el porche.

Jimmy Dale la recogió en sus brazos mientras nosotros tratábamos de explicarle lo ocurrido. La pobre culebra estaba flácida; pensé que ella también se había desmayado. Pappy no pudo reprimir una sonrisa mientras seguíamos a Jimmy Dale y a su mujer hasta el porche trasero, donde la hicieron sentar en un banco mientras Gran iba por sus remedios.

Al final, Stacy recuperó el sentido, pero estaba muy pálida y tenía la piel pegajosa. Gran se acercó a ella con unos paños húmedos y un frasco de sales.

–¿Es que no tienen culebras en Michigan? –le preguntó en un susurro a mi padre.

–Supongo que no.

–Era sólo una culebrita verde.

–Menos mal que no ha visto una culebra ratonera. Se hubiera muerto del susto –dijo mi padre.

Mi madre puso agua a hervir y la vertió en una taza con una bolsita de té. Stacy se incorporó y bebió, y por primera vez en la historia se consumió té caliente en nuestra granja. Pidió que la dejáramos sola, por lo que regresamos al porche delantero mientras ella descansaba.

Los hombres no tardaron en acercarse al Buick. Habían levantado el capó y permanecían inclinados sobre el motor. Cuando vi que nadie me miraba, abandoné el porche y me dirigí a la parte de atrás de la casa en busca de Tally. Me escondí junto al silo, uno de mis lugares preferidos, donde nadie podía verme. Oí que un motor se ponía en marcha con un sonido suave y a la vez potente, y comprendí que no era el de nuestro viejo camión. Iban a dar un paseo. Oí que mi padre me llamaba, pero al ver que yo no contestaba, se fueron.

Desistí de seguir buscando a Tally y regresé a la casa. Stacy estaba sentada en un taburete a la sombra de un árbol, contemplando con expresión abatida nuestros campos, con los brazos cruzados como si no se encontrara a gusto. El Buick ya se había alejado.

–¿Tú no has ido a dar un paseo? –me preguntó.

–No, señora.

–¿Por qué?

–Pues no sé.

–¿Has viajado alguna vez en automóvil?

Al advertir que me hablaba en tono burlón, decidí mentir.

–No, señora.

–¿Cuántos años tienes?

–Siete.

–¿Tienes siete años y nunca has viajado en automóvil?

–No, señora.

–¿Has visto alguna vez la televisión?

–No, señora.

–¿Has utilizado alguna vez un teléfono?

–No, señora.

–Increíble. –Sacudió la cabeza con expresión de hastío, y entonces pensé que ojalá me hubiera quedado junto al silo–. ¿Vas a la escuela?

–Sí, señora.

–Gracias a Dios. ¿Sabes leer?

–Sí, señora. Y también escribir.

–¿Vas a ir al instituto?

–Seguro que sí.

–¿Fue tu padre al instituto?

–Sí.

–¿Y tu abuelo?

–No, señora.

–Lo suponía. ¿Hay alguien por aquí que haya ido a la universidad?

–Todavía no.

–¿Qué quieres decir?

–Mi madre dice que yo iré a la universidad.

–Lo dudo. ¿Cómo haríais para pagar la matrícula?

–Mi madre asegura que iré.

–Tú, cuando seas mayor, no serás más que un pobre agricultor dedicado al cultivo del algodón, como tu padre y tu abuelo.

–Usted no puede saberlo –repliqué.

Sacudió la cabeza, a todas luces exasperada.

–Yo he estudiado dos cursos en un colegio universitario –dijo con orgullo.

«Pues no se nota», estuve a punto de decirle. Se produjo una larga pausa. Estaba deseando irme, pero no sabía muy bien cómo poner punto final a aquella conversación. Permanecía sentada en el borde del taburete con la mirada perdida en la distancia mientras trataba de reunir más veneno.

–Me parece increíble que seáis tan atrasados –dijo.

Me miré los pies. Exceptuando a Hank Spruill, jamás había conocido a nadie que me cayera tan antipático como Stacy. ¿Qué hubiera hecho Ricky?

Seguramente la habría insultado, pero, como yo no sabía hacerlo, me limité a alejarme.

El Buick ya estaba de vuelta. Mi padre, que iba al volante, aparcó y todos los adultos bajaron. Jimmy Dale llamó a gritos a los Spruill y les dijo que se acercaran. Hizo sentar a Trot, Bo y Dale en el asiento de atrás y a Hank delante, y salieron disparados, bajando por el camino sin asfaltar en dirección al río.

Ya muy entrada la tarde, Jimmy Dale dijo que se iban. Estábamos deseando que lo hicieran, y yo, en particular, temía que se entretuvieran demasiado y se quedaran a cenar. No me imaginaba sentado a la mesa intentando comer mientras Stacy hacía comentarios sobre nuestra forma de alimentarnos y nuestras costumbres. Hasta aquel momento, había despreciado todo lo nuestro; ¿por qué iba a comportarse de manera distinta durante la cena?

Nos acercamos lentamente al Buick y, una vez allí, nuestros lánguidos adioses se prolongaron una eternidad, como de costumbre.

Nadie tenía prisa cuando llegaba la hora de marchar. Alguien comentó que ya era muy tarde, después el comentario se repitió y, a continuación, alguien dio el primer paso hacia el automóvil entre la primera tanda de despedidas. Hubo apretones de manos, abrazos e intercambio de promesas. El avance prosiguió hasta que el grupo llegó a la altura del coche, y allí la procesión se detuvo mientras alguien recordaba una nueva anécdota. Más abrazos, más promesas de regresar muy pronto. Después de un considerable esfuerzo, los que se iban subieron al coche y los que se despedían de ellos inclinaron la cabeza hacia éste y volvieron a decir adiós. Puede que se contara rápidamente otra anécdota. Unas cuantas protestas permitían finalmente que el vehículo se pusiera en marcha, momento en que el vehículo hacía lentamente marcha atrás mientras los que se quedaban seguían saludando con la mano.

Cuando la casa se perdía de vista, alguien que no era el conductor preguntaba:

–¿Por qué tantas prisas?

Y alguien que todavía estaba saludando en el patio anterior decía:

–No sé por qué han tenido que marcharse tan pronto.

Cuando llegamos al automóvil, Stacy le dijo algo en voz baja a Jimmy Dale. Éste se volvió hacia mi madre y susurró:

–Necesita ir al cuarto de baño.

Mi madre lo miró con semblante preocupado. No teníamos cuarto de baño. Quien precisaba hacer sus necesidades iba al retrete exterior, una pequeña estructura de madera con un profundo agujero en el centro, oculto detrás del cobertizo de las herramientas, a medio camino entre el porche trasero y el establo.

–Ven conmigo –le dijo mi madre a Stacy, y ambas se alejaron.

Jimmy Dale recordó de repente otra anécdota acerca de un chico de la zona que había sido detenido a la puerta de un bar por estar borracho. Me retiré y entré en la casa. A continuación, salí por el porche de atrás y eché a correr entre dos gallineros hasta un lugar desde el que podía ver a mi madre acompañando a Stacy al retrete. Stacy se detuvo, lo miró y me pareció que se mostraba reacia a entrar. Pero no tenía más remedio.

Mi madre la dejó y regresó al patio delantero.

Actué rápidamente. En cuanto mi madre se hubo perdido de vista, llamé con los nudillos a la puerta del retrete. Oí un leve grito y después un desesperado:

–¿Quién es?

–Señorita Stacy, soy yo, Luke.

–¡Estoy aquí dentro! –contestó ella, hablando precipitadamente en el sofocante y húmedo retrete.

Allí dentro estaba oscuro y sólo penetraba un poco de luz a través de las minúsculas rendijas que separaban las tablas de madera.

–¡No se le ocurra salir! –le dije con todo el terror que fui capaz de fingir.

–¿Cómo?

–¡Aquí fuera hay una enorme serpiente negra!

–¡Oh, Dios mío! –exclamó con un entrecortado jadeo.

Se habría vuelto a desplomar, pero ya estaba sentada.

–¡No se mueva! –dije–. De lo contrario, se dará cuenta de que usted está ahí dentro.

–¡Oh, Dios mío! –exclamó, aterrorizada–. ¡Haz algo!

–No puedo. Es muy grande, y muerde.

–¿Qué quiere? –preguntó Stacy en tono suplicante, como si estuviera al borde de las lágrimas.

–No lo sé. Es una serpiente de la mierda, siempre está rondando el retrete.

–¡Llama a Jimmy Dale!

–De acuerdo, pero no salga. La serpiente está aquí mismo,

junto a la puerta. Creo que ya sabe que usted está dentro.

–Oh, Dios mío –repitió ella, rompiendo a llorar.

Pasé agachado entre los dos gallineros y rodeé el huerto por el lado este de la casa. Me desplacé silenciosa y lentamente pegado a los setos que marcaban el límite de nuestra granja hasta llegar a un matorral, en el que podía ocultarme y ver a Jimmy Dale apoyado en su automóvil, contando una anécdota mientras esperaba a que su flamante esposa terminara el asunto que tenía pendiente.

El tiempo iba pasando. Mis padres, Pappy y Gran escuchaban y reían, y las anécdotas iban sucediéndose. De vez en cuando, uno de ellos miraba hacia el patio trasero.

Al final, mi madre, preocupada, abandonó el grupo para ir a comprobar cómo estaba Stacy. A los pocos minutos, oí unas voces y vi que Jimmy Dale pegaba un respingo y se dirigía corriendo al retrete. Yo me agaché todo lo que pude en medio del matorral.

Ya había oscurecido cuando entré en la casa. Había vigilado el panorama desde más allá del silo, y sabía que mi madre y Gran estaban preparando la cena. Ya me había metido en un buen lío para que, encima, me retrasara para la cena.

Estaban sentados y Pappy se disponía a bendecir la comida cuando entré por la puerta del porche trasero y me senté en silencio. Todos me miraron, pero opté por fijar la vista en mi plato. Pappy pronunció una rápida plegaria y comenzaron a pasarse las bandejas. Al cabo de un silencio lo bastante largo para crear una situación de tensión, mi padre me preguntó:

–¿De dónde vienes, Luke?

–Del arroyo –contesté.

–¿Y qué hacías allí?

–Nada. Mirando.

La respuesta les pareció sospechosa, pero lo dejaron

correr. Cuando todo estaba tranquilo, Pappy, eligiendo el momento más oportuno y en tono fingidamente inocente, preguntó:

–¿Has visto alguna serpiente de la mierda en el arroyo? –nada más pronunciar estas palabras se le escapó una sonora carcajada.

Miré alrededor. Gran apretaba fuertemente las mandíbulas como si estuviera firmemente decidida a no sonreír. Mi madre se cubrió la boca con la servilleta, pero los ojos la traicionaron; se moría de ganas de reír. Mi padre tenía un gran bocado en la boca y consiguió masticarlo con la cara muy seria.

Pero a Pappy le apetecía troncharse de risa. Soltó una estentórea risotada mientras los demás pugnaban por no perder la compostura.

–¡Muy bueno, Luke! –consiguió decir, tratando de recuperar el resuello–. Le estaba bien empleado.

Al final yo también reí, pero no de mis propias acciones. El espectáculo de Pappy muerto de risa mientras mis padres y Gran intentaban no imitarlo me pareció tremendamente gracioso.

–Ya basta, Eli –dijo finalmente Gran.

Me llevé a la boca un buen bocado de guisantes y bajé la mirada a mi plato. Se restableció la calma y nos pasamos un buen rato comiendo en silencio.

Después de la cena, mi padre me llevó a dar un paseo hasta el cobertizo de las herramientas. De la puerta de éste colgaba un palo de madera de nogal americano que él mismo había cortado y pulido hasta dejarlo brillante. Estaba reservado para mí.

Me habían enseñado a recibir los castigos como un hombre. Las lágrimas estaban prohibidas, por lo menos en presencia de los demás. Ricky siempre era una fuente de inspiración. Había oído contar terroríficas historias acerca de las palizas que Pappy le había propinado y, según sus padres y los míos, jamás se le había escapado una lágrima. Cuando Ricky era pequeño, una paliza constituía para él un desafío.

–Lo que le has hecho a Stacy ha sido una maldad imperdonable –empezó mi padre–. Era una huésped de nuestra granja y está casada con tu primo.

–Sí, señor.

–¿Por qué lo hiciste?

–Porque dijo que éramos estúpidos y estábamos muy atrasados.

Supuse que adornar un poco la historia no importaría demasiado.

–¿De veras?

–Sí, señor. No me cayó simpática, y a vosotros, tampoco.

–Puede que sea cierto, pero tienes que respetar a tus mayores. ¿Cuántos azotes crees que te mereces?

El crimen y el castigo siempre se discutían de antemano. Cuando me inclinaba, yo siempre sabía exactamente cuántos azotes iba a recibir.

–Uno –contesté.

Era mi habitual valoración.

–Yo creo que dos –dijo mi padre–. Y ahora pasemos al lenguaje incorrecto.

–No creo que fuera tan grave –dije.

–Utilizaste una palabra inaceptable.

–Sí, señor.

–¿Cuántos azotes por eso?

–Uno.

–¿Te parece que establezcamos un total de tres?

Mi padre nunca me azotaba cuando estaba enojado, de modo que por regla general quedaba un pequeño espacio para la negociación. Tres me parecía razonable, pero siempre regateaba un poco. A fin de cuentas, el que recibía era yo. ¿Por qué no regatear?

–Dos me parece más justo –dije.

–Serán tres. Y ahora, inclínate.

Tragué saliva, apreté los dientes, me volví, me incliné y me agarré los tobillos. Mi padre me azotó tres veces el trasero con el palo de nogal americano. Me dolió muchísimo, pero comprendí que lo hacía un poco a regañadientes. Había recibido palizas mucho peores.

–Vete ahora mismo a la cama –dijo; eché a correr hacia la casa.

20

Luego de embolsarse los doscientos cincuenta dólares de Sansón, el entusiasmo de Hank por la recolección de algodón había menguado considerablemente.

–¿Dónde está Hank? –le preguntó Pappy al señor Spruill el lunes por la mañana, mientras tomábamos los sacos e iniciábamos nuestra tarea.

–Durmiendo, supongo –fue la brusca respuesta, y por el momento nadie dijo nada más.

Hank se presentó en el algodonal a media mañana. No supe exactamente cuándo porque me encontraba al final de una hilera de algodón, pero pronto oí unas voces y comprendí que los Spruill estaban nuevamente en pie de guerra.

Aproximadamente una hora antes del almuerzo, el cielo empezó a nublarse y una ligera brisa sopló desde el oeste. Cuando el sol se ocultó, dejé de recolectar y estudié las nubes. A unos cien metros de distancia, vi a Pappy hacer lo mismo, con los brazos en jarras, el sombrero de paja ladeado y el ceñudo rostro vuelto hacia arriba. El viento se intensificó, el cielo se oscureció todavía más y la temperatura descendió. Todas nuestras tormentas procedían de Jonesboro, conocido como el Callejón de los Tornados.

El granizo fue lo que primero nos cayó encima, en la forma de unas minúsculas partículas del tamaño de la gravilla que me indujeron a regresar al tractor. Hacia el sudoeste, el cielo era de color azul oscuro, casi negro, y las nubes bajas avanzaban amenazadoras hacia nosotros. Los Spruill se dirigían a toda prisa hacia el remolque. Los mexicanos corrían en dirección al establo.

Yo también eché a correr. El granizo me golpeaba la nuca y me obligaba a apresurarme. El viento aullaba a través de los árboles que bordeaban el río e inclinaba los tallos de algodón. Un relámpago estalló a mis espaldas y oí que un Spruill, probablemente Bo, soltaba un grito.

–Habiendo relámpagos, será mejor que no nos acerquemos al remolque –dijo Pappy cuando llegué a su lado.

–Volvamos a casa –propuso mi padre.

Subimos precipitadamente al remolque y, justo cuando Pappy estaba dando la vuelta con el tractor, comenzó a llover. Era una lluvia fría y cortante que caía oblicua en medio de un viento huracanado. Quedamos empapados de inmediato; no habría podido estar más mojado si me hubiera arrojado al arroyo.

Los Spruill se acurrucaron, con Tally en el centro. A escasa distancia de ellos, mi padre me apretó contra su pecho como si temiera que el viento me arrastrara. Mi madre y Gran habían abandonado los campos poco antes de que empezara la tormenta.

La lluvia nos azotaba a ráfagas. Era tan copiosa que apenas podía ver las hileras de algodón que tenía delante.

–¡Date prisa, Pappy! –repetía una y otra vez.

El fragor de la tormenta me impedía oír el conocido golpeteo del motor del tractor.

Volvió a estallar un relámpago, esta vez mucho más fuerte. El cielo se ennegreció todavía más.

–¡Es un tornado! –exclamó el señor Spruill, levantando la voz en el momento en que bajábamos del remolque.

En efecto, hacia el oeste, más allá del río y por encima de los árboles, se estaba formando un tornado. Era de color gris claro, casi blanco contra la negrura del cielo, aumentaba de tamaño por momentos y su rugido se intensificaba a medida que bajaba lentamente hacia la tierra. Se encontraba a varios kilómetros de distancia y, debido a ello, no parecía demasiado peligroso.

Los tornados eran muy frecuentes en la zona de Arkansas donde vivíamos y yo había oído contar historias acerca de ellos desde que tenía memoria. Al parecer, varias décadas atrás el padre de Gran había sobrevivido a uno terrible que había descrito varios círculos y golpeado la misma granja más de una vez. Era una historia exagerada que Gran contaba sin demasiada convicción. Los tornados siempre estaban presentes en nuestra vida, pero yo jamás había visto uno hasta ese momento.

–¡Kathleen! –gritó mi padre en dirección a la casa.

No quería que mi madre se perdiera el espectáculo. Miré hacia el establo, donde los mexicanos permanecían tan inmóviles y sorprendidos como nosotros. Un par de ellos señalaban algo con el dedo.

Mudos de asombro, contemplamos el tornado sin miedo ni mayor preocupación, pues se encontraba a una distancia considerable de nuestra casa y se alejaba hacia el norte y el este, muy despacio. Su cola resultaba claramente visible por encima del horizonte y la tierra; suspendido en el aire, avanzaba y a veces se cernía, como si buscara dónde y cuándo posarse y atacar. La parte más gruesa del embudo giraba con gran precisión; era un perfecto cono invertido que daba vueltas vertiginosamente en espiral.

La puerta mosquitera golpeaba con violencia a nuestras espaldas. Mi madre y Gran se encontraban en los peldaños, secándose las manos con unos trapos de cocina.

–Se dirige a la ciudad –dijo Pappy con gran autoridad, como si pudiera vaticinar dónde atacaban los tornados.

–Eso parece –convino mi padre, convertido de repente en otro experto hombre del tiempo.

La cola del tornado descendió un poco más y dejó de moverse. Daba la impresión de haber tocado la tierra en un lugar muy lejano, pues ya no lográbamos distinguir su extremo.

La iglesia, la desmotadora, el cine, la tienda de comestibles de Pop y Pearl... estaba calculando los daños cuando, de repente, el tornado volvió a elevarse y pareció desaparecer por completo.

Oímos un nuevo rugido detrás de nosotros. Más allá del camino, en plena granja de los Jeter, acababa de llegar otro tornado. Se había acercado sigilosamente a nosotros mientras contemplábamos el primero. Se encontraba a unos dos o tres kilómetros de distancia y parecía dirigirse directamente hacia nuestra casa. Lo contemplamos horrorizados, incapaces de movernos durante uno o dos segundos.

–¡Vamos al establo! –gritó Pappy.

Algunos de los Spruill ya estaban corriendo hacia su campamento, como si pensaran que en el interior de una tienda de campaña estarían a salvo.

–¡Por aquí! –gritó el señor Spruill, señalando el establo.

De pronto, todo el mundo se puso a gritar, a señalar y a correr de acá para allá.

Mi padre me tomó de la mano y ambos echamos a correr. La tierra temblaba y el viento aullaba. Los mexicanos estaban dispersándose en todas direcciones; algunos consideraban más seguro esconderse en los campos, mientras que otros corrían hacia nuestra casa hasta que nos vieron que nos dirigíamos hacia el establo. Hank pasó por mi lado como una exhalación, seguido de cerca por Trot. Tally también nos adelantó.

Antes de que llegáramos al establo, el tornado se despegó del suelo y se elevó rápidamente. El embudo se desplazó un poco hacia el este de nuestra granja y, en lugar de un ataque frontal, sólo dejó detrás de sí una rociada de densa lluvia de color marrón y unas partículas de barro. Lo vimos brincar suspendido en el aire, buscando otro lugar sobre el que abatirse, lo mismo que había hecho el primero.

Pasamos varios minutos tan aturdidos y asustados que apenas podíamos hablar.

Estudié las nubes, dispuesto a no dejarme engañar una vez más. No era el único que miraba alrededor con desesperación.

Después se puso nuevamente a llover y nos encaminamos deprisa hacia la casa.

La tormenta arreció por espacio de dos horas y arrojó encima de nosotros casi todo el arsenal de que dispone la naturaleza: vientos huracanados, aguaceros cegadores, tornados, granizo y relámpagos tan rápidos y cercanos que en ocasiones nos escondíamos debajo de la cama. Los Spruill se refugiaron en nuestra sala mientras nosotros buscábamos protección en el resto de la casa. Mi madre no se apartaba de mí. Las tormentas le daban un miedo espantoso, lo cual hacía que la experiencia resultara aún más dura.

Yo no sabía muy bien cómo iba a morir –si arrastrado por el viento o por el agua o abrasado por un rayo–, pero tenía muy claro que aquello era el final. Sin embargo, mi padre se pasó casi todo el rato durmiendo, y su indiferencia fue un gran consuelo para mí. Había vivido en trincheras y había sido blanco de los disparos de los alemanes, por lo que no tenía miedo de nada. Los tres permanecimos tumbados en el suelo de su dormitorio: mi padre roncando, mi madre rezando y yo en medio de ambos, escuchando el fragor de la tormenta. Pensé en Noé y los cuarenta días de lluvia y esperé a que nuestra casita se levantara del suelo y empezara a flotar.

Cuando la lluvia y el viento por fin cesaron, salimos para inspeccionar los destrozos. Aparte el algodón mojado, los daños habían sido sorprendentemente escasos: varias ramas diseminadas por el suelo, torrenteras borradas por el agua, algunas tomateras arrancadas. Para la mañana siguiente el algodón ya se habría secado y podríamos reanudar nuestro trabajo.

Durante el almuerzo, Pappy dijo:

–Será mejor que vaya a ver qué tal está la desmotadora.

Todos deseábamos ir a la ciudad. ¿Y si el huracán la había borrado de la faz de la tierra?

–Yo quisiera ver cómo está la iglesia –dijo Gran.

–Yo también –dije.

–¿Por qué quieres ir a ver cómo está la iglesia? –me preguntó mi padre.

–Para ver si el huracán se la ha cargado.

–Vamos –dijo Pappy, y todos nos levantamos de un salto de nuestros asientos.

Los platos quedaron amontonados en el fregadero, sin lavar, algo que yo jamás había visto. Subimos al camión y avanzamos unos quinientos metros, bamboleándonos y patinando, hasta que llegamos a un bache. Pappy lo embistió en primera y trató de cruzar el bache por el lado izquierdo, junto a los campos de algodón de los Jeter. El camión se detuvo, se hundió en el hoyo y nos quedamos irremediablemente atascados. Mi padre fue a pie en busca del John Deere mientras los demás esperábamos. Como de costumbre, yo viajaba en la parte de atrás del camión y, por consiguiente, disponía de mucho espacio para moverme. Mi madre iba delante con Pappy y Gran. Creo que fue esta última quien dijo que quizá no fuese muy buena idea ir a la ciudad. Pappy estaba furioso.

Cuando mi padre regresó, enganchó una cadena de seis metros de longitud al parachoque delantero del camión y nos sacó poco a poco del bache. Los hombres pensaron que era mejor que el tractor nos arrastrara hasta el puente. Una vez allí, Pappy desenganchó la cadena y mi padre cruzó con el tractor. Después cruzamos nosotros con el camión. Al otro lado, el estado de la carretera era todavía peor según los hombres, por lo que volvieron a enganchar la cadena y el tractor tiró del camión a lo largo de unos tres kilómetros hasta llegar al camino de grava. Allí dejamos el John Deere y nos dirigimos a la ciudad, eso suponiendo que aún estuviera en su sitio. Sólo Dios sabía qué carnicería nos esperaba. Yo apenas podía ocultar mi emoción.

Al final, llegamos a la carretera y, cuando giramos hacia Black Oak, dejamos un largo reguero de barro en el asfalto. Me pregunté por qué no podían estar asfaltados todos los caminos.

Mientras avanzábamos, me pareció que todo estaba en orden. No se veían árboles ni cultivos destrozados, y recorrimos varios kilómetros sin tropezarnos con escombros ni hoyos. Todas las casas parecían encontrarse en perfectas condiciones. Los campos aparecían desiertos porque el algodón estaba mojado, pero por lo demás la vida no había sufrido ninguna alteración.

De pie en la parte posterior del camión con mi padre, miré por encima de la cabina, forzando la vista para distinguir la primera imagen de la ciudad. Muy pronto apareció. La desmotadora rugía como de costumbre. Dios había protegido la iglesia. Las tiendas de Main Street estaban intactas.

–Gracias a Dios –musitó mi padre.

No me dolió ver los edificios intactos, pero las cosas podrían haber sido más interesantes.

No éramos los únicos curiosos. En Main Street el tráfico era muy intenso y la gente abarrotaba las aceras, algo insólito en un lunes. Aparcamos junto a la iglesia y, tras comprobar que no había sufrido daños, me dirigí corriendo a la tienda de Pop y Pearl, ante la cual se había reunido mucha gente. El señor Red Fletcher había congregado a un grupo de personas a su alrededor, y yo llegué justo a tiempo.

El señor Red, que vivía al oeste de la ciudad, aseguraba que se había dado cuenta de que estaba a punto de desencadenarse una tormenta al ver a su viejo beagle escondido debajo de la mesa de la cocina, lo que constituía una señal de lo más siniestra. Dejándose guiar por el instinto de su perro, el señor Red empezó a estudiar el cielo y no se extrañó cuando al cabo de un rato éste se encapotó. Oyó el rugido del tornado antes de verlo. Apareció como por arte de ensalmo, se desplazó directamente hacia su granja y permaneció en la tierra justo lo suficiente para destrozar dos gallineros y arrancar el tejado de su casa. Un trozo de cristal había alcanzado a su mujer y le había provocado una herida, con lo cual ya teníamos a una auténtica víctima. Oí que la gente comentaba en voz baja su intención de trasladarse a la granja Fletcher para inspeccionar los daños.

–¿Y cómo era? –preguntó alguien.

–Negro como el carbón –contestó el señor Red–. Metía un ruido como de tren de carga.

Aquello resultaba todavía más interesante, pues nuestros tornados eran de color gris claro, casi blanco. El suyo, en cambio, era negro. Al parecer, nuestro condado había sido devastado por toda clase de tornados.

La señora Fletcher se situó a su lado con el brazo aparatosamente vendado y en cabestrillo, y los presentes no pudimos por menos de mirarla con interés. Parecía a punto de desmayarse allí mismo, en la acera. Exhibió su herida y fue objeto de grandes muestras de interés hasta que el señor Red advirtió que había perdido a su público y se adelantó para reanudar su relato. Dijo que el tornado había abandonado la tierra y había empezado a brincar. Entonces él había subido a su camión y había intentado seguirlo. Lo había perseguido bajo una impresionante granizada y había estado a punto de darle alcance en el momento en que cambió de trayectoria para volver hacia atrás.

El camión del señor Red era más viejo que el de Pappy. Algunos de los presentes empezaron a mirar alrededor con expresión de incredulidad. Habría estado bien que alguno de los adultos preguntara: «¿Y qué habrías hecho si lo hubieses alcanzado, Red?». Como quiera que sea, el señor Red no tardó en desistir de su intento y regresó a casa para seguir atendiendo a la señora Fletcher. La última vez que había visto el tornado, éste se dirigía directamente hacia la ciudad.

Pappy me dijo más tarde que el señor Red Fletcher tenía por costumbre contar mentiras, cuando la verdad sonaba mucho mejor.

Aquella tarde se contaron muchas mentiras en Black

Oak, o puede que sólo fueran exageraciones. De un extremo al otro de Main Street la gente contaba y volvía a contar historias acerca de los tornados. Delante de la Cooperativa Pappy describió lo que habíamos visto, y en general se atuvo a los hechos. La historia del doble tornado causó gran sensación hasta que el señor Dutch Lamb se adelantó y aseguró haber visto nada menos que tres. Su mujer lo confirmó, y Pappy regresó al camión.

Cuando abandonamos la ciudad, parecía un milagro que no hubieran resultado muertas centenares de personas.

Al anochecer, las últimas nubes ya habían desaparecido, pero el calor no regresó. Después de cenar nos sentamos en el porche y esperamos a que comenzase el partido de los Cardinals. La atmósfera era diáfana, la primera señal del otoño.

Quedaban seis partidos, tres contra los Reds y tres contra los Cubs, todos en casa, en el estadio de Sportsman's Park, pero los Dodgers se encontraban siete partidos por delante, de modo que la temporada ya había terminado para nosotros. Stan *el Hombre* Musial encabezaba las estadísticas de bateos y promedio de potencia, y también contaba con más *hits* y dobles que ningún otro jugador. Los Cardinals no ganarían el título, pero teníamos al mejor jugador de la Liga. De regreso tras un viaje por carretera a Chicago, los muchachos se alegraban de estar de nuevo en San Luis, según Harry Caray, que siempre transmitía saludos y chismes como si todos los jugadores vivieran en su casa.

Musial estuvo un *hit* sencillo y un triple, y el partido estaba empatado a tres después de nueve entradas. Ya era muy tarde, pero nosotros no nos sentíamos cansados. La tormenta nos había expulsado de los campos y el frescor de la atmósfera merecía saborearse. Los Spruill permanecían sentados alrededor de la hoguera, conversando en voz baja y disfrutando de la momentánea ausencia de Hank, que solía desaparecer después de la cena.

En la segunda mitad de la décima entrada, Red Schoendienst pasó a la primera base, y cuando Stan Musial se dirigió a la plataforma de lanzamiento, los hinchas enloquecieron de entusiasmo según Harry Caray, que, como solía decir Pappy, a menudo contemplaba un partido y describía otro. El número de espectadores no superaba los diez mil; ya habíamos adivinado que no había mucha gente, pero el alboroto que armaba Harry equivalía al de los otros veinte mil. Después de ciento cuarenta y ocho partidos, estaba tan emocionado como el primer día de la liga. Musial hizo un doble, lo que suponía su tercer *hit* del encuentro, apuntándose una carrera sobre Schoendienst y ganando por cuatro a tres.

Un mes atrás lo habríamos celebrado con Harry en el porche delantero. Yo habría recorrido las imaginarias bases del patio y me habría arrojado hacia la segunda tal como había hecho Stan *el Hombre* Musial. Una victoria tan sensacional como aquélla habría hecho que nos fuéramos a la cama rebosantes de felicidad, por más que Pappy siguiera insistiendo en la necesidad de que despidieran al entrenador.

Pero las cosas habían cambiado. La victoria significaba muy poco; la temporada tocaba a su fin y los Cardinals acabarían en tercer lugar. Los Spruill habían invadido el patio delantero. El verano había terminado.

Pappy apagó la radio mientras Harry seguía con su entusiasta verborrea.

–Baumholtz jamás conseguirá superarlo –dijo Pappy.

Frankie Baumholtz, de los Cubs, se encontraba a seis puntos de Musial en la carrera por el título de mejor bateador.

Mi padre emitió un gruñido de conformidad. Tanto él como Pappy se habían mostrado más apagados que de costumbre durante el partido. La tormenta y el descenso de la temperatura habían ejercido en ellos un efecto semejante al de una enfermedad. Las estaciones estaban cambiando, pero aún quedaba por recolectar un tercio del algodón. A lo largo de siete meses habíamos disfrutado de un tiempo casi perfecto; ya era hora de que cambiase la situación.

21

El otoño duró menos de veinticuatro horas. Al mediodía del día siguiente regresó el calor, el algodón se secó, la tierra se endureció y todos los gozosos sueños sobre unas jornadas más frescas y el comienzo de la caída de las hojas se sumieron en el olvido. Habíamos regresado a la orilla del río para la segunda recolección. Puede que hubiera una tercera bien entrado el otoño, la llamada «recolección de Navidad», en la que se recogía el último algodón que quedaba. Para entonces, los montañeses y los mexicanos ya llevarían mucho tiempo lejos.

Me pasé casi todo el día siguiendo a Tally y trabajé muy duro para no quedar rezagado. Por alguna extraña razón, se había vuelto muy reservada, y yo ardía en deseos de averiguar por qué. Los Spruill estaban tensos, ya no reían ni cantaban en los campos como antes y apenas se dirigían la palabra. Hank se incorporó al trabajo a media mañana y empezó a recolectar a ritmo muy lento. Los demás Spruill parecían eludir su presencia.

Entrada la tarde, regresé con paso cansino al remolque... esperaba que por última vez. Faltaba una hora para que terminase la jornada y estaba buscando a mi madre. En su lugar, vi a Hank con Bo y Dale en el otro extremo del remolque, esperando a la sombra a que llegasen Pappy o mi padre para pesar el algodón. Me agaché entre los tallos a fin de que no me vieran, al aguardo de voces más amistosas.

Hank hablaba a viva voz, como de costumbre.

–Estoy harto de recolectar algodón –dijo–, ¡harto! He estado pensando en otro trabajo y se me ha ocurrido una nueva manera de ganar dinero a espuertas. Seguiré a la feria ambulante de ciudad en ciudad y me esconderé en las sombras hasta que el viejo Sansón y la mujer reúnan un buen montón de dinero. Observaré cómo va arrojando a todos esos pobres desgraciados fuera del *ring* y, a última hora de la noche, cuando esté muerto de cansancio, apareceré como por arte de magia, apostaré cincuenta dólares volveré a pegarle una paliza descomunal y me quedaré con toda la pasta. Con que lo haga una sola vez a la semana, serán dos mil dólares al mes, veinticuatro mil pavos al año. Me haré inmensamente rico.

Hablaba en tono travieso y Bo y Dale se echaron a reír cuando terminó. Hasta yo tuve que reconocer que la cosa tenía gracia.

–¿Y si Sansón se harta? –preguntó Bo.

–¿Estás de guasa? Es el Luchador Más Fuerte del Mundo, recién llegado de Egipto. No le tiene miedo a nadie. Qué demonios, igual le birlo también a la mujer. No estaba nada mal la tía, ¿verdad?

–Tendrás que dejarle ganar de vez en cuando –señaló Bo–. De lo contrario, no querrá combatir contigo.

–Me ha gustado eso de birlarle a la mujer –dijo Dale–. Me encantaron sus piernas.

–Lo demás tampoco está mal –apuntó Hank–. Espera... ¡ya lo tengo! ¡Lo echaré del negocio y me convertiré en el nuevo Sansón! Me dejaré crecer la cabellera hasta el trasero, me teñiré el pelo de negro, me compraré unos *shorts* ajustados de piel de leopardo, me pondré a hablar de manera muy rara y todos los palurdos creerán que soy de Egipto. Dalila no podrá quitarme las manos de encima.

Se pasaron un buen rato riendo, hasta que al final me contagiaron su regocijo. Reí para mis adentros al imaginarme a Hank exhibiéndose en el cuadrilátero con unos ceñidos pantalones de piel de leopardo y tratando de convencer a la gente de que era egipcio. Pero le faltaban luces para convertirse en actor. Haría daño a la gente y asustaría a sus posibles contrincantes.

Pappy llegó al fin y se puso a pesar el algodón. Mi madre también se presentó y me dijo en voz baja que estaba deseando irse a casa. Yo también. Efectuamos el largo recorrido juntos en silencio, alegrándonos de que la jornada estuviera casi a punto de terminar.

Quien estuviera pintando la casa –seguíamos pensando que se trataba de Trot– reanudó su labor. Lo comprobamos estando en el huerto y, mediante un examen más exhaustivo, establecimos en qué lugar nuestro pintor había continuado por la quinta tabla contando desde el suelo, y había aplicado la primera capa a una zona de tamaño aproximado al de una ventana pequeña. Mi madre la tocó levemente; la pintura se le pegó al dedo.

–Está recién pintado –declaró, mirando hacia el patio delantero, donde, como de costumbre, no se veía ni rastro de Trot.

–¿Sigues pensando que es él? –le pregunté.

–Pues sí.

–¿De dónde saca la pintura?

–Se la compra Tally con el dinero que gana recolectando.

–¿Quién te lo ha dicho?

–Se lo pregunté a la señora Foley, la de la ferretería. Me dijo que un chico montañés tullido y su hermana le habían comprado dos kilos de esmalte blanco para exterior y una pequeña brocha. Le pareció un poco raro que unos montañeses compraran semejantes cosas.

–¿Cuánto cuestan dos kilos de pintura?

–No mucho.

–¿Vas a decírselo a Pappy?

–Sí.

Efectuamos un rápido recorrido por el huerto, arrancando sólo lo imprescindible: tomates, pepinos y dos pimientos rojos que nos llamaron la atención. Los demás recolectores no tardarían en regresar de los campos y yo estaba deseando que se armara la gorda en cuanto Pappy se enterara de que estaban pintándole la casa.

A los pocos minutos, oímos murmullos y breves conversaciones en el exterior. Me obligaron a quedarme en la cocina cortando pepinos, una táctica encaminada a mantenerme al margen de las discusiones. Gran escuchaba las noticias de la radio mientras mi madre guisaba. En determinado momento, mi padre y Pappy se dirigieron al lado este de la casa y examinaron el trabajo de Trot.

Después entraron en la cocina, donde nos sentamos, se bendijo la comida y nos pusimos a comer sin hablar de otra cosa que no fuera el tiempo. Si Pappy estaba enfadado, no lo dejó traslucir. A lo mejor, estaba demasiado cansado.

Al día siguiente, mi madre me entretuvo y se pasó trajinando por la casa todo lo que pudo. Lavó los platos del desayuno e hizo la colada, y juntos contemplamos el patio delantero. Gran se fue a los campos, pero mi madre y yo nos quedamos en casa, ocupados en las distintas tareas del hogar.

No se veía a Trot por ninguna parte. Sobre las ocho, Hank salió perezosamente de una tienda y hurgó entre las latas y las jarras hasta encontrar las sobras de los bollos. Comió hasta no dejar nada, eructó y miró hacia la casa como si estuviera sopesando la posibilidad de hacer una incursión en busca de comida. Al final, echó a andar y pasó con pesados andares por delante del silo, en dirección al algodonal.

Esperamos, atisbando desde las ventanas de la fachada. Trot seguía sin aparecer. Al final, nos dimos por vencidos y nos fuimos a los campos. Cuando mi madre regresó tres horas después para preparar la comida del mediodía, vio en las tablas de debajo de mi ventana una pequeña zona recién pintada. Trot estaba pintando lentamente hacia la parte de atrás de la casa, limitado por el alcance de su brazo y su deseo de permanecer en el anonimato. Al paso que iba, habría terminado aproximadamente la mitad del lado este cuando llegase el momento de que los Spruill hicieran las maletas y regresaran a la montaña.

Después de tres días de tranquilidad y duro esfuerzo, volvieron los conflictos. Tras el desayuno, Miguel se reunió con Pappy junto al tractor y ambos se dirigieron al establo, donde esperaban algunos mexicanos. Los seguí en la semipenumbra del amanecer, lo bastante cerca para oírlos, pero no para que me vieran. Luis estaba sentado en un tocón, con la cabeza inclinada como si estuviera enfermo. Pappy lo examinó detenidamente. Había sufrido algún tipo de lesión.

Miguel explicó en un inglés deficiente que durante la noche alguien se había dedicado a arrojar terrones contra el establo. El primero se estrelló contra el costado del henil cuando los mexicanos acababan de acostarse. Sonó como un disparo de escopeta: las tablas crujieron y el establo se estremeció. Al cabo de unos minutos, arrojaron otro. Y después, otro. A los diez minutos, cuando pensaban que todo había terminado, cayó otro, esta vez sobre el tejado de hojalata, justo por encima de sus cabezas. Estaban tan enfurecidos y asustados que les fue imposible dormir. A través de las rendijas de la pared, miraron hacia el algodonal que se extendía detrás del establo. Su agresor se encontraba por allí, invisible a causa de la oscuridad, escondido como un cobarde.

Luis abrió muy despacio la puerta del henil para ver un poco mejor y justo en ese momento un objeto lo alcanzó en pleno rostro. Era un pedrusco del camino que discurría por delante de nuestra casa. Quienquiera que lo hubiera lanzado, lo había guardado con el propósito de arrojarlo contra un mexicano. Los terrones sólo servían para hacer ruido, pero el pedrusco era para hacer daño.

Luis tenía una herida en la nariz, que estaba rota e hinchada hasta adquirir el doble de su tamaño normal. Pappy llamó a gritos a mi padre y le dijo que fuera en busca de Gran.

Miguel prosiguió su relato. En cuanto hubieron atendido a Luis y lo hubieron colocado más o menos cómodo, se reanudó el bombardeo. Aproximadamente cada diez minutos, cuando empezaban a dormirse, recibían otra andanada desde la oscuridad. Miraron con precaución a través de las rendijas, pero no consiguieron detectar ningún movimiento en los campos. Estaba demasiado oscuro. Al final, el agresor se cansó de la diversión e interrumpió el ataque. Casi todos ellos habían tenido un sueño muy agitado.

Llegó Gran y se hizo cargo de la situación. Pappy se marchó, soltando maldiciones por lo bajo. Yo me debatía entre dos dudas angustiosas: ¿prefería ver los cuidados que Gran le prestaba a Luis o escuchar a Pappy desahogarse?

Seguí a Pappy hasta el tractor, donde le oí rezongar y dirigirle a mi padre unas palabras que no logré entender. Después se acercó al remolque, donde esperaban los Spruill, todavía medio dormidos.

–¿Dónde está Hank? –le preguntó al señor Spruill, soltando un gruñido.

–Durmiendo, supongo.

–¿Es que hoy no va a trabajar? –preguntó Pappy en tono áspero.

–Pregúnteselo usted mismo –contestó el señor Spruill, poniéndose en pie para poder hablar con Pappy cara a cara.

Pappy se adelantó un paso.

–Anoche los mexicanos no consiguieron dormir porque alguien estuvo arrojando terrones contra el establo. ¿Tiene usted idea de quién pudo ser?

Mi padre, que no estaba furioso como Pappy, se interpuso entre ellos.

–No. ¿Está usted acusando a alguien? –preguntó el señor Spruill.

–No lo sé –respondió Pappy–. Todos los demás trabajan duro y duermen profundamente, pues por la noche están muertos de cansancio. Todos menos Hank. Me parece que es el único que dispone de tiempo a manos llenas. Y es la clase de estupidez que sería capaz de cometer.

No me gustaba que se produjera un conflicto abierto con los Spruill. Estaban tan hartos de Hank como nosotros, pero eran su familia. Y, además, eran montañeses... y como se enfadaran, liarían el petate y se irían sin más. Pappy estaba a punto de pasarse de la raya.

–Hablaré con él –dijo el señor Spruill en tono apaciguador, como si pensara que Hank quizá fuese el culpable. Bajó la cabeza y miró a su esposa. La familia estaba muy alterada a causa de Hank y nadie se sentía con ánimos para defenderle.

–Vamos a trabajar –dijo mi padre.

Todos deseaban que aquel enfrentamiento terminara. Miré a Tally, pero ésta permanecía sumida en sus pensamientos, sin prestarnos atención ni a mí ni a nadie. Pappy subió al tractor y nos fuimos a recolectar algodón.

Luis se pasó toda la mañana tumbado en el porche trasero con una bolsa de hielo sobre la cara. Gran, que casi no se alejaba de él, trataba por todos los medios de obligarlo a tomar sus medicinas, pero Luis se mantuvo firme. Hacia el mediodía, se hartó de los cuidados sanitarios de los americanos y decidió regresar a los campos, tanto si tenía la nariz rota como si no.

Hank había pasado de recolectar unos doscientos kilos diarios a menos de cien. Pappy estaba furioso. A medida que transcurrían los días, la situación se fue enconando y los adultos empezaron a comentarlo en voz baja. Pappy jamás había tenido doscientos cincuenta dólares limpios.

–¿Cuánto ha recolectado hoy? –preguntó mi padre durante la cena.

Acabábamos de bendecir la mesa y estábamos pasándonos la bandeja de la comida.

–Noventa y siete kilos.

Mi madre cerró los ojos, exasperada. Para ella la cena familiar tenía que ser un momento agradable de conversación y reflexión. Aborrecía que hubiera discusiones durante la comida. Los chismes y comentarios intrascendentes acerca de la vida y milagros de personas a las que quizá conocíamos o quizá no, le parecían muy bien, pero los conflictos no le gustaban. La comida no se digería bien cuando el cuerpo no estaba relajado.

–Mañana iré a la ciudad y le diré a Stick Powers que estoy harto del chico –masculló Pappy, agitando un tenedor en el aire.

No podía hacerlo, y todos, incluido él, lo sabíamos. Si Stick conseguía esposar y empujar a Hank Spruill al asiento posterior de su coche patrulla, espectáculo que a mí me habría encantado presenciar, los demás Spruill se largarían en cuestión de minutos. Pappy no iba a poner en peligro una cosecha por culpa de un imbécil como Hank. Apretaríamos los dientes y trataríamos de aguantar su presencia en nuestra granja. Confiaríamos y rezaríamos para que no volviera a matar a nadie y para que nadie lo matara y, en pocas semanas terminaría la recolección y él se largaría.

–No estás seguro de que haya sido él –dijo Gran–. Nadie lo vio arrojar nada contra el establo.

–Ciertas cosas no es necesario verlas –replicó Pappy–. No hemos visto a Trot con una brocha en la mano, pero sabemos muy bien que el que está pintando la casa es él. ¿De acuerdo?

Eligiendo perfectamente el momento, mi madre preguntó:

–Luke, ¿con quién juegan los Cardinals?

Era su frase habitual, una manera no demasiado sutil de informar a los demás de que deseaba comer en paz.

–Con los Cubs –contesté.

–¿Cuántos partidos quedan?

–Sólo tres.

–¿Qué ventaja lleva Musial?

–Seis puntos. Está en tres treinta y seis. Baumholtz está en tres treinta.

Al llegar a este punto, siempre se esperaba que mi padre acudiera en ayuda de su mujer y mantuviera la conversación alejada de otros asuntos más serios.

–El sábado pasado me tropecé con Lou Jeffcoat –dijo, carraspeando–. Olvidé decíroslo. Dice que los metodistas tienen a un nuevo lanzador para el partido del domingo.

–Miente –soltó Pappy ya más tranquilo–. Cada año dicen lo mismo.

–¿Para qué necesitan un nuevo lanzador? –preguntó Gran esbozando una sonrisa.

Pensé que mi madre se echaría a reír.

El domingo se celebraba la Comida de Otoño, un acontecimiento trascendental en el que participaba todo Black Oak. Después del servicio en la iglesia, por regla general una ceremonia muy larga, al menos para nosotros, los baptistas, nos reuníamos en la escuela con metodistas. A la sombra de los árboles, las mujeres colocaban comida suficiente para alimentar a todos los habitantes del estado, y después de un largo almuerzo los hombres jugaban un partido de béisbol.

No era un partido corriente, pues estaban en juego los derechos de fanfarronería. Los ganadores se pasaban todo un año burlándose de los perdedores. En pleno invierno yo había oído a los hombres discutir acaloradamente en el Tea Shoppe a propósito del partido.

Los metodistas llevaban cuatro años ganándolo, pero siempre hacían correr rumores acerca de un nuevo lanzador.

–¿Quién será nuestro lanzador? –preguntó mi padre.

Pappy entrenaba cada año al equipo baptista, a pesar de que, tras cuatro derrotas consecutivas, la gente empezaba a protestar.

–Creo que Ridley –contestó Pappy sin vacilar. Se había pasado todo el año pensando en el partido.

–¡Hasta yo puedo batear los lanzamientos de Ridley! –exclamé.

–¿Se te ocurre alguna idea mejor? –me preguntó Pappy.

–Sí, señor.

–Muy bien, estoy deseando oírla.

–Pitch Cowboy –dije, y todo el mundo sonrió.

Qué idea tan maravillosa.

Lo malo era que ni los mexicanos ni los montañeses podían jugar en el partido. Cada equipo tenía que estar exclusivamente integrado por miembros de las dos iglesias... No estaba permitido que formasen parte de ellos ni peones del campo ni parientes de Jonesboro ni impostores de la clase que fuesen. Las reglas eran tantas que, si se hubieran puesto por escrito, el reglamento habría sido más grueso que la Biblia. Los árbitros venían desde Monette y se les pagaba cinco dólares por partido más toda la comida que lograsen engullir. Nadie tenía que conocerlos, pero después de la derrota del año anterior habían empezado a correr rumores, por lo menos en la iglesia, de que o bien eran metodistas o bien estaban casados con metodistas.

–Sería bonito, ¿verdad? –dijo mi padre, soñando con la idea de que Cowboy propinara una paliza a nuestros rivales. Una falta tras otra. Bolas de trayectoria curva cayendo desde todas direcciones.

Una vez encauzada la conversación por derroteros más agradables, las mujeres asumieron el mando de la situación. El béisbol se dejó de lado y empezaron a hablar del almuerzo, la comida, lo que se pondrían las mujeres metodistas y cosas por el estilo. La cena tocó tranquilamente a su fin y salimos al porche.

Había decidido escribirle una carta a Ricky y contarle lo de Libby Latcher. Tenía la certeza de que ninguno de los adultos lo haría; estaban demasiado ocupados en guardar el secreto. Pero Ricky debía saber de qué lo acusaba Libby. Y debía responder de la manera que fuera. Si se enteraba de lo que estaba ocurriendo, quizá consiguiese que lo enviaran a casa para aclarar la situación. Y cuanto antes, mejor. Los Latcher estaban actuando con discreción, no le habían dicho nada a nadie, que nosotros supiéramos, pero en Black Oak era muy difícil guardar un secreto.

Antes de que partiese hacia Corea, Ricky nos había contado la historia de un amigo suyo, un chico de Tejas a quien había conocido en un campamento de entrenamiento de reclutas. El chico sólo tenía dieciocho años, pero ya estaba casado y su mujer esperaba un niño. El Ejército lo envió a California para que desempeñara durante unos cuantos meses un trabajo de carácter burocrático y evitar así que le pegaran un tiro. Se trataba de un caso de especial necesidad, y el tío regresaría a Tejas antes de que su mujer diera a luz.

Ahora Ricky se encontraba en una situación de necesidad, pero no lo sabía. Yo sería quien se lo dijera. Pedí permiso para retirarme del porche alegando que estaba cansado y me fui a la habitación de Ricky, donde guardaba mi equipo de escritura. Me lo llevé a la cocina –donde la iluminación era mucho mejor– y empecé a escribir muy despacio en letra de imprenta de gran tamaño.

Hice unos breves comentarios sobre el béisbol y la carrera por el título, pasé al tema de la feria ambulante y de Sansón, y añadí un par de frases acerca de los tornados de principios de semana. No tenía tiempo ni ganas de hablar de Hank, así que decidí ir al grano. Le dije que Libby Latcher había tenido un bebé, aunque no confesé que yo me encontraba cerca de allí en el momento de nacer éste.

Mi madre entró en mi habitación procedente del porche y me preguntó qué estaba haciendo.

–Escribiendo una carta a Ricky.

–Qué bien –dijo–. Pero tienes que irte a la cama.

–Sí, señora.

Había escrito una página entera y estaba muy orgulloso de mí. Al día siguiente escribiría otra. Y después, tal vez una tercera. Estaba firmemente decidido a que fuera la carta más larga que Ricky hubiera recibido hasta la fecha.

22

Estaba acercándome al final de una larga hilera de algodón cercana a los matorrales que bordeaban el arroyo Siler cuando oí unas voces. Los tallos eran lo bastante altos para ocultarme detrás de ellos. Tenía el saco medio lleno y soñaba con pasar la tarde en la ciudad, con la película del Dixie, con una Coca-Cola y una bolsita de palomitas de maíz. Los rayos del sol caían casi perpendiculares; debía de faltar muy poco para el mediodía. Mi intención era cumplir mi turno, regresar al remolque luego de trabajar de firme y terminar la jornada con gesto triunfal.

Cuando oí que alguien hablaba, hinqué una rodilla y después me senté muy despacio en el suelo sin hacer ruido. Durante un buen rato, no oí nada más, y cuando ya empezaba a pensar que quizá me hubiese equivocado, la voz de una chica llegó hasta mí. Se encontraba hacia mi derecha, pero yo ignoraba a qué distancia.

Me puse lentamente en pie y atisbé entre el algodón, pero no vi nada. Volví a agacharme y empecé a arrastrarme hacia el final de la hilera, dejando momentáneamente abandonado el saco. Avancé a rastras y me detuve, avancé a rastras y me detuve hasta que volví a oír su voz. Se encontraba varias hileras más allá, según me pareció. Permanecí inmóvil unos cuantos minutos hasta que oí su risa suave y amortiguada por el algodón. Se trataba de Tally. Me pasé un largo rato tratando de imaginar qué hacía allí escondida, a la mayor distancia posible del remolque. Después oí otra voz, la de un hombre. Decidí aproximarme un poco más.

Encontré la brecha más ancha entre dos tallos y atravesé la primera hilera sin hacer el menor ruido. No soplaba una gota de viento y, por consiguiente, nada agitaba las hojas y las cápsulas, y yo debía permanecer absolutamente inmóvil. Y tener paciencia. Atravesé la segunda hilera y esperé.

Pasó un buen rato sin que dijesen nada, y temí que me hubieran oído. De pronto oí las risitas simultáneas de dos personas y los ecos de una conversación en voz baja. Me tumbé boca abajo y examiné la situación desde el suelo, allí donde los tallos eran más gruesos y no había hojas ni cápsulas. Me pareció ver algo oscuro varias hileras más allá, quizá fuese el cabello de Tally o quizá no. Llegué a la conclusión de que ya estaba suficientemente cerca.

No había nadie en las inmediaciones. Los otros –los Spruill y los Chandler– trabajaban cerca del remolque. Los mexicanos se encontraban muy lejos, sólo se veían sus sombreros de paja.

A pesar de que me encontraba a la sombra, estaba bañado en sudor. El corazón me latía con fuerza y me notaba la boca seca. Tally se ocultaba en compañía de un hombre. Sin duda estaba haciendo algo malo, de lo contrario, ¿por qué se escondía? Deseé hacer algo para impedírselo, pero no tenía ningún derecho. Era sólo un niño, un espía que estaba entrometiéndose sin razón alguna en sus asuntos. Pensé en la posibilidad de marcharme de allí, pero las voces me retenían.

La serpiente era una mocasín, una de las muchas variedades que podían encontrarse en la zona de Arkansas donde vivíamos. Moraban en las inmediaciones de los arroyos y los ríos, y de vez en cuando penetraban tierra adentro para tomar el sol o buscar alimento. Cada primavera, para la época de la siembra, solíamos verlas aparecer detrás de nuestros arados. Eran unas serpientes cortas, negras, gruesas, agresivas y muy venenosas. Su mordedura raras veces tenía consecuencias fatales, pero yo había oído contar muchas historias de muertes espantosas.

Cuando tropezabas con una, sencillamente la matabas con un palo, un azadón o lo que tuvieras a mano. No eran tan rápidas como las serpientes de cascabel ni tenían su mismo radio de acción, pero resultaban muy peligrosas y desagradables.

Esa que estaba reptando hilera abajo directamente hacia mí se encontraba a menos de un metro y medio de distancia. Nos mirábamos directamente a los ojos. Estaba tan abstraído en Tally y sus actividades que me había olvidado de todo lo demás. Solté un grito ahogado de terror, me puse en pie de un salto y eché a correr a lo largo de una hilera de algodón y después de otra.

Un hombre dijo algo en voz alta, pero yo estaba más preocupado por la serpiente. Me agaché junto a mi saco de algodón, me eché éste al hombro y me dirigí a rastras hacia el remolque. Cuando tuve la certeza de que la mocasín ya estaba muy lejos, me detuve y agucé el oído. Nada. Silencio absoluto. Nadie estaba persiguiéndome.

Me incorporé muy despacio y miré a hurtadillas a través del algodón. A mi derecha, varias hileras más allá y de espaldas a mí, vi a Tally con el saco colgado del hombro y el sombrero de paja ladeado, avanzando resueltamente por su hilera como si nada hubiera ocurrido. Y a mi izquierda, corriendo agachado entre los tallos como un ladrón, a Cowboy.

Casi todos los sábados por la tarde Pappy encontraba algún motivo para retrasar nuestra visita a la ciudad. Terminábamos de comer, yo sufría la indignidad del baño y después él se inventaba alguna excusa para hacernos esperar. El tractor tenía de repente un problema que requería su atención. Caminaba a gatas a su alrededor con sus viejas llaves inglesas, explicando que tenía que averiguar de inmediato qué le ocurría para que pudiera adquirir las piezas de recambio necesarias en la ciudad. O el camión no marchaba del todo bien y la tarde del sábado era el mejor momento para echar un vistazo al motor. O la bomba hidráulica tenía algún fallo. En ocasiones se sentaba y se dedicaba a despachar el escaso papeleo relacionado con la gestión de nuestra granja.

Al final, cuando ya todos estaban furiosos, se tomaba un prolongado baño y, finalmente, nos íbamos a la ciudad.

Mi madre deseaba ver al más reciente habitante del condado de Craighead, aunque fuera un Latcher, por lo que, mientras Pappy estaba ocupado en bagatelas en el cobertizo de las herramientas, cargamos cuatro cajas de hortalizas y nos dirigimos hacia el río. Mi padre prefirió no acompañarnos. El presunto progenitor del bebé era su hermano, lo cual lo convertía a él en el presunto tío, algo que no estaba dispuesto a aceptar. Por mi parte, tenía la certeza de que no le interesaba para nada volver a reunirse con el señor Latcher.

Mientras mi madre conducía, recé y conseguimos cruzar el puente sanos y salvos. Al otro lado del río, nos detuvimos. El motor se caló. Mientras mi madre respiraba hondo, decidí decirle:

–Mamá, hay algo que debes saber.

–¿No puede esperar? –preguntó, tendiendo la mano hacia la llave de encendido.

–No.

Estábamos sentados en el caluroso interior de un viejo camión, justo al otro lado del puente, en un camino de tierra de un solo carril sin ninguna casa ni ningún otro vehículo a la vista. Me parecía el mejor lugar y momento para una conversación importante.

–¿De qué se trata? –inquirió, cruzando los brazos como si ya hubiera llegado a la conclusión de que yo había cometido una barrabasada terrible.

Eran tantos los secretos... Hank y su pelea contra los Sisco. Tally en el arroyo. El nacimiento del bebé de Libby. Pero éstos estaban muy bien guardados, al menos de momento. Me había convertido en un experto guardián. Sin embargo, el último tenía que compartirlo con mi madre.

–Creo que Tally y Cowboy se gustan –repuse, y de inmediato me sentí más aliviado.

–Ah, ¿sí? –dijo ella sonriendo, como si dada mi corta edad yo apenas supiese nada. Después se puso a reflexionar y la sonrisa fue borrándose lentamente de su rostro. Me pregunté si ella también sabría algo acerca del idilio secreto.

–Sí, señora.

–¿Y qué te hace pensarlo?

–Esta mañana los sorprendí en el algodonal.

–¿Qué estaban haciendo? –me preguntó, temiendo, al parecer, que yo hubiera sido testigo de algo que no debía.

–No lo sé, pero estaban juntos.

–¿Los viste?

Le conté la historia, empezando por las voces y pasando por la mocasín hasta llegar a la huida. No omití ningún detalle y, curiosamente, no exageré nada. Puede que en lo del tamaño de la serpiente, pero en casi todo lo demás me atuve a la verdad.

Ella lo asimiló, aparentemente sorprendida.

–¿Qué estaban haciendo, mamá? –le pregunté.

–No lo sé. No viste nada, ¿verdad?

–No, señora. ¿Crees que estaban besándose?

–Probablemente –se apresuró a contestar. Volvió a alargar la mano hacia la llave de encendido, y añadió–: Ya se lo comentaré a tu padre.

Nos alejamos de allí a toda prisa. Al cabo de uno o dos minutos, no supe si me encontraba mejor o no. Ella me había dicho muchas veces que los niños no tenían que ocultarles secretos a sus madres. Sin embargo, cada vez que yo le revelaba uno, ella no le daba importancia y le contaba a mi padre lo que yo le había dicho. No sé qué ventaja obtenía yo de mi sinceridad, pero no podía hacer otra cosa. Ahora los mayores ya sabían lo de Tally y Cowboy. Que se preocuparan ellos por el problema.

Los Latcher se encontraban recolectando algodón en las

inmediaciones de la casa, por lo que, cuando nos detuvimos, ya estaban aguardándonos, expectantes. La señora Latcher salió de la casa con una forzada sonrisa en los labios y después nos ayudó a acarrear las verduras hasta el porche delantero.

–Supongo que querrá ver al bebé –le dijo en voz baja a mi madre.

Yo también quería verlo, pero sabía que mis posibilidades eran muy escasas. Busqué un lugar a la sombra de un árbol cerca de nuestro camión con la intención de quedarme allí, ocupado en mis asuntos y sin hacer nada mientras esperaba a mi madre. No me apetecía ver a ningún Latcher. El hecho de que probablemente estuviéramos emparentados me disgustaba.

De repente, tres de ellos aparecieron rodeando el camión; eran tres chicos, encabezados por Percy. Los otros dos eran más pequeños, pero tan delgados y nervudos como éste. Se acercaron a mí en silencio.

–Hola, Percy –dije, tratando por lo menos de ser educado.

–¿Qué haces aquí? –me preguntó con muy malos modos. Estaba flanqueado por sus hermanos y los tres unidos contra mí.

–Mi madre me ha obligado a venir –contesté.

–Por aquí no se te ha perdido nada.

Hablaba entre dientes, y experimenté el impulso de pegar un brinco hacia atrás. En realidad, lo que deseaba era dar media vuelta y echar a correr.

–Estoy esperando a mi madre –dije.

–Vamos a molerte el trasero a palos –masculló Percy, y los tres apretaron los puños.

–¿Por qué? –conseguí articular.

–Porque eres un Chandler y vuestro Ricky le hizo eso a Libby.

–Yo no tuve la culpa –argumenté.

–No importa.

El más pequeño parecía especialmente agresivo. Me miraba con los ojos entornados, mantenía la boca torcida en una mueca como si estuviera a punto de soltar un gruñido, y pensé que el primer puñetazo me lo propinaría él.

–Tres contra uno no es justo –dije.

–Tampoco fue justo lo que le ocurrió a Libby –replicó Percy, y de inmediato, con la rapidez de un gato, me propinó un puñetazo en el estómago.

Un caballo no me habría golpeado con más fuerza. Me desplomé lanzando un grito.

En la escuela había participado en algunas peleas, de hecho unos cuantos empujones en el patio que los maestros interrumpían antes de que la cosa pasara a mayores. La señora Emma Enos, la maestra de tercer grado, me dio una vez tres guantazos por haber intentado pelearme con Joey Stallcup, pero Pappy no cabía en sí de satisfacción. Y Ricky solía tratarme sin contemplaciones, luchando y boxeando conmigo. La violencia no me era ajena.

A Pappy le encantaba pelearse, y mientras me desplomaba, pensé en él. Alguien me soltó un puntapié; agarré un pie y al instante cayeron sobre mí arreándome patadas, insultándome e impidiendo que me levantase. Agarré por el cabello al mediano mientras los otros dos me machacaban la espalda a puñetazos. Estaba firmemente decidido a arrancarle la cabeza cuando Percy me dio un golpe en la nariz. Quedé momentáneamente ciego y ellos, aullando como fieras salvajes, se arrojaron de nuevo sobre mí.

Los gritos de mi madre y la señora Latcher me llegaron desde el porche. ¡Ya era hora!, pensé. La señora Latcher fue la primera en acercarse, y enseguida empezó a apartar a los chicos al tiempo que los reprendía severamente y los zarandeaba. Mi madre me miró, horrorizada. Tenía la ropa cubierta de tierra, y de la nariz me manaba un cálido hilillo de sangre.

–¿Te han hecho daño, Luke? –me preguntó, tomándome por los hombros.

Tenía los ojos arrasados en lágrimas y empezaba a dolerme todo. Negué con la cabeza.

–¡Ve y corta una vara! –le ordenó la señora Latcher a Percy. Estaba furiosa y seguía zarandeando a los dos más pequeños–. ¿Cómo se os ha ocurrido pegar al chiquillo de esta manera?

La sangre ya me salía a borbotones, bajando por la barbilla y manchándome la camisa. Mi madre me indicó que me tumbase en el suelo con la cabeza ladeada para cortar la hemorragia y, entretanto, Percy regresó con una vara.

–Quiero que lo veas –dijo la señora Latcher, mirándome.

–No, Darla –intervino mi madre–. Ya nos vamos.

–No, quiero que su chico lo vea –insistió ella–. Ahora inclínate, Percy.

–No, mamá –repitió Percy, a todas luces asustado.

–Inclínate o voy a buscar a tu padre. Ya te enseñaré yo lo que son buenos modales. Mira que golpear a este chiquillo que estaba de visita en nuestra casa.

–No –repitió Percy, y entonces su madre le propinó un varazo en la cabeza.

Percy gritó y su madre le arreó otro golpe, esta vez en la oreja. A continuación lo hizo inclinarse y agarrarse los tobillos.

–Como te escapes, te pegaré una semana seguida –lo amenazó.

Percy ya estaba llorando cuando ella empezó a azotarlo. Tanto a mi madre como a mí nos sorprendió la furia y brutalidad con que lo hacía. Al cabo de unos diez golpes tremendamente fuertes, Percy empezó a gemir.

–¡Cállate! –le exigió ella.

Sus brazos y piernas eran tan delgados como palillos, pero lo que le faltaba de tamaño lo compensaba con el vigor. Sus golpes eran como ráfagas de ametralladora, secos y rápidos, y restallaban igual que un látigo. Diez, veinte, treinta azotes mientras Percy gritaba:

–¡Ya basta, mamá, por favor! ¡Perdóname!

Los varazos se sucedieron hasta rebasar los límites del castigo. Cuando al final se le cansó el brazo, empujó a Percy al suelo, donde éste se hizo un ovillo y lloró desconsolado. Para entonces, los otros dos ya estaban gimoteando. La señora Latcher agarró al mediano por el cabello. Lo llamó Rayford y le dijo:

–Agáchate.

Rayford se agarró muy despacio los tobillos y consiguió resistir el ataque.

–Vámonos –me dijo mi madre en voz baja–. Puedes tumbarte en la parte de atrás.

Me ayudó a subir a la caja del camión. Para entonces, la señora Latcher ya estaba arrastrando al tercero por el pelo. Percy y Rayford estaban tumbados en el suelo, víctimas de la batalla que ellos mismos habían iniciado. Mi madre hizo girar el camión y, en el momento en que nos alejamos de allí, la señora Latcher ya estaba azotando a su hijo. Oímos unas voces y entonces yo me incorporé un poco y vi al señor Latcher doblar la esquina de la casa, seguido por toda una estela de chiquillos. Le pegó un grito a su mujer, pero ella no le hizo caso y siguió machacando al pequeño. Al llegar a su altura, el marido la agarró. Los niños correteaban por todas partes y el que no gritaba, lloraba.

Mi madre aceleró y nos alejamos en medio de una polvareda. Mientras volvía a tumbarme procurando encontrar la posición más cómoda, imploré que jamás tuviera que poner de nuevo los pies en aquella granja. No quería volver a ver a ninguna de aquellas personas en toda mi vida. Y recé con toda mi alma para que nadie oyera jamás los rumores, según los cuales los Chandler y los Latcher estaban emparentados.

Regresé triunfalmente a casa. Los Spruill ya se habían aseado y estaban preparados para ir a la ciudad. Sentados a la sombra de un árbol, bebían té helado con Pappy, Gran y mi padre cuando el camión se detuvo a menos de cinco metros de ellos.

Con todo el dramatismo de que fui capaz, me incorporé y observé con enorme satisfacción el sobresalto que tuvieron al verme. Allí estaba yo, golpeado, ensangrentado, sucio, con la ropa hecha jirones, pero en pie.

Bajé y todo el mundo se congregó a mi alrededor. Mi madre se acercó a ellos a grandes zancadas y dijo en tono de furia:

–¡No os vais a creer lo que ha ocurrido! ¡Tres de ellos se han echado encima de Luke! Percy y otros dos lo han atacado cuando yo estaba dentro de la casa. ¡Los muy criminales! Les llevamos comida y mira lo que han hecho.

Tally también estaba preocupada, y creo que hubiera deseado alargar la mano y tocarme para asegurarse de que me encontraba bien.

–¿Tres? –repitió Pappy con expresión risueña.

–Sí, y eran más altos que Luke –contestó mi madre, y así empezó a crecer la leyenda.

El tamaño de mis agresores seguiría aumentando a medida que transcurrieran los días y los meses.

Gran se había acercado a mí y estaba examinándome la nariz, que presentaba un pequeño corte.

–Quizás esté rota –dijo y, a pesar de que la idea me encantaba, no sentí el menor interés en someterme a sus tratamientos.

–No escapaste, ¿verdad? –me preguntó Pappy, que también se había acercado a mí.

–Pues claro que no –contestó severamente mi madre. El que a Pappy le encantasen las peleas lo ponía furiosa, pero era porque se había educado en una casa llena de niñas. No podía comprenderlo.

–¿Les arreaste un buen puñetazo? –preguntó Pappy.

–Los dejé a todos llorando cuando me fui –contesté.

Mi madre puso los ojos en blanco. Hank se abrió camino entre el grupo y se inclinó para examinar las heridas.

–Así que eran tres, ¿eh? –dijo, soltando un gruñido.

–Sí, señor –repuse, asistiendo con la cabeza.

–Bien por ti, chico. Eso te curtirá.

–Sí, señor –repetí.

–Si quieres, te enseñaré algunos trucos para cuando vuelvas a enfrentarte contra tres –añadió sonriendo.

–Vamos a limpiarnos –intervino mi madre.

–Creo que tiene la nariz rota –imitió Gran.

–¿Estás bien, Luke? –preguntó Tally.

–Sí –contesté con toda la frialdad que pude.

Me llevaron a la casa en procesión triunfal.

23

La Comida de Otoño siempre se celebraba el último domingo de septiembre, aunque nadie sabía por qué. Era simplemente una tradición de Black Oak, un ritual tan arraigado como la feria ambulante y la ceremonia de renovación de la fe que tenía lugar en primavera. Se trataba de algo así como un festejo relacionado con el inminente comienzo de la nueva estación, el comienzo del final de la cosecha y el final de la temporada de béisbol. No estaba muy claro si todo eso se conseguía con una comida, pero por lo menos la intención era buena.

Compartíamos la jornada con los metodistas, nuestros amigos y amables rivales. Black Oak era un pueblo demasiado pequeño para que nos lo repartiéramos. No había negros, judíos, asiáticos ni forasteros permanentes de ningún tipo. Todos éramos de origen angloirlandés, puede que con unas gotas de sangre alemana, y todo el mundo era agricultor o vendía productos a los agricultores. Todo el mundo era cristiano o decía serlo. Las desavenencias se producían cuando un simpatizante de los Cubs hablaba más de la cuenta en el Tea Shoppe o cuando algún imbécil afirmaba que el tractor John Deere era inferior al de otra marca, pero por regla general la vida resultaba muy apacible. Los chicos mayores y los hombres más jóvenes eran aficionados a organizar peleas detrás de la Cooperativa los sábados por la tarde, pero se trataba más que nada de una actividad deportiva. Una paliza como la que les había propinado Hank a los Sisco constituía algo tan insólito que la ciudad hablaba de ella.

Los rencores individuales duraban toda la vida. Pappy guardaba una considerable cantidad. Pero nadie era auténtico enemigo de nadie. El orden social estaba perfectamente definido, los aparceros ocupaban el último lugar y los comerciantes el primero y todo el mundo conocía el sitio que le correspondía. Aun así, la gente se llevaba bien.

La línea que separaba a los baptistas de los metodistas nunca estaba muy clara. Los cultos de los metodistas diferían ligeramente de los nuestros, y entre ellos la desviación más evidente de los textos de las Escrituras era, a nuestro juicio, la ceremonia de bautizar mediante la aspersión a los bebés. Además, ellos no se reunían con tanta frecuencia como nosotros, lo cual significaba, naturalmente, que no se tomaban tan en serio la religión. Nadie se reunía tan a menudo como nosotros, los baptistas. Estábamos muy orgullosos de nuestras numerosas ceremonias. Pearl Watson, mi metodista preferida, decía que le gustaría ser baptista, pero que se sentía físicamente incapaz.

Ricky me dijo una vez en secreto que, cuando dejara la granja, quizá se convirtiera al catolicismo, porque los católicos sólo se reunían una vez a la semana. Yo no sabía qué significaba ser católico, y él intentó explicármelo, pero los conocimientos teológicos de Ricky eran más bien escasos.

Aquel domingo por la mañana mi madre y Gran dedicaron más tiempo que de costumbre al planchado de la ropa, y a mí me restregaron con más saña que nunca. Para mi gran decepción, no me habían roto la nariz, la hinchazón había desaparecido y el corte apenas se veía.

Teníamos que ofrecer un aspecto impecable, pues los metodistas vestían un poco mejor que nosotros. A pesar de todo el jaleo, yo estaba deseando ir a la ciudad.

Habíamos invitado a los Spruill. Lo habíamos hecho por solidaridad y caridad cristiana, aunque yo hubiera preferido seleccionar un poco. Tally habría sido bien acogida, pero, por lo que a mí respectaba, los demás podían haberse quedado en el patio. Sin embargo, cuando después del desayuno eché un vistazo a su campamento, apenas vi movimiento. Los innumerables alambres y cuerdas que sostenían sus tiendas seguían atados al camión.

–No van a venir –le dije a Pappy, que estaba estudiando su lección de la escuela dominical.

–Mejor –repuso él tranquilamente.

La perspectiva de ver a Hank en la comida campestre, yendo de mesa en mesa mientras se atiborraba de comida y buscaba gresca no era muy halagüeña.

A los mexicanos no les quedaba alternativa. Mi madre había cursado una invitación a Miguel a principios de semana, seguida de un par de amables recordatorios a medida que se acercaba el domingo. Mi padre le había explicado que se celebraría una ceremonia especial en español y que después se serviría gran cantidad de comida de excelente calidad. Era domingo por la tarde, y no tenían otra cosa que hacer.

Nueve de ellos se sentaron en la plataforma del camión; sólo Cowboy no se presentó. Este hecho estimuló mi imaginación. ¿Dónde se habría metido y qué estaría haciendo? ¿Dónde estaba Tally? No la vi en el patio delantero cuando nos alejamos. Me entristecí al imaginármelos de nuevo en el algodonal, haciendo a escondidas lo que querían hacer. En lugar de ir a la iglesia con nosotros, lo más probable era que Tally estuviera otra vez cometiendo actos impuros a hurtadillas. ¿Y si ahora utilizaba a Cowboy como vigilante mientras se bañaba en el arroyo Siler? La mera idea me resultaba insoportable, y estuve preocupado por ella durante todo el viaje hasta la ciudad.

El hermano Akers, con una insólita sonrisa en el rostro, subió al púlpito. El templo estaba abarrotado de gente y había personas sentadas en los pasillos y de pie a lo largo de la pared del fondo. Las ventanas estaban abiertas, y fuera de la iglesia, en el lado norte, los mexicanos se habían agrupado bajo un alto roble. Iban con la cabeza descubierta y sus oscuras cabelleras semejaban un mar marrón.

Saludó a nuestros huéspedes, a nuestros invitados de las montañas y también a los mexicanos. Había algunos montañeses, pero no muchos. Como siempre, les pidió que se levantaran y se identificaran. Eran de lugares como Hardy, Mountain Home y Calico Rock, y fueron asperjados como nosotros.

Se había instalado un altavoz en una ventana para que las palabras del hermano Akers llegaran al exterior del templo, más o menos hacia el lugar donde se encontraban los mexicanos y el señor Carl Durbin las traduciría al español. El señor Durbin era un misionero retirado de Jonesboro. Había desarrollado durante treinta años su labor en Perú entre los indios de las montañas, y a menudo, durante la semana de las misiones, se ofrecía para hablarnos y mostrarnos fotografías y diapositivas del extraño país en que había vivido. Aparte de español, hablaba un dialecto indio, algo que a mí me fascinaba.

El señor Durbin se situó de pie a la sombra del árbol, rodeado por los mexicanos, que se sentaron sobre la hierba. Vestía traje blanco y sombrero de paja del mismo color, y gracias al altavoz sus palabras se escuchaban en la iglesia casi con tanta claridad como la del viejo hermano Akers. Ricky había dicho en una ocasión que el señor Durbin demostraba más sentido común al hablar que el hermano Akers y había expresado su opinión durante la comida del domingo, lo que había provocado un gran escándalo. Era pecado criticar al predicador, al menos en voz alta.

Yo me había sentado al final del banco junto a la ventana para poder ver y escuchar al señor Durbin. No entendía ni una palabra de lo que decía, pero me daba cuenta de que hablaba el español más despacio que los mexicanos. Éstos lo hacían tan rápido que a menudo me preguntaba cómo era posible que se entendiesen entre sí. El señor Durbin hablaba pausadamente y con un fuerte acento de Arkansas. A pesar de que no tenía ni idea de lo que estaba diciendo, me resultaba mucho más atractivo que el hermano Akers.

No era de extrañar que, habiendo tanta gente, el sermón de la mañana adquiriese vida propia y se convirtiera en una maratón. Cuanta menos gente había, tanto más corto era el sermón. Durante los grandes acontecimientos como Pascua, el Día de la Madre y la Comida de Otoño, el hermano Akers se sentía obligado a lucirse. En determinado momento de sus divagaciones, el señor Durbin se hartó. Dejó de traducir el mensaje que se estaba transmitiendo desde el interior del templo y empezó a pronunciar su propio sermón. Cuando el hermano Akers hacía una pausa para recuperar el aliento, el señor Durbin seguía predicando, y cuando el hermano Akers llegaba al punto culminante de sus apocalípticos vaticinios, el señor Durbin se tomaba un respiro y bebía un sorbo de agua. Se sentó en el suelo con los mexicanos y esperó a que en el interior del templo cesaran los gritos.

Yo también esperé. Me pasé el rato pensando en la comida que pronto nos servirían: bandejas llenas de pollo frito y kilos y kilos de helado casero.

Los mexicanos empezaron a mirar hacia las ventanas de la iglesia. Estoy seguro de que debían de pensar que el hermano Akers se había vuelto loco. «Tranquilos –deseé decirles–, siempre ocurre lo mismo.»

Durante la bendición, cantamos unas cuantas estrofas del himno *Tal como soy*. Nadie bajó por el pasillo y el hermano Akers dio por concluida la ceremonia a regañadientes. Me encontré con Dewayne en la entrada principal y ambos echamos a correr por la calle en dirección al campo de béisbol para ver si los metodistas ya estaban allí. Por supuesto que estaban; sus ceremonias nunca eran tan largas como las nuestras.

Detrás de la malla protectora, bajo tres olmos que habrían recibido un millón de pelotas lanzadas más allá de la línea de falta, estaban colocando la comida sobre unas mesas de cámping cubiertas con manteles a cuadros rojos y blancos. Los metodistas iban de un lado para otro, los hombres y los niños llevando bandejas de comida y las mujeres organizando la disposición de las mismas. Encontré a Pearl Watson y charlé un momento con ella.

–¿El hermano Akers aún está predicando? –me preguntó con una sonrisa.

–Ahora mismo acaba de soltarnos –contesté.

Nos dio a Dewayne y a mí dos galletas de chocolate. Yo me comí la mía en un par de bocados.

Al final, los baptistas empezaron a llegar entre un coro de «¡Hola!», «¿Dónde te habías metido?» «¿Por qué has tardado tanto?». Los automóviles y los camiones se acercaron y no tardaron en aparcar guardabarros contra guardabarros alrededor de las vallas que rodeaban el campo. Por lo menos uno o quizás un par de vehículos serían alcanzados por alguna que otra pelota lanzada más allá de la línea de falta. Dos años atrás el nuevo sedán Chrysler del señor Wilber Shifflett perdió su parabrisas cuando Ricky consiguió un *home run* y la pelota superó la valla del exterior izquierdo. La explosión fue impresionante: un ruido sordo seguido de un estruendo de cristales rotos. Pero el señor Shifflett era muy rico y, por consiguiente, nadie se preocupó. Sabía los riesgos que entrañaba el hecho de aparcar allí. Aquel año, los metodistas también nos ganaron por siete a cinco y Ricky dijo que en su opinión nuestro entrenador, que era Pappy, tendría que haber cambiado a los lanzadores en la tercera entrada.

Ambos se pasaron un tiempo sin dirigirse la palabra.

Las mesas no tardaron en estar cubiertas de grandes cuencos de verduras, bandejas llenas de pollo frito y cestos con pan de maíz, panecillos redondos y otras variedades de pan. Bajo la dirección de la esposa del ministro metodista, la señora Orr, los platos fueron trasladados de acá para allá hasta que, al final, se consiguió imponer cierto orden. En una mesa no había más que hortalizas crudas: tomates de distintas clases, pepinos y cebollas blancas y amarillas encurtidas. A su lado, las alubias y judías verdes: alubias de careta, alubias pintas, judías verdes con jamón y judías de la peladilla. En todas las comidas al aire libre había ensalada de patatas, y cada cocinero tenía una receta distinta. Dewayne y yo contamos once cuencos de este plato, y no había ninguno que se pareciera a los demás. Los huevos rellenos gozaban casi de tanta popularidad como las ensaladas de patata, y la mitad de la mesa estaba cubierta de bandejas de ellos. Lo último y más importante era el pollo frito. Había cantidad suficiente para alimentar a toda la ciudad durante un mes.

Las mujeres iban de un lado a otro con la comida mientras los hombres hablaban, reían y se saludaban, pero siempre sin perder de vista el pollo frito. Había niños por todas partes, y Dewayne y yo nos acercamos a un árbol junto al cual unas mujeres estaban disponiendo los postres. Conté dieciséis neveras portátiles llenas de helado casero, todas cubiertas de hielo y envueltas en toallas.

En cuanto los preparativos recibieron el visto bueno de la señora Orr, su marido, el reverendo Vernon Orr, se situó en el centro de las mesas en compañía del hermano Akers, y todo el mundo guardó silencio. El año anterior, el hermano Akers había dado gracias a Dios por sus bendiciones; este año el honor les correspondía a los metodistas. La comida seguía unas pautas tácitas. Inclinamos la cabeza y escuchamos cómo el reverendo Orr daba gracias a Dios por su bondad, por toda la comida, el buen tiempo, el algodón, etcétera. No se dejó nada; Black Oak daba las gracias por todo.

Yo aspiraba los efluvios del pollo frito. Y ya me parecía saborear los pastelillos de chocolate y nueces y los helados. Dewayne me propinó un puntapié y yo estuve a punto de arrearle un tortazo, pero me abstuve de hacerlo para no recibir una tanda de azotes por pelearme durante una plegaria.

Cuando el reverendo Orr terminó su perorata, los hombres reunieron a los mexicanos y los colocaron en fila para que les sirvieran la comida. Era una tradición; primero los mexicanos, en segundo lugar, los montañeses, luego los niños y para el final los adultos. Stick Powers apareció como llovido del cielo, vestido de uniforme, naturalmente, y consiguió colocarse en la fila entre los mexicanos y los montañeses. Le oí explicar que estaba de servicio y no disponía de mucho tiempo. Se llevó dos platos, uno de pollo y otro de todo lo que pudo amontonar en él. Nosotros sabíamos que se atiborraría de comida y después buscaría un árbol a las afueras de la ciudad y se tumbaría a hacer la siesta.

Varios metodistas me preguntaron por Ricky, qué tal estaba y si habíamos tenido noticias de él. Procuré ser amable y contestar a todas las preguntas, pero a ningún Chandler le gustaba ser objeto de la atención de los demás. Y como estábamos horrorizados por el secreto de los Latcher, cualquier mención de Ricky en público nos causaba pavor.

–Dile que pensamos mucho en él –me decían.

Siempre decían lo mismo, como si tuviéramos teléfono y lo llamáramos todas las noches.

–Rezamos por él –decían.

–Gracias –contestaba yo.

Un momento tan maravilloso como aquél podía estropearse por culpa de una pregunta inesperada acerca de Ricky. Estaba en Corea, en las trincheras, esquivando balas y matando gente, sin saber si regresaría a casa y podría ir a la iglesia con nosotros para participar en la Comida de Otoño y volver a jugar contra los metodistas. En medio de la algarabía de la fiesta, me sentí de repente muy solo y asustado.

«Alegra esa cara» solía decir Pappy, y la comida contribuyó muchísimo a alegrarme. Dewayne y yo tomamos nuestros platos y nos sentamos detrás del abrigo de jugadores de la primera base, donde había un poco de sombra. Se extendieron unas mantas sobre la hierba y las familias se sentaron juntas bajo el sol. Empezaron a abrirse sombrillas; las mujeres se abanicaban y hacían lo propio a los niños y los platos de comida. Los mexicanos estaban apretujados debajo de un solo árbol hacia la línea de demarcación del exterior derecho, lejos del resto de la gente. El año anterior Juan me había confesado que no les gustaba demasiado el pollo frito. En mi vida había oído semejante tontería. El pollo frito era mil veces mejor que las tortillas, pensé cuando me lo dijo.

Mis padres, Gran y Pappy comieron juntos sentados sobre una manta cerca de la tercera base. Después de muchos regateos y negociaciones, me habían permitido comer con mis amigos, lo que constituía un logro muy importante para un niño de siete años.

La cola era incesante. Para cuando los hombres llegaron a la última mesa, los adolescentes ya volvían por una segunda ración. Yo tuve suficiente con un plato. Quería dejar sitio para el helado. No tardamos en acercarnos a la mesa de los postres, donde la señora Irene Flanagan montaba guardia para evitar los actos de vandalismo por parte de granujillas como nosotros.

–¿Cuántos tiene de chocolate? –pregunté mientras contemplaba las neveras portátiles llenas de helado que esperaban a la sombra.

–Pues no lo sé –respondió ella con una sonrisa–. Varios.

–¿Ha traído la señora Cooper su helado de mantequilla de cacahuete? –quiso saber Dewayne.

–Sí –contestó la señora Flanagan, señalando la nevera portátil situada en el centro de la hilera.

La señora Cooper mezclaba chocolate con mantequilla de cacahuete y le salía un helado sensacional. La gente lo ensalzaba con entusiasmo hasta la siguiente Comida de Otoño. El año anterior, dos chicos, uno baptista y el otro metodista, habían estado a punto de llegar a las manos por una ración. Mientras el reverendo Orr trataba de restablecer el orden, Dewayne consiguió hacerse con dos cuencos del susodicho helado, tras lo cual echó a correr con ellos calle abajo, se ocultó detrás de un cobertizo y devoró hasta la última gota. Se pasó un mes sin apenas hablar de otra cosa.

La señora Cooper era viuda y vivía en una preciosa casita situada a dos manzanas de distancia de la parte de atrás de la tienda de Pop y Pearl, y cuando necesitaba que le hicieran algún trabajo en el jardín, le bastaba con preparar helado de mantequilla de cacahuete. Los chicos se presentaban como por arte de ensalmo, y gracias a ello su jardín era el más cuidado de la ciudad. Se sabía incluso de algunos adultos que habían pasado por allí para arrancar malas hierbas.

–Tendréis que esperar –dijo la señora Flanagan.

–¿Hasta cuándo? –pregunté.

–Hasta que todo el mundo haya terminado.

Esperamos lo que nos pareció una eternidad. Algunos de los chicos mayores y los hombres más jóvenes empezaron a estirar los músculos y a lanzar pelotas en el campo exterior. Los adultos se saludaban y charlaban interminablemente hasta que, al final, estuve seguro de que el helado acabaría por derretirse. Llegaron los dos árbitros de Monette y una oleada de emoción se apoderó de los presentes. Como es natural, a ellos se les tenía que servir primero. Durante un buen rato, los árbitros se mostraron más interesados por el pollo frito que por el béisbol. Poco a poco, las mantas y las sombrillas fueron retiradas del terreno. La comida tocaba a su fin. Pronto empezaría el partido.

Las mujeres se congregaron en torno a la mesa de los postres y empezaron a servirnos. Al final, Dewayne consiguió su ración de helado de mantequilla de cacahuete. Yo opté por dos bolas de helado de chocolate sobre un dulce de pasta de chocolate y nueces preparado por la esposa de Lou Kiner. A lo largo de veinte minutos estuvieron a punto de volar bofetadas alrededor de la mesa de los postres, pero al final se consiguió mantener el orden. Los dos predicadores se encontraban en medio de la muchedumbre, comiendo tantos helados como el que más. Los árbitros declinaron el ofrecimiento, señalando que el calor hacía aconsejable que dejaran de comer.

–¡A jugar! –gritó alguien, y todo el mundo se encaminó hacia la malla protectora.

El entrenador de los metodistas era el señor Duffy Lewis, un agricultor del oeste de la ciudad cuyos conocimientos sobre béisbol, según Pappy, eran más bien limitados. Pero después de cuatro derrotas seguidas, Pappy ya casi no se atrevía a expresar la mala oponión que le merecía el señor Lewis. Los árbitros llamaron a los dos entrenadores a la parte de atrás de la base meta y los cuatro se pasaron un buen rato discutiendo la especial versión del reglamento por el que se regiría el partido de Black Oak. Señalaron las vallas, los palos y las ramas que se proyectaban sobre el campo, cada uno de los cuales tenía sus propias reglas y su propia historia. Pappy discrepaba de casi todo lo que decían los árbitros, por lo que el tira y afloja pareció eternizarse.

El año anterior, los baptistas habían sido el equipo local y, por consiguiente, nosotros habíamos tenido que batear en primer lugar. El lanzador de los metodistas era Buck Prescott, hijo del señor Sap Prescott, uno de los más importantes terratenientes del condado de Craighead. Buck tenía veintitantos años y había cursado dos años de estudios en la Universidad del Estado de Arkansas, lo que constituía un hecho de lo más insólito. Había intentado jugar de lanzador en la universidad, pero tuvo ciertos problemas con el entrenador. Era zurdo, sólo lanzaba bolas curvas y el año anterior nos había derrotado por nueve a dos. Cuando se acercó a la base de lanzamiento, comprendí que nos esperaba un día muy largo. Su primer lanzamiento fue una lenta bola curva de trayectoria alta que se consideró injustamente *strike*, lo que hizo que Pappy protestara ante los árbitros. Buck dio una base por bolas a los dos primeros bateadores, eliminó por *strikes* a los dos siguientes y después obligó a mi padre a retirarse tras enviar un globo al campo central.

Nuestro lanzador era Duke Ridley, un joven agricultor padre de siete hijos, que envió una bola rápida que hasta yo habría podido batear. Afirmaba haber jugado como lanzador en Alaska durante la guerra, pero nadie había podido confirmarlo. Pappy pensaba que era mentira, y tras haber visto el año anterior cómo lo machacaba el lanzador del equipo contrario, yo también abrigaba serias dudas al respecto. Dio una base por bolas a los tres primeros bateadores y sólo consiguió un *strike*. Temí que Pappy se abalanzara sobre él en la base de lanzamiento y lo dejara baldado. El tercer base del equipo contrario lanzó rápidamente la bola al receptor. El siguiente bateó una bola alta hacia el exterior izquierdo. Tuvimos suerte cuando el sexto bateador del equipo contrario, el señor Lester Hurdle, que a los cincuenta y dos años era el jugador más veterano de su equipo, bateó otra pelota alta hacia el exterior derecho, donde nuestro defensa Bennie Jenkins, que no llevaba guante e iba descalzo, la atrapó sin problemas.

El partido se convirtió en un duelo de lanzadores, no necesariamente porque los lanzamientos fueran brillantes sino más bien porque ningún equipo conseguía un *hit*. Regresamos a la mesa de los helados, donde estaban sirviéndose los restos, medio derretidos. Para cuando empezó la tercera entrada, las mujeres de ambas iglesias ya se habían reunido en pequeños grupos a conversar, pues para ellas el partido era menos importante que para los hombres. No lejos de allí, la radio de un automóvil estaba encendida, y oí la voz de Harry Caray. Los Cardinals jugaban contra los Cubs el último partido de la temporada.

Mientras Dewayne y yo nos retirábamos de la mesa de los helados con nuestras últimas copas de helado, pasamos por detrás de una manta, donde una media docena de chicas charlaban y descansaban.

–Pero bueno, ¿cuántos años tiene Libby? –preguntaba una de ellas.

Me detuve, me llevé una cucharada de helado a la boca y miré hacia el campo, como si no me interesara en absoluto lo que estaban diciendo.

–Sólo quince –contestó otra.

–Es una Latcher. No tardará en tener otro.

–¿Es niño o niña?

–Me han dicho que niño.

–¿Y quién es el padre?

–Nadie lo sabe. No quiere decirlo.

–Vamos –dijo Dewayne, propinándome un codazo.

Nos alejamos y regresamos al banquillo de la primera base. No sabía muy bien si sentirme más tranquilo o más inquieto. Se había corrido la voz de que Libby había tenido un bebé, pero que se desconocía la identidad del padre.

No tardaría en averiguarse, pensé. Y entonces estaríamos perdidos. Me convertiría en primo de un Latcher y todo el mundo lo sabría.

El ajustado duelo de lanzamientos terminó en la quinta entrada cuando ambos equipos consiguieron seis carreras. Durante treinta minutos, se lanzaron bolas en todas direcciones: incluidos batazos de línea, bolas pasadas y lanzamientos malos. Cambiamos dos veces de lanzador, y me di cuenta de que estábamos en apuros cuando Pappy se acercó a la base de lanzamiento y señaló a mi padre con el dedo. Mi padre no era lanzador, pero es que ya no nos quedaba ninguno. Aun así, consiguió efectuar lanzamientos bajos y muy pronto terminó la entrada.

–¡Musial está lanzando! –gritó alguien.

Quizá fuese una broma, pero seguro que se trataba de un error. Stan Musial era muchas cosas, pero jamás había efectuado lanzamientos. Echamos a correr hacia la parte posterior de las gradas donde estaban aparcados los automóviles. Un considerable número de personas estaba congregándose alrededor de un Dodge del 48 perteneciente al señor Rafe Henry. La radio estaba puesta a todo volumen y la emoción de Harry Caray había llegado a su punto culminante: Stan *el Hombre* Musial se encontraba en la base de lanzamiento, lanzando bolas contra los Cubs, es decir, contra Frankie Baumholtz, que llevaba todo un año batallando por el título de mejor bateador de la liga. El entusiasmo de los espectadores del estadio de Sportsman's Park se había desbordado. Harry se desgañitaba. No salíamos de nuestro asombro ante el hecho de que Musial estuviera en la base de lanzamiento.

Baumholtz bateó una pelota rasa hacia la tercera y Musial fue enviado de nuevo al campo central. Regresé corriendo al banquillo de la primera base y le dije a Pappy que Stan *el Hombre* Musial había efectuado lanzamientos, pero él no me creyó. Los metodistas nos ganaban por ocho carreras a seis en la segunda mitad de la séptima entrada, y en el banquillo de los baptistas se respiraba una atmósfera muy tensa. Una grave inundación hubiera revestido menos importancia, por lo menos en aquel momento.

La temperatura era de por lo menos treinta grados, los jugadores estaban bañados en sudor y tanto sus pulcros monos como sus blancas camisas del domingo se les pegaban a la piel. Se movían más despacio, a consecuencia de todo el pollo frito y toda la ensalada de patatas que se habían comido, y para el gusto de Pappy se esforzaban muy poco.

El padre de Dewayne no jugaba, por lo que éste y su familia se marcharon al cabo de un par de horas. Otras personas también se habían ido. Los mexicanos seguían bajo el árbol, junto al poste de fuera del exterior derecho, tumbados en el suelo y, al parecer, durmiendo. Las mujeres seguían más interesadas en los chismorreos que en las incidencias del partido; les importaba un pimiento quién resultara ganador.

Sentado solo en las gradas, contemplé cómo los metodistas se apuntaban otras tres carreras en la octava entrada. Soñé con el día en que consiguiera fantásticos *home runs* y jugadas increíbles en el campo central. Aquellos malditos metodistas no tendrían ninguna posibilidad cuando yo creciera lo bastante.

Nos ganaron por once a ocho, y por quinto año consecutivo Pappy llevó a los baptistas a la derrota. Los jugadores se estrecharon la mano y se rieron al finalizar el partido, y a continuación se dirigieron hacia la sombra, donde les esperaba el té helado. Pappy no rió ni siquiera sonrió y tampoco le estrechó la mano a nadie. Desapareció durante un buen rato, y supe que se pasaría otro año enfurruñado.

Los Cardinals también perdieron, por tres a cero. Terminaron la temporada tres partidos por detrás de los Giants y ocho partidos por detrás de los Dodgers de Brooklyn, que se enfrentarían con los Yankees en las Series Mundiales, reuniendo así lo mejor de Nueva York.

Las sobras de la comida se recogieron y se colocaron en la parte de atrás de los automóviles y los camiones. Se limpiaron las mesas y se eliminaron los desperdicios. Yo ayudé al señor Duffy Lewis a limpiar la base de lanzamiento y la base meta, y cuando terminamos el campo estaba tan impecable como siempre. Tardamos una hora en despedirnos de todo el mundo. Se produjeron las habituales amenazas por parte del equipo perdedor acerca de lo que iba a ocurrir el año siguiente y las habituales burlas por parte de los ganadores. Que yo supiera, el único que estaba disgustado era Pappy.

Mientras nos alejábamos de la ciudad, pensé en el final de la estación. La temporada de béisbol se iniciaba en primavera, cuando nosotros sembrábamos y esperábamos lo mejor. Nos acompañaba a lo largo del verano y a menudo era la única diversión que nos hacía olvidar el duro trabajo en los campos. Escuchábamos la retransmisión de todos los partidos y comentábamos las jugadas, la actuación de los jugadores y las estrategias hasta la retransmisión del siguiente encuentro. A lo largo de seis meses, constituía una parte muy importante de nuestra vida cotidiana, y después desaparecía. Exactamente igual que el algodón.

Me sentí muy triste cuando llegamos a casa. Ya no escucharíamos los partidos en el porche delantero. Seis meses sin la voz de Harry Caray. Seis meses sin Stan Musial. Tomé mi guante y me fui a dar un largo paseo, lanzando la pelota al aire mientras me preguntaba qué iba a hacer hasta abril.

Por primera vez en mi vida, el béisbol me había destrozado el corazón.

24

El calor empezó a remitir en los primeros días de octubre. Las noches eran más frescas y a primera hora de la mañana, cuando nos dirigíamos a los campos, hacía mucho frío. La sofocante humedad había desaparecido y el sol había perdido su resplandor. Al mediodía, volvía a hacer calor, pero no se trataba de un calor como el de agosto, y al anochecer la atmósfera era más diáfana. Esperamos un poco, pero el bochorno no regresó. La estación estaba cambiando; los días eran más cortos.

Puesto que el sol ya no nos agotaba tanto como antes, trabajábamos más duro y recolectábamos más. Y, como era de esperar, el cambio del tiempo fue lo único que le faltaba a Pappy para empezar a preocuparse por otro motivo. Con el invierno a la vuelta de la esquina, me puse a recordar las historias que había oído acerca de interminables hileras de algodón podrido y cubierto de barro que muchas veces al llegar la Navidad aún no se había recolectado.

Tras pasarme un mes en los campos, echaba de menos la escuela. Las clases se reanudarían a finales de octubre, y ya estaba pensando en lo bonito que sería permanecer todo el día sentado en el pupitre, rodeado de amigos y no de tallos de algodón, y sin tener que preocuparme por los Spruill. La temporada de béisbol había terminado, de modo que debía buscarme otra cosa con que soñar. El que sólo me quedara la perspectiva de la escuela constituía una prueba de mi desesperación.

Mi regreso a la escuela sería sensacional, porque luciría mi flamante chaqueta de béisbol de los Cardinals. En el interior de la caja de cigarros que guardaba en el primer cajón de mi escritorio había la impresionante suma de catorce dólares con cincuenta centavos, fruto de mi duro esfuerzo y mi austeridad. Entregaba a regañadientes el diezmo a la iglesia y gastaba con prudencia el dinero en las películas del sábado y las bolsitas de palomitas de maíz, pero casi todas mis ganancias las guardaba al lado de mi cromo de Stan Musial y de la navaja de bolsillo con mango de nácar que Ricky me había regalado el día de su partida a Corea.

Estaba deseando pedir mi chaqueta a Sears Roebuck, pero mi padre insistía en que esperara a que terminase la recolección. Aún estábamos negociándolo. El envío tardaba dos semanas, y yo estaba firmemente decidido a volver a clase engalanado con mi chaqueta roja.

Una tarde, a última hora, Sitck Powers nos estaba esperando. Yo me encontraba con Gran y mi madre, pues habíamos abandonado el algodonal unos minutos antes que los demás. Como de costumbre, Stick aguardaba sentado a la sombra de un árbol, el que había al lado del camión de Pappy, y sus adormilados ojos revelaban que acababa de despertarse de la siesta.

Rozándose con la yema de un dedo el ala del sombrero para saludar a Gran y a mi madre, dijo:

–Buenas tardes, Ruth, Kathleen.

–Hola, Stick –dijo Gran–. ¿En qué podemos servirle?

–Estoy buscando a Eli o a Jesse.

–No tardarán. ¿Ocurre algo?

Stick mascó una hoja de brizna que le asomaba entre los labios y dirigió una prolongada mirada a los campos, como si tuviera una grave noticia que comunicar, que quizá no fuera apta para los oídos de las mujeres.

–¿De qué se trata, Stick? –insistió Gran.

Teniendo a un hijo en la guerra, cualquier visita de un hombre uniformado constituía un motivo de inquietud. En 1944, uno de los predecesores de Stick había comunicado la noticia de que mi padre había resultado herido en Anzio.

Sitck miró a las mujeres y llegó a la conclusión de que podía fiarse de ellas.

–El chico mayor de los Sisco, Grady –dijo–, el que está en la cárcel por la muerte de un hombre en Jonesboro, pues... resulta que se fugó la semana pasada. Dicen que está por esta zona.

Por un instante, las mujeres guardaron silencio. Gran lanzó un suspiro de alivio al comprobar que la noticia no se refería a Ricky. Mi madre ya estaba harta de aquel asunto de los Sisco.

–Será mejor que se lo comunique a Eli –dijo Gran–. Nosotras tenemos que preparar la cena.

Se excusaron y entraron en la casa. Stick las vio alejarse, pensando sin duda en la comida.

–¿A quién mató? –le pregunté a Stick en cuanto las mujeres hubieron entrado en la casa.

–No lo sé.

–¿Y cómo lo mató?

–Lo golpeó con una pala, eso es lo que me han dicho.

–Pues vaya, menuda pelea.

–Supongo.

–¿Cree que viene por Hank?

–Mira, será mejor que vaya a ver a Eli. ¿Dónde está exactamente?

Le señalé un lugar campo adentro. El remolque apenas se veía.

–Eso está muy lejos –murmuró Stick–. ¿Crees que puedo ir con el automóvil?

–Pues claro –contesté, encaminándome hacia el coche patrulla.

Subimos.

–No toques nada –me advirtió Stick en cuanto nos acomodamos en el asiento delantero. Contemplé boquiabierto de asombro los botones y la radio mientras él aprovechaba para presumir–. Éste de aquí es el de la radio –me explicó, tomando el micro–. Éste pone en marcha la sirena, y éste, las luces. –Asió una palanca del tablero de instrumentos y añadió–: Éste es para el reflector.

–¿Con quién habla por la radio? –pregunté.

–Sobre todo con el CG. El cuartel general.

–¿Y dónde está el cuartel general?

–Allá por Jonesboro.

–¿Puede llamar ahora mismo?

Stick tomó el micrófono a regañadientes, se lo acercó a la boca, ladeó la cabeza y, frunciendo el entrecejo, dijo:

–Unidad cuatro a base. Cambio.

Hablaba en tono más bajo y sus palabras eran más rápidas y sonaban más importantes.

Esperamos. Al ver que el CG no contestaba, inclinó la cabeza hacia el otro lado, pulsó el botón del micro y repitió:

–Unidad cuatro a base. Cambio.

–¿Usted es la unidad cuatro? –pregunté.

–En efecto.

–¿Cuántas unidades hay?

–Depende.

Contemplé la radio y esperé la respuesta del CG. Me parecía imposible que una persona que estuviera en Jonesboro pudiera hablar directamente con él y que Stick pudiera contestarle.

En teoría, así debía funcionar, pero estaba claro que el CG no tenía demasiado interés en averiguar el paradero de Stick.

Por tercera vez, éste dijo a través del micrófono:

–Unidad cuatro a base. Cambio. –El tono de su voz sonaba un poco más perentorio.

Y, por tercera vez, el CG no le hizo caso. Al cabo de unos largos segundos, volvió a acoplar el micrófono a la radio y dijo:

–Probablemente sea el viejo Theodore, dormido otra vez como un tronco.

–¿Quién es Theodore?

–Uno de los responsables de comunicación. Se pasa casi todo el rato durmiendo.

«Igual que tú», pensé.

–¿Puede poner en marcha la sirena? –pregunté.

–No. Podría pegarle un susto a tu mamá.

–¿Y las luces?

–No, gastan la batería. Alargó la mano hacia el encendido; el motor soltó un rugido y se esforzó todo lo que pudo, pero no hubo manera de que se pusiera en marcha.

Volvió a intentarlo, y poco antes de que volviera a apagarse, el motor se puso en marcha entre sacudidas. No cabía duda de que el CG le había asignado a Stick el peor cacharro de la flota. Black Oak no era un foco de actividad delictiva que digamos.

Antes de que el vehículo arrancara, vi el tractor bajar muy despacio por el camino que conducía al algodonal.

–Ya vienen –dije.

Stick entornó los ojos aguzando la vista y después apagó el motor. Nos apeamos y regresamos al árbol.

–¿Crees que te gustaría ser ayudante del sheriff? –me preguntó Stick.

«¿Y conducir un trasto de coche patrulla como el tuyo, pasarme casi todo el día durmiendo y tratar con gente como Hank Spruill y los Sisco?», pensé.

–Yo seré jugador de béisbol –contesté.

–¿Dónde?

–En San Luis.

–Ah, ya –Esbozó una de aquellas extrañas sonrisitas que los adultos suelen dedicar a los niños que sueñan despiertos–. Todos los chiquillos quieren jugar en los Cardinals.

Tenía otras muchas preguntas que formularle, casi todas ellas acerca de su arma y de la munición que usaba. Y siempre había deseado examinar sus esposas y ver cómo se abrían y cerraban. Mientras él contemplaba el tractor que se acercaba lentamente, estudié su revólver y la funda, ansiando someterlo a un exhaustivo interrogatorio sobre el mismo. Pero Stick ya había perdido suficiente tiempo conmigo. Quería que me largara, de modo que me guardé mis preguntas.

Cuando el tractor se detuvo, los Spruill y algunos mexicanos bajaron del remolque. Pappy y mi padre se encaminaron directamente hacia nosotros y, cuando se detuvieron debajo del árbol, la tensión ya se respiraba en el aire.

–¿Qué quiere, Stick? –preguntó Pappy con muy malos modos. Estaba especialmente irritado con Stick y con su molesta presencia en nuestra vida. Teníamos una cosecha que recolectar; lo demás importaba muy poco. Aquel hombre estaba vigilándonos no sólo en la ciudad sino también en nuestra granja–. ¿Qué ocurre? –añadió con visible desprecio.

Acababa de pasarse diez horas recolectando doscientos cincuenta kilos de algodón y sabía que el ayudante de nuestro sheriff llevaba años sin dar golpe.

–El chico mayor de los Sisco, Grady, el que estaba en la cárcel por asesinato, se fugó la semana pasada, y creo que ha vuelto a su casa.

–Pues vaya a buscarlo –replicó Pappy.

–Lo estoy buscando. He oído decir que podrían armar jaleo.

–¿Como qué?

–Tratándose de los Sisco, nunca se sabe. Pero podrían venir por Hank.

–Que vengan –dijo Pappy, ansioso de participar en una buena pelea.

–Tengo entendido que van armados.

–Yo tengo armas, Stick. Haga saber a los Sisco que como vea a alguno de ellos por aquí le salto la tapa de los sesos –espetó Pappy entre dientes. Hasta mi padre parecía partidario de proteger su propiedad y a su familia.

–Eso no ocurrirá aquí –dijo Stick–. Dígale a su chico que no se acerque a la ciudad.

–Dígaselo usted –replicó Pappy–. No es mi chico. Me importa un bledo lo que le ocurra.

Stick miró alrededor y en dirección al patio, donde los Spruill estaban ocupados preparando la cena. No le apetecía adentrarse en sus dominios. Miró a Pappy.

–Dígaselo, Eli. –Dio media vuelta y se encaminó hacia su automóvil.

El vehículo gruñó y finalmente se puso en marcha y nosotros nos lo quedamos mirando hasta que regresó al camino y se alejó.

Después de la cena, mientras observaba a mi padre aplicar un parche a la cámara de aire de nuestro tractor, vi aparecer a Tally en la distancia. Era tarde, pero aún no había oscurecido y ella parecía aferrarse a las alargadas sombras mientras se encaminaba hacia el silo. La observé detenidamente hasta que se detuvo y me hizo señas de que la siguiera. Mi padre murmuraba por lo bajo, no le resultaba fácil colocar el parche; me escabullí hacia la casa y después rodeé corriendo el camión en dirección a las sombras. En cuestión de segundos echamos a andar siguiendo una hilera de tallos de algodón aproximadamente hacia el arroyo Siler.

–¿Adónde vas? –le pregunté finalmente, tras comprender que ella no tenía intención de romper el silencio.

–No lo sé. A dar una vuelta, sencillamente.

–¿Vas al arroyo?

Rió por lo bajo y dijo:

–Te gustó, ¿verdad, Luke? Quieres volver a verme, ¿a que sí?

Me ardían las mejillas y no sabía qué responder.

–Puede que más tarde.

Deseé preguntarle algo sobre Cowboy, pero el tema me parecía tan íntimo y desagradable que no tenía valor para plantearlo. También me hubiera gustado preguntarle cómo sabía ella que Libby Latcher decía que Ricky era el padre de su bebé, pero era algo que tampoco podía plantear. Tally siempre se comportaba de una manera muy misteriosa, con ciertos rasgos de melancolía, y yo la adoraba con toda el alma. El hecho de caminar a su lado por aquel angosto sendero hacía que me sintiese como si tuviera veinte años.

–¿Qué quería el ayudante del sheriff? –me preguntó.

Se lo dije todo. Stick no nos había revelado ningún secreto prohibido. Los Sisco eran unos bocazas, y lo bastante insensatos para atreverse a hacer algo. Así se lo transmití a Tally.

Reflexionó acerca de ello mientras caminábamos, y al fin me preguntó:

–¿Sabes si Stick piensa detener a Hank por la muerte de aquel chico?

Tenía que andarme con mucho cuidado. Los Spruill estaban enemistados entre sí, pero al menor atisbo de amenaza exterior cerraban filas para protegerse.

–Pappy teme que os marchéis todos –dije.

–¿Y eso qué tiene que ver con Hank?

–Si Stick lo detiene, puede que os vayáis.

–No nos iremos, Luke. Necesitamos el dinero.

Nos habíamos detenido. Tally me estaba mirando y yo me miraba los pies descalzos.

–Creo que Stick quiere esperar hasta que se haya recolectado el algodón –dije.

Lo asimiló sin decir ni una sola palabra y después dio media vuelta y echó a andar hacia la casa. Yo la seguí, pensando que me había ido de la lengua. Al llegar a la altura del silo me dio las buenas noches y se perdió en la oscuridad.

Horas más tarde, cuando debería haber estado durmiendo, escuché por la ventana abierta cómo los Spruill rezongaban y discutían. No siempre podía oír lo que decían o a propósito de qué se peleaban, pero me parecía que cada nueva disputa estaba provocada por algo que había hecho o dicho Hank. Despertaban antes de que amaneciera y se pasaban por lo menos diez horas en los campos; él dormía hasta la hora que le daba la gana y después empezaba a recolectar algodón a un ritmo muy lento.

Estaba claro que todas las noches salía a vagar por ahí. Miguel esperaba junto a los escalones del porche trasero cuando mi padre y yo abrimos la puerta de la cocina para ir a buscar huevos y leche para el desayuno. Pedía ayuda. El bombardeo se había reanudado. Alguien se había dedicado a arrojar pesados terrones contra el establo hasta bien pasada la medianoche. Los mexicanos estaban exhaustos y enfurecidos, y no tendría más remedio que haber algún tipo de pelea.

Éste fue el único tema de conversación durante el desayuno. Pappy estaba tan furioso que apenas pudo comer. Los mayores llegaron a la conclusión de que Hank tenía que marcharse, y si el resto de los Spruill se iba con él, nos las arreglaríamos como pudiéramos. Diez buenos trabajadores mexicanos bien descansados valían mucho más que ellos.

Pappy hizo ademán de levantarse de la mesa para ir directamente al patio delantero con su ultimátum, pero mi padre lo calmó. Decidieron que sería mejor esperar hasta que terminara la jornada para sacarles a los Spruill todo un día más de trabajo. Además, era improbable que levantaran el campamento cuando ya estaba a punto de oscurecer.

Yo me limité a escuchar en silencio. Hubiera deseado intervenir y mencionar mi conversación con Tally, sobre todo lo que ella me había dicho acerca de lo mucho que necesitaba el dinero su familia. En mi opinión, no se irían y estarían encantados de librarse de Hank. Pero mis opiniones jamás eran bien recibidas durante las tensas discusiones familiares como aquélla. Seguí comiendo el bollo mientras prestaba atención a lo que le decía.

–¿Y qué hacemos con Stick? –preguntó Gran.

–¿Qué quieres decir? –replicó Pappy.

–Dijiste que le avisarías cuando terminaras con Hank.

Pappy reflexionó mientras tomaba un bocado de jamón.

Gran siempre iba un paso por delante, pero es que tenía la ventaja de pensar sin enfadarse. Bebió un sorbo de café y dijo:

–Creo que lo que deberíamos hacer es decirle al señor Spruill que Stick tiene intención de venir en busca de Hank. Que el chico se vaya por la noche. Se irá, que es lo único que nos importa, y los Spruill te agradecerán que les hayas avisado.

El plan de Gran era muy hábil. Mi madre consiguió esbozar una sonrisa. Una vez más, las mujeres habían analizado una situación con más agudeza que los hombres.

Pappy no dijo nada más. Mi padre terminó rápidamente de comer y salió de la casa. El sol apenas asomaba por encima de los lejanos árboles, pero el día ya se había convertido en una jornada memorable.

Al mediodía, después de la comida, Pappy me dijo en tono áspero:

–Luke, vamos a la ciudad. El remolque ya está lleno.

El remolque no estaba totalmente lleno y jamás lo llevábamos a la desmotadora a esa hora del día. Pero yo no pensaba protestar. Algo se estaba cociendo.

Cuando llegamos a la desmotadora sólo había cuatro remolques delante del nuestro. Por regla general, a esas alturas de la cosecha solía haber por lo menos diez, pero también era cierto que nosotros siempre íbamos después de cenar, cuando el lugar estaba lleno de peones.

–El mediodía es una buena hora para desmotar –dijo Pappy. Dejó las llaves en el camión y, mientras nos alejábamos, añadió–: Quiero ir a la Cooperativa. Vamos a Main Street.

Me parecía muy bien.

Black Oak tenía trescientos habitantes y prácticamente todos vivían a cinco minutos de Main Street. A menudo pensaba en lo bonito que sería tener una preciosa casita en una umbrosa calle a un tiro de piedra de la tienda de Pop y Pearl y del cine Dixie, sin el menor asomo de algodón a la vista.

A medio camino de Main Street, giramos bruscamente.

–Pearl quiere verte –anunció Pappy, señalando la casa de los Watson, justo a nuestra derecha.

Yo jamás había estado en la casa de Pop y Pearl, pues no se había presentado la ocasión, pero la había visto por fuera. Era una de las pocas casas de la ciudad parcialmente construida con ladrillos.

–¿Cómo? –pregunté, perplejo.

Pappy no abrió la boca y me limité a seguirlo.

Pearl estaba esperando en la puerta. Al entrar, aspiré el dulce aroma de algo que se estaba cociendo en el horno, pero mi confusión me impidió comprender que Pearl estaba preparando un convite para mí. Me dio una palmada en la cabeza y le guiñó un ojo a Pappy. En un rincón de la estancia, Pop estaba inclinado de espaldas a nosotros, manipulando algo.

–Ven aquí, Luke –me llamó sin volverse.

Había oído decir que tenían un televisor. El primero de nuestro condado lo había adquirido el año anterior el señor Harvey Gleeson, el propietario del banco, pero era un hombre muy reservado y nadie había visto todavía su televisor, que nosotros supiéramos. Varios feligreses de la iglesia tenían parientes en Jonesboro que se habían comprado televisores, y siempre que iban a visitarlos regresaban contando las maravillas de aquel nuevo invento. Dewayne había visto uno en un escaparate de Blytheville y, durante un insoportable período de tiempo, había presumido de ello en la escuela.

–Siéntate aquí –dijo Pop, señalando un lugar en el suelo,

justo delante del aparato. Aún estaba ajustando los botones–. Son las Series Mundiales –añadió–. Tercer partido, los Dodgers en el Yankee Stadium.

Se me detuvo el corazón y quedé boquiabierto de asombro. Estaba tan pasmado que no podía ni moverme. El televisor se encontraba en el centro de un oscuro armario de madera y la palabra «Motorola» aparecía grabada en cromo justo por debajo de una hilera de botones. Pop hizo girar uno de éstos y de repente se oyó la chirriante voz de un locutor, describiendo una pelota rasa hacia el jugador situado entre la segunda y la tercera base. Después Pop hizo girar dos botones a la vez y la imagen se hizo más nítida.

Era un partido de béisbol. ¡En directo desde el Yankee Stadium, y nosotros estábamos viéndolo en Black Oak, Arkansas!

Unas sillas se movieron detrás de mí y advertí que Pappy se acercaba lentamente. Pearl no era muy aficionada al béisbol. Se pasó unos minutos trajinando en la cocina y salió con una bandeja de galletas de chocolate y un vaso de leche. Los tomé y le di las gracias. Las galletas eran recién salidas del horno y olían de maravilla. Pero yo no podía comer en aquel momento.

Ed Lopat estaba lanzando por los Yankees. Preacher Roe por los Dodgers. Mickey Mantle, Yogi Berra, Phil Rizzuto, Hank Bauer y Billy Martin jugaban por los Yankees, y Pee Wee Reese, Duke Snider, Roy Campanella, Jackie Robinson y Gil Hodges por los Dodgers. Todos estaban allí, en la sala de Pop y Pearl, jugando en presencia de sesenta mil hinchas en el Yankee Stadium. Estaba tan hipnotizado que no lograba articular sonido. Contemplaba la televisión sin poder creerlo.

–Cómete las galletas, Luke –me dijo Pearl mientras cruzaba la estancia. Era más una orden que una invitación, por lo que hinqué el diente en una de ellas.

–¿Quién quieres que gane? –me preguntó Pop.

–No lo sé –murmuré, y era verdad. Me habían enseñado a odiar a ambos equipos. Y resultaba fácil odiarlos cuando ellos estaban en Nueva York, en otro mundo. Pero en ese momento, en cambio, estaban en Black Oak, jugando a lo que a mí tanto me gustaba, en directo desde el Yankee Stadium. Mi odio se desvaneció como por arte de ensalmo–. Creo que los Dodgers –dije.

–Siempre tienes que ir a favor de los equipos de la Liga Nacional –dijo Pappy a mi espalda.

–Supongo que sí –concedió Pop a regañadientes–. Pero es muy duro querer que ganen los Dodgers.

El partido estaba siendo retransmitido a nuestro mundo por el Canal 5 de Memphis, filial de la National Broadcasting Company, a saber lo que significaría eso. Había anuncios de los cigarrillos Lucky Strike, de Cadillac, Coca-Cola y Texaco. Entre entrada y entrada, el partido daba paso a un anuncio, y cuando éste terminaba la pantalla volvía a cambiar y nos encontrábamos de nuevo en el Yankee Stadium. Era una experiencia que causaba vértigo, y me cautivó por completo. Me pasé una hora transportado a otro mundo.

Pappy tenía asuntos que resolver, y en determinado momento abandonó la casa en dirección a Main Street. No lo oí marcharse, pero durante un anuncio me di cuenta de que no estaba.

Yogi Berra hizo un *home run* y, mientras yo lo veía recorrer las bases en presencia de sesenta mil espectadores, comprendí que jamás podría volver a odiar de verdad a los Yankees. Eran una leyenda, los mejores jugadores del mejor equipo de béisbol que jamás había existido. Me emocioné profundamente, pero juré que me guardaría mis nuevos sentimientos para mí solo. Pappy no permitiría que hubiera simpatizantes de los Yankees en su casa.

En la primera mitad de la novena entrada, Berra dejó pasar un lanzamiento. Los Dodgers se apuntaron dos carreras y ganaron el partido. Pearl envolvió las galletas en papel de aluminio para que me las llevara. Le di las gracias a Pop por haberme permitido compartir con él aquella aventura tan increíble y le pregunté si podría regresar cuando jugaran los Cardinals.

–Por supuesto –contestó–, pero es probable que falte todavía mucho tiempo para eso.

Mientras volvíamos a la desmotadora, le hice a Pappy unas cuantas preguntas acerca de los fundamentos de la transmisión por televisión. Me habló de señales y de torres en términos muy vagos e imprecisos, hasta que al final me confesó que no sabía casi nada al respecto, pues se trataba de un invento muy reciente. Le pregunté cuándo podríamos tener un televisor.

–Cualquier día de éstos –contestó, como si jamás fuera a ocurrir.

Me avergoncé de habérselo preguntado.

Regresamos a la granja con el remolque vacío y me pasé el resto de la jornada recolectando algodón. Durante la cena, los adultos me concedieron el uso de la palabra. Hablé sin parar del partido y de los anuncios y de todo lo que había visto en el televisor de Pop y Pearl.

La América moderna estaba invadiendo lentamente el rural estado de Arkansas.

25

Poco antes del anochecer, mi padre y el señor Leon Spruill fueron a dar un breve paseo hasta más allá del silo. Mi padre le explicó al señor Spruill que Stick Powers estaba a punto de detener a Hank por la muerte de Jerry Sisco. Puesto que Hank estaba provocando muchos problemas, sería el mejor momento para que huyera durante la noche y regresara a la montaña. Al parecer, el señor Spruill no se lo tomó a mal ni amenazó con irse. Tally tenía razón; necesitaban el dinero. Todos estaban hartos de Hank. Nos dio la impresión de que se quedarían y terminarían de recolectar el algodón.

Permanecimos sentados en el porche delantero, mirando y escuchando. No hubo palabras fuertes ni la menor señal de que tuvieran intención de levantar el campamento. Y tampoco parecía que Hank se fuera a marchar. A pesar de las sombras divisábamos su figura; estaba sentado junto a la hoguera, buscando más sobras. Uno a uno, los Spruill se fueron a la cama. Y nosotros también.

Terminé de rezar mis oraciones y, cuando ya estaba acostado en la cama de Ricky completamente despierto, pensando en los Yankees y los Dodgers, oí el comienzo de una discusión en la distancia. Me levanté en silencio y miré a hurtadillas por la ventana. Todo estaba oscuro y en silencio, y por un instante no logré ver a nadie. Las sombras se desplazaron y entonces vi junto al camino a Hank y al señor Spruill mirándose el uno al otro y hablando a la vez. No pude entender qué decían, pero no cabía duda de que estaban enojados.

Aquello era demasiado interesante para perdérmelo. Salí sigilosamente al pasillo y me detuve para cerciorarme de que los mayores dormían. Después crucé la sala de estar, abrí la puerta mosquitera, salí al porche delantero, bajé por los escalones y me pegué al seto vivo del lado este de nuestra propiedad. Brillaba la media luna y había nubes dispersas en el cielo. Al cabo de unos minutos de avanzar en silencio, llegué a las inmediaciones del camino. La señora Spruill se había sumado a la disputa. Estaban discutiendo acerca de la agresión contra Sisco. Hank defendía enérgicamente su inocencia. Sus padres no querían que lo detuvieran.

–Mataré a ese ayudante del sheriff gordinflón –masculló.

–Tú vuelve a casa, hijo, y deja que la situación se calme un poco –repetía la señora Spruill.

–Los Chandler quieren que te vayas –dijo en determinado momento el señor Spruill.

–Tengo más dinero en el bolsillo del que jamás tendrán estos cabrones –replicó Hank en tono despectivo.

Luego pronunció palabras muy duras sobre nosotros, los mexicanos, Stick Powers, los Sisco y los habitantes de Black Oak en general, e incluso dedicó algunos términos escogidos a sus padres y a Bo y Dale. Sólo Tally y Trot se libraron de su ataque. Su lenguaje se endureció, y levantó la voz, pero el señor y la señora Spruill no se arredraron.

–De acuerdo, me iré –dijo Hank al final, y se encaminó a grandes zancadas hacia una tienda de campaña en busca de algo.

Me acerqué muy despacio hasta el borde del camino, lo crucé rápidamente y me hundí en las profundidades del algodonal de los Jeter. Desde allí podía ver perfectamente nuestro patio. Hank estaba llenando una vieja bolsa de lona con ropa y comida. Pensé que su intención era ir a pie a la carretera y empezaría a hacer autostop. Atravesé las hileras de algodón y avancé siguiendo la cuneta en dirección al río. Quería ver a Hank cuando pasara por allí.

Intercambiaron unas cuantas palabras más y después la señora Spruill dijo:

–Estaremos en casa dentro de unas semanas.

Cesaron las palabras y Hank pasó por mi lado por el centro del camino, con una bolsa colgada del hombro. Yo avancé sigilosamente hasta el final de la hilera y lo vi encaminarse hacia el río.

No pude por menos que sonreír. La paz reinaría otra vez en nuestra granja. Permanecí agachado allí un buen rato, hasta mucho después de que Hank hubiera desaparecido, y agradecí a las estrellas del cielo que finalmente se hubiera largado.

Estaba a punto de volver sobre mis pasos cuando, de repente, algo se movió al otro lado del camino, directamente delante de mí. Los tallos de algodón crujieron y un hombre se levantó y dio un paso hacia delante. Era ágil y de baja estatura y estaba claro que no quería que nadie lo viera. Miró hacia nuestra casa y, por un instante, la luz de la luna le iluminó el rostro. Se trataba de Cowboy.

Por unos segundos el miedo me paralizó. Estaba a salvo en el lado del camino correspondiente a los Jeter, oculto en su algodonal. Quería regresar corriendo a casa y acostarme de nuevo en la cama de Ricky. Pero también me interesaba ver qué se llevaba Cowboy entre manos.

Sin salir de la cuneta, que le llegaba a la altura de las rodillas, Cowboy se movió en silencio y con gran rapidez. Avanzaba y se detenía para aguzar el oído. Avanzaba y volvía a detenerse. Yo me encontraba a algo más de treinta metros de distancia, todavía en la propiedad de los Jeter, siguiéndolo todo lo cerca que la prudencia me permitía. En caso de que me oyera, me agacharía entre las matas de algodón.

No tardé en ver, en el centro del camino, la corpulenta figura de Hank, que regresaba a su casa sin demasiada prisa. Cowboy aminoró la marcha, y yo también. Iba descalzo, y como pisara una mocasín moriría de una forma atroz. «Vuelve a casa –me decía una voz en mi interior–. Sal de aquí.»

Si Cowboy quería luchar, ¿a qué esperaba? Nuestra granja ya no estaba al alcance de la vista ni del oído. Pero el río se encontraba a dos pasos, y quizás eso guardase relación con los planes de Cowboy.

Cuando Hank ya estaba a punto de llegar al puente, Cowboy apuró el paso y echó a andar por el centro del camino. Yo me quedé en el límite del algodonal, sudando a mares y casi sin aliento, preguntándome por qué razón era tan insensato.

Hank llegó al río y empezó a cruzar el puente. Cowboy echó a correr. Cuando Hank se encontraba a medio camino de la otra orilla, Cowboy se detuvo justo el tiempo suficiente para levantar el brazo y arrojar una piedra. Ésta cayó sobre las tablas de madera al lado de Hank, que se detuvo, se volvió y dijo:

–Anda, ven aquí, espalda mojada.

Cowboy siguió caminando. Se encontraba en el puente, subiendo por la casi imperceptible cuesta, aparentemente sin miedo, mientras Hank, que parecía el doble de alto que él, lo esperaba maldiciéndolo. Se reunirían en el centro del puente y no cabía duda de que, una vez allí, uno de los dos saldría perdiendo.

Cuando ya estaban muy cerca el uno del otro, Cowboy volvió súbitamente a levantar el brazo y arrojó otra piedra casi a quemarropa. Hank se agachó y consiguió esquivarla. Después se abalanzó contra Cowboy, que abrió la navaja automática y la sostuvo en alto. Hank lo advirtió justo a tiempo para blandir como una fiera la bolsa que llevaba colgada del hombro. Rozó con ella el sombrero de Cowboy, que cayó al suelo. Ambos se estudiaron, buscando una oportunidad. Hank soltó un gruñido y una maldición sin apartar los ojos de la navaja; acto seguido, introdujo la mano en la bolsa y sacó un frasco pequeño. Lo sostuvo como si se tratara de una pelota de béisbol, listo para lanzarlo. Cowboy, que ya se había puesto de pie, se agachó a la espera del momento más propicio. Así, sin apartar la mirada el uno del otro, llegaron a escasos centímetros del borde del puente.

Hank emitió un poderoso rugido y arrojó el frasco con la mayor fuerza posible contra Cowboy, que se encontraba a menos de tres metros de distancia. El frasco lo alcanzó en el cuello o la garganta, no lo pude ver con precisión, y por un instante Cowboy se balanceó como si estuviera a punto de caer. Hank le arrojó la bolsa y se abalanzó sobre él, pero con asombrosa rapidez Cowboy se cambió la navaja de mano, extrajo una piedra del bolsillo derecho de los pantalones y la lanzó con más fuerza de la que jamás hubiera utilizado para golpear una pelota de béisbol. La piedra se estrelló contra el rostro de Hank. No lo vi, pero lo oí con toda claridad. Hank soltó un aullido y se cubrió la cara con las manos. Para cuando logró recuperarse, ya era demasiado tarde.

Cowboy se agachó y hundió la hoja en el vientre de Hank con trayectoria ascedente hacia el pecho. Hank emitió un doloroso grito de sorpresa y horror.

A continuación, Cowboy retiró la hoja y la clavó una y otra vez en el cuerpo de su enemigo, que dobló una rodilla y después las dos. Luego abrió la boca, pero de ella no surgió sonido alguno. Se quedó mirando fijamente a Cowboy, con el rostro congelado en una mueca de terror. Con rápidos y certeros navajazos, Cowboy siguió atacándolo con saña, hasta que terminó su trabajo. Cuando Hank yacía inmóvil sobre las tablas del puente, Cowboy le examinó rápidamente los bolsillos de los pantalones y le robó lo que llevaba. Después lo arrastró hasta el borde del puente y lo arrojó al agua. El cadáver cayó en medio de un chapoteo y se hundió de inmediato. Cowboy examinó el contenido de la bolsa, no encontró en ella nada de interés, y la arrojó también al agua. Permaneció un largo rato en el borde del puente, la mayor parte de él contemplando el agua.

Yo no sentía el menor deseo de seguir el mismo camino que Hank, de modo que me agaché entre las matas de algodón y me escondí tanto que ni yo mismo habría podido encontrarme. El corazón me latía con más fuerza que nunca.

Temblaba, sudaba, lloraba y rezaba. Debería haber estado durmiendo tranquilamente en mi cama, con mis padres en la habitación de al lado y mis abuelos justo al fondo del pasillo. Pero de pronto me pareció que se encontraban muy lejos. Estaba solo y asustado en una trinchera y corría un peligro enorme. Acababa de ver algo que aún no podía creerme.

No sé cuánto tiempo permaneció Cowboy en el puente, contemplando el agua para cerciorarse de que Hank había desaparecido. Cuando las nubes cubrían la media luna, apenas podía distinguirlo, pero en el momento en que se desplazaban lo veía de nuevo allí, con el sucio sombrero de cowboy ladeado sobre la cabeza. Finalmente, cruzó el puente y, una vez al otro lado, se detuvo a la orilla del río para limpiar la navaja. Contempló nuevamente el agua y después se volvió y echó a andar camino abajo. Cuando pasó por mi lado, a unos cinco metros de distancia, tuve la impresión de que me encontraba a cincuenta centímetros bajo tierra.

Esperé lo que me pareció una eternidad, hasta que lo perdí de vista y comprendí que ya no podía oírme; entonces salí de mi pequeña madriguera y emprendí el camino de regreso a casa. No sabía muy bien qué iba a hacer cuando llegara allí, pero estaría a salvo. Ya se me ocurriría algo.

Procuré actuar con precaución, avanzando a través de las altas matas de sorgo de Alepo que crecían al borde del campo. Los agricultores odiábamos el sorgo de Alepo, pero por primera vez en mi vida le estaba agradecido. Quería darme prisa y echar a correr por el centro del camino, pero estaba aterrorizado y me notaba los pies pesados. El cansancio y el temor me tenían preso, y a ratos apenas podía moverme. Finalmente, cuando ya desesperaba, vi las siluetas de la casa y el establo. Contemplé el camino que tenía por delante, convencido de que Cowboy se encontraba por allí, vigilando su retaguardia y sus flancos. Procuré no pensar en Hank. Estaba demasiado ocupado en la tarea de llegar a casa.

Cuando me detuve para recuperar el aliento, percibí el

inconfundible olor de un mexicano. Raras veces se bañaban, y tras pasarse unos cuantos días recolectando algodón olían de un modo especial.

El olor desapareció rápidamente, y me pregunté si no habrían sido imaginaciones mías. Sin atreverme a correr el menor riesgo, me escondí una vez más en el terreno de los Jeter y me dirigí muy despacio hacia el este, atravesando en silencio hileras y más hileras de algodón. Cuando distinguí las blancas tiendas del campamento de los Spruill, comprendí que ya me hallaba prácticamente en casa.

¿Qué diría acerca de Hank? La verdad y nada más que la verdad. Tantos secretos me abrumaban; ya no quedaba espacio ni para uno más, mucho menos si era tan grave como aquél. Entraría sigilosamente en la habitación de Ricky, intentaría dormir un poco y, cuando mi padre me despertara para ir por los huevos y la leche, le contaría lo que había presenciado. Mi padre se enteraría de todo, de cada paso, de cada movimiento, de cada herida infligida por la navaja. Entonces él y Pappy se dirigirían a la ciudad para comunicarle el asesinato a Stick Powers, y antes del almuerzo Cowboy estaría encerrado en la cárcel. Probablemente lo ahorcasen antes de Navidad.

Hank había muerto. Cowboy estaría en la cárcel. Los Spruill harían las maletas y se irían, pero a mí me daba igual. No quería volver a ver a ningún Spruill, jamás, ni siquiera a Tally. Quería que toda aquella gente desapareciera de nuestra granja y de nuestra vida.

Quería que Ricky regresara a casa y que los Latcher se largaran con viento fresco; entonces todo volvería a la normalidad.

Cuando me encontraba a una distancia del porche que habría podido cubrir con una simple carrerilla, decidí actuar a mi manera. Tenía los nervios a flor de piel y se me había acabado la paciencia. Llevaba varias horas escondido y ya estaba harto. Avancé a toda prisa hasta el final de las hileras de algodón, salté por encima de la cuneta y salí al camino. Me agaché, agucé el oído por espacio de un segundo y eché a correr. Al cabo de dos o quizá tres pasos, oí un rumor detrás de mí, y de inmediato una mano me inmovilizó los pies y me hizo caer. Cowboy se me había echado encima; tenía una rodilla sobre mi pecho y la navaja automática a tres centímetros de mi nariz. Los ojos le brillaban con un extraño fulgor.

–¡Silencio! –me ordenó entre dientes.

Ambos respirábamos afanosamente y estábamos cubiertos de sudor mientras su penetrante olor agredía con fuerza el olfato; era, sin la menor duda, el mismo olor que había percibido unos cuantos minutos antes. Dejé de moverme y apreté los dientes. Su rodilla me estaba aplastando.

–¿Has estado en el río? –me preguntó.

Negué con la cabeza. El sudor de su barbilla me cayó dentro de los ojos y noté que éstos me escocían. Desplazó un poco la navaja como si yo todavía no la hubiera visto.

–Entonces, ¿dónde has estado?

Volví a menear la cabeza; no podía ni hablar. Entonces me di cuenta de que estaba temblando de miedo.

Al comprender que yo no podía articular palabra, me dio unos golpecitos en la frente con la punta de la navaja.

–Como digas una sola palabra sobre lo de esta noche –susurró muy despacio–, mataré a tu madre. ¿Entendido?

Asentí enérgicamente con la cabeza. Cowboy se levantó y se perdió rápidamente en la negrura de la noche dejándome tirado en medio del polvo de nuestro camino. Rompí a llorar y, arrastrándome, conseguí llegar a nuestro camión antes de perder el conocimiento.

Me encontraron debajo de su cama. En la confusión del momento, mientras mis padres me hablaban a gritos y me hacían preguntas acerca de toda una serie de cosas –la ropa manchada, los cortes ensangrentados que presentaba en los brazos, por qué razón estaba durmiendo debajo de su cama–, conseguí inventarme que había tenido una horrible pesadilla. ¡Hank se había ahogado! Y yo había ido a ver si estaba en su campamento.

–¡Te has paseado dormido! –exclamó en tono de incredulidad, y aproveché de inmediato la ocasión.

–Supongo –dije, asintiendo con la cabeza.

Después lo vi todo borroso... estaba muerto de cansancio y asustado, y no estaba seguro de si lo que había presenciado en el río había ocurrido de verdad o había sido un sueño. Me horrorizaba la idea de volver a ver a Cowboy.

–A Ricky solía ocurrirle –comentó Gran desde el pasillo–. Una noche lo sorprendí fuera, más allá del silo.

Eso contribuyó a tranquilizar un poco a mis padres, que me acompañaron a la cocina y me hicieron sentar junto a la mesa. Mi madre me lavó mientras Gran me curaba los cortes que el sorgo de Alepo me había producido en los brazos. Pappy y mi padre comprendieron que la situación estaba controlada y salieron en busca de los huevos y la leche.

Una fragorosa tronada estalló mientras nos disponíamos a comer y su estruendo constituyó un gran alivio para mí. Nos pasaríamos varias horas sin poder ir a los campos, y yo no correría el peligro de tropezarme con Cowboy.

Me observaron mientras jugueteaba con la comida.

–Estoy bien –dije en determinado momento.

La lluvia golpeaba con fuerza nuestro tejado de hojalata ahogando nuestra conversación, por lo que comimos en silencio mientras los hombres se preocupaban por el algodón y las mujeres se preocupaban por mí.

Mis preocupaciones habrían bastado para aplastarnos a todos.

–¿Podría terminarme el desayuno más tarde? –pregunté, apartando ligeramente mi plato a un lado–. Tengo mucho sueño.

Mi madre decidió que volviera a la cama y descansara todo lo que hiciera falta. Mientras quitaba la mesa con ayuda de Gran, le pregunté en voz baja si podía tumbarse conmigo. Por supuesto que lo haría.

Se quedó dormida antes que yo. Estábamos en la cama de mis padres, en la semioscuridad de su fresco y silencioso dormitorio, escuchando el rumor de la lluvia. La cercanía de Pappy y de mi padre, que se hallaban en la cocina, tomando café y esperando, hizo que me sintiese a salvo.

Deseé que la lluvia se prolongara eternamente. Los mexicanos y los Spruill se irían. Cowboy sería enviado a casa, donde podría cortar y acuchillar todo lo que quisiera sin que yo me enterara. Y, en algún momento del verano, cuando empezasen a elaborar los planes para la cosecha, me encargaría de que nadie trajese a nuestro condado a Miguel y su cuadrilla de mexicanos.

Quería tener a mi madre al lado y a mi padre cerca. Quería dormir, pero cuando cerré los ojos vi a Hank y a Cowboy en el puente. De pronto, abrigué la esperanza de que Hank todavía estuviera en el campamento de los Spruill, buscando bollos entre las sobras y arrojando piedras contra el establo. Entonces todo habría sido un sueño.

26

Me pasé el día pegado a las faldas de mi madre, cuando cesó la tormenta, después del almuerzo y cuando los demás se fueron a recolectar algodón y ella y yo nos quedamos en casa. Mis padres hablaron en voz baja y mi padre frunció el entrecejo, pero mi madre se mostró inflexible. Había momentos en que los niños pequeños tenían que estar con sus madres. Yo temía perderla de vista.

La sola idea de contarles a mis padres lo que había visto en el puente me ponía enfermo. Procuraba no pensar ni en el asesinato ni en el hecho de tener que hablar de él, pero me era imposible pensar en otra cosa.

Mi madre me pidió que la acompañase a buscar unas cuantas hortalizas. La seguí con la canasta de paja, mirando en todas direcciones, preparado para la posibilidad de que Cowboy apareciera de repente y nos asesinara a los dos. Me parecía percibir su olor, su presencia y su cercanía. Me imaginaba sus ojos líquidos y perversos observando todos nuestros movimientos. El peso de su navaja automática contra mi garganta era cada vez más grande.

No pensaba más que en él y no me apartaba de mi madre ni por un instante.

–¿Qué te ocurre, Luke? –me preguntó ella más de una vez.

Yo era consciente de mi silencio, pero no conseguía articular ni una sola palabra. Me zumbaban los oídos. El mundo parecía moverse más despacio. Sólo quería encontrar un lugar donde esconderme.

–Nada –contesté.

Hasta mi voz sonaba distinta: baja y áspera.

–¿Aún estás cansado?

–Sí, señora.

Y estaría cansado durante un mes con tal de no tener que ir a recolectar algodón y tropezarme con Cowboy.

Nos detuvimos para examinar la obra de Trot. Puesto que estábamos allí y no habíamos ido al algodonal, a Trot no se lo veía por ninguna parte. Si salíamos de la casa, entonces él seguiría pintando. Ahora la pared este tenía una franja blanca de unos ochenta centímetros de altura que iba desde la parte anterior hasta casi la de atrás. Estaba muy bien definida y realizada, por lo que era evidente que había dispuesto de mucho tiempo libre para llevarla a cabo.

Al paso que iba, Trot no podría terminar de pintar la casa antes de que los Spruill se marcharan. ¿Qué ocurriría cuando lo hicieran? ¿Acaso íbamos a vivir en una casa cuya pared era de dos colores?

Sin embargo yo tenía otras cosas más importantes por las que preocuparme.

Mi madre había decidido «conservar», o enfrascar, unos cuantos tomates. En verano y a principios de otoño, ella y Gran se pasaban horas preparando conservas con hortalizas de nuestro huerto: tomates, guisantes, judías, quingombó, berzas, maíz. A primeros de noviembre, los estantes de la despensa se llenaban de suficientes tarros de cierre hermético de un kilo de capacidad, puestos de cuatro en fondo, para todo el invierno y principios de la primavera. Como es natural, también hacían conservas suficientes para cualquier persona que pudiera necesitar un poco de ayuda. Yo tenía la certeza de que, ahora que estábamos emparentados con los Latcher, en los meses siguientes iríamos en varias ocasiones a llevarles comida.

Sólo de pensarlo me sentía intranquilo, pero la verdad era que lo de los Latcher ya no me preocupaba.

Mi tarea consistía en pelar tomates. Una vez pelados, éstos se troceaban, se colocaban en unos peroles de gran tamaño, se cocían justo lo suficiente para ablandarlos, se introducían en tarros herméticos de un kilo de capacidad y, tras echarles una cucharada sopera de sal, se cerraban con tapas nuevas. Utilizábamos los mismos tarros de un año para otro, pero siempre comprábamos tapas nuevas. La mínima filtración a través del cierre estropeaba el contenido del tarro, y en invierno no podíamos evitar decepcionarnos cuando Gran o mi madre abrían un tarro y descubrían que lo que hubiese dentro se había echado a perder. Sin embargo, no solía ocurrir muy a menudo.

Una vez debidamente llenos y herméticamente cerrados, los tarros se colocaban en el interior de una olla a presión de gran tamaño llena de agua hasta la mitad. Allí hervían durante media hora para eliminar cualquier residuo de aire y reforzar el cierre hermético de la tapa. Gran y mi madre eran muy maniáticas con sus conservas; de hecho éstas constituían una fuente de orgullo para las mujeres, y a menudo las oía en la iglesia presumir de haber llenado un determinado número de tarros de judías o de lo que fuera.

La operación de las conservas se iniciaba en cuanto el huerto empezaba a producir. Yo me veía obligado a echar una mano de vez en cuando, lo cual me fastidiaba. Ese día, no obstante, era distinto. Ese día me alegraba de estar en la cocina con mi madre, sabiendo que Cowboy estaba recolectando algodón, muy lejos de allí.

Me situé junto al fregadero de la cocina con un afilado cuchillo de pelar y, cuando corté el primer tomate, pensé en Hank en el puente. La sangre, la navaja, el grito de dolor tras recibir el primer navajazo y después la silenciosa mirada de horror al recibir los demás. En aquel primer instante, creo que Hank comprendió que estaba a punto de ser cosido a puñaladas por alguien que ya lo había hecho otras veces. Supo que era hombre muerto.

Me golpeé la cabeza con la pata de una silla de la cocina. Cuando desperté en el sofá, mi madre estaba aplicándome hielo por encima de la oreja derecha.

–Te has desmayado, Luke –susurró con una sonrisa.

Intenté decir algo, pero me notaba la boca demasiado seca.

Me dio un sorbo de agua y me dijo que me pasaría algún tiempo sin ir a ninguna parte.

–¿Estás cansado? –me preguntó.

Asentí con la cabeza y cerré los ojos.

Dos veces al año, las autoridades del condado enviaban unas cuantas cargas de grava para alisar la superficie de nuestro camino. Los camiones las descargaban y a continuación entraba una niveladora de carreteras. La niveladora la conducía un anciano que vivía cerca de Caraway. Llevaba un parche sobre un ojo y el lado izquierdo de su rostro estaba desfigurado hasta el extremo de provocarme un estremecimiento cada vez que lo veía. Había resultado herido en la Primera Guerra Mundial, según Pappy, quien afirmaba saber acerca del viejo muchas más cosas que las que éste estaba dispuesto a reconocer. Se llamaba Otis.

Otis tenía dos monos que lo ayudaban a aplanar los caminos de la zona de Black Oak. Eran unos minúsculos seres negros de larga cola que correteaban junto a la niveladora, a veces brincando en la misma pala, a pocos centímetros de la tierra y la grava. En ocasiones se sentaban en su hombro o en la parte posterior de su asiento o en la larga barra que unía el volante con el extremo anterior. Mientras Otis subía y bajaba por el camino, accionando las palancas y cambiando el ángulo y el grado de inclinación de la pala sin dejar de escupir jugo de tabaco, los monos saltaban y daban vueltas sin ningún temor, al parecer, pasándoselo en grande.

En caso de que, por alguna terrible razón, nosotros los niños no consiguiéramos ver cumplido el ansiado sueño de jugar en los Cardinals, muchos optaríamos por ser conductores de niveladoras. Eran unas máquinas impresionantes y poderosas bajo el control de un solo hombre, con toda una serie de palancas que había que accionar con gran precisión. Además, los caminos nivelados revestían una importancia trascendental para los agricultores de la Arkansas rural. Pocas tareas eran más importantes, al menos en nuestra opinión.

No sabíamos cuánto se cobraba por ello, pero estábamos seguros de que debía de ser más rentable que trabajar la tierra.

Cuando oí el rugido del motor diesel, supe que Otis había vuelto. Me acerqué de la mano de mi madre al borde del camino y, como era de esperar, entre nuestra casa y el puente vimos tres montículos de grava nueva. Otis fue acercándose lentamente a nosotros a medida que nivelaba la grava. Nos retiramos a la sombra de un árbol, a esperar.

Tenía la cabeza despejada y me sentía fuerte. Mi madre me tiraba una y otra vez del hombro, como si temiese que volviera a desmayarme.

Cuando Otis estuvo más cerca, me aproximé un poco más al camino. El motor rugía; la pala removía la tierra y la grava. Estaban arreglándonos el camino, lo que constituía un acontecimiento de la máxima importancia.

Algunas veces Otis saludaba con la mano y otras no. Yo contemplaba sus cicatrices y el parche negro que le tapaba el ojo. ¡La de preguntas que hubiera deseado hacerle!

Vi un solo mono. Estaba sentado en la estructura principal, justo al otro lado del volante, y tenía una carita muy triste. Recorrí con la mirada todos los espacios de la niveladora, buscando a su compañero, pero no lo vi.

Saludamos con la mano a Otis, quien nos miró pero no nos devolvió el saludo. En nuestro mundo, semejante comportamiento se consideraba una imperdonable muestra de grosería, pero Otis era distinto. A causa de sus heridas de guerra, no tenía mujer ni hijos, y vivía aislado de todo y de todos.

De repente, la niveladora se detuvo. Otis se volvió, me

miró con el ojo sano y me hizo señas de que subiera. De inmediato me acerqué a él y mi madre corrió detras de mí para detenerme.

–¡Tranquila! ¡No pasa nada! –gritó Otis.

Daba igual: yo ya estaba encaramándome a la niveladora.

Otis me tomó de la mano y tiró de mí hacia la plataforma en la que estaba sentado.

–Ponte aquí –me indicó bruscamente, señalándome un reducido espacio a su lado–. Agárrate aquí –gruñó, y así un mango situado al lado de una palanca de aspecto muy importante que jamás en mi vida me habría atrevido a tocar.

Miré desde arriba a mi madre, que, con los brazos en jarras, meneaba la cabeza como si sintiera deseos de estrangularme. Al cabo de un instante, sin embargo, esbozó una sonrisa.

Otis pisó el acelerador y el motor que teníamos detrás cobró vida de repente. Pisó el embrague, accionó la palanca de cambios y nos pusimos en marcha. Yo habría ido más rápido a pie, pero con el rugido del diesel era como si avanzáramos a toda velocidad.

Yo me encontraba situado a la izquierda de Otis, muy cerca de su rostro, y trataba de no mirarle las cicatrices. A los pocos minutos, Otis pareció olvidarse de mi presencia. En cambio, el mono me miraba con gran curiosidad. Me observó como si fuera un intruso y después se puso lentamente a gatas como si estuviera apunto de abalanzarse sobre mí. Saltó sobre el hombro derecho de Otis, le rodeó la nuca, se sentó en su hombro izquierdo y se puso a mirarme.

Yo le devolví la mirada. No era mayor que una ardilla, y tenía un precioso pelaje negro y unos ojillos negros apenas separados por el caballete de la nariz. Su larga cola caía por delante de la pechera de la camisa de Otis, que accionaba las palancas para desplazar la grava y murmuraba para sus adentros, aparentemente ajeno a la presencia del mono sobre su hombro.

Cuando comprendí que el mono se conformaba sencillamente con mirarme, centré mi atención en el funcionamiento de la niveladora. Otis había introducido la pala en la cuneta, inclinándola en un ángulo muy cerrado para que excavara el barro, las hierbas y la maleza y los arrojara hacia el centro del camino. Yo sabía, por haberlo observado otras veces, que subiría y bajaría repetidamente, limpiando las cunetas, nivelando el centro y extendiendo la grava. Pappy opinaba que Otis y las autoridades del condado deberían arreglar nuestro camino más a menudo, y lo mismo opinaban casi todos los agricultores.

Otis hizo girar la niveladora, pasó la pala por otra cuneta y regresó de nuevo hacia nuestra casa. El mono no se había movido.

–¿Dónde está el otro mono? –pregunté, elevando la voz cerca de la oreja de Otis.

Señaló la pala diciendo:

–Se cayó.

Tardé un segundo en comprender, y entonces me horroricé al pensar en aquel pobre monito que había caído sobre la pala y había hallado una muerte tan espantosa. Otis no parecía demasiado impresionado, pero estaba claro que el mono superviviente lloraba con amargura la desaparición de su compañero. Permanecía sentado allí, a veces mirándome y otras con los ojos perdidos en la lejanía, profundamente solo. Y no se acercaba ni loco a la pala.

Mi madre no se había movido. La saludé con la mano y ella me devolvió el saludo, pero, una vez más, Otis se mantuvo al margen. Escupía muy a menudo, un largo hilo de jugo de tabaco de color marrón que caía al suelo delante de las ruedas frontales. Se secaba la boca con una sucia manga, bien la derecha, bien la izquierda, según la mano que estuviera ocupada en ese momento con una palanca. Pappy decía que Otis era un hombre muy equilibrado: el jugo de tabaco le salía por ambas comisuras de la boca.

Más allá de nuestra casa pude ver, desde la encumbrada

posición que ocupaba, el remolque del algodón en el centro de un campo y varios sombreros de paja diseminados a su alrededor. Busqué hasta que localicé a los mexicanos en el mismo lugar que de costumbre y me imaginé a Cowboy con la navaja automática en el bolsillo, sin duda muy orgulloso de su último asesinato. Me pregunté si se lo habría contado a sus compañeros. Probablemente, no.

Por un instante, tuve miedo, pues mi madre se encontraba sola a nuestras espaldas. Era absurdo, y yo lo sabía, pero, en aquellos momentos, casi todos mis pensamientos eran irracionales.

Cuando vi la hilera de árboles que bordeaban el río, un nuevo temor se apoderó de mí. De pronto temí ver el puente, el escenario del delito. Seguramente habría manchas de sangre, pruebas de que algo horrible había ocurrido en aquel lugar. ¿Las habría eliminado la lluvia? A veces transcurrían varios días sin que ningún automóvil o camión cruzara el puente. ¿Habría visto alguien la sangre de Hank? Lo más probable era que las pruebas hubieran desaparecido.

¿De veras se había producido derramamiento de sangre? ¿O acaso todo había sido una pesadilla?

Tampoco me apetecía ver el río. En aquella época del año, el agua bajaba muy despacio y Hank era muy corpulento. ¿Y si la corriente lo había arrastrado hasta la orilla? ¿Y si estaba en un banco de grava como una ballena varada? Yo no quería ser quien lo encontrase, por supuesto.

Hank había sido cosido a puñaladas. Cowboy estaba en posesión de la navaja automática más próxima y tenía motivos de sobra. Se trataba de un crimen que hasta Stick Powers sería capaz de resolver. Yo era el único testigo presencial, pero ya había decidido llevarme el secreto a la tumba.

Otis cambió de marcha y dio media vuelta, una hazaña nada fácil con una niveladora, tal como yo estaba comprobando. Tuve un vislumbre del puente, pero estábamos demasiado lejos para verlo con claridad. El mono se cansó de observarme y cambió de hombro. Me miró con el rabillo del ojo durante un minuto aproximadamente, asomando la cabeza por detrás de la de Otis, y después se quedó posado allí como una lechuza, estudiando el camino.

¡Oh, si Dewayne me hubiese visto! Se habría muerto de envidia. Se habría sentido humillado, tan abrumado por la derrota que se habría pasado un mes sin dirigirme la palabra. Estaba deseando que llegara el sábado. Haría correr la voz por Main Street de que me había pasado el día con Otis en la niveladora... con Otis y su mono. Pero sólo con uno de los monos, y entonces me vería obligado a contar lo que le había ocurrido al otro. Y todos aquellos controles y palancas, que desde el suelo parecían tan amenazadores pero que, en realidad, no tenían ningún problema para mí. ¡Había aprendido a manejarlos! Sería uno de mis mejores momentos.

Otis se detuvo delante de nuestra casa. Yo bajé y le grité:

–¡Gracias!

Él se largó sin inclinar la cabeza ni decir una sola palabra.

Pensé de repente en el mono muerto y me eché a llorar. Traté de contenerme, pero las lágrimas brotaban de mis ojos sin que pudiera impedirlo. Mi madre salió corriendo de la casa y me preguntó qué ocurría. Yo no lo sabía; lloraba sin más. Estaba cansado, asustado y a punto de volver a desmayarme, y lo único que quería era que todo volviera a ser normal, que los mexicanos y los Spruill se alejaran de nuestra vida, que Ricky regresara a casa, que los Latcher se marcharan y que la pesadilla de Hank se borrara de mi memoria. Estaba harto de secretos, harto de ver cosas que no tendría que haber visto.

Por eso lloraba.

Mi madre me abrazó con fuerza. Al darme cuenta de que estaba asustada, conseguí contarle lo del mono muerto.

–¿Lo has visto? –me preguntó, horrorizada.

Meneé la cabeza y seguí explicándoselo. Regresamos al porche y permanecimos sentados allí un buen rato.

La partida de Hank quedó confirmada en determinado momento del día. Durante la cena mi padre nos contó que el señor Spruill le había dicho que Hank se había ido durante la noche. Regresaría a su casa de Eureka Springs haciendo autostop.

Hank estaba en el fondo del río St. Francis, por lo que cuando pensé en él allí abajo, con los peces gato, se me pasó el apetito. Los mayores me vigilaban más que de costumbre. En el transcurso de las últimas veinticuatro horas me había desmayado, había sufrido pesadillas, había llorado varias veces y, que ellos supieran, había salido a dar un largo paseo dormido. Algo me ocurría, y estaban preocupados.

–No sé si llegará a casa –dijo Gran.

Su comentario dio lugar al relato de toda una serie de historias de personas desaparecidas. Pappy tenía un primo que había decidido emigrar con su familia de Misisipí a Arkansas. Viajaban en dos viejos camiones. Llegaron a un cruce ferroviario. El camión que iba delante, conducido por el primo en cuestión, fue el primero en cruzar. Un tren se acercó rugiendo, y el segundo camión esperó a que pasase. Era un tren muy largo, y cuando terminó de pasar al otro lado de las vías no había ni rastro del primer camión. Nadie volvió a ver al primo de Pappy, y de eso habían transcurrido veinte años. Ni rastro de él ni del camión.

Yo había oído contar aquella historia muchas veces. Sabía que a continuación vendría la de Gran y, en efecto, ésta nos contó la historia del padre de su madre, un hombre que había engendrado seis hijos y un día saltó a un tren y se fue a Tejas. Alguien de la familia tropezó con él veinte años después. Tenía otra mujer y seis hijos más.

–¿Te encuentras bien, Luke? –me preguntó Pappy cuando terminamos de comer. Toda su aspereza había desaparecido. Contaban aquellas historias para mí, para que me distrajera, pues los tenía muy preocupados.

–Sólo cansado, Pappy –contesté.

–¿Quieres acostarte temprano? –me preguntó mi madre, y asentí con la cabeza.

Me retiré a la habitación de Ricky mientras ellos lavaban los platos. La carta que estaba escribiéndole tenía ya dos páginas, lo que suponía un esfuerzo monumental. La había escondido debajo del colchón, y en ella relataba buena parte del conflicto de los Latcher. La releí y me sentí muy orgulloso de mí. Acaricié la idea de contarle a Ricky la historia de Cowboy y Hank, pero decidí esperar a cuando regresase a casa. Para entonces, los mexicanos ya se habrían ido, la situación se habría normalizado y Ricky sabría qué hacer.

Llegué a la conclusión de que la carta ya podía echarse al correo, pero entonces empecé a preocuparme, pues no sabía cómo enviarla. Siempre enviábamos nuestras cartas al mismo tiempo, todas dentro de un sobre de cartulina de gran tamaño. Decidí consultarlo con el señor Lynch Thornton, de la oficina de Correos que había en Main Street.

Mi madre me leyó la historia de Daniel en el foso de los leones, una de mis preferidas. Cuando cambiaba el tiempo y por las noches empezaba a refrescar, pasábamos menos rato en el porche y más rato leyendo antes de irnos a la cama. Mi madre y yo leíamos. Los otros, no. Ella prefería los relatos bíblicos y a mí me parecía muy bien. Se pasaba un buen rato leyendo y después me explicaba de qué iba. A continuación, leía un poco más. Cada relato contenía una enseñanza, y ella se encargaba de hacérmela comprender. No había cosa que me molestara más que el hecho de que el hermano Akers confundiera los detalles en alguno de sus interminables sermones.

Cuando me sentí preparado para acostarme, le pedí a mi madre que se quedara conmigo en la cama de Ricky hasta que me durmiera.

–Pues claro que sí –repuso.

27

Después de un día de descanso, mi padre se negó en redondo a que siguiese sin ir a los campos. Me sacó de la cama a las cinco y juntos cumplimos nuestra habitual tarea de ir en busca de los huevos y la leche.

Sabía que no podía seguir escondiéndome en casa con mi madre y, por consiguiente, me armé de valor y, sin demasiada convicción, me preparé para seguir recolectando algodón. En algún momento antes de que Cowboy se fuera, tendría que verme cara a cara con él. Sería mejor que lo hiciera cuanto antes y en presencia de mucha gente.

Los mexicanos se dirigían a pie al algodonal, con lo cual se ahorraban el recorrido en el remolque, podían empezar a recolectar unos cuantos minutos antes y evitaban estar cerca de los Spruill. Salimos de casa justo antes del amanecer. Me agarré fuerte al asiento de Pappy en el tractor y observé el rostro de mi madre cómo desaparecía lentamente en la ventana de la cocina. La víspera había rezado con fervor, y algo me decía que no iba a ocurrirle nada. Mientras avanzábamos por el camino, estudié el tractor John Deere. Me había pasado muchas horas en él, arando, sembrando, plantando e incluso transportando algodón a la ciudad con mi padre o con Pappy, y su funcionamiento siempre me había parecido muy complicado y difícil. Pero de pronto, tras haberme pasado treinta minutos en la niveladora, con toda su desconcertante serie de palancas y pedales, el tractor me parecía de lo más sencillo. Pappy se limitaba a permanecer sentado allí con las manos en el volante, los pies quietos, medio dormido, mientras que Otis no paraba de moverse y hacer maniobras, otra razón para que yo optara por nivelar carreteras en lugar de cultivar la tierra, en caso, naturalmente, de que mi carrera como beisbolista fracasara, lo cual era altamente improbable.

Los mexicanos ya habían avanzado media hilera, perdidos en medio del algodón, ajenos a nuestra llegada. Yo sabía que Cowboy estaba con ellos, pero con las primeras luces del alba todos los mexicanos me parecían iguales.

Conseguí evitar el contacto hasta la pausa del mediodía. Estaba seguro de que me había visto durante la mañana y supongo que debió de pensar que no estaría de más un pequeño recordatorio. Mientras sus compañeros se comían las sobras a la sombra del remolque, Cowboy decidió ir con nosotros. Se sentó solo en la parte lateral de la plataforma, y no le presté la menor atención hasta que estuvimos prácticamente en casa.

Cuando al fin me armé de valor y lo miré, se estaba limpiando las uñas con la navaja automática, y comprendí que me esperaba. Me miró, esbozó una sonrisa perversa más elocuente que mil palabras, y agitó disimuladamente la navaja en mi dirección. Nadie más lo vio, y aparté la mirada de inmediato.

Nuestro pacto acababa de consolidarse aún más.

A última hora de la tarde, el remolque ya estaba lleno de algodón. Después de una rápida cena, Pappy anunció que él y yo lo llevaríamos a la ciudad. Lo enganchamos al tractor y, a continuación, abandonamos la granja y tomamos nuestro camino recién nivelado. Otis era un artista. La calzada estaba perfectamente llana, incluso bajo nuestro viejo tractor.

Como de costumbre, Pappy guardó silencio mientras conducía, lo cual me pareció muy bien, pues yo tampoco tenía nada que decir. Guardaba muchos secretos, pero no podía quitármelos de encima. Mientras cruzábamos lentamente el puente, aproveché para examinar las perezosas aguas de abajo, pero no vi nada fuera de lo corriente. No quedaba el menor rastro de sangre ni del crimen que yo había presenciado.

Había transcurrido más de un día desde el asesinato, un día normal de trabajo y duro esfuerzo en la granja. Aquel secreto ocupaba todos mis pensamientos, pero creía que lo disimulaba muy bien. Mi madre estaba a salvo, y eso era lo único que importaba.

Cuando pasamos por delante del camino que conducía a la granja de los Latcher, Pappy miró brevemente en aquella dirección. Por el momento, los Latcher no eran más que un pequeño incordio.

Ya en la carretera y lejos de la granja, se me ocurrió pensar que quizá no tardaría en llegar el día en que yo pudiera librarme del peso que me agobiaba. Podría decírselo a Pappy en un momento en que ambos estuviéramos a solas. Cowboy regresaría muy pronto a México y estaría a salvo en aquel mundo desconocido. Los Spruill volverían a las montañas y Hank no estaría allí. Se lo diría a Pappy y él haría lo que tuviese que hacer.

Entramos en Black Oak detrás de otro remolque, al que seguimos hasta la desmotadora. Cuando aparcamos, salté de inmediato al suelo y no me aparté de Pappy ni por un instante. Vimos a un grupo de agricultores justo a la entrada del despacho de la desmotadora. De su actitud y su semblante serio se deducía que llevaban un buen rato discutiendo. Nos acercamos a ellos y prestamos atención.

La noticia era mala y preocupante. La víspera unas fuertes lluvias habían azotado el condado de Clay, al norte del nuestro. En algunas zonas habían registrado ciento cincuenta litros por metro cuadrado en diez horas. El condado de Clay se encontraba corriente arriba del St. Francis. Los arroyos y riachuelos se habían desbordado y estaban vertiendo sus aguas en el río.

El nivel del agua subía por momentos.

Estaban discutiendo acerca de la posibilidad de que ello nos afectara. La opinión minoritaria era que los efectos de la tormenta apenas se notarían, cerca de Black Oak. Estábamos demasiado lejos y, siempre y cuando no siguiera lloviendo, una ligera subida del nivel de las aguas del St. Francis no inundaría nada. Sin embargo, las opinión mayoritaria se mostraba mucho más pesimista, y puesto que casi todos los presentes eran sufridores profesionales, la noticia fue acogida con gran preocupación.

Otro agricultor señaló que su almanaque pronosticaba fuertes lluvias para mediados de octubre.

Otro dijo que su primo de Oklahoma estaba sufriendo los efectos de las inundaciones y, dado que nuestra situación meteorológica procedía del Oeste, él lo consideraba una señal segura de que las lluvias serían inevitables.

Pappy comentó que las condiciones climatológicas de Oklahoma viajaban más rápido que las noticias.

Hubo discusiones y opiniones para todos los gustos, pero el tono general era más bien agorero. Habíamos sido golpeados tantas veces por el tiempo, los mercados o el precio de las semillas y los fertilizantes que siempre esperábamos lo peor.

–Llevamos veinte años sin sufrir inundaciones en octubre –señaló el señor Red Fletcher, lo que dio lugar a una acalorada discusión acerca de la historia de las inundaciones de octubre. Había tantas versiones y tantos recuerdos distintos que la cuestión resultaba inevitablemente confusa.

Pappy casi no intervino, y, tras pasarnos media hora escuchando, nos retiramos. Él desenganchó el remolque y regresamos a casa en silencio, como siempre. Lo miré un par de veces y lo vi tal como ya esperaba: mudo, preocupado, asiendo el volante con ambas manos, con el entrecejo fruncido, pensando exclusivamente en las inminentes inundaciones.

Nos detuvimos al llegar al puente y, tras apearnos, nos acercamos a la embarrada orilla del St. Francis. Pappy examinó la corriente por un instante como si fuera capaz de ver subir su nivel. Yo me aterroricé, temeroso de que el cuerpo de Hank aflorara de repente a la superficie y las aguas lo arrojaran a la orilla, justo delante de nosotros. Sin una palabra, Pappy tomó un trozo de leña a la deriva de unos tres centímetros de diámetro y treinta de longitud. Le arrancó una ramita y la clavó, con la ayuda de una piedra, en el banco de arena, donde el agua alcanzaba un nivel de unos cinco centímetros. Marcó con su navaja una muesca en el punto correspondiente al nivel del agua.

–Mañana por la mañana veremos cómo está –dijo. Eran las primeras palabras que pronunciaba en mucho rato.

Estudiamos por un instante nuestro improvisado indicador de nivel, en la certeza de que veríamos subir el nivel de las aguas. Al comprobar que no, regresamos al camión.

El río me daba miedo, pero no por la posibilidad de que se desbordase. Hank estaba allí dentro, cosido a puñaladas, muerto e hinchado por el agua del río, a punto de ser arrojado a la orilla, donde alguien lo descubriría. Entonces tendríamos que habérnoslas con un auténtico asesinato, no con un simple homicidio como el de la paliza de los Sisco, sino con un asesinato de verdad.

Las lluvias nos librarían de Cowboy. Hank, o lo que quedara de él, sería empujado corriente abajo a otro condado o quizás incluso a otro estado, donde algún día alguien lo encontraría y no tendría ni la menor idea de quién era.

Aquella noche, antes de caer dormido, recé para que lloviera. Le pedí a Dios que nos enviase el diluvio más grande desde los tiempos de Noé.

El sábado por la mañana, mientras estábamos desayunando, Pappy entró a grandes zancadas procedente del porche trasero. Una sola mirada a su rostro bastó para satisfacer nuestra curiosidad.

–El río ha subido quince centímetros, Luke –anunció mientras tomaba asiento y alargaba la mano hacia la comida–. Y hay relámpagos hacia el oeste.

Mi padre frunció el entrecejo, pero siguió comiendo. En lo tocante al tiempo, siempre se mostraba pesimista. Si hacía buen tiempo, seguro que empeoraría en cuestión de unos días. Si lo hacía malo, era de esperar. Gran recibió la noticia con semblante inexpresivo. Su hijo menor estaba combatiendo en Corea, y eso le parecía mucho más importante que las próximas lluvias. Jamás se había alejado de la tierra y sabía que algunos años eran buenos y otros malos, pero que no por eso la vida se detenía. Dios nos daba vida, salud y alimentos en abundancia, lo que era mucho más de lo que la mayoría de las personas podía decir. Además, Gran tenía muy poca paciencia con todas aquellas preocupaciones por el tiempo. «No podemos hacer nada», solía repetir.

Mi madre no sonreía ni fruncía el entrecejo, pero en su rostro había aparecido una expresión de satisfacción. Estaba decidida a no pasarse la vida ganándose míseramente el sustento trabajando la tierra. Y estaba todavía más decidida a no permitir que yo me convirtiese en agricultor. Sus días en la granja estaban contados, y una nueva cosecha perdida serviría para acelerar nuestra partida de aquel lugar.

Cuando terminamos de desayunar, oímos un trueno. Gran y mi madre quitaron la mesa y después prepararon otra jarra de café. Permanecimos sentados en torno a la mesa, charlando y aguzando el oído, calculando cuál sería la intensidad de la tormenta. Pensé que Dios había escuchado mi plegaria y me sentí culpable por haber expresado un deseo tan tortuoso y taimado.

Pero los truenos y los relámpagos se desplazaron hacia el norte.

No cayó ni una gota de lluvia. A las siete de la mañana ya estábamos en los campos, recolectando a ritmo acelerado y ansiando la llegada del mediodía.

Cuando nos dirigimos a la ciudad, sólo Miguel saltó a la plataforma del camión. Los demás mexicanos estaban trabajando, explicó, y él tenía que comprarles unas cuantas cosas. Mi alivio fue indescriptible. No me vería obligado a viajar con Cowboy sentado a dos pasos de mí.

Cuando estábamos en las afueras de Black Oak empezó a llover. No era un fuerte temporal, sino una llovizna fría. Las aceras estaban llenas de gente que caminaba muy despacio bajo los balcones y los toldos de las tiendas, tratando infructuosamente de no mojarse.

El mal tiempo mantuvo a muchas familias campesinas alejadas de la ciudad, lo que se vio con toda claridad cuando empezó la sesión de las cuatro de la tarde en el cine Dixie. La mitad de las butacas estaban vacías, signo inequívoco de que no se trataba de un sábado normal. Hacia la mitad de la primera película, las luces del pasillo parpadearon y se apagaron y la pantalla se quedó en blanco. Permanecimos sentados en la oscuridad, muertos de miedo y dispuestos a abandonar a toda prisa el local mientras escuchábamos el fragor de los truenos.

–Se ha cortado la electricidad –anunció una voz en tono oficial desde la parte de atrás–. Por favor, retírense despacio.

Nos apretujamos en el abarrotado vestíbulo, contemplando el intenso aguacero que caía sobre Main Street. El cielo era de color gris oscuro y los pocos automóviles que circulaban lo hacían con los faros encendidos.

A pesar de nuestra edad, los chicos sabíamos que había demasiada lluvia, demasiadas tormentas, demasiados rumores acerca de la crecida de las aguas. Los desbordamientos solían producirse en primavera, raras veces durante la cosecha. En un mundo en el que todos eran agricultores o se dedicaban a comerciar con éstos, una temporada de lluvias a mediados de octubre resultaba muy deprimente.

Cuando amainó un poco, echamos a correr calle abajo para reunirnos con nuestros padres. Las fuertes lluvias significaban caminos embarrados y una ciudad desierta, pues todo el mundo regresaría a casa antes de que anocheciera. Mi padre había comentado que quería comprar una hoja de sierra, por lo que entré en la ferretería en la esperanza de encontrarlo allí. El local estaba lleno de gente que esperaba y contemplaba la lluvia. Los ancianos contaban historias de inundaciones. Las mujeres hablaban de la lluvia que había caído en otras ciudades: Paragould, Lepanto y Manila. Los pasillos estaban abarrotados de personas que conversaban entre sí sin comprar ni buscar nada en especial.

Me abrí paso entre la gente, a ver si encontraba a mi padre. La ferretería era muy antigua y, conforme se acercaba uno a la parte de atrás, cada vez más oscura y cavernosa. Las tablas del suelo estaban mojadas a causa de las pisadas de los clientes, y los años de uso las habían combado. Al final del pasillo, me volví y me encontré cara a cara con Tally y Trot. Ella llevaba un bote de cinco kilos de pintura blanca y Trot llevaba uno de un kilo. Al verme, Trot trató de esconderse detrás de Tally.

–Hola, Luke –me dijo ella, con una sonrisa.

–Hola –contesté con la vista clavada en el bote de pintura. Ella lo dejó en el suelo, a su lado–. ¿Para qué es la pintura?

–Ah, no es nada –me contestó, sonriendo de nuevo.

Recordé una vez más que Tally era la chica más guapa que jamás había conocido, y cuando sonrió, mi mente quedó en blanco. En cuanto has visto a una chica guapa desnuda, te sientes en cierto modo unido a ella.

Trot se escondió todo lo que pudo detrás de Tally, tal como se esconden los niños pequeños detrás de sus madres. Ella y yo hicimos algunos comentarios sobre la tormenta y le comuniqué la emocionante noticia de que la luz se había ido en plena sesión de tarde. Me escuchó con interés, y cuanto más hablaba, tanto mayor era mi deseo de seguir hablando. Le comenté los rumores acerca de la crecida de las aguas y le hablé del indicador que Pappy y yo habíamos colocado a la orilla del río. Ella me preguntó por Ricky y ambos nos pasamos un buen rato hablando de él.

Por supuesto, me olvidé de la pintura.

Las bombillas parpadearon y volvió a encenderse la luz. Pero aún estaba lloviendo y nadie salió de la tienda.

–¿Cómo está la chica de los Latcher? –preguntó Tally, mirando rápidamente alrededor como si temiera que alguien pudiera oírla. Era uno de nuestros grandes secretos.

Estaba a punto de decir algo cuando, de repente, recordé que el hermano de Tally estaba muerto y ella no lo sabía. A esa hora, los Spruill debían de pensar que Hank ya estaba de nuevo en su preciosa casita pintada de Eureka Springs. Lo verían en pocas semanas o puede que antes en caso de que siguiera lloviendo. La miré y traté de decir algo, pero sólo podía pensar en el sobresalto que se llevaría si yo le decía lo que pensaba.

Adoraba a Tally a pesar de su misterioso comportamiento y sus secretos, y del extraño asunto que se llevaba entre manos con Cowboy. La adoraba, y por nada del mundo hubiera querido causarle daño. La sola idea de decirle que Hank estaba muerto hacía que me temblasen las rodillas.

Balbucí, tartamudeé y miré al suelo. De repente, me entró frío y tuve miedo.

–Nos vemos luego –conseguí decir antes de dar media vuelta y regresar a la parte delantera de la tienda.

Aprovechando una pausa en la lluvia, las tiendas se vaciaron y la gente corrió por las aceras en dirección a sus automóviles y camiones. Las nubes eran todavía muy oscuras, y queríamos regresar a casa antes de que continuara el aguacero.

28

El domingo amaneció gris y encapotado y a mi padre no le hacía la menor gracia mojarse sentado en la plataforma del camión mientras nos dirigíamos hacia la iglesia. Además, la cabina de nuestro camión estaba llena de goteras, de modo que cuando caía un buen chaparrón mi madre y Gran quedaban empapadas. Raras veces dejábamos de asistir a los servicios religiosos del domingo, pero de vez en cuando la amenaza de lluvia nos obligaba a quedarnos en casa. Llevábamos meses sin faltar a la iglesia, por lo que, cuando Gran nos propuso desayunar tarde y quedarnos a escuchar la radio, todos nos apresuramos a mostrarnos de acuerdo. La iglesia baptista de Bellevue era la más grande de Memphis y sus ceremonias se retransmitían a través de la emisora WHBQ. A Pappy no le gustaba el predicador, decía que era demasiado liberal, pero pese a ello le encantaba oírle hablar. El coro estaba integrado por cien voces, es decir, aproximadamente ochenta más que el de la iglesia baptista de Black Oak.

Mucho después del desayuno, aún estábamos sentados alrededor de la mesa de la cocina, escuchando el sermón del predicador en presencia de tres mil feligreses, sin poder quitarnos de la cabeza el drástico cambio de tiempo que tan preocupados nos tenía. Bueno, los que estaban preocupados eran los mayores, yo sólo fingía.

La iglesia baptista de Bellevue contaba nada menos que con una orquesta, y cuando ésta tocó la bendición, nos pareció que Memphis se encontraba a millones de kilómetros de distancia. ¡Una orquesta en una iglesia! La hija mayor de Gran, mi tía Betty, vivía en Memphis, y aunque no iba a la iglesia de Bellevue, conocía a alguien que sí lo hacía. Todos los hombres vestían traje de calle. Y todas las familias tenían espléndidos automóviles. Era, efectivamente, un mundo distinto.

Pappy y yo nos dirigimos al río en el camión para examinar nuestro indicador. Las lluvias estaban estropeando el reciente trabajo de nivelación de Otis. Las poco profundas cunetas estaban llenas, así como los hoyos del camino, y las aguas sobrantes formaban torrenteras. Nos detuvimos en el centro del puente y estudiamos el río a ambos lados. Hasta yo me di cuenta de que el caudal había subido hasta cubrir los bancos de arena y de grava. El agua era más turbia y presentaba un color marrón claro, prueba evidente de que los arroyos que surcaban los campos vertían su contenido en él. La corriente formaba remolinos y bajaba más rápido, y en su superficie flotaban maderas a la deriva, troncos e incluso alguna que otra rama verde.

El palo que hacía las veces de indicador seguía en su sitio, pero sólo asomaban unos pocos centímetros por encima del agua. Pappy tuvo que mojarse las botas para recuperarlo. Tiró de él hacia arriba, lo examinó como si el pobrecillo hubiera hecho algo malo y dijo, casi hablando para sus adentros:

–Unos veinticinco centímetros en veinticuatro horas. –Se agachó y lo golpeó contra una piedra. Mientras lo miraba, reparé en el rumor del agua. No era muy fuerte, pero la corriente bajaba impetuosa sobre los bancos de grava y embestía los pilotes del puente. La corriente salpicaba a través de los densos arbustos que colgaban sobre las orillas y rozaba las raíces de un sauce cercano. Era un ruido amenazador que yo jamás había oído.

Pappy también estaba oyéndolo. Señaló con el palo el recodo del río, a la derecha, y dijo:

–Primero alcanzará a los Latcher. Están en terreno bajo.

–¿Cuándo? –pregunté.

–Eso depende de la lluvia. Si amaina, puede que el río no se desborde. Pero si sigue lloviendo, en cuestión de una semana rebasará las orillas.

–¿Cuándo fue la última vez que hubo una inundación?

–Hace tres años, pero fue en primavera. La última inundación en otoño se produjo hace mucho tiempo.

Yo tenía muchas preguntas que hacer sobre desbordamientos e inundaciones, pero el tema no era muy del agrado de Pappy. Nos pasamos un rato estudiando el río y prestando atención a su ruido, y regresamos al camión para volver a casa.

–Vamos al arroyo Siler –dijo Pappy más tarde.

Los senderos estaban demasiado embarrados para el camión, por lo que puso en marcha el John Deere y nos alejamos del patio mientras la mayoría de los Spruill y todos los mexicanos nos miraban con gran curiosidad. El tractor nunca se utilizaba en domingo. Seguro que Eli Chandler no se proponía trabajar en día tan señalado.

El arroyo había experimentado una transformación. Las cristalinas aguas en las que Tally gustaba de bañarse habían desaparecido. También habían desaparecido los frescos riachuelos que rodeaban las rocas y los troncos. En su lugar, el arroyo había ganado en anchura y estaba lleno de cenagosa agua que bajaba impetuosa hacia el St. Francis, que discurría a un kilómetro de distancia. Bajamos del tractor y nos acercamos a la orilla.

–De aquí proceden nuestras inundaciones –dijo Pappy–. No del St. Francis. Aquí el terreno es más bajo, y cuando el arroyo se desborda, las aguas van a parar directamente a nuestros campos.

El arroyo se encontraba por lo menos a tres metros por debajo de nosotros, todavía bien encerrado entre los bordes del barranco que se había abierto varias décadas atrás a través de las tierras de nuestra granja. Parecía impensable que su nivel pudiera subir hasta el extremo de desbordarse.

–¿Crees que se desbordará, Pappy? –pregunté.

Reflexionó durante un buen rato pensando, o quizá no reflexionase en absoluto. Contempló el arroyo y, al final, contestó sin el menor convencimiento:

–No. No ocurrirá nada.

Se oyó un trueno hacia el oeste.

Cuando a primera hora de la mañana del domingo entré en la cocina, Pappy ya estaba sentado junto a la mesa bebiendo café y manipulando la radio en un intento de sintonizar con una emisora de Little Rock para conocer las previsiones del tiempo. Mientras tanto, Gran freía beicon. La casa estaba muy fría, pero el calor y el aroma de la sartén caldeaban considerablemente el ambiente. Mi padre me entregó una vieja chaqueta de franela heredada, de Ricky, que me puse a regañadientes.

–¿Hoy vamos a recolectar, Pappy? –pregunté.

–Ahora mismo lo sabremos –contestó sin apartar los ojos de la radio.

–¿Llovió anoche? –le pregunté a Gran cuando ésta se inclinó para besarme la frente.

–Toda la noche –respondió–. Y ahora ve por unos huevos.

Salí con mi padre, bajé por los escalones del porche trasero y de pronto vi algo que hizo que me detuviese en seco. El sol acababa de asomar por el horizonte, y su luz, aunque escasa, era más que suficiente. Lo que estaba viendo no admitía ningún error.

Lo señalé con el dedo y sólo acerté a balbucir:

–Mira.

Mi padre se encontraba a unos tres metros de distancia, caminando hacia el gallinero.

–¿Qué ocurre, Luke? –me preguntó.

Bajo el roble donde Pappy había estacionado su camión

durante todos los días de mi vida, las rodadas estaban vacías. El camión había desaparecido.

–El camión –dije.

Mi padre se acercó muy despacio y ambos nos pasamos un buen rato contemplando nuestro «aparcamiento». El camión siempre había estado allí, como los robles o los cobertizos. Lo veíamos cada día, pero no nos fijábamos en él porque siempre se encontraba en el mismo sitio.

Sin una palabra, mi padre dio media vuelta, subió por los escalones del porche trasero y entró en la cocina.

–¿Hay alguna razón para que el camión haya desaparecido? –le preguntó a Pappy, que estaba tratando por todos los medios de escuchar un casi inaudible informe meteorológico desde algún lejano lugar.

Gran se quedó de piedra y ladeó la cabeza como si necesitara que le repitieran la pregunta. Pappy apagó la radio.

–¿Cómo dices?

–El camión ha desaparecido –dijo mi padre.

Pappy miró a Gran y ésta miró a mi padre. Después todos me miraron a mí, como si, una vez más, hubiera hecho algo malo. En aquel momento, mi madre entró en la cocina y toda la familia salió en fila india de la casa hasta llegar a las rodadas cubiertas de barro sobre las que debería haber estado el camión.

Miramos alrededor como si el camión hubiera podido desplazarse por sí solo a otro sitio.

–Lo dejé aquí mismo –dijo Pappy en tono de incredulidad.

Por supuesto que lo había dejado allí mismo. El camión jamás había pasado la noche en ningún otro lugar de la granja.

–¡Tally! –oímos que gritaba, en la distancia, el señor Spruill.

–Alguien se ha llevado nuestro camión –dijo Gran en un susurro casi inaudible.

–¿Dónde está la llave? –preguntó mi padre.

–Junto a la radio, como siempre –contestó Pappy.

Al fondo de la mesa de la cocina, al lado de la radio, había un pequeño cuenco de peltre; la llave del camión siempre se dejaba allí.

Mi padre fue a echar un vistazo. Regresó de inmediato.

–La llave ha desaparecido –anunció.

–¡Tally! –volvió a gritar el señor Spruill, esta vez levantando todavía más la voz.

Se observaba una intensa actividad en el campamento de los montañeses. La señora Spruill se acercó rápidamente a nuestro porche delantero. Al vernos al lado de la casa, contemplando con asombro el desierto espacio donde estacionábamos el camión, dijo:

–Tally se ha ido. No la encontramos por ninguna parte.

Los demás Spruill la siguieron, y muy pronto ambas familias se encontraron cara a cara. Mi padre explicó que el camión había desaparecido. Y el señor Spruill explicó que su hija había desaparecido.

–¿Sabe conducir un camión? –preguntó Pappy.

–No, no sabe –contestó la señora Spruill, lo que complicaba aún más las cosas.

Por un instante, se hizo el silencio mientras todo el mundo reflexionaba acerca de la situación.

–No creerá usted que Hank ha regresado y se lo ha llevado, ¿verdad? –preguntó Pappy.

–Hank jamás le robaría su camión –dijo el señor Spruill con una mezcla de cólera y perplejidad.

En aquellos momentos, casi todo parecía probable e imposible al mismo tiempo.

–A estas horas Hank ya debe de estar en casa –dijo la señora Spruill, al borde de las lágrimas.

«¡Hank está muerto!», deseé gritar y a continuación echar a correr hacia la casa y esconderme debajo de la cama. Aquella pobre gente no sabía que su hijo jamás regresaría a casa.

La carga que el secreto suponía estaba resultando demasiado pesada para llevarla yo solo. Di un paso y me situé detrás de mi madre. Ésta se inclinó hacia mi padre y le dijo en voz baja:

–Será mejor que vayas a ver si está Cowboy.

A causa de lo que yo le había dicho acerca de Tally y Cowboy, mi madre iba por delante de los demás.

Mi padre lo pensó un momento y después miró hacia el establo. Lo mismo hicieron Pappy, Gran y, finalmente, el resto del grupo.

Tomándoselo con calma y dejando sus huellas sobre la hierba mojada, Miguel se acercaba lentamente a nosotros. Sostenía en la mano su sucio sombrero de paja y caminaba como si no le apeteciera hacer lo que estaba a punto de hacer.

–Buenos días, Miguel –dijo Pappy, como si el día hubiera empezado como cualquier otro.

–*Señor* –dijo Miguel en español, inclinando la cabeza.

–¿Hay algún problema? –le preguntó Pappy.

–*Sí, señor.* Un pequeño problema.

–¿De qué se trata?

–Cowboy se ha ido, al parecer por la noche.

–Debe de ser contagioso –murmuró Pappy, y soltó un escupitajo sobre la hierba.

Los Spruill sólo tardaron unos segundos en atar cabos. Al principio, la desaparición de Tally no tenía nada que ver con la de Cowboy, al menos para ellos. Estaba claro que no sabían nada acerca del secreto idilio de la pareja. Los Chandler se habían enterado mucho antes que los Spruill, pero es que nosotros contábamos con la ventaja de mi conocimiento directo de los hechos.

La realidad se fue imponiendo muy despacio.

–¿Cree que él se la ha llevado? –preguntó el señor Spruill, casi aterrorizado.

Su esposa, compungida, trataba de contener las lágrimas.

–No sé qué pensar –repuso Pappy, más preocupado por su camión que por el paradero de Tally y Cowboy.

–¿Se ha llevado Cowboy sus cosas? –le preguntó mi padre a Miguel.

–*Sí, señor.*

–¿Se ha llevado Tally sus cosas? –le preguntó después al señor Spruill.

Éste no contestó, y la pregunta quedó en el aire hasta que Bo dijo:

–Sí, señor. Su bolsa ha desaparecido.

–¿Y qué había en la bolsa?

–Ropa y cosas por el estilo. Y el bote en el que guardaba el dinero.

La señora Spruill se echó a llorar.

–¡Oh, mi niña! –gimoteó, y entonces experimenté el deseo de esconderme debajo de la casa.

Los Spruill eran un grupo derrotado. Mantenían la cabeza inclinada, los hombros hundidos y los ojos entornados. Su amada Tally se había fugado con un hombre al que ellos consideraban una basura, un intruso de piel oscura procedente de un país dejado de la mano de Dios. Su humillación en nuestra presencia era absoluta y tremendamente dolorosa.

A mí también me dolía. ¿Cómo había sido capaz de hacer una cosa tan terrible? Era mi amiga. Me trataba como a un confidente y me protegía como si fuese mi hermana mayor. Yo amaba a Tally, y ella se había fugado con un asesino desalmado.

–¡Él se la ha llevado! –gritó la señora Spruill.

Bo y Dale se la llevaron, dejando solo a Trot y al señor Spruill a cargo de la situación. La mirada habitualmente extraviada de Trot había sido sustituida por otra de tristeza y profunda perplejidad. Tally también era su protectora, y había desaparecido.

Los hombres se lanzaron a una larga discusión sobre qué convenía a partir de ese momento. Lo primero era encontrar a Tally y el camión, antes de que se alejaran demasiado. No tenían modo de saber cuándo se había ido la pareja. Estaba claro que habían aprovechado la tormenta para cubrir su fuga. Los Spruill no habían oído nada durante la noche, sólo truenos y ruido de lluvia, y el camino de entrada de la casa pasaba a veinticinco metros de sus tiendas.

Quizás hubieran transcurrido varias horas, tiempo suficiente para llegar a Jonesboro o Memphis, o incluso Little Rock.

Pero los hombres confiaban en encontrar rápidamente a Tally y Cowboy. El señor Spruill se marchó para desenganchar su camión de las tiendas de campaña y las mesas. Yo le supliqué a mi padre que me permitiera acompañarlos, pero él se negó. Entonces recurrí a mi madre, que también se mantuvo firme al respecto.

–No es un sitio apropiado para ti –argumentó.

Pappy, mi padre y el señor Spruill se apretujaron en el asiento delantero, y allá se fueron patinando por nuestro camino, mientras los neumáticos giraban vertiginosamente y dejaban un reguero de barro detrás de sí.

Pasé por delante del silo hasta llegar a los vestigios cubiertos de malas hierbas de un viejo cobertizo de ahumar y me pasé una hora sentado bajo el techo de hojalata, contemplando cómo caía la lluvia. Me alegraba de que Cowboy hubiera abandonado nuestra granja y recé una breve pero sincera plegaria de agradecimiento a Dios. Sin embargo, cualquier alivio que pudiera producirme su partida quedaba empañado por la decepción que experimentaba a causa de Tally. Conseguí aborrecerla por lo que había hecho. La maldije utilizando las frases que Ricky me había enseñado, y cuando hube soltado todas las palabrotas que recordaba, le pedí a Dios que me perdonase.

Y le pedí que protegiera a Tally.

Los hombres tardaron dos horas en localizar a Stick Powers. Éste explicó que acababa de regresar del cuartel general de Jonesboro, pero Pappy dijo que parecía que se hubiera pasado una semana durmiendo. Stick se entusiasmó al saber que en su jurisdicción se había cometido un delito de semejante envergadura. En nuestro código penal particular, el robo del camión de un agricultor estaba casi en el mismo nivel que el asesinato, por lo que Stick se puso en marcha de inmediato. Transmitió un mensaje a todas las jurisdicciones con que logró ponerse en contacto a través de su vieja radio y, al poco rato, la noticia ya se comentaba por todo el norte de Arkansas.

Según Pappy, Stick no estaba demasiado preocupado por el paradero de Tally. Adivinaba sin temor a equivocarse que la chica se había fugado voluntariamente con un mexicano, lo cual era una canallada, pero no exactamente un delito, por más que el señor Spruill no parara de utilizar la palabra «secuestro».

No era probable que los dos tortolitos se atreviesen a hacer un largo viaje con nuestro camión. Lo más seguro era que quisiesen huir de Arkansas, y Stick pensaba que el medio más probable de transporte sería un autocar. Como autostopistas hubieran resultado muy sospechosos; ningún conductor de Arkansas recogería a un tipo de piel tan oscura como Cowboy, y menos si iba acompañado por una chica blanca.

–Lo más probable es que se encuentren a bordo de un autocar que se dirige al norte –señaló Stick.

Cuando Pappy nos lo dijo, recordé el sueño de Tally de irse a vivir a Canadá, lejos del calor y la humedad. Quería ver montones de nieve, y por alguna extraña razón había elegido Montreal como lugar de residencia.

Los hombres empezaron a hablar de dinero. Mi padre hizo números y calculó que Cowboy había ganado cerca de cuatrocientos dólares recolectando algodón. Pero nadie sabía qué cantidad habría enviado a casa. Tally había ganado aproximadamente la mitad, y lo más probable era que lo hubiese ahorrado casi todo. Sabíamos que había estado comprando pintura para Trot, pero no teníamos ni idea de lo que podía haber gastado en otras cosas.

Al llegar a este momento del relato, experimenté el deseo de revelar lo que sabía acerca de Hank. Cowboy lo había desvalijado después de matarlo. No había manera de saber cuánto dinero de la recolección había ahorrado Hank, pero yo estaba seguro de que Cowboy debía de tener en el bolsillo los doscientos cincuenta dólares del dinero de Sansón. Estuve a punto de decirlo mientras permanecíamos sentados en torno a la mesa de la cocina, pero no lo hice porque tenía miedo. Cowboy se había ido, pero podían atraparlo en cualquier sitio.

«Espera –me dije–. Tú, espera. Llegará el momento en que consigas librarte de todos los pesos que te agobian.»

Cualquiera que fuese su situación económica, estaba claro que Tally y Cowboy tenían dinero suficiente para hacer un largo viaje en autocar.

En cambio, nosotros estábamos sin un centavo, como de costumbre. Los mayores mantuvieron una breve conversación acerca de la mejor manera de sustituir el camión, en caso de que no lo recuperasen, pero el tema era demasiado doloroso y lo dejaron. Además, yo estaba escuchando.

Almorzamos temprano y después nos sentamos en el porche trasero, contemplando la lluvia.

29

El viejo y ruidoso coche patrulla de Stick entró en el patio delantero, seguido de cerca por nuestro camión robado. Stick bajó dándose muchos aires porque acababa de resolver la parte más urgente del delito. El otro ayudante del sheriff de Black Oak iba al volante del camión, el cual, que yo supiera, no parecía haber cambiado en absoluto. Los Spruill se acercaron corriendo, ansiosos de saber algo acerca de Tally.

–Lo encontramos en la terminal de autocares de Jonesboro –anunció Stick mientras el pequeño grupo se congregaba a su alrededor–. Tal como yo suponía.

–¿Dónde estaba la llave? –preguntó Pappy.

–Debajo del asiento. Y el depósito está lleno de gasolina. No sé si estaba lleno cuando se fueron de aquí, pero ahora lo está.

–Estaba medio vacío –dijo Pappy con asombro.

A todos nos sorprendía no sólo volver a ver el camión sino verlo intacto. Nos habíamos pasado todo el día preocupados por un futuro sin él ni medio alguno de transporte. Habríamos estado en las mismas condiciones que los Latcher, obligados a pedir que nos llevara a la ciudad el primero que pasara por allí.

Yo no acertaba a imaginar semejante apuro y ahora estaba más decidido que nunca a vivir algún día en una ciudad, donde la gente tenía automóviles.

–Creo que sólo lo han tomado prestado –dijo el señor Spruill casi hablando para sus adentros.

–Yo también lo creo así –concedió Stick–. ¿Sigue insistiendo en presentar una denuncia? –le preguntó a Pappy, quien, tras mirarlo frunciendo el entrecejo, contestó–: Creo que no.

–¿Alguien los ha visto? –preguntó la señora Spruill en voz baja.

–Sí, señora. Compraron dos billetes para Chicago y permanecieron unas cinco horas en las inmediaciones de la terminal de autocares. Al empleado le pareció que algo extraño ocurría, pero pensó que no era asunto de su incumbencia. Largarse con un mexicano no es muy inteligente que digamos, pero tampoco constituye un delito. El empleado dijo que estuvo observándolos durante toda la noche, pero que ellos fingían no conocerse. Sin embargo, al subir al autocar se sentaron el uno al lado del otro.

–¿A qué hora salió el autocar? –preguntó el señor Spruill.

–A las seis de la mañana. –Stick se sacó un sobre doblado del bolsillo y se lo entregó al señor Spruill–. Han encontrado esto en el asiento delantero. Creo que es una nota de Tally para todos ustedes. Yo no la he leído.

El señor Spruill entregó el sobre a su mujer, quien lo rasgó rápidamente y extrajo de su interior una hoja de papel. Empezó a leer mientras se enjugaba las lágrimas. Todo el mundo la observaba en silencio. Hasta Trot, escondido detrás de Bo y Dale, se inclinó mientras la señora Spruill leía la carta.

–No es asunto mío, señora –apuntó Stick–, pero, si contiene alguna información útil, quizá convendría que yo lo supiera.

La señora Spruill siguió leyendo, y al terminar, con la mirada baja dijo:

–No piensa volver a casa. Ella y Cowboy van a casarse y se irán a vivir al norte, donde encontrarán buenos trabajos y demás. –Las lágrimas y lloriqueos cesaron de repente. Los sentimientos de la señora Spruill eran, por encima de todo, de enojo. Su hija no había sido secuestrada; se había fugado con un mexicano, e iba a casarse con él.

–¿Se quedarán a vivir en Chicago? –preguntó Stick.

–No lo aclara. Dice simplemente el norte.

Los Spruill emprendieron lentamente la retirada. Mi padre les dio las gracias a Stick y al otro ayudante del sheriff por habernos devuelto el camión.

–Les ha caído a ustedes encima más lluvia que a nadie –dijo Stick mientras abría la portezuela de su coche patrulla.

–Está todo empapado –convino Pappy.

–Hacia el norte el nivel del río está subiendo –anunció Stick, como si fuera un experto–. Se avecinan más lluvias.

–Gracias, Stick –dijo Pappy.

Stick y el otro ayudante del sheriff subieron al coche patrulla. Stick se había sentado al volante, pero cuando ya estaba a punto de cerrar la portezuela volvió a bajar y le dijo a Pappy:

–Oiga, Eli, he llamado al sheriff de Eureka Springs. No ha visto al gigantón, Hank. A estas horas el chico ya tendría que estar en casa, ¿no cree?

–Supongo que sí. Se fue hace una semana.

–¿Sabe usted dónde podría estar?

–Eso no es cosa mía –contestó Pappy.

–Es que todavía no he terminado con él, ¿sabe? Cuando lo encuentre, lo encerraré en la cárcel de Jonesboro y tendremos un buen juicio.

–Hágalo, Stick –dijo Pappy. Después se volvió y añadió–: Hágalo sin falta.

Los lisos neumáticos del coche patrulla patinaron y empezaron a rodar sobre el barro, pero finalmente Stick consiguió llegar al camino. Mi madre y Gran regresaron a la cocina para empezar a preparar la comida.

Pappy fue por sus herramientas y las extendió sobre la plataforma del camión. Levantó la cubierta del motor y empezó a examinarlo con detenimiento. Yo me senté en el guardabarros y fui dándole las llaves inglesas mientras observaba cada uno de sus movimientos.

–¿Por qué querrá una chica tan simpática como Tally casarse con un mexicano? –pregunté.

Pappy estaba tensando una correa de ventilador. No cabía la menor duda de que Cowboy no se había molestado en abrir la cubierta y manipular el motor mientras se fugaba con Tally, pero Pappy se sentía obligado a revisarlo y arreglarlo todo como si el vehículo hubiera sido objeto de un sabotaje.

–Las mujeres... –musitó.

–¿A qué te refieres?

–Las mujeres hacen muchas tonterías.

Esperé a ver si me lo aclaraba, pero era todo lo que tenía que responder.

–No lo entiendo –dije finalmente.

–Ni yo. Jamás lo entenderás. Tú no tienes por qué comprender a las mujeres.

Retiró el filtro de aire y examinó con recelo el carburador. Por un instante, pensé que había encontrado alguna prueba de manipulación, pero después enroscó un tornillo y se dio por satisfecho.

–¿Crees que la encontrarán? –pregunté.

–No la buscan. Hemos recuperado el camión, y por consiguiente no hay delito y la policía ha dejado de buscarlos. Dudo que los Spruill intenten ir tras ellos. ¿Por qué molestarse? Si tuvieran suerte y los encontraran, ¿qué harían?

–¿No pueden obligarla a regresar a casa?

–No. En cuanto se case, se convertirá en una persona adulta. A una mujer casada no se la puede obligar a hacer absolutamente nada.

Puso en marcha el motor por medio de la manivela y prestó atención. A mí me sonó igual que siempre, pero él creyó percibir un extraño chirrido.

–Vamos a dar un paseo para comprobarlo –dijo.

Despilfarrar gasolina era un pecado según Pappy, pero aun así decidió gastar una pequeña parte del combustible gratis que Tally y Cowboy habían dejado. Subimos e hizo marcha atrás para salir al camino. Yo me senté en el lugar que Tally había ocupado hacía apenas unas horas, cuando se había fugado con Cowboy aprovechando la tormenta. No pensaba más que en ella, tan perplejo como antes.

El camino estaba demasiado embarrado para que Pappy pudiera circular a su velocidad óptima de sesenta kilómetros por hora, pero, aun así, a mi abuelo le pareció que algo le ocurría al motor. Nos detuvimos al llegar al puente y contemplamos el río. Los bancos de grava y arena habían desaparecido; no había más que agua entre las dos orillas... agua y escombros procedentes de más arriba. El río bajaba más rápido que nunca. El indicador de nivel de Pappy ya había desaparecido hacía mucho tiempo, arrastrado por la corriente. No necesitábamos ningún indicador para saber que el río St. Francis pronto se desbordaría.

Pappy estaba como hipnotizado por el agua y el fragor que ésta producía. No comprendí si deseaba soltar unas maldiciones o echarse a llorar. Ninguna de las dos cosas hubiera servido para nada, naturalmente, y creo que Pappy, quizá por primera vez, comprendió que se encontraba a punto de perder otra cosecha.

Cualquier cosa que le ocurriera al motor ya se había arreglado para cuando regresamos a casa. Pappy anunció durante la cena que el camión estaba en tan buenas condiciones como siempre, tras lo cual nos lanzamos a una larga e imaginativa conversación acerca de Tally y Cowboy y de lo que éstos debían de estar haciendo. Mi padre había oído decir que había muchos mexicanos en Chicago, por lo que, a su juicio, Cowboy y su flamante esposa se mezclarían con el tejido de la gran ciudad y jamás se volvería a saber nada de ellos.

Yo estaba tan preocupado por Tally que apenas podía tragar la comida.

Bien entrada la mañana del día siguiente, mientras el sol pugnaba por asomar a través de las nubes, regresamos a los campos para seguir recolectando algodón. Estábamos cansados de permanecer sentados en casa, contemplando el cielo. Hasta yo deseaba continuar con la recolección.

Los mexicanos se mostraban especialmente interesados en reanudar el trabajo. A fin de cuentas, se encontraban a tres mil kilómetros de su casa y no estaban cobrando nada.

Sin embargo, el algodón estaba demasiado mojado y la tierra demasiado blanda. El barro se me incrustó en las botas y se pegó a la bolsa de recolectar, por lo que al cabo de media hora tuve la sensación de que estaba arrastrando un tronco. Interrumpimos la tarea al cabo de un par de horas y nos fuimos a casa muy tristes y desanimados.

Los Spruill ya estaban hartos. No nos sorprendió verlos levantar el campamento. Lo hicieron muy despacio, como si les costara reconocer su derrota. El señor Spruill le dijo a Pappy que de nada les servía quedarse si no podían trabajar. Estaban cansados de las lluvias, y nosotros no podíamos reprochárselo. Se habían pasado seis semanas acampados en nuestro patio delantero. El colchón sobre el que dormían estaba parcialmente expuesto a las inclemencias del tiempo y manchado de barro. Yo, en su lugar, me habría ido mucho antes.

Permanecimos sentados en el porche mientras recogían sus trastos y lo cargaban todo sin orden ni concierto en el camión y el remolque. Sin la presencia de Hank y Tally dispondrían de más espacio.

De repente, su partida me asustó. No tardarían en regresar a casa y descubrir que Hank no estaba allí. Esperarían, después buscarían y, finalmente, empezarían a hacer preguntas. Yo no sabía si ello podía afectarme y en qué medida, pero aun así tenía miedo.

Mi madre me obligó a acompañarla al huerto, donde recogimos hortalizas suficientes para veinte personas. Lavamos el maíz, los pepinos, los tomates, el quingombó y las verduras en el fregadero de la cocina y después ella colocó cuidadosamente todo en una caja de cartón. Gran reunió una docena de huevos, un kilo de jamón, medio kilo de mantequilla y dos tarros de un kilo de mermeladas de fresa. Los Spruill no se irían sin comida para el viaje.

A media tarde terminaron de hacer las maletas. El camión y el remolque llevaban exceso de peso: las cajas y los sacos de arpillera estaban asegurados a los lados con alambre de embalar y seguro que se desprendían a la primera ocasión. Cuando vimos que estaban a punto de irse, todos los miembros de la familia bajamos por los escalones del porche y cruzamos el patio para despedirnos de ellos. El señor Spruill y su esposa se acercaron y aceptaron la comida. Se disculparon por irse antes de que terminara la recolección, pero todos sabíamos que lo más probable era que la cosecha ya estuviera perdida. Aunque procuraron sonreír y mostrarse amables, no podían disimular su dolor. Mientras los miraba, pensé que siempre lamentarían el día en que habían decidido trabajar en nuestra granja. Si hubiesen elegido otra, Tally no se habría fugado con Cowboy, y Hank aún viviría, si bien, dada su afición a la violencia, lo más probable era que muriese prematuramente. «Quien a hierro mata, a hierro muere», solía decir Gran.

Me remordía la conciencia por los malos pensamientos que se me habían ocurrido contra ellos y me sentía algo así como un ladrón, porque conocía la verdad acerca de Hank, y ellos no.

Me despedí de Bo y Dale, ninguno de los cuales tenía gran cosa que decir. Trot estaba escondido detrás del remolque. Cuando ya terminábamos de despedirnos, se acercó a mí y murmuró algo que no logré entender. Después tendió la mano y me ofreció su brocha. No tuve más remedio que aceptarla.

Los mayores presenciaron el intercambio, pero, ninguno dijo nada.

–Por allí –indicó Trot, señalando hacia el camión.

Bo alargó la mano hacia algo que había justo al otro lado de la plataforma posterior. Sacó un bote de cinco kilos de esmalte de color blanco, sin abrir, con un logotipo de gran tamaño de Pittsburgh Paint en la parte anterior. Lo depositó en el suelo delante de mí y después sacó otro.

–Es para ti –dijo Trot.

Contemplé los dos botes de cinco kilos de pintura y después miré a Pappy y Gran. A pesar de que llevábamos muchos días sin hablar del tema, todos sabíamos desde hacía mucho tiempo que Trot jamás podría terminar su proyecto de pintar la casa. Ahora éste me estaba traspasando la tarea a mí. Miré a mi madre y vi una extraña sonrisa en sus labios.

–La compró Tally –dijo Dale.

Me golpeé la pierna con la brocha y, al final, conseguí balbucir:

–Gracias.

Trot me dedicó una sonrisa bobalicona que provocó un gesto de diversión por parte de todos los demás. Regresaron de nuevo a su camión y esta vez consiguieron subir todos. Trot estaba en el remolque, pero solo. La primera vez que los habíamos visto, Tally lo acompañaba. Ahora se le veía triste y abandonado.

El motor del camión arrancó a regañadientes. El embrague gimió y chirrió, y en cuando se puso en marcha, todos los ocupantes experimentaron una sacudida hacia delante. Los Spruill se fueron en medio de un concierto de sartenes, cacerolas y cajas, mientras Bo y Dale brincaban sobre el colchón y Trot permanecía acurrucado en un rincón del remolque. Los saludamos con la mano hasta que los perdimos de vista.

No se había hablado para nada del año siguiente. Los Spruill no regresarían. Sabíamos que jamás volveríamos a verlos.

La poca hierba que había en el patio delantero estaba aplastada, y cuando contemplé los daños me alegré de que se hubieran marchado. Propiné un puntapié a las cenizas de sus fogatas en la base meta y me sorprendí una vez más de su desconsideración. Quedaban las rodadas de su camión y los agujeros de los palos de sus tiendas de campaña. Al año siguiente, colocaría una valla para que los montañeses no invadieran mi campo de béisbol.

Sin embargo, mi proyecto más inmediato era terminar lo que Trot había empezado. Arrastré la pintura hasta el porche, un bote por vez, y me sorprendí de lo que pesaban. Esperaba que Pappy dijera algo, pero la situación no le inspiró comentario alguno. En cambio, mi madre dio unas órdenes a mi padre y éste se apresuró a levantar un andamio en el lado este de la casa. Era un tablón de madera de roble de cinco por quince centímetros y dos metros y medio de largo, asentado en uno de los extremos sobre un caballete para aserrar y en el otro sobre un bidón vacío de gasóleo. Estaba ligeramente inclinado hacia el bidón, pero no lo bastante para que el pintor perdiera el equilibrio. Mi padre abrió el primer bote, removió su contenido con un palo y me ayudó a subir al andamio. Me dio unas breves instrucciones, pero como apenas sabía nada acerca de cómo pintar una casa, me vi libre para aprender por mi cuenta. Pensé que si Trot podía hacerlo, yo también podría.

Mi madre me observó detenidamente y me dio consejos como «No dejes que gotee» y «Tómatelo con calma». En el lado este de la casa, Trot había pintado las primeras seis tablas contando desde abajo, desde la fachada hasta la parte de atrás, y ahora, desde mi andamio, yo podía alcanzar hasta un metro más arriba. No sabía cómo haría para pintar hasta el tejado, pero pensé que ya me preocuparía por ello más adelante.

Las viejas tablas absorbieron la primera mano de pintura. La segunda salió lisa y blanca. A los pocos minutos, me sentí cautivado por una obra cuyos resultados podían apreciarse de inmediato.

–¿Qué tal lo hago? –pregunté sin mirar hacia abajo.

–Está muy bien, Luke –contestó mi madre–, pero procura trabajar despacio y tómate todo el tiempo que haga falta. Y, sobre todo, no te caigas.

–No me caeré.

¿Por qué siempre me advertía contra peligros tan evidentes?

Aquella tarde mi padre cambió la posición del andamio un par de veces, y a la hora de cenar yo ya había gastado todo un bote de cinco kilos de pintura. Me lavé las manos con jabón de lejía, pero la pintura se me había pegado a las uñas. Me daba igual. Me sentía orgulloso de mi obra. Estaba haciendo algo que ningún Chandler había hecho jamás.

Durante la cena no se hizo ningún comentario acerca de la pintura. Había asuntos mucho más importantes en que pensar. Los montañeses habían hecho las maletas y se habían ido cuando todavía quedaba algodón por recolectar. No habíamos oído rumores sobre otros temporeros que se hubieran marchado por estar los campos anegados. Pappy no quería que se supiera que nos habíamos rendido ante la lluvia. El tiempo estaba a punto de cambiar, no paraba de repetir. Jamás habíamos tenido tantas tormentas en una época tan tardía del año.

Al anochecer, nos trasladamos al porche delantero, que estaba aún más silencioso que antes. Los Cardinals eran sólo un lejano recuerdo y raras veces escuchábamos la radio después de la cena. Pappy no quería malgastar electricidad, por lo que yo me limitaba a sentarme en los escalones y contemplar el silencioso y desierto patio. Durante seis meses, había estado cubierto por toda clase de refugios y trastos. Ahora no había nada.

Unas hojas cayeron y se dispersaron por el patio. La noche era fresca y clara, lo cual indujo a mi padre a vaticinar que al día siguiente tendríamos ocasión de recolectar algodón durante doce horas. A mí, sin embargo, sólo me apetecía pintar.

30

Mientras comíamos consulté el reloj de pared de la cocina. Faltaban diez minutos para las cuatro de la mañana. Que yo recordara, nunca habíamos desayunado tan temprano. Mi padre sólo abrió la boca para facilitarnos su previsión meteorológica: sería un día frío, claro y sin nubes; la tierra estaría blanda, pero lo bastante firme para recolectar algodón.

Los mayores deseaban poner manos a la obra. Buena parte de nuestra cosecha aún estaba por recolectar, y como no lo hiciéramos, nuestro pequeño negocio agrícola incurriría en nuevas deudas. Mi madre y Gran terminaron de lavar los platos en tiempo récord, y todos abandonamos la casa juntos. Los mexicanos se trasladaron a los campos con nosotros, acurrucados a un lado del remolque para protegerse del frío.

Los días claros y secos eran muy raros, por lo que procuramos aprovechar aquél como si fuera el último. Al amanecer, ya estaba agotado, pero las protestas sólo me hubiesen servido para recibir una severa reprimenda. Se acercaba un nuevo desastre para la cosecha y teníamos que trabajar hasta caer rendidos de cansancio. Aunque me moría por echar una siestecita, sabía que si mi padre me hubiera sorprendido durmiendo me habría azotado con su cinturón.

Por otra parte, un día despejado significaba que las tormentas estaban en camino, de manera que veinte minutos después del almuerzo mi padre y Pappy decretaron que la pausa ya había terminado. Las mujeres se levantaron con la misma rapidez que los hombres, dispuestas a demostrar que eran capaces de trabajar con tanto denuedo como ellos. El único remolón era yo.

Podría haber sido peor. Los mexicanos no se detuvieron ni siquiera para comer.

Yo me pasé la aburrida tarde pensando en Tally, después en Hank y otra vez en Tally. Pensé también en los Spruill y los envidié por haberse librado del trabajo. Intenté imaginar lo que harían cuando llegaran a casa y descubrieran que Hank no estaba allí para recibirlos. Traté de convencerme de que, en realidad, me importaba un bledo.

Llevábamos varias semanas sin tener noticias de Ricky. había oído a los mayores comentar el hecho en voz baja. Yo aún no le había enviado mi larga misiva, sobre todo porque no sabía cómo echarla al correo sin que me sorprendieran. Y, además, tenía mis dudas sobre la conveniencia de arrojar sobre sus hombros el peso de la noticia acerca de los Latcher. Bastantes problemas tenía ya. Si Ricky hubiese estado en casa, me habría ido a pescar con él y se lo habría contado todo. Habría empezado con la muerte de Sisco, sin ahorrar ningún detalle, y después habría pasado al bebé de los Latcher, a Hank y Cowboy y a todo lo demás. Ricky habría sabido cómo actuar. Estaba deseando que regresara a casa.

Ignoro cuánto algodón recolecté aquel día, pero estoy seguro de que fue un récord mundial para un niño de siete años. Cuando el sol se ocultó por detrás de los árboles que bordeaban el río, mi madre fue en mi busca y juntos regresamos a casa. Gran se quedó, recolectando con la misma rapidez que los hombres.

–¿Cuánto rato van a seguir trabajando? –le pregunté a mi madre.

Estábamos tan agotados que el mero hecho de caminar constituía una hazaña.

–Hasta que oscurezca, supongo.

Cuando llegamos a casa ya casi había oscurecido. Yo deseaba tumbarme en el sofá y pasarme una semana durmiendo, pero mi madre me dijo que me lavara las manos y la ayudara a preparar la cena. Coció pan de maíz y calentó unas sobras mientras yo pelaba y troceaba tomates. Escuchamos la radio; ni una palabra sobre Corea.

A pesar de la brutal jornada de trabajo en los campos, Pappy y mi padre estaban de muy buen humor cuando nos sentamos a cenar. Entre los dos, habían recolectado quinientos cincuenta kilos de algodón. Las recientes lluvias habían provocado un incremento del precio de éste en el mercado de Memphis y, con unos cuantos días más de tiempo seco, puede que consiguiéramos sobrevivir otro año. Gran los oía como desde lejos, sin escuchar, y comprendí que estaba nuevamente en Corea. Mi madre se sentía tan extenuada que apenas podía hablar.

Pappy aborrecía las sobras, pero aun así dio gracias a Dios por ellas. También dio gracias por el buen tiempo y pidió que Dios nos lo siguiera otorgando. Comimos muy despacio; el agotamiento del día estaba haciendo efecto sobre nosotros. La conversación fue muy breve y comedida.

Yo fui el primero en oír el trueno. Fue un retumbo muy bajo y lejano. Miré alrededor para ver si los adultos también lo habían oído. Pappy estaba hablando de los mercados del algodón. A los pocos minutos, el retumbo sonó mucho más cercano, y cuando estalló un relámpago en la distancia todos dejamos de comer. El viento empezó a soplar con fuerza y el techo de hojalata del porche trasero empezó a crujir. Evitamos mirarnos a los ojos.

Pappy juntó las manos y apoyó los codos sobre la mesa como si se dispusiera a rezar por segunda vez. Acababa de pedirle a Dios que nos otorgara buen tiempo, y estábamos a punto de recibir otro chaparrón.

Mi padre hundió los hombros unos cuantos centímetros. Se frotó la frente y volvió la mirada hacia la pared. La lluvia empezó a golpear con fuerza el tejado, y entonces Gran dijo:

–Es granizo.

El granizo significaba vientos huracanados e intensas lluvias. Inmediatamente después, un violento temporal se abatió sobre nuestra granja. Permanecimos largo rato sentados alrededor de la mesa, escuchando los truenos y la lluvia, sin prestar la menor atención a la cena a medio terminar que teníamos delante, mientras nos preguntábamos cuántos litros caerían y cuándo podríamos reanudar la recolección. El St. Francis ya no podía contener más agua, y cuando se desbordara la recolección terminaría.

Pasó la tormenta, pero la lluvia siguió cayendo, a veces con intensidad. Finalmente abandonamos la cocina. Pappy y yo salimos al porche delantero, y vi que entre la casa y el camino el terreno estaba encharcado. Me compadecí de Pappy cuando se sentó en el columpio y se puso a contemplar con incredulidad el diluvio que Dios nos enviaba.

Más tarde mi madre me leyó historias bíblicas, pero yo apenas podía oír su voz a causa del ruido de la lluvia que golpeaba el tejado. La historia de Noé hubiese sido demasiado. Me quedé dormido antes de que David matara a Goliat.

Al día siguiente, mis padres anunciaron su decisión de ir a la ciudad. Me invitaron –habría supuesto una crueldad negarme aquel paseo–, pero no incluyeron a Pappy y Gran. Fue una pequeña excursión familiar. Se mencionó la posibilidad de un helado. Gracias a Tally y Cowboy, teníamos un poco de gasolina gratis y en la granja no había nada que hacer. El agua se interponía entre nosotros y las hileras de algodón.

Me senté delante con ellos con los ojos clavados en el cuentakilómetros. En cuanto enfilamos la carretera principal y nos dirigimos al norte hacia Black Oak, mi padre dejó de accionar la palanca del cambio de marchas y aceleró hasta alcanzar los setenta y cinco kilómetros por hora. Que yo supiera, el camión iba exactamente igual a setenta y cinco kilómetros por hora que a sesenta, pero no pensaba decirle nada a Pappy.

Resultaba curiosamente consolador contemplar las otras granjas devastadas por la lluvia. No se veía a nadie recorrer penosamente los campos en un intento de recolectar algo. No había ni un solo mexicano a la vista.

Nuestras tierras eran bajas y corrían el peligro de resultar anegadas antes que las demás. No habría sido la primera vez que perdíamos la cosecha cuando a otros agricultores no les ocurría. Ahora todos estaban en igualdad de condiciones.

Era mediodía y no se podía hacer otra cosa que esperar, por lo que las familias estaban reunidas en los porches de sus casas, contemplando el tráfico. Las mujeres desvainaban guisantes. Los hombres conversaban con cara de preocupación. Los niños estaban sentados en los escalones o jugando en medio del barro. Los conocíamos a todos, casa por casa. Los saludamos con la mano, ellos nos devolvieron el saludo y casi nos pareció oírles decir: «A saber por qué irán los Chandler a la ciudad».

Main Street estaba muy tranquila. Aparcamos delante de la ferretería. Tres puertas más abajo de la Cooperativa, varios agricultores vestidos con monos conversaban con semblante muy serio. Mi padre se sintió obligado a acercarse primero a ellos o, por lo menos, a escuchar sus ideas y opiniones sobre cuándo dejaría de llover. Seguí a mi madre a la droguería, donde vendían helados y refrescos. Desde que yo recordaba lo atendía una guapa chica de la ciudad llamada Cindy. Cindy no tenía otros clientes en aquel momento, por lo que recibí una ración especialmente generosa de helado de vainilla cubierto de jarabe de cereza. Mi madre pagó cinco centavos por él. Yo me senté en un taburete. Cuando estuvo claro que yo había encontrado un sitio donde pasar los treinta minutos siguientes, mi madre se fue a comprar otras cosas.

Cindy tenía un hermano mayor que había resultado muerto en un terrible accidente automovilístico, y cada vez que la veía yo recordaba las historias que había oído contar. El vehículo se incendió y no pudieron sacar al muchacho. Hubo muchos testigos, lo cual había dado lugar a distintas versiones. Cindy era guapísima, pero tenía una mirada muy triste, y yo sabía que se debía a aquella tragedia. No le apetecía hablar, pero a mí no me importaba. Me comí muy despacio el helado para que me durara mucho rato y me dediqué a observarla mientras trajinaba al otro lado del mostrador.

Había oído cuchichear lo bastante a mis padres para saber que tenían intención de efectuar cierta llamada telefónica. Como no disponíamos de teléfono, nos veíamos obligados a utilizar los de otras personas. Suponía que utilizarían el teléfono de la tienda de Pop y Pearl.

Casi todas las casas de la ciudad disponían de teléfono, al igual que casi todas las tiendas. Y las granjas que estaban a tres o cuatro kilómetros de la ciudad también, pues las líneas llegaban hasta allí. Una vez mi madre me dijo que pasarían muchos años antes de que las líneas llegaran a nuestra granja. De todos modos, Pappy no lo quería. Decía que, cuando uno tenía teléfono se veía obligado a hablar con los demás cuando a éstos les interesaba y no cuando le interesaba a uno. Un televisor quizá fuese interesante, pero un teléfono, ni hablar.

Jackie Moon entró por la puerta y se dirigió al mostrador de los helados.

–Hola, pequeño Chandler –dijo, alborotándome el cabello mientras se sentaba a mi lado–. ¿Qué te trae por aquí? –preguntó.

–El helado –contesté, y él se rió.

Cindy se situó delante de nosotros y preguntó:

–¿Lo de siempre?

–Sí, señora –contestó Jackie–. ¿Qué tal estás?

–Muy bien, Jackie –contestó ella, coqueteando.

Se estudiaron cuidadosamente el uno al otro y yo tuve la sensación de que había algo entre ellos. Cindy se volvió para preparar lo de siempre, y él la miró de arriba abajo.

–¿Habéis tenido noticias de Ricky? –me preguntó Jackie sin apartar los ojos de Cindy.

–Últimamente, no –contesté, mirando también a Cindy.

–Ricky tiene agallas. No le va a pasar nada.

–Lo sé –dije.

Encendió un cigarrillo y dio unas cuantas caladas.

–¿Os habéis mojado por allí? –preguntó.

–Estamos empapados.

Cindy depositó un cuenco de helado de chocolate y una taza de café solo delante de Jackie, quien dijo:

–Aseguran que va a llover dos semanas seguidas, y yo estoy seguro de que así será.

–La lluvia, la lluvia, la lluvia –dijo Cindy–. La gente no sabe hablar de otra cosa estos días. ¿No os cansáis de hablar siempre del tiempo?

–Es que somos agricultores, y no tenemos nada más de que hablar –se justificó Jackie.

–Sólo los tontos trabajan en el campo –sentenció Cindy, dejando el paño de cocina sobre el mostrador antes de dirigirse a la caja.

Jackie terminó de comer el trozo de helado que tenía en la boca.

–En eso seguro que tiene razón, ¿sabes? –me dijo Jackie.

–Es probable.

–¿Tu padre tiene intención de irse al norte? –preguntó.

–¿Adónde?

–Al norte, a Flint. Tengo entendido que algunos chicos ya están telefoneando para ver si pueden conseguir un puesto en la planta de la Buick. Dicen que este año hay menos empleo y que no pueden contratar a tantos como antes y que por eso la gente ya se ha lanzado a la carrera para conseguir un puesto. El precio del algodón se ha vuelto a disparar. Como nos caiga encima otro chaparrón, el río se desbordará. Casi todos los agricultores se podrán considerar afortunados si consiguen salvar media cosecha. Parece un poco tonto, ¿verdad? Trabajan como locos en el campo durante seis meses, lo pierden todo, corren a trabajar al norte y regresan a casa con el dinero suficiente para pagar las deudas. Y entonces vuelven a sembrar.

–¿Tú irás al norte? –pregunté.

–Me lo estoy pensando. Soy demasiado joven para pasarme toda la vida trabajando en el campo.

–Yo también.

Tomó un sorbo de café y ambos nos pasamos un rato reflexionando en silencio acerca de la estupidez de las tareas del campo.

–Tengo entendido que aquel palurdo tan fortachón se largó con viento fresco –dijo finalmente Jackie.

Por suerte, yo tenía la boca llena de helado, de modo que me limité a asentir con la cabeza.

–Espero que lo atrapen –añadió Jackie–. Me gustaría verle sentado en el banquillo y ver qué le cae encima. Ya le he dicho a Stick Powers que estaría dispuesto a declarar como testigo. Lo vi todo. Ahora han aparecido otras personas que le han explicado a Stick lo que ocurrió realmente. El palurdo no tenía ninguna necesidad de matar al chico de los Sisco.

Me llevé otra cucharada de helado a la boca y asentí nuevamente. Había aprendido a mantener la boca cerrada y poner cara de tonto cuando salía a relucir el tema de Hank Spruill.

Cindy había regresado; se movía de un lado para otro detrás del mostrador y secaba esto y aquello mientras tarareaba por lo bajo. Jackie se olvidó de Hank.

–¿Ya has terminado? –me preguntó, echando un vistazo a mi helado.

Pensé que él y Cindy tenían algo de que hablar.

–Casi –contesté.

Ella siguió tarareando y él me miró hasta que terminé. Cuando me hube comido la última cucharada, dije adiós y me fui a la tienda de Pop y Pearl, donde esperaba averiguar algo más acerca de la llamada telefónica. Pearl estaba sola junto a la caja, con las gafas de lectura apoyadas en la punta de la nariz, por lo que su mirada se cruzó con la mía en cuanto entré. Decían que conocía el sonido de todos los camiones que pasaban por Main Street y que no sólo era capaz de identificar al agricultor que lo conducía sino de recordar el tiempo que hacía que éste no visitaba la ciudad. No se le escapaba ni una.

–¿Dónde está Eli? –me preguntó tras habernos intercambiado los jocosos comentarios de rigor.

–Se ha quedado en casa –contesté, mirando hacia el recipiente de los bollos Tootsie Roll.

Ella me los señaló diciendo:

–Toma uno.

–Gracias. ¿Dónde está Pop?

–En la trastienda. Has venido tú solo con tus padres, ¿verdad?

–Sí, señora. ¿Ya han estado aquí?

–No, por el momento. ¿Van a comprar comestibles?

–Sí, señora. Y creo que mi padre necesitaba usar el teléfono de la tienda.

Se quedó de piedra mientras trataba de adivinar por qué razón mi padre necesitaba llamar a alguien. Yo desenvolví el Tootsie Roll.

–¿A quién quiere llamar?

–No lo sé.

Pobre del que le pidiera permiso a Pearl para hablar por teléfono y deseara mantener en secreto los detalles. Ella averiguaría mucho más que la persona situada en el otro extremo de la línea.

–¿Os habéis mojado mucho por allí?

–Sí, señora. Muchísimo.

–De todos modos, es una tierra muy mala. Me parece que vuestros terrenos, los de los Latcher y los de los Jeter, son los primeros que se inundan.

Su voz se perdió mientras reflexionaba acerca de nuestra desgracia. Miró a través de la ventana y meneó lentamente la cabeza ante la perspectiva de un otoño muy poco prometedor.

Yo jamás había visto una inundación, al menos que recordara, y por consiguiente no tenía ningún comentario que hacer al respecto. El mal tiempo había echado un jarro de agua fría sobre el estado de ánimo de todo el mundo, incluida Pearl. Con las densas nubes que se cernían sobre nuestra región, resultaba muy difícil ser optimista. Se avecinaba otro invierno muy triste.

–Me han dicho que algunas personas se irán al norte –dije. Sabía que si los rumores eran ciertos Pearl conocería los detalles.

–A mí también me lo han dicho –admitió–. Quieren asegurarse un empleo por si persisten las lluvias.

–¿Quién va?

–No me he enterado –contestó, pero por su tono de voz adiviné que estaba al corriente de los últimos chismes.

Lo más probable era que los agricultores hubiesen utilizado su teléfono.

Le di las gracias por el Tootsie Roll y abandoné la tienda. Las aceras estaban desiertas. Resultaba agradable tener la ciudad para mí solo. Los sábados había tanta gente que apenas si se podía caminar. Vi a mis padres comprando algo en la ferretería y fui a investigar.

Estaban comprando pintura en grandes cantidades. Perfectamente alineados en el mostrador, junto con dos brochas todavía en el interior de sus envolturas de plástico, vi cinco botes de cinco kilos de esmalte blanco Pittsburgh Paint. Cuando entré el dependiente estaba sumando el importe total. Mi padre hurgó en sus bolsillos. Mi madre permanecía de pie a su lado, erguida y orgullosa. Comprendí que ella lo había convencido de que comprara la pintura. Me miró y sonrió, rebosante de satisfacción.

–Serán catorce dólares con ochenta centavos –dijo el dependiente.

Mi padre sacó el dinero y empezó a contar billetes.

–Puedo anotárselo en su cuenta –repuso el dependiente.

–No, eso no está incluido en ella –repuso mi madre.

A Pappy podría darle un ataque al corazón si se enteraba de la cantidad de dinero que se había gastado en pintura.

Acarreamos los botes hasta el camión.

31

Los botes de pintura estaban alineados en el porche trasero igual que soldados preparados para una emboscada. Bajo la supervisión de mi madre, mi padre desplazó y colocó el andamio en la esquina nordeste de la casa para que yo pudiera pintar desde abajo hasta casi el nivel del tejado. Ya había doblado la primera esquina. Trot se habría sentido orgulloso.

Se abrió otro bote. Retiré la envoltura de una de las brochas nuevas y moví las cerdas hacia delante y hacia atrás. Tenía quince centímetros de anchura y pesaba mucho más que la que me había dado Trot.

–Vamos a trabajar un poco en el huerto –anunció mi madre–. No tardaremos.

Se marcharon. Mi padre llevaba tres de las canastas más grandes de la granja. Gran se encontraba en la cocina preparando confitura de fresas. Pappy se había largado a algún sitio para preocuparse a sus anchas.

La inversión que habían hecho mis padres en aquel proyecto confería mayor importancia a mi misión. La casa se pintaría totalmente tanto si a Pappy le gustaba como si no. Y el mayor esfuerzo me correspondería a mí. Pero no corría prisa. Si había inundaciones, pintaría cuando no lloviera. Si termináramos de recolectar el algodón, dispondría de todo el invierno para completar mi obra maestra. En sus cincuenta años de vida, la casa jamás había sido pintada. ¿Para qué tanta prisa?

A la media hora, me cansé. Oía a mis padres conversar en

el huerto. En el porche había dos brochas más, otra nueva y la que me había dado Trot, justo al lado de los botes de pintura. ¿Por qué no podían mis padres tomar las brochas y ponerse a trabajar? Seguro que tenían previsto echarme una mano.

La brocha pesaba una tonelada. Mis trazos eran cortos, lentos y muy pulcros. Mi madre me había advertido de que no aplicara demasiada pintura de una sola vez. «Que no gotee.» «Que no se corra.»

Al cabo de una hora, tuve que hacer una pausa. Perdido en mi propio mundo y enfrentado con un proyecto tan descomunal, empecé a maldecir a Trot por haber echado sobre mis hombros semejante tarea. Había pintado aproximadamente un tercio de uno de los lados de la casa y después se había largado. Estaba empezando a pensar que quizá Pappy tuviera razón, en el fondo. A la casa ni falta que le hacía que la pintaran.

Hank era el culpable de todo. Hank se había burlado de mí y había insultado a mi familia porque nuestra casa no estaba pintada. Trot había salido en mi defensa. Él y Tally habían conspirado para poner en marcha aquel proyecto, sin saber que debería hacerme cargo de la mayor parte del trabajo.

Oí unas voces a mi espalda. Miguel, Luis y Rico se habían acercado y estaban observándome con curiosidad. Los miré sonriendo y nos dimos las *buenas tardes* en español. Se acercaron un poco más, visiblemente asombrados ante el hecho de que al menor de los Chandler se le hubiera encomendado una tarea tan enorme. Durante unos minutos me concentré en mi trabajo y seguí pintando lentamente. Miguel estaba examinando los botes de pintura sin abrir y las otras brochas.

–¿Podemos echar una mano? –me preguntó.

¡Qué idea tan sensacional!

Abrimos otros dos botes de pintura. Le entregué mi brocha a Miguel y en cuestión de segundos Luis y Rico se sentaron en el andamio y se pusieron a pintar como si no hubieran hecho otra cosa en su vida. Miguel empezó por el porche de atrás. Al cabo de un rato otros seis mexicanos se sentaron a la sombra sobre la hierba para mirarnos.

Gran oyó el ruido y salió secándose las manos con un paño de cocina. Me miró, rió y regresó a sus confituras de fresa.

Los mexicanos estaban encantados de tener algo que hacer. Las lluvias los habían obligado a permanecer largas horas inactivos. No disponían de un camión para trasladarse a la ciudad, ni radio con que entretenerse ni libros que leer (de hecho, ni siquiera estábamos seguros de que supieran leer). De vez en cuando jugaban a los dados, pero lo dejaban en cuanto alguno de nosotros se acercaba.

Se lanzaron a pintar la casa con entusiasmo. Los seis que no pintaban daban consejos y expresaban sus opiniones a los que lo hacían. Algunas de sus sugerencias debían de ser absurdas, pues a veces los que pintaban interrumpían su tarea y se reían tanto que no podían trabajar. Los nueve se partían de risa, sus conversaciones en español eran cada vez más rápidas y el tono de su voz cada vez más alto. El reto consistía en convencer a uno de los que pintaban de que dejara un rato su tarea y permitiera que otro mejorara su actuación. Roberto se erigió en experto y, hablando en tono teatral, empezó a facilitar instrucciones a los novatos, sobre todo a Pablo y a Pepe, acerca de la técnica más apropiada. Situado detrás de los que estaban pintando, les daba consejos, gastaba alguna que otra broma o los reprendía por algo. Las brochas iban cambiando de mano y, entre burlas e improperios, se formó un conjuntado equipo de trabajo.

Yo me senté a la sombra del árbol con los demás mexicanos, contemplando la transformación que se operaba en el porche trasero. Pappy regresó con el tractor. Lo aparcó junto al cobertizo de las herramientas y, desde lejos, vi que se detenía un momento a mirar. Después dio un amplio rodeo para dirigirse a la parte delantera de la casa. No supe si lo aprobaba o no y ni siquiera sé muy bien si el asunto le seguía importando. Sus pasos carecían de fuerza y caminaba como sin rumbo. Pappy era, sencillamente, uno de los muchos agricultores derrotados y a punto de perder una nueva cosecha de algodón.

Mis padres regresaron del huerto con los cestos llenos a rebosar.

–Vaya, ni que fuera Tom Sawyer –me dijo mi madre.

–¿Quién es ése? –pregunté.

–Esta noche te contaré la historia.

Depositaron los cestos en el porche, evitando cuidadosamente la zona en que se pintaba, y entraron en la casa. Todos los mayores estaban reunidos en la cocina, y me pregunté si estarían hablando de mí y de los mexicanos. Gran salió con una jarra de té helado y una bandeja con vasos. Era una buena señal. Los mexicanos hicieron una pausa y disfrutaron del té. Le dieron las gracias a Gran y de inmediato empezaron a discutir acerca de quiénes de ellos iban a seguir pintando.

Durante toda la tarde, el sol batalló con las nubes. Hubo momentos en que su luz era clara y uniforme y el aire casi tan tibio como en verano. Inevitablemente contemplábamos el cielo, en la esperanza de que las nubes abandonaran Arkansas para no regresar jamás, o por lo menos hasta la primavera. Después la tierra volvió a oscurecerse y el aire refrescó.

Las nubes estaban ganando la partida, y todos lo sabíamos. Los mexicanos no tardarían en abandonar nuestra granja, tal como habían hecho los Spruill. No podíamos pretender que la gente se pasara varios días mano sobre mano, contemplando el cielo y procurando no mojarse, sin cobrar ni un centavo.

La pintura se nos acabó a última hora de la tarde. La parte trasera de la casa, incluido el porche, ya estaba terminada, y la diferencia era asombrosa. Las brillantes tablas recién pintadas contrastaban visiblemente con las de la esquina todavía sin pintar. Al día siguiente, empezaríamos a trabajar en el lado oeste, suponiendo que yo consiguiera convencer a alguien de que comprara más pintura.

Les di las gracias a los mexicanos y éstos regresaron entre risas al establo. Se comerían sus tortillas y se acostarían temprano en la esperanza de que al día siguiente pudieran recolectar algodón.

Me senté sobre la fría hierba admirando su trabajo y sin el menor deseo de entrar en la casa, pues los mayores no estaban de buen humor. Me mirarían con una sonrisa forzada e intentarían hacer un comentario gracioso, pero estaban muy preocupados.

Pensé que ojalá tuviera un hermano... más joven o mayor, me daba igual. Mis padres deseaban tener más hijos, pero había no sé qué problemas. Necesitaba un amigo, otro niño con quien hablar, jugar y conspirar. Estaba harto de ser el único pequeño de la granja.

Y echaba de menos a Tally. Hice un valeroso esfuerzo por odiarla, pero no dio resultado.

Pappy dobló la esquina de la casa y echó un vistazo a la nueva capa de pintura. No comprendí si estaba enfadado o no.

–Vamos a acercarnos al arroyo –me dijo, y sin más palabras, nos encaminamos hacia el tractor. Lo puso en marcha y seguimos las rodadas del camino que conducía a los campos. Había agua en la zona por la que tantas veces habían pasado el tractor y el remolque. Los neumáticos anteriores chapotearon en el barro mientras avanzábamos lentamente. Los neumáticos posteriores se hundieron en el lodo. Estábamos atravesando un campo que se convertía en un pantano por momentos.

El algodón daba pena de ver. Las cápsulas aparecían dobladas por el peso de la lluvia, y el viento había inclinado los tallos. Una semana de sol habría secado la tierra y el algodón y nos habría permitido terminar de recolectar, pero aquel tiempo había quedado atrás.

Giramos hacia el norte y avanzamos muy despacio por otro sendero más anegado que el anterior. Era el mismo que Tally y yo habíamos recorrido algunas veces; el arroyo se encontraba un poco más allá.

Yo permanecía de pie ligeramente detrás de Pappy, asiendo el soporte del «paraguas» y el tirante situado por encima del neumático trasero izquierdo mientras contemplaba el perfil de aquél. Mantenía las mandíbulas apretadas y los ojos entornados. Aparte de algún que otro estallido de cólera, Pappy no tenía por costumbre exteriorizar sus sentimientos. Jamás le había visto llorar, ni siquiera al borde de las lágrimas. Se preocupaba porque era propio de los agricultores, pero no se quejaba. Si las lluvias nos estropeaban las cosechas, algún motivo debía de haber. El Señor nos protegería y cuidaría de nosotros a lo largo de los años buenos y de los malos. En nuestra calidad de baptistas, creíamos que Dios lo tenía todo bajo su dominio.

Yo estaba seguro de que tenía que haber alguna razón para que los Cardinals no hubieran quedado campeones, pero no acertaba a comprender por qué tenía Dios que estar detrás de todo aquello. ¿Por qué permitía que dos equipos de Nueva York jugaran en las Series Mundiales? Era algo que me tenía absolutamente perplejo.

De pronto, el nivel del agua subió y los neumáticos se hundieron quince centímetros. El sendero estaba inundado y por un instante, dicha circunstancia me desconcertó. Ya nos encontrábamos muy cerca del arroyo. Pappy detuvo el tractor y señaló con el dedo.

–Ha rebasado las orillas –dijo, tratando de ocultar su abatimiento.

El agua atravesaba unos matorrales que antes crecían muy por encima del lecho del arroyo. Más o menos en aquel lugar Tally se había bañado en unas aguas frescas y claras que ahora habían desaparecido.

–Se está desbordando –anunció.

Apagó el motor del tractor y prestamos atención a los sonidos de la corriente cuyo nivel estaba superando las orillas del arroyo Siler para anegar las tierras bajas de nuestras veinte hectáreas inferiores. El agua se perdió entre las hileras de algodón mientras bajaba poco a poco hacia el pequeño valle. Se detendría en mitad del campo a medio camino de nuestra casa, en el lugar donde se iniciaba una suave cuesta. Allí se recogería y adquiriría profundidad, antes de extenderse hacia el este y el oeste e inundar casi todas nuestras hectáreas.

Al final, tendría ocasión de ver una riada. Había habido otras, pero yo era demasiado pequeño para recordarlas. A lo largo de mi joven vida había oído contar historias acerca de ríos desbordados y cosechas sumergidas, y ahora lo estaba viendo con mis propios ojos como si fuera la primera vez. Era algo aterrador, pues cuando empezaba nadie sabía cuándo iba a terminar. Nada podía detener el avance del agua, que se derramaba por donde quería. ¿Llegaría hasta nuestra casa? ¿Se desbordaría el St. Francis y nos ahogaría a todos? ¿Llovería durante cuarenta días y cuarenta noches y nosotros pereceríamos como los que se habían burlado de Noé?

Probablemente, no. Algo de cierto tenía que haber en la historia del arco iris, símbolo de la promesa de Dios de no volver a inundar la tierra nunca más.

Sin embargo, yo estaba presenciando una inundación. Un arco iris era casi un acontecimiento sagrado en nuestras vidas, pero llevábamos varias semanas sin ver ninguno. Yo no acertaba a comprender cómo era posible que Dios permitiese que ocurrieran aquellas cosas.

Durante el día Pappy se había acercado al arroyo por lo menos tres veces, observando, esperando y, probablemente, rezando.

–¿Cuándo ha empezado? –pregunté.

–Calculo que hace una hora. No lo sé muy bien.

Deseé preguntar cuándo se detendría, pero ya conocía la respuesta.

–Es una rebalsa –añadió–. El St. Francis baja demasiado crecido y no hay sitio para el agua.

Nos quedamos un buen rato contemplando el agua, hasta que la vimos crecer y acercarse a nosotros y subir unos cuantos centímetros en los neumáticos delanteros. Pronto me asaltó el deseo de regresar, pero Pappy no tenía intención de hacerlo, sus temores y preocupaciones se estaban confirmando y él contemplaba hipnotizado lo que estaba ocurriendo.

A finales de marzo Pappy y mi padre habían empezado a arar los campos, removiendo la tierra y enterrando los tallos, las hojas y las raíces de la cosecha anterior. Entonces estaban contentos y se alegraban de permanecer al aire libre después de una prolongada hibernación. Vigilaban el tiempo, estudiaban el almanaque y acudían a menudo a la Cooperativa para escuchar los comentarios de los demás agricultores. Si el tiempo lo permitía, sembraban a principios de mayo. El 15 de mayo era la fecha límite para la siembra del algodón. Mi colaboración en la tarea empezaba a principios de junio, cuando terminaba la escuela y empezaban a crecer las malas hierbas. Me proporcionaban una azada, me indicaban la dirección a seguir y, a lo largo de muchas horas al día, me dedicaba a cortar algodón, una tarea casi tan dura y embrutecedora como la recolección. Nos pasábamos todo el verano cortando el algodón que iba creciendo y las malas hierbas que lo rodeaban. Si el algodón florecía el 4 de julio, significaba que la cosecha sería estupenda. A finales de agosto, ya podíamos empezar a recolectar, y a principios de septiembre comenzábamos a buscar a montañeses y a contratar a algunos mexicanos.

Y ahora, a mediados de octubre, estábamos contemplando cómo todo se perdía. Todo el esfuerzo, el sudor y el dolor de músculos, todo el dinero invertido en semillas, fertilizantes y combustible, todas las esperanzas y los proyectos, todo aquello se estaba perdiendo con el desbordamiento del St. Francis.

Esperamos un poco, pero la riada no se detuvo. De hecho, los neumáticos delanteros del tractor ya estaban medio hundidos en el agua cuando Pappy puso finalmente en marcha el motor. Apenas quedaba luz y no se veía casi nada. El sendero estaba inundado, y a ese paso para cuando amaneciese habríamos perdido las veinte hectáreas inferiores.

Jamás había sido testigo de tanto silencio durante la cena. Ni siquiera a Gran se le ocurrió algún comentario gracioso que hacer. Yo jugueteé con mis judías y traté de imaginar qué estarían pensando mis padres. Mi padre debía de estar preocupado por el préstamo sobre la cosecha, una deuda que sería imposible saldar. Mi madre estaba preparando su huida de aquella granja y no parecía tan decepcionada como los demás adultos, ni mucho menos. Una cosecha desastrosa, seguida de una primavera y un verano tan poco prometedores le ofrecían argumentos más que suficientes contra mi padre.

Las inundaciones apartaron mi mente de otros asuntos más graves –Hank, Cowboy, Tally–, así que no resultaba tan desagradable pensar en ello. Pero mantuve la boca cerrada.

Pronto empezaría la escuela, por lo que mi madre decidió someterme a ejercicios nocturnos de lectura y escritura. Aunque jamás me habría atrevido a reconocerlo, estaba deseando ir a clase, por cuyo motivo los deberes me encantaban. Me comentó lo muy oxidada que tenía la escritura y sentenció que necesitaba mucha práctica. Mi lectura tampoco era demasiado buena, que digamos.

–¿Te das cuenta del modo en que te afecta dedicarte a la recolección del algodón?

Estábamos solos en la habitación de Ricky, leyéndonos mutuamente cosas antes de que yo me fuera a la cama.

–Tengo un secreto para ti –añadió en voz baja–. ¿eres capaz de guardar un secreto?

«Si tú supieras», pensé.

–Pues claro.
–¿Me lo prometes?
–Desde luego.
–No debes decírselo a nadie, ni siquiera a Pappy y Gran.
–De acuerdo, ¿qué es?
Se inclinó todavía más hacia mí.
–Tu padre y yo estamos pensando en irnos al norte.
–¿Y yo?
–Tú también irás.
Solté un suspiro de alivio.
–¿Para trabajar como Jimmy Dale quieres decir?
–Exacto. Tu padre ha hablado con Jimmy Dale y éste le ha dicho que puede conseguir trabajo para él en la planta de la Buick en Michigan. Allá arriba se gana dinero. No vamos a quedarnos para siempre, pero tu padre tiene que encontrar algo estable.
–¿Y Pappy y Gran?
–Ellos jamás se irán de aquí.
–¿Seguirán cultivando la tierra?
–Supongo que sí. No saben hacer otra cosa.
–¿Y cómo se las apañarán sin nosotros?
–Ya encontrarán la manera. Mira, Luke, no podemos permanecer aquí año tras año perdiendo dinero y pidiendo más préstamos. Tu padre y yo estamos decididos a probar suerte con otra cosa.

Yo tenía sentimientos contradictorios. Por una parte, deseaba que mis padres fueran felices y sabía que mi madre jamás se sentiría a gusto en una granja, mucho menos estando obligada a vivir con sus suegros. Yo no quería ser agricultor y tenía un futuro seguro con los Cardinals. Sin embargo, la idea de abandonar el único lugar donde siempre había vivido me inquietaba. Y no acertaba a imaginarme la vida sin Pappy y Gran.

–Será emocionante, Luke –prosiguió mi madre, en voz baja–. Confía en mí.

–Pues claro. ¿No hará mucho frío allá arriba?

–Por supuesto que sí –contestó–. En invierno nieva mucho, pero creo que será muy divertido. Haremos un muñeco de nieve, comeremos helado y tendremos unas Navidades blancas.

Recordé las historias que había contado Jimmy Dale sobre las veces que iba a ver jugar a los Tigers de Detroit y la gente que tenía buenos empleos, televisores y mejores escuelas para sus hijos. Después recordé a su mujer, la muy imbécil de Stacy con su quejumbrosa voz nasal y el miedo que yo le había metido en el cuerpo cuando estaba en el retrete.

–¿No hablan muy raro allá arriba? –pregunté.

–Sí, pero ya nos acostumbraremos. Será una aventura, Luke, y si no nos gusta, siempre nos queda la posibilidad de volver a casa.

–¿Volveremos aquí?

–Volveremos a Arkansas o a algún lugar del sur.

–No quiero ver a Stacy.

–Ni yo. Mira, vete a la cama y piénsalo. Recuerda que es nuestro secreto.

–Sí, señora.

Me arrebujó en la cama y apagó la luz.

Más noticias que archivar.

32

En cuanto hubo terminado de comer su último bocado de huevos revueltos, Pappy se limpió los labios y miró a través de la ventana situada por encima del fregadero. Había suficiente luz para ver lo que nos interesaba.

–Vamos a echar un vistazo –dijo, y todos los demás salimos con él de la cocina, bajamos por los escalones del porche trasero y cruzamos el patio en dirección al establo.

Envuelto en un grueso jersey, yo trataba de seguir el ritmo de los pasos de mi padre. La hierba estaba mojada, y tras andar unos pocos metros, mis botas también se mojaron. Nos detuvimos en el campo más próximo y contemplamos la oscura hilera de árboles que bordeaba el arroyo Siler a un kilómetro y medio de distancia aproximadamente. Teníamos delante veinte hectáreas de algodón, la mitad de nuestras tierras. Estaban inundadas, pero no sabíamos hasta qué extremo.

Pappy echó a andar entre dos hileras de algodón y no tardamos en ver tan sólo sus hombros y su sombrero de paja. Se detenía cuando tropezaba con el avance de la inundación. Cuando se pasaba un buen rato caminando, comprendíamos que el arroyo no había causado todo el daño que temíamos. A lo mejor, el agua ya estaba retirándose y saldría el sol. Quizá lográsemos salvar algo. A poco menos de veinte metros, justo la distancia que mediaba entre la plataforma de lanzamiento y la base meta, se detuvo y miró hacia el suelo. No podíamos ver la tierra ni lo que la cubría, pero lo adivinamos. Las aguas del arroyo seguían avanzando hacia nosotros.

–Ya está aquí –dijo, volviendo la cabeza–. Más de cinco centímetros.

Las tierras estaban inundándose más rápido de lo que los hombres habían previsto, lo cual, dada la tendencia de éstos al pesimismo, no constituía una gran hazaña que digamos.

–Eso jamás había ocurrido en octubre –dijo Gran, retorciéndose las manos en su delantal.

Pappy observó el agua que le rodeaba los pies. Nosotros clavamos la vista en él. El sol estaba saliendo, pero era un día nublado y las sombras iban y venían. Oí una voz y miré hacia la derecha. Los mexicanos se habían reunido en un silencioso grupo y nos miraban. Un entierro no habría sido más lúgubre.

Todos sentíamos curiosidad por el agua. Yo había sido testigo la víspera, pero estaba deseando verla extenderse por nuestros campos centímetro a centímetro hacia nuestra casa igual que una serpiente gigantesca cuyo avance no pudiera impedirse. Mi padre se separó de nosotros y echó a andar entre dos hileras de algodón. Se detuvo cerca de Pappy y puso los brazos en jarras igual que éste. Gran y mi madre los siguieron. Yo imité su ejemplo y lo mismo hicieron los mexicanos mientras todos nos distribuíamos en abanico por el campo en busca de las aguas desbordadas. Nos detuvimos formando una línea recta muy bien definida y contemplamos las espesas y marrones aguas desbordadas del arroyo Siler.

Rompí un tallo y lo clavé en la tierra, marcando el avance del agua. En cuestión de un minuto, la corriente lo rebasó.

Nos retiramos poco a poco. Mi padre y Pappy hablaron con Miguel y los demás mexicanos. Estaban preparados para irse a casa o a otra granja en la que pudiera recolectarse algodón. ¿Quién hubiera podido reprochárselo? Yo me acerqué lo justo para escuchar.

Acordaron que Pappy los acompañaría a las veinte hectáreas de la parte de atrás donde el terreno era un poco más elevado, y allí intentarían recolectar durante un rato. El algodón estaba mojado, pero si salía el sol cabía la posibilidad de que cada uno de ellos recolectara unos cincuenta kilos.

Mi padre iría a la ciudad por segundo día consecutivo y acudiría a la Cooperativa para averiguar si había alguna otra granja en la que nuestros mexicanos pudieran trabajar. Había plantaciones mucho mejores en el nordeste del condado, ubicadas en terrenos más altos, lejos de los arroyos y del St. Francis, y corrían rumores según los cuales, en las inmediaciones de Monette, no habían caído tantas lluvias como en el sur del condado.

Yo estaba en la cocina con las mujeres cuando mi padre nos comunicó los nuevos planes para el resto del día.

–Aquel algodón está empapado –dijo Gran en tono de reproche–. No recolectarán ni veinticinco kilos. Es una pérdida de tiempo.

Pappy aún estaba fuera y no oyó aquellos comentarios. Mi padre sí los oyó, pero no estaba de humor para discutir con su madre.

–Intentaremos trasladarlos a otra granja –dijo.

–¿Puedo ir a la ciudad? –pregunté.

Estaba deseando largarme, porque la alternativa podía ser una marcha forzada con los mexicanos hasta las veinte hectáreas altas, donde me obligarían a arrastrar un saco por encima del lodo y el agua y arrancar cápsulas de algodón empapadas.

–Sí, necesitamos un poco de pintura –contestó mi madre con una sonrisa.

Gran le dirigió otra mirada de reproche. ¿Por qué gastábamos un dinero que no teníamos en comprar pintura para la casa cuando estábamos perdiendo otra cosecha? Sin embargo, la casa estaba a medio pintar y el contraste entre el nuevo color blanco y el antiguo marrón claro era muy acusado. Había que terminar lo que se había empezado.

Hasta mi padre se mostraba reacio a gastar más dinero, pero aun así me dijo:

–Puedes ir.

–Yo me quedaré aquí –anunció mi madre–. Tenemos que preparar un poco de quingombó.

Otra excursión a la ciudad. Estaba contento. No me obligarían a recolectar algodón, no tendría otra cosa que hacer más que ir en camión por la carretera e imaginar el modo de conseguir un caramelo o un helado cuando llegara a Black Oak. Pero tenía que andarme con cuidado, porque yo era el único Chandler que estaba contento.

Cuando llegamos al puente el St. Francis parecía a punto de reventar.

–¿Crees que es seguro? –le pregunté a mi padre.

–Así lo espero.

Cambió a primera y avanzamos muy despacio por el puente sin que ninguno de los dos se atreviera a mirar hacia abajo. Con el peso de nuestro camión y la fuerza del agua, cuando llegamos al centro del puente éste se estremeció. Aceleramos y no tardamos en alcanzar la otra orilla. Ambos soltamos un suspiro de alivio.

La desaparición del puente sería un desastre. Nos quedaríamos aislados. Las aguas subirían alrededor de nuestra casa y no tendríamos ningún lugar adonde ir. Hasta los Latcher estarían en mejor situación que nosotros. Vivían al otro lado del puente, muy cerca de Black Oak y de la civilización.

Contemplamos las tierras de los Latcher al pasar.

–Su terreno está inundado –dijo mi padre, a pesar de que desde allí no lo veíamos.

Seguro que habían perdido la cosecha.

Al aproximarnos a la ciudad vimos grupos de mexicanos en los campos, aunque no tantos como antes. Aparcamos delante de la Cooperativa y entramos. Unos cuantos agricultores de sombrío semblante estaban sentados al fondo, tomando café y hablando de sus problemas. Mi padre me dio una moneda de cinco centavos para que me comprara una Coca-Cola y fue a reunirse con los agricultores.

–¿Estáis recolectando algo por allí? –le preguntó uno de ellos.

–Puede que un poco.

–¿Cómo está el arroyo?

–Anoche se desbordó. Antes del amanecer ya había avanzado un kilómetro. Hemos perdido las veinte hectáreas bajas.

Guardaron un minuto de silencio ante aquella terrible noticia y cada uno de ellos miró al suelo, compadeciéndose de los Chandler. Entonces aborrecí más que nunca dedicarse a trabajar la tierra.

–Pues yo creo que el río aguantará –apuntó otro.

–De momento no se acerca a nosotros –dijo mi padre–. Pero no tardará en hacerlo.

Todos asintieron con la cabeza como si compartieran aquel vaticinio.

–¿Alguien más ha sufrido inundaciones? –preguntó mi padre.

–Tengo entendido que los Tripplett tienen diez hectáreas anegadas por las aguas del arroyo pero yo no lo visto –contestó un agricultor.

–Todos los arroyos están retrocediendo y formando rebalsas –intervino otro–. Ejercen demasiada presión sobre el St. Francis.

Tras una nueva pausa, durante la cual los presentes reflexionaron acerca de los arroyos y la presión del agua, mi padre inquirió:

–¿Alguien necesita unos cuantos mexicanos? Tengo nueve mano sobre mano. Piensan regresar a casa.

–¿Se sabe algo del décimo?

–No. Ya hace mucho que se fue y no hemos tenido tiempo de preocuparnos por él.

–Riggs conoce a unos agricultores del norte de Blytheville que aceptarán a los mexicanos.

–¿Dónde está Riggs? –preguntó mi padre.

–Vuelve enseguida.

Los montañeses se estaban yendo en tropel, y la conversación se centró en ellos y en los mexicanos. El éxodo de los temporeros constituía una prueba más de que la cosecha se había perdido. El ambiente sombrío que reinaba en la Cooperativa se intensificó, por lo que me fui a ver a Pearl en la esperanza de sacarle un Tootsie Roll con mis zalamerías.

La tienda de Pop y Pearl estaba cerrada, algo de lo que era testigo por primera vez en mi vida. Un pequeño letrero indicaba que el horario de atención al público era de nueve a seis de lunes a viernes, y de nueve a nueve el sábado. Los domingos, por supuesto, estaba cerrada. El señor Sparky Dillon, el mecánico de la Texaco de unas puertas más abajo, se acercó a mí por detrás y me dijo:

–No abren hasta las nueve, hijo.

–¿Qué hora es? –pregunté.

–Las ocho y veinte.

Jamás había estado en Black Oak a una hora tan temprana. Miré arriba y abajo de Main Street, sin saber dónde comprar. Opté por la droguería, con su mostrador en la parte de atrás. Me estaba dirigiendo hacia allí cuando oí el rumor del tráfico. Se acercaban dos camiones desde el sur, la zona del condado donde nosotros vivíamos. Se trataba sin duda de montañeses que regresaban a casa. La familia que iba en el primer camión habría podido pasar por los Spruill, con varios adolescentes tumbados sobre un viejo colchón contemplando tristemente los escaparates de las tiendas. El segundo camión estaba mucho más limpio y era más bonito. Como el anterior, iba cargado de cajas de madera y sacos de arpillera, pero cuidadosamente colocados los unos al lado de los otros. El marido conducía y la mujer, que ocupaba el asiento del acompañante, sostenía en su regazo a un niñito que me saludó con la mano al pasar. Yo le devolví el saludo.

Gran siempre decía que algunos montañeses tenían casas más bonitas que la nuestra. Yo jamás comprendía por qué razón bajaban de los Orzak para recolectar algodón.

Vi entrar a mi padre en la ferretería y lo seguí. Estaba en la parte de atrás, cerca de la sección de pinturas, hablando con el dependiente. Sobre el mostrador había cuatro botes de cinco kilos de Pittsburgh Paint de color blanco. Pensé en los Pirates de Pittsburgh. Habían vuelto a quedar en último lugar en la Liga Nacional. El único jugador bueno que tenían era Ralph Kiner, que se había apuntado treinta y siete *home runs*.

Algún día yo jugaría en Pittsburgh. Luciría con orgullo el uniforme rojo de los Cardinals y machacaría a los miserables Pirates.

La víspera habíamos gastado toda la pintura que nos quedaba en terminar la parte de atrás de la casa. Los mexicanos estaban a punto de irse. Me parecía lógico que compráramos más pintura y aprovecháramos la mano de obra gratis de que disponíamos. De lo contrario, los mexicanos abandonarían la granja y yo tendría que terminar el trabajo sin ayuda de nadie.

–No hay bastante pintura –dije mientras el dependiente calculaba el importe.

–De momento, es suficiente –contestó mi padre, frunciendo el entrecejo.

Andaba escaso de dinero.

–Diez dólares más treinta y seis centavos de impuestos –dijo el dependiente.

Mi padre se introdujo la mano en el bolsillo y sacó un delgado fajo de billetes. Empezó a contarlos muy despacio, como si no quisiera desprenderse de ellos.

Se detuvo al llegar a diez, diez billetes de un dólar. Cuando vio que no tenía suficiente, fingió reír y dijo:

–Creo que sólo llevo diez dólares. Le pagaré el resto la próxima vez que pase por aquí.

–Pues claro, señor Chandler –dijo el dependiente.

Ambos acarrearon dos botes de pintura y los cargaron en la plataforma de nuestro camión. El señor Riggs ya había regresado a la Cooperativa y mi padre se dirigió hacia allí para seguir hablando del asunto de los mexicanos. Yo regresé a la ferretería y me fui directo hacia el dependiente.

–¿Cuánto son dos botes de cinco kilos? –pregunté.

–A dos cincuenta los cinco kilos, un total de cinco dólares.

Me metí la mano en el bolsillo y saqué mi dinero.

–Aquí tiene cinco –dije, entregándole los billetes.

Al principio, no quería aceptarlos.

–¿Te has ganado este dinero recolectando algodón?

–Sí, señor.

–¿Sabe tu papá que estás comprando pintura?

–Todavía no.

–¿Qué es lo que estáis pintando?

–Nuestra casa.

–¿Y por qué lo haces?

–Porque nunca se ha pintado.

Aceptó a regañadientes el dinero.

–Más dieciocho centavos de impuestos –dijo.

Le entregué un billete de dólar y le pregunté:

–¿Cuánto le debe mi padre de impuestos?

–Treinta y seis centavos.

–Cóbrelo de aquí.

–De acuerdo.

Me devolvió el cambio y después cargó otros dos botes de cinco kilos en el camión. Yo me quedé en la acera, vigilando la pintura, como si temiera que alguien intentara robarla.

Tras haber visto a Pop y Pearl abriendo su tienda, vi al señor Lynch Thornton hacer lo propio con la oficina de Correos y entrar. Me encaminé hacia allí sin apartar los ojos del camión. Por regla general, el señor Thornton era un poco raro y muchos creían que ello se debía a que su esposa tenía problemas con el whisky. En Black Oak casi todo el mundo censuraba cualquier forma de alcohol. El condado era abstemio. La licorería más cercana estaba en Blytheville, aunque en la zona había unos cuantos que vendían licor ilegalmente y se ganaban muy bien la vida. Lo sabía porque Ricky me lo había dicho. No le gustaba el whisky, pero me confesó que de vez en cuando se bebía una cerveza. Yo había escuchado tantos sermones acerca de los males del alcohol que estaba preocupado por el alma de Ricky. Y, si era pecaminoso que los hombres bebieran whisky a escondidas, el que lo hicieran las mujeres constituía un auténtico escándalo.

Quería preguntarle al señor Thornton cómo podía enviar mi carta a Ricky sin que nadie lo supiera. La carta tenía tres páginas de extensión y yo estaba muy orgulloso de mi esfuerzo. Pero contenía todos los detalles acerca del bebé de los Latcher y todavía no estaba muy seguro de que fuese prudente enviarla a Corea.

–Hola –le dije al señor Thornton; estaba sentado detrás del mostrador colocándose la visera y preparándose para sus actividades de aquella mañana.

–¿Eres el chico de los Chandler? –me preguntó sin apenas levantar la vista.

–Sí, señor.

–Tengo algo para ti.

Se marchó, regresó un par de segundos después y me entregó dos cartas. Una era de Ricky.

–¿Eso es todo? –preguntó.

–Sí, señor. Muchas gracias.

–¿Qué tal le va?

–Creo que bien.

Salí corriendo de la oficina de Correos, estrechando las cartas contra mi pecho. La otra era del representante de la John Deere en Jonesboro. Estudié la de Ricky. Estaba dirigida a todos nosotros: «Eli Chandler y familia, Camino 4, Black Oak, Arkansas». En el ángulo superior izquierdo figuraba la dirección del remitente, una confusa serie de letras y números que terminaba con una línea que rezaba: «San Diego, California».

Ricky estaba vivo y escribía cartas; eso era lo único que importaba. Mi padre se acercaba a mí. Corrí a su encuentro con la carta y ambos nos sentamos ante la puerta de la mercería y la leímos de cabo a rabo. Ricky tenía prisa, como de costumbre, y su carta sólo constaba de una página. Nos escribía que su unidad casi no había participado en ninguna acción, y aunque él parecía un poco decepcionado, a nosotros sus palabras nos supieron a gloria. También decía que por todas partes se hablaba de un alto el fuego, incluso que los hombres regresarían a casa por Navidad.

El último párrafo era triste y aterrador. Uno de sus compañeros, un chico de Tejas, había resultado muerto a causa de una mina. Ambos tenían la misma edad y habían estado juntos en el mismo campamento de entrenamiento de reclutas. Cuando regresara a casa, tenía intención de ir a ver a la madre de su amigo en Fort Worth.

Mi padre dobló la carta y se la guardó en el bolsillo del mono. Subimos al camión y abandonamos la ciudad.

A casa por Navidad. A mí no se me ocurría ningún regalo mejor.

Aparcamos bajo el roble americano y mi padre se dirigió a la parte de atrás del camión para recoger la pintura. Se detuvo, contó y me miró.

–¿Cómo es posible que ahora tengamos seis botes de cinco kilos?

–Yo he comprado dos –contesté–. Y he pagado los impuestos.

Me pareció que no sabía qué decir.

–¿Te has gastado el dinero de la recolección? –me preguntó al final.

–Sí, señor.

–Preferiría que no lo hubieras hecho.

–Quiero ayudar.

Se rascó la frente, se pasó un par de minutos reflexionando acerca de la cuestión y después me dijo:

–Supongo que no tiene nada de malo.

Acarreamos la pintura al porche trasero y después dijo que quería acercarse a las veinte hectáreas altas para ver qué estaban haciendo Pappy y los mexicanos. Si el algodón podía recolectarse, se quedaría allí. Me daba permiso para empezar a pintar el lado oeste de la casa. Yo deseaba trabajar solo. Quería dar la impresión de estar abrumado por la enormidad de la tarea que tenía por delante para que, cuando regresaran los mexicanos, éstos se compadecieran de mí.

Regresaron al mediodía, cubiertos de barro, cansados y sin haber sacado provecho de su esfuerzo.

–El algodón está demasiado mojado –le explicó Pappy a Gran.

Comimos quingombó frito y bollos, y después reanudé mi trabajo.

Mantenía un ojo en el establo, pero nadie acudió a echarme una mano. ¿Qué estarían haciendo allí dentro? El almuerzo había terminado, ya se habían zampado las tortillas y seguro que habían hecho la siesta. Sabían que la casa estaba a medio pintar. ¿Por qué no salían a ayudarme?

El cielo se oscureció por el oeste, pero yo no me di cuenta hasta que Pappy y Gran salieron al porche trasero.

–Puede que llueva, Luke –dijo Pappy–. Será mejor que dejes de pintar.

Limpié la brocha y guardé la pintura bajo un banco, por temor a que la tormenta lo estropease. Me senté en el banco entre Pappy y Gran y escuchamos una vez más los lentos retumbos hacia el suroeste. Esperábamos más lluvias.

33

Nuestro nuevo ritual se repitió al día siguiente, después de un almuerzo tardío. Cruzamos la hierba empapada que había entre la casa y el establo, nos detuvimos al borde del algodonal y vimos agua, pero no agua de lluvia acumulada durante la noche, sino el agua desbordada del arroyo. Su nivel era de diez centímetros y parecía a punto de rebasar los límites del campo e iniciar su lento avance hacia el establo, el cobertizo de las herramientas, los gallineros y, finalmente, la casa.

Los tallos estaban inclinados hacia el este, doblados permanentemente por el viento que había asediado nuestra granja la víspera. Las cápsulas colgaban bajo el peso del agua.

–¿Crees que inundará la casa, Pappy? –pregunté.

Meneó la cabeza y me pasó un brazo por los hombros.

–No, Luke, jamás ha llegado hasta la casa. Se ha acercado a ella un par de veces, pero la casa se encuentra aproximadamente un metro por encima del lugar en el que ahora estamos nosotros. No te preocupes por la casa.

–Una vez llegó hasta el establo –intervino mi padre–. Un año después del nacimiento de Luke, ¿verdad?

–En el cuarenta y seis –dijo Gran, a quien jamás se le escapaba una fecha–. Pero fue en mayo –añadió–. Dos semanas después de la siembra.

La mañana era fría y ventosa, y en el cielo había unas nubes altas y tenues que no amenazaban tormenta. Un día estupendo para pintar, suponiendo, claro, que alguien me echara una mano. Los mexicanos se acercaron un poco, pero no lo suficiente para poder hablar con ellos.

Se irían muy pronto, quizás en cuestión de horas. Los llevaríamos a la Cooperativa, donde los contrataría un agricultor cuyas tierras estuvieran más secas que las nuestras. Se lo oí comentar a los mayores poco antes del amanecer, mientras se tomaban un café, y me pegué un susto tremendo. Nueve mexicanos podían pintar el lado oeste de la casa en menos de un día. Yo tardaría un mes. No podía permitirme el lujo de ser tímido.

Cuando regresamos, me desvié hacia los mexicanos.

–*Buenos días* –dije en español dirigiéndome al grupo–. ¿Cómo están?

Los nueve contestaron de la misma manera. Regresaban al establo después de otro día perdido. Me acerqué a ellos un poco más para que mis padres no pudieran oírme.

–¿Quieren pintar un poco más? –les pregunté.

Miguel tradujo rápidamente y me pareció que los demás sonreían.

Diez minutos después, tres de los seis botes de pintura estaban abiertos, y varios mexicanos se encaramaban al andamio del lado oeste de la casa y empezaban a pelearse por las tres brochas. Otro grupo levantó un andamio. Yo señalaba aquí y allá, impartiendo instrucciones a las que nadie parecía prestar atención. Por su parte, Miguel y Roberto estaban dando rápidas órdenes y opiniones en español. Ambos idiomas eran ignorados en igual medida. Mi madre y Gran nos miraron por la ventana de la cocina mientras lavaban los platos del desayuno. Pappy se dirigió al cobertizo de las herramientas para entretenerse un rato con el motor del tractor. Mi padre se había ido a dar un largo paseo, probablemente para echar un vistazo a los daños sufridos por la cosecha y pensar en lo que había que hacer a continuación.

La pintura de la casa era un asunto de la máxima urgencia. Los mexicanos bromeaban, reían y se importunaban los unos a los otros, pero trabajaban dos veces más rápido que dos días atrás. No perdían ni un segundo. Las brochas cambiaban de mano aproximadamente cada media hora. Los relevos se mantenían descansados. A media mañana ya habían pintado la mitad del porche delantero. La casa no era muy grande.

Me alegré de retirarme y no molestar. Los mexicanos trabajaban a tal ritmo que me parecía inútil tomar una brocha y entorpecer su trabajo. Además, la mano de obra gratuita era de carácter provisional. Se acercaba la hora en que me vería obligado a terminar aquella tarea yo solo.

Mi madre nos sirvió té helado con galletas, pero la labor no se interrumpió. Los que se encontraban conmigo a la sombra del árbol comieron primero, tras lo cual tres de ellos reemplazaron a otros tantos pintores.

–¿Tenéis suficiente pintura? –me preguntó mi madre en voz baja.

–No, señora.

Regresó a la cocina.

Antes del almuerzo, el lado oeste estaba concluido; la gruesa y reluciente capa de pintura resplandecía bajo un sol intermitente. Nos quedaban sólo cinco kilos. Llevé a Miguel al lado este, donde un mes atrás Trot había empezado la tarea, y le señalé una franja sin pintar que yo no había podido alcanzar. Él dio unas rápidas órdenes y el equipo de pintores se trasladó al otro lado de la casa.

Habían puesto en práctica un nuevo método: en lugar de utilizar andamios provisionales, Pepe y Luis, dos de los más bajitos, se encaramaron sobre los hombros de Pablo y Roberto, dos de los más fornidos, y empezaron a pintar justo por debajo del tejado. Aquello, como es lógico, dio lugar a una serie de comentarios y bromas por parte de los demás.

Cuando se nos terminó la pintura, ya era la hora de comer. Les estreché la mano a todos y les di efusivamente las gracias. Ellos rieron y se retiraron, charlando, hacia el establo.

Era mediodía, el sol se había ocultado y la temperatura ascendía por momentos. Mientras los veía alejarse, contemplé el campo que se extendía más allá del establo. Las aguas desbordadas se distinguían con claridad. Parecía extraño que la inundación continuase su marcha bajo la luz del sol.

Me volví e inspeccioné la obra. La parte posterior y los lados de la casa parecían como nuevos. Sólo quedaba por pintar la fachada, y puesto que ya me había convertido en un veterano, comprendí que podría completar la tarea sin la ayuda de los mexicanos.

Mi madre salió y anunció:

–Hora de comer, Luke.

Me entretuve un segundo, admirando aquel portento, y entonces ella se acercó a mí y juntos contemplamos la casa.

–Es un trabajo muy bueno, Luke –me dijo.

–Gracias.

–¿Cuánta pintura queda?

–Nada. La hemos gastado toda.

–¿Cuánta pintura necesitas para pintar la fachada?

La fachada no era tan larga como los lados, pero el porche constituía un reto adicional, al igual que la parte de atrás.

–Calculo que unos cuatro o cinco kilos –contesté, como si llevara décadas pintando casas.

–No quiero que te gastes el dinero en pintura –me dijo.

–El dinero es mío. Tú me dijiste que podía gastármelo en lo que quisiera.

–Por supuesto, pero no es justo que te lo gastes en algo así.

–No me importa. Quiero ayudar.

–¿Y la chaqueta?

Me había pasado noches sin dormir pensando en mi chaqueta de los Cardinals, pero ya no me parecía importante. Además, ya se me había ocurrido otra manera de conseguirla.

–Quizá me la traiga Santa Claus.

–Quizá –repuso ella con una sonrisa–. Vamos a comer.

Inmediatamente después de que Pappy diera gracias al Señor por la comida sin hacer la menor alusión a la cosecha o el tiempo, mi padre dijo con cara muy seria que las rebalsas habían empezado a desbordarse y el agua estaba atravesando poco a poco el camino que conducía a las veinte hectáreas altas. La noticia fue acogida sin apenas comentarios. Ya estábamos vacunados contra las malas noticias.

Los mexicanos se congregaron alrededor del camión y esperaron a Pappy. Cada uno de ellos llevaba una pequeña bolsa con sus pertenencias, las mismas con que habían llegado seis semanas atrás. Yo les estreché la mano a todos y les dije adiós. Como siempre, deseaba hacer otra visita a la ciudad, a pesar de que en esta ocasión no sería muy agradable.

–Luke, ve a ayudar a tu madre en el huerto –me dijo mi padre mientras los mexicanos subían al camión.

Pappy ya estaba poniendo en marcha el motor.

–Pensé que yo también iría a la ciudad –protesté.

–No me obligues a repetir las cosas –replicó en tono severo mi padre.

Los vi alejarse mientras los nueve mexicanos saludaban tristemente con la mano y contemplaban por última vez la casa y la granja. Según mi padre, se iban a una granja de gran tamaño situada al norte de Blytheville, a dos horas de camino, trabajarían de tres a cuatro semanas si el tiempo lo permitía y después regresarían a México. Mi madre se había interesado por la forma en que serían enviados a casa, si por medio de un camión de transporte de ganado o de un autocar, pero no había insistido en el tema. No teníamos modo de controlar esa clase de detalles, que en ese momento, con nuestras tierras anegadas, eran mucho menos importantes.

La comida, sin embargo, sí era importante: había que hacer provisiones para un largo invierno después de una mala cosecha, en el que todo lo que consumiéramos procedería del huerto, lo cual no habría tenido nada de malo si no hubiese sido porque no dispondríamos de un solo centavo para comprar harina, azúcar y café. Una buena cosecha significaba la posibilidad de guardar un poco de dinero bajo un colchón y, a veces, gastar unos cuantos billetes en lujos como una Coca-Cola, un helado, unas galletas saladas o pan blanco. Una mala cosecha significaba que nos quedábamos sin comer.

En otoño recogíamos verduras variadas, nabos y guisantes, las últimas hortalizas sembradas en mayo y junio. Quedaban unos cuantos tomates, pero no muchos.

El huerto cambiaba con cada estación, menos en invierno, cuando lo dejábamos descansar para que se recuperara con vistas a los meses venideros.

Gran estaba en la cocina hirviendo tirabeques y enlatándolos a toda velocidad. Mi madre me esperaba en el huerto.

–Quería ir a la ciudad –dije.

–Lo siento, Luke. Tenemos que darnos prisa. Se avecinan más lluvias y las hortalizas se pudrirán. ¿Sabes lo que ocurrirá si el agua llega hasta el huerto?

–¿Van a comprar un poco más de pintura?

–No lo sé.

–Yo quería comprar un poco más de pintura.

–Tal vez mañana. En este momento tenemos que arrancar estos nabos.

Se había recogido el vestido hasta las rodillas. Iba descalza y cubierta de lodo hasta los tobillos. Jamás había visto a mi madre tan sucia. Me agaché y empecé a recoger nabos. En pocos minutos estaba cubierto de barro de la cabeza a los pies.

Me pasé dos horas arrancando y recogiedo verduras, que después lavé en la bañera del porche trasero. Gran se las llevó a la cocina, donde las hirvió y envasó en tarros de un litro.

La granja estaba tranquila: no tronaba ni soplaba el viento, no había ningún Spruill en el patio delantero ni mexicanos en el establo. Los Chandler nos habíamos vuelto a quedar solos, luchando contra los elementos y procurando mantenernos por encima del nivel del agua. Yo me repetía una y otra vez que la vida sería mejor cuando Ricky regresara a casa, pues entonces tendría a alguien con quien jugar y hablar.

Mi madre llevó otro cesto de hortalizas al porche. Sudaba y estaba cansada, por lo que empezó a lavarse con un trapo y un cubo de agua. No soportaba la suciedad, un rasgo que siempre había tratado de inculcarme.

–Vamos al establo –dijo.

Llevaba seis semanas sin subir al henil, desde la llegada de los mexicanos.

–Muy bien –repuse, y nos fuimos hacia allá.

Le dirigimos unas palabras a *Isabel*, la vaca lechera, y después subimos al henil por la escala de mano. Mi madre se había esforzado para prepararles a los mexicanos un lugar limpio donde vivir. Se había pasado el invierno recogiendo mantas viejas y almohadas para que pudieran dormir cómodos. Había tomado el ventilador que llevábamos varios años utilizando en el porche delantero, lo había colocado en el establo y había convencido a mi padre de que instalara una línea eléctrica entre la casa y el establo. «Son seres humanos, a pesar de lo que piensen algunas personas de por aquí», le había oído decir más de una vez.

El henil se encontraba tan limpio y ordenado como el día en que los mexicanos habían llegado. Las mantas y las almohadas estaban cuidadosamente colocadas al lado del ventilador. No había el menor desperdicio ni resto de basura. Mi madre estaba muy orgullosa de los mexicanos. Los había tratado con respeto y ellos se lo habían retribuido del mismo modo.

Abrimos la puerta del henil, la misma a través de la cual Luis se había asomado cuando Hank había empezado a bombardear a los mexicanos con piedras y terrones, y nos sentamos en el antepecho, con las piernas colgando. A nueve metros de altura, disfrutábamos de una vista inmejorable de nuestra granja. La lejana línea de árboles del oeste señalaba el lugar por donde discurría el St. Francis, y directamente delante de nosotros, más allá de nuestro campo de atrás, se veía el arroyo Siler desbordado.

En algunas zonas, el nivel del agua casi cubría los tallos de algodón. Desde el lugar en que me encontraba, podía apreciar mucho mejor el avance de las aguas. Avanzaban directamente hacia el establo y, al otro lado del camino que conducía a los campos, penetraban poco a poco en las veinte hectáreas altas.

Si el St. Francis se salía de madre, nuestra casa correría peligro.

–Creo que ya hemos terminado de recolectar –dije.

–Eso parece –admitió mi madre con cierta tristeza en la voz.

–¿Por qué se inundan tan rápido nuestras tierras? –pregunté.

–Porque se encuentran en un terreno bajo y están muy cerca del río. Es uno de los motivos por los que nos vamos de aquí. Esto no tiene mucho futuro.

–¿Adónde vamos?

–Al norte. Es donde hay trabajo.

–¿Cuánto tiempo...?

–No mucho. Nos quedaremos hasta que consigamos ahorrar un poco de dinero. Tu padre trabajará en la factoría de la Buick con Jimmy Dale. Pagan tres dólares la hora. Nos las arreglaremos, pasaremos estrecheces, pero tú irás a la escuela, a una buena escuela.

–No quiero ir a una nueva escuela.

–Te divertirás, Luke. Allá en el norte tienen unas escuelas muy grandes y bonitas.

No me parecía divertido. Mis amigos estaban en Black

Oak. Aparte de Jimmy Dale y Stacy, no conocía a nadie en el norte. Mi madre apoyó una mano en mi rodilla y me la frotó como si con eso pudiera lograr que me sintiera mejor.

–Los cambios siempre son difíciles, Luke, pero también son emocionantes. Considéralo una aventura. Tú quieres jugar al béisbol en los Cardinals, ¿verdad?

–Sí, señora.

–Pues para eso tendrás que irte de casa y trasladarte al norte, vivir en una nueva casa, hacer nuevas amistades e ir a una nueva iglesia. Será divertido, ¿no te parece?

–Supongo que sí.

Balanceábamos lentamente los pies descalzos hacia delante y hacia atrás. El sol se había ocultado detrás de una nube y una suave brisa nos acariciaba el rostro. Los colores de los árboles que delimitaban nuestro campo estaban cambiando al amarillo y el carmesí y sus hojas estaban cayendo.

–No podemos quedarnos aquí, Luke –añadió en un susurro, como si su mente ya estuviera en el norte.

–Y, cuando regresemos, ¿qué vamos a hacer?

–No trabajaremos la tierra. Buscaremos trabajo en Memphis o Little Rock y nos compraremos una casa con televisor y teléfono. Tendremos un precioso automóvil en el camino de entrada de la casa y tú podrás jugar al béisbol en un equipo que tenga uniformes de verdad. ¿Qué tal te suena?

–Bastante bien.

–Siempre vendremos a ver a Pappy, a Gran y a Ricky. Será una nueva vida, Luke, muchísimo mejor que la de ahora.

Señaló con la cabeza el campo, donde el algodón perdido se estaba ahogando.

Pensé en mis primos de Memphis, los hijos de las hermanas de mi padre. Raras veces se trasladaban a Black Oak, como no fuera para algún entierro y quizá para el día de Acción de Gracias, lo cual me parecía muy bien, pues eran chicos de la ciudad, vestían ropa más bonita y tenían la lengua más rápida. No me gustaban demasiado, pero a pesar de todo los envidiaba. No eran groseros ni esnobs, pero las diferencias que había entre nosotros me hacían sentir incómodo. En aquel mismo instante, tomé la decisión de que, cuando viviera en Memphis o en Little Rock, bajo ninguna circunstancia me comportaría como si fuera mejor que los demás.

–Tengo un secreto, Luke –me dijo mi madre.

«Otro no, por favor», pensé. En mi trastornada mente ya no cabían más secretos.

–Voy a tener un bebé –agregó con una sonrisa.

No pude por menos de sonreír a mi vez. Me gustaba ser hijo único, pero la verdad era que también quería tener a alguien con quien jugar.

–¿De veras?

–Sí. El verano que viene.

–¿Podría ser un niño?

–Lo intentaré, pero no puedo prometerte nada.

–Puesto que vas a tenerlo, me gustaría que fuera un hermanito.

–¿Estás contento?

–Sí, señora. ¿Lo sabe papá?

–Pues claro, él también participa en el proyecto.

–¿Y él también está contento?

–Muchísimo.

–Pues me alegro.

Tardé un poco en asimilarlo, pero comprendí enseguida que era una cosa buena. Todos mis amigos tenían hermanos y hermanas.

De pronto se me ocurrió una idea. Puesto que estábamos tratando el tema de los bebés, sentí la apremiante necesidad de revelar uno de mis secretos. Ahora parecía inofensivo, y además ya era muy antiguo. Habían ocurrido tantas cosas desde que Tally y yo nos fuéramos a escondidas a la casa de los Latcher que ahora el episodio parecía un poco ridículo.

–Lo sé todo sobre cómo nacen los bebés –dije, un poco a la defensiva.

–Ah, ¿sí?

–Sí, señora.

–¿Y eso?

–¿Tú también puedes guardar un secreto?

–Pues claro.

Empecé a contar la historia, echándole la culpa a Tally de todo lo que pudiera causarme problemas. Ella lo había planeado. Ella me había suplicado que la acompañara. Ella había hecho esto y aquello. En cuanto mi madre comprendió por dónde iba la historia, empezó a sacudir la cabeza y, de vez en cuando, me decía: «¿Eso hiciste, Luke?».

La tenía en el bote. Adorné el relato aquí y allá para facilitar su desarrollo y crear la necesaria tensión, pero en general me atuve a los hechos. Estaba totalmente entregada.

–¿Me viste en la ventana? –preguntó sin poder creerlo.

–Sí, señora. Y también a Gran y a la señora Latcher.

–¿Viste a Libby?

–No, señora, pero vaya si la oímos. ¿Siempre duele tanto?

–Bueno, no siempre. Sigue.

No ahorré ningún detalle: mi regreso corriendo a la granja en compañía de Tally, los faros delanteros que nos perseguían, mi madre agarrándome por el codo con tal fuerza que poco faltó para que me lo rompiera.

–¡No teníamos ni idea! –exclamó.

–Pues claro. Llegué a la granja antes que vosotros, pero por los pelos. Pappy aún estaba roncando, y temí que entrarais en mi habitación a echar un vistazo y me encontrarais cubierto de polvo y sudor.

–Estábamos demasiado cansados.

–Menos mal. Dormí un par de horas y después Pappy me despertó para ir al algodonal. Jamás en mi vida había tenido tanto sueño.

–Luke, no puedo creer que hicieras todo eso.

Quería regañarme, pero la historia la tenía demasiado atrapada.

–Fue divertido –dije.

–No deberías haberlo hecho.

–Tally me obligó.

–No le eches la culpa a Tally.

–No lo hubiera hecho de no haber sido por ella.

–No puedo creer que los dos hicierais eso –dijo, pero comprendí que la historia le había causado una profunda impresión.

Sonrió y meneó la cabeza con asombro.

–¿Cuántas veces salisteis de noche a pasear por ahí?

–Creo que ésa fue la única.

–A ti te gustaba Tally, ¿verdad?

–Sí, señora. Era mi amiga.

–Espero que sea feliz.

–Yo también. –La echaba de menos, pero no quería reconocerlo ni siquiera en mi fuero interno–. Mamá, ¿tú crees que veremos a Tally en el norte?

–No, no creo –repuso sonriendo–. Aquellas ciudades de allá arriba, como San Luis, Chicago, Cleveland o Cincinnati, tienen millones de habitantes. Jamás la veremos.

Pensé en los Cardinals, los Cubs y los Reds. En Stan Musial recorriendo las bases a toda velocidad ante treinta mil hinchas que ocupaban el Sportsman's Park. Puesto que los equipos estaban en el norte, allí era adonde yo tenía que ir de todos modos. ¿Por qué no hacerlo con unos cuantos años de adelanto?

–Creo que iré –dije.

–Será divertido –repitió ella.

Cuando Pappy y mi padre regresaron de la ciudad, parecía que hubieran recibido una paliza. Y creo que efectivamente la habían recibido. Sus temporeros se habían ido y el algodón estaba empapado. Aunque saliera el sol y el agua se retirara, no tenían manos suficientes para seguir recolectando. Y no estaban seguros de que el algodón se secara. Esta vez el sol no se veía por ninguna parte y el nivel del agua seguía subiendo.

Cuando Pappy entró en la casa, mi padre descargó dos botes de cinco kilos de pintura y los depositó en el porche delantero. Lo hizo sin decir una sola palabra, a pesar de que yo estaba observando todos sus movimientos. Cuando terminó, se dirigió al establo.

Dos botes de cinco kilos no bastarían para pintar la fachada de la casa. Me puse furioso hasta que comprendí por qué razón mi padre no había comprado más pintura. No tenía dinero. Él y Pappy habían pagado a los mexicanos y se habían quedado sin nada.

De repente, me sentí incómodo por haber seguido adelante con el proyecto de pintar la casa mucho después de la marcha de Trot; con ello obligaba a mi padre a gastarse el poco dinero que tenía.

Contemplé los dos botes colocados el uno al lado del otro, y las lágrimas asomaron a mis ojos. No me había dado cuenta de lo pobres que éramos.

Mi padre se había reventado en los campos durante seis meses, y su esfuerzo no había servido para nada. Cuando llegaron las lluvias, decidí, no sé por qué motivo, que la casa tenía que pintarse.

Mi intención había sido buena, pensé; por consiguiente, ¿por qué me sentía tan mal?

Tomé la brocha, abrí un bote y di comienzo a la fase final de la tarea. Mientras aplicaba muy despacio unos cortos brochazos con la mano derecha, me iba enjugando las lágrimas con la izquierda.

34

La primera helada mataría lo poco que quedaba en el huerto. Solía producirse a mediados de octubre, a pesar de que el almanaque que mi padre leía con la misma devoción que si fuera la Biblia ya había fallado un par de veces en sus previsiones. Pero él seguía estudiando impertérrito su almanaque cada mañana mientras se tomaba su primera taza de café.

Puesto que no podíamos recolectar algodón, centrábamos toda nuestra atención en el huerto. Los cinco nos encaminamos hacia allí inmediatamente después del desayuno. Mi madre estaba segura de que la primera helada se produciría aquella misma noche y, en caso contrario, que lo haría con toda certeza a la siguiente. O a la otra.

Durante una penosa hora me dediqué a arrancar judías. Pappy, que aborrecía los trabajos en el huerto todavía más que yo, arrancaba frijoles blancos con encomiable esfuerzo. Gran ayudaba a mi madre a recolectar los últimos tomates. Mi padre acarreaba cestos de acá para allá bajo la supervisión de mi madre. Cuando pasó por mi lado, le dije:

–Quiero ir a pintar un rato.

–Pregúntaselo a tu madre –repuso.

Así lo hice, y ella contestó que podría hacerlo en cuanto llenara otro cesto de guisantes. Los trabajos en el huerto se aceleraban al máximo. A mediodía ya no quedaba ni una sola judía.

Volví a mi solitario trabajo de pintor. Con la clara excepción del manejo de una niveladora de carreteras, era la tarea que más me gustaba. La diferencias entre ambas era que yo no estaba en condiciones de manejar una niveladora de carreteras y pasarían muchos años antes de que pudiera hacerlo. En cambio, sí podía pintar. Observando a los mexicanos había aprendido muchas cosas y mejorado mi técnica. Aplicaba la pintura en una capa muy delgada, en un intento de aprovechar al máximo los dos botes de cinco kilos.

A media mañana se me terminó uno. Mi madre y Gran se encontraban en la cocina, lavando y guardando las verduras en frascos.

No oí al hombre acercarse, pero cuando carraspeó para llamar mi atención, me volví bruscamente y solté la brocha.

Era el señor Latcher, mojado y cubierto de barro hasta la cintura. Iba descalzo y con la camisa desgarrada. Estaba claro que había recorrido a pie la distancia que separaba su casa de la nuestra.

–¿Dónde está el señor Chandler? –me preguntó.

No sabía muy bien a qué señor Chandler se refería. Recogí la brocha y corrí hacia el lado este de la casa. Llamé a mi padre y éste asomó la cabeza a través de unas enredaderas. Al ver al señor Latcher a mi lado, se incorporó de inmediato.

–¿Qué ocurre? –preguntó, acercándose a toda prisa.

Gran oyó las voces y salió al porche delantero, seguida de mi madre. Una sola mirada al señor Latcher nos bastó para saber que algo muy malo estaba ocurriendo.

–El agua ha llegado a nuestra casa –dijo el señor Latcher, sin atreverse a mirar a mi padre a los ojos–. Tenemos que irnos.

Mi padre me miró y después miró a Gran y a mi madre, que estaban en el porche y ya se habían puesto en movimiento.

–¿Pueden ayudarnos? –preguntó el señor Latcher–. No tenemos ningún sitio adonde ir.

Me pareció que estaba a punto de echarse a llorar, y pensé que yo también lo iba a hacer.

–Por supuesto que los ayudaremos –dijo Gran, asumiendo de inmediato el mando de la situación.

A partir de ese momento, mi padre haría exactamente lo que su madre le ordenara. Y los demás, también.

Me envió en busca de Pappy, a quien encontré en el cobertizo de las herramientas, entretenido intentando arreglar una vieja batería de tractor. Todos nos reunimos alrededor de éste para elaborar un plan.

–¿Podemos acercarnos a la casa con el camión? –preguntó Pappy.

–No, señor –contestó el señor Latcher–. En nuestro camino el agua llega hasta la cintura. Ya ha alcanzado el porche, y en la casa, el nivel es de unos quince centímetros.

No acertaba a imaginarme a todos los hijos de los Latcher en una casa donde el agua desbordada ya alcanzaba prácticamente un palmo de altura.

–¿Cómo están Libby y el bebé? –preguntó Gran, sin poder contenerse.

–Libby está bien. El bebé está enfermo.

–Necesitaremos una batea –dijo mi padre–. Jeter tiene una en el pantano Cockleburr.

–No le importará que la tomemos prestada –apuntó Pappy.

Los hombres se pasaron unos cuantos minutos estudiando la mejor manera de llevar a cabo el rescate: cómo conseguir la batea, hasta qué punto del camino podría llegar el camión, cuántos viajes tendrían que hacerse. Lo que no se comentó fue exactamente adónde irían los Latcher en cuanto los rescatáramos.

Gran asumió una vez más el mando.

–Pueden quedarse aquí –le dijo al señor Latcher–. Nuestro henil está limpio, los mexicanos acaban de dejarlo. Tendrán cama caliente y comida en abundancia.

La miré. Pappy también la miró. Mi padre hizo lo propio, y después se estudió los pies. ¡Una horda de famélicos Latcher viviendo en nuestro establo! Un bebé enfermo llorando toda la noche. Nuestra comida, regalada. La idea me horrorizó, y me enfurecí con Gran por haber hecho semejante ofrecimiento sin discutirlo primero con nosotros.

Después miré al señor Latcher. Le temblaban los labios y tenía los ojos arrasados en lágrimas. Sujetaba su viejo sombrero con ambas manos a la altura de la cintura y estaba tan avergonzado que no podía levantar la mirada del suelo. Jamás había visto a un hombre más pobre, sucio y derrotado.

Miré a mi madre. Ella también hacía esfuerzos por contener las lágrimas. Miré a mi padre. Jamás lo había visto llorar y no pareció que estuviera a punto de hacerlo, pero se lo veía conmovido por el sufrimiento del señor Latcher. Mi duro corazón se ablandó en un santiamén.

–Vamos a poner manos a la obra –añadió Gran con autoridad–. Prepararemos el establo.

Nos pusimos en marcha, los hombres subieron al camión y las mujeres se encaminaron hacia el establo. Antes de alejarse, Gran asió a Pappy por el codo y le dijo en voz baja:

–Trae primero a Libby y al bebé.

Era una orden, y Pappy asintió con la cabeza.

Salté a la parte de atrás del camión con el señor Latcher, que se sentó con las delgadas piernas cruzadas, en silencio. Nos detuvimos al llegar al puente, donde mi padre bajó y empezó a recorrer la orilla del río. Su misión era encontrar el bote del señor Jeter y empujarlo corriente abajo hasta el lugar donde nosotros esperaríamos junto al puente. Cruzamos el puente, nos adentramos por el camino de los Latcher y, cuando sólo llevábamos recorridos unos treinta metros, tropezamos con un lodazal. Por delante de nosotros no había más que agua.

–Voy a avisarles que están ustedes aquí –dijo el señor Latcher, tras lo cual saltó y empezó a avanzar primero a través del barro y después por el agua, que no tardó en llegarle a las rodillas–. ¡Cuidado con las serpientes! –gritó, volviendo la cabeza–. Las hay por todas partes.

Avanzaba a través de un lago, con campos anegados a ambos lados.

Estuvimos observándolo hasta que desapareció de la vista, y entonces regresamos al río para esperar a mi padre.

Estábamos sentados en un tronco cerca del puente mientras el agua bajaba impetuosamente a nuestros pies. Puesto que no teníamos nada de qué hablar, llegue a la conclusión de que ya era hora de que le contara a Pappy una historia. Pero primero le hice jurar que guardaría el secreto.

Comencé con el principio mismo de la historia, con las voces que oí en nuestro patio principal bien entrada una noche. Los Spruill estaban discutiendo. Hank se iba. Avancé en medio de las sombras y, sin darme cuenta de lo que ocurría, me vi siguiendo no sólo a Hank sino también a Cowboy.

–Empezaron a pelear allí mismo –dije, señalando el centro del puente.

Los pensamientos de Pappy ya no estaban en las inundaciones ni en la granja y ni siquiera en el rescate de los Latcher. Me miró enfurecido, creyéndose todo lo que le estaba contando, pero absolutamente asombrado. Le describí la pelea con lujo de detalles.

–Hank cayó al río allí –dije, y volví a señalar con el dedo–, y no volvió a subir a la superficie.

Pappy soltó un gruñido pero permaneció en silencio. Yo estaba de pie delante de él, hablando rápidamente, muy nervioso. Cuando le describí mi encuentro con Cowboy minutos después en el camino, cerca ya de nuestra casa, Pappy soltó una maldición por lo bajo.

–Deberías habérmelo contado todo en aquel momento –dijo.

–Es que no podía. Estaba muy asustado.

Se levantó y rodeó varias veces el tronco.

–Les mató al hijo y les ha robado la hija –masculló para sus adentros–. Señor, Señor.

–¿Qué vamos a hacer, Pappy?

–Deja que lo piense.

–¿Crees que Hank aparecerá flotando en algún lugar?

–No. El mexicano lo destripó. Su cuerpo se hundió directamente hasta el fondo, probablemente se lo han comido los peces. No hay nada que encontrar.

Por muy repugnante que resultase la idea, solté un suspiro de alivio al pensarlo. No quería volver a ver a Hank jamás. Pensaba en él cada vez que cruzaba el puente. En mis sueños veía surgir su hinchado cadáver desde las profundidades del río y darme un susto de muerte.

–¿Hice algo malo? –pregunté.

–No.

–¿Vas a decírselo a alguien?

–No, no lo creo. Mantengámoslo en secreto. Ya hablaremos de ello más tarde.

Nos sentamos de nuevo en el tronco y contemplamos el agua. Pappy estaba enfrascado en sus pensamientos. Traté de convencerme de que me sentía mejor ahora que finalmente le había revelado a uno de los mayores las circunstancias de la muerte de Hank.

Al cabo de un rato, Pappy dijo:

–Hank se lo estaba buscando. No se lo vamos a decir a nadie. Tú eres el único testigo y es absurdo que te preocupes. Será nuestro secreto y nos lo llevaremos a la tumba.

–¿Y el señor y la señora Spruill?

–Lo que no saben no les hará sufrir.

–¿Vas a decírselo a Gran?

–No. A nadie. Sólo tú y yo.

Era una sociedad de la que podía fiarme. Ahora ya me sentía mejor. Había compartido mi secreto con un amigo que podría cargar con la parte que le correspondiera. Y ambos habíamos decidido dejar definitivamente a nuestras espaldas a Hank y Cowboy.

Mi padre apareció finalmente con la batea de fondo plano del señor Jeter. Faltaba el motor fuera borda, pero la navegación sería fácil gracias a la fuerte corriente. Mi padre utilizó un remo a modo de timón y se acercó a la orilla bajo el puente, justo a nuestros pies. Con ayuda de Pappy sacó la batea del río y juntos la arrastraron por la orilla hasta el camión. Después regresamos al camino de los Latcher, bajamos la batea y la empujamos hasta el borde de las aguas. Los tres saltamos al interior de la embarcación con los pies cubiertos de barro. Mi padre y Pappy remaron siguiendo el estrecho camino, pasando por delante de las hileras de algodón destrozado, a más de medio metro del suelo.

Cuanto más nos adentrábamos, tanto más crecía el nivel del agua. Se levantó un fuerte viento que nos empujó hacia el algodonal. Mi padre y Pappy levantaron los ojos al cielo y menearon la cabeza.

Todos los Latcher aguardaban muertos de miedo en el porche delantero, contemplando nuestros movimientos mientras surcábamos el lago que rodeaba su casa. Los escalones de la entrada principal estaban sumergidos. Nos acercamos a la fachada, donde el señor Latcher asió la batea y tiró de ella hacia la casa. El agua le llegaba hasta el pecho.

Contemplé los atemorizados y entristecidos rostros de quienes nos miraban desde el porche, cuya ropa todavía estaba más estropeada que la última vez que yo había estado allí. Todos estaban delgados y probablemente muertos de hambre. Vi un par de sonrisas entre los más pequeños, y de repente me sentí muy importante. Libby Latcher se separó del grupo con el niño en brazos, envuelto en una vieja manta. Jamás había visto a Libby, y de pronto me pareció increíble que fuera tan guapa. Llevaba el largo cabello castaño claro recogido hacia atrás en una cola de caballo. Sus ojos azul claro brillaban con un fulgor especial. Era alta y tan delgada como los demás. Cuando subió a la batea, tanto mi padre como Pappy se la quedaron mirando. Se sentó a mi lado con el bebé y, de repente, me vi cara a cara con mi nuevo primo.

–Soy Luke –dije, por más que no fuera el momento más indicado para hacer presentaciones.

–Yo soy Libby –dijo ella, esbozando una sonrisa que hizo que se me acelerase el corazón.

El bebé dormía. No había crecido mucho desde que lo había visto a través de la ventana la noche en que nació. Era pequeñito y arrugado, y probablemente también estuviese hambriento, pero Gran se ocuparía de esto.

Rayford Latcher subió a bordo y se sentó lo más lejos posible de mí. Era uno de los tres que me habían pegado la paliza la última vez que había estado en su granja; Percy, el mayor y el instigador de aquélla, se encontraba escondido en el porche. Otros dos niños fueron colocados en la embarcación, y después subió el señor Latcher.

–Volveremos dentro de unos minutos –le dijo éste a la señora Latcher y a los demás.

Por su aspecto y por la cara que ponían, cualquiera hubiera dicho que los estábamos abandonando a su suerte.

La lluvia caía con fuerza y el viento había cambiado de dirección. Pappy y mi padre remaban con toda la fuerza de que eran capaces, pero la batea apenas se movía. El señor Latcher saltó al agua y desapareció momentáneamente. Después hizo pie y volvió a emerger, con el agua hasta el pecho. Agarró la cuerda atada a la proa y empezó a tirar de nosotros camino abajo.

El viento nos empujaba hacia el algodonal, por lo que mi padre saltó de la batea y empezó a empujarla.

–Cuidado con las serpientes –le advirtió de nuevo el señor Latcher.

Ambos estaban totalmente empapados.

–A Percy por poco lo muerde una –me dijo Libby–. Apareció en el porche, flotando en el agua. –Estaba inclinada sobre el niño, procurando evitar que se mojara.

–¿Cómo se llama? –pregunté.

–Aún no tiene nombre.

En mi vida había oído semejante disparate. ¡Un niño sin nombre! Casi todos los hijos de los baptistas tenían dos o tres nombres antes de venir al mundo.

–¿Cuándo volverá Ricky? –me preguntó en voz baja.

–No lo sé.

–¿Está bien?

–Sí.

Su afán de saber algo de él hizo que me sintiera muy incómodo. Sin embargo, no resultaba precisamente desagradable estar sentado al lado de un chica tan guapa que quería hablarme en susurros. Sus hermanos pequeños estaban entusiasmados con la aventura. Ya cerca del camino, el nivel del agua bajó y la batea rozó finalmente el suelo. Todos bajamos deprisa, y los Latcher subieron al camión. Pappy se sentó al volante.

–Luke, tú te quedas conmigo –dijo mi padre.

Mientras el camión daba marcha atrás, el señor Latcher y mi padre hicieron girar la batea y empezaron a empujarla y tirar de ella para regresar de nuevo a la casa. El viento soplaba con tal fuerza que tuvieron que apoyarse en la embarcación. Yo era el único ocupante de ésta, y con la cabeza inclinada, procuraba mojarme lo menos posible. La lluvia era cada vez más fría y caía con creciente intensidad.

Las aguas que rodeaban la casa estaban muy agitadas cuando nos acercamos. El señor Latcher volvió a empujar la embarcación y empezó a gritarle instrucciones a su mujer. Uno de los hijos de los Latcher nos fue entregado desde el porche y estuvo a punto de caer al agua cuando una ráfaga de viento azotó la batea y la apartó de la casa. Percy alargó el mango de una escoba y yo lo agarré para acercar nuevamente la batea a la casa. Mi padre daba órdenes a gritos, y lo mismo hacía el señor Latcher. Quedaban cuatro niños y todos querían subir a bordo a la vez. Fui ayudándolos a hacerlo de uno en uno.

–¡Cuidado, Luke! –me advertía mi padre una y otra vez.

En cuanto los niños estuvieron a bordo, la señora Latcher arrojó un saco de arpillera lleno de algo que parecía ropa. Debía de tratarse de sus únicas pertenencias, pensé. Cayó a mis pies y lo agarré como si fuera un objeto de incalculable valor. A mi lado tenía a una niñita de los Latcher, descalza como todos los demás y vestida con una camisa sin mangas que no le cubría los brazos. Estaba aterida y se agarraba a mi pierna como si temiese que el viento se la llevara. Tenía los ojos arrasados en lágrimas, pero, cuando la miré, me dijo:

–Gracias.

La señora Latcher subió abriéndose paso entre sus hijos y pegándole gritos a su marido mientras éste se los pegaba a ella. Con la embarcación totalmente cargada y todos los Latcher a salvo, dimos media vuelta y regresamos hacia el camino. Los que estábamos a bordo, manteníamos la cabeza inclinada para protegernos el rostro de la lluvia.

Mi padre y el señor Latcher tenían que hacer un esfuerzo sobrehumano para empujar la batea contra el viento. En algunos lugares el agua sólo les llegaba a la altura de las rodillas, pero a los pocos pasos se hundían hasta el pecho y a duras penas podían avanzar. Luchaban denodadamente por mantener la embarcación en el centro del camino y lejos del algodonal. Nuestra pequeña travesía de regreso fue mucho más lenta que a la ida.

Pappy no estaba esperándonos. No había tenido tiempo de dejar el primer cargamento y regresar por el segundo. Cuando saltamos al barro, mi padre ató la batea del señor Jeter al poste de una valla y dijo:

–Es absurdo que esperemos aquí.

Avanzamos penosamente entre el lodo, de cara al viento y la lluvia, hasta llegar al río. Los hijos de los Latcher se aterrorizaron al ver el puente, y mientras lo cruzábamos se agarraron fuertemente a su padre y se pusieron a llorar y a gritar de una forma que yo jamás había oído. El señor Latcher cargaba ahora con el saco de arpillera. A medio cruzar el St. Francis, miré hacia las tablas del puente que tenía delante y observé que la señora Latcher iba descalza como sus hijos. Cuando alcanzamos sanos y salvos la otra orilla, vimos acercarse a Pappy para recogernos.

Gran y mi madre esperaban en el porche trasero, donde habían improvisado una especie de cadena de montaje. Saludaron a la segunda remesa de Latcher y los acompañaron al fondo del porche, donde habían amontonado gran cantidad de ropa. Los Latcher se desnudaron, algunos con pudor y otros no, y empezaron a ponerse ropa de segunda mano de los Chandler que llevaba varias décadas en nuestra casa. Una vez vestidos y abrigados con prendas secas, los llevaron a la cocina, donde los aguardaba comida en abundancia. Gran había preparado salchichas, jamón y bollos. La mesa estaba cubierta con grandes cuencos llenos de todas las hortalizas que mi madre había cultivado en los últimos seis meses.

Los diez Latcher se congregaron alrededor de la mesa. El bebé dormía en algún lugar de la casa. Casi todos ellos permanecían en silencio, no sé si porque estaban avergonzados, aliviados o simplemente hambrientos. Se pasaban los cuencos y, de vez en cuando, se daban mutuamente las gracias. Mi madre y Gran prepararon té y cuidaron de que se sintieran a gusto. Pappy y mi padre estaban en el porche delantero tomando café mientras contemplaban la lluvia, que amainaba poco a poco.

Cuando la comida ya estaba en marcha, nos dirigimos a la sala de estar, donde Gran había encendido la chimenea. Los cinco nos sentamos delante de ésta y nos pasamos un buen rato oyendo las voces de los Latcher en la cocina. Hablaban muy quedo, pero sus cuchillos y tenedores no paraban de moverse. Estaban abrigados y a salvo, y ya habían saciado el hambre. ¿Cómo era posible que hubiera gente tan pobre?

Ya no podía sentir antipatía hacia los Latcher. Eran unas personas como nosotros que habían tenido la desgracia de nacer aparceros. No era justo que los despreciase. Además, experimentaba una fuerte atracción hacia Libby.

Estaba deseando gustarle.

Mientras nosotros nos recreábamos en nuestra bondad, se

oyó el llanto del bebé. Gran se puso en pie de un salto y se marchó a ver qué ocurría.

–Voy yo –dijo, ya en la cocina–. Ustedes terminen de comer.

No oí ni a un solo Latcher apartarse de la mesa. El bebé llevaba llorando desde la noche en que nació y ya estaban acostumbrados.

Pero nosotros los Chandler, no. No dejó de llorar mientras su familia comía. Gran lo acunó durante una hora en tanto mis padres y Pappy acompañaban a los Latcher a su nuevo alojamiento en el henil del establo. Libby regresó con ellos para echar un vistazo al bebé, que seguía berreando. Había parado de llover y mi madre decidió sacarlo a dar un paseo alrededor de la casa, pero eso no sirvió para calmarlo. Yo jamás había oído un llanto tan fuerte e incesante.

A media tarde, ya no podíamos aguantarlo. Gran le había administrado varios de sus remedios, pero al parecer sólo habían servido para agravar la situación. Libby lo acunó infructuosamente en el columpio. Gran le cantó bailando un vals con él en brazos, pero el llanto era cada vez más fuerte. Mi madre también intentó calmarlo. Pappy y mi padre ya se habían retirado hacía un buen rato. Yo deseé echar a correr y esconderme en el silo.

–Es el caso de cólico más grave que he visto en mi vida –le oí decir a Gran.

Más tarde, mientras Libby mecía de nuevo al bebé en el porche, oí otra conversación. Por lo visto, cuando yo era bebé había sufrido un cólico muy grave. Mi abuela, la madre de mi madre, que vivía en una casa pintada y ya había muerto, me dio unos cuantos bocados de helado de vainilla. Dejé de llorar de inmediato, y el cólico desapareció, en pocos días.

Más adelante, sufrí otro cólico. Gran no solía conservar helados en el frigorífico. Mis padres me subieron al camión para llevarme a la ciudad. Por el camino, dejé de llorar y me quedé dormido. Pensaron que el movimiento del vehículo en marcha me había curado.

Mi madre me envió en busca de mi padre y tomó al bebé de los brazos de Libby, que estaba deseando librarse de él, y nos encaminamos hacia el camión.

–¿Vamos a la ciudad? –pregunté.

–Sí –contestó mi madre.

–¿Y él? –preguntó mi padre, señalando al bebé–. Tiene que ser un secreto.

Mi madre lo había olvidado. Como nos vieran en la ciudad con un misterioso bebé, habría chismorreos para parar un tren.

–Ya nos preocuparemos por eso cuando lleguemos –contestó, cerrando la portezuela–. Vamos.

Mi padre arrancó y dio marcha atrás. Yo estaba sentado en medio, con el bebé a escasos centímetros de mi hombro. Tras una breve pausa, volvió a la carga. Cuando llegamos al río, yo estaba tan harto que hubiera sido capaz de arrojarlo por la ventanilla.

Sin embargo, tras cruzar el puente ocurrió algo muy curioso. El bebé empezó a calmarse y finalmente se calló. Cerró los ojos y la boca y se quedó profundamente dormido. Mi madre miró con una sonrisa a mi padre como diciendo: «¿Lo ves?, ya te lo decía yo.»

Mientras nos dirigíamos a la ciudad, mis padres se pasaron el rato cuchicheando. Acordaron que mi madre bajaría del camión a la altura de nuestra iglesia y correría a la tienda de Pop y Pearl para comprar un helado. Temían que a Pearl le extrañara que sólo quisiera un helado, pues por el momento no necesitábamos nada más, y que hubiera ido a la ciudad un miércoles por la tarde. Por nada del mundo podrían satisfacer la curiosidad de Pearl, y les hizo gracia la idea de que sufriese por ser tan entrometida. Por muy lista que fuese Pearl jamás adivinaría que el helado era para un bebé ilegítimo que teníamos escondido en nuestro camión. Nos detuvimos delante del templo. Nadie miraba, y mi madre aprovechó para pasarme el bebé, dándome instrucciones muy precisas acerca de la mejor manera de acunarlo. En cuanto cerró la portezuela, el bebé abrió la boca y vi que le brillaban los ojos mientras sus pulmones se llenaban de cólera. Chilló un par de veces y estuve casi a punto de morirme del susto, por lo que mi padre accionó el embrague y volvimos a ponernos en marcha para dar un paseo por las calles de Black Oak. El bebé me miró y dejó de llorar.

–No te detengas –le dije a mi padre.

Pasamos de nuevo por delante de la desmotadora, cuya inactividad nos deprimió. Rodeamos la iglesia y la escuela metodistas y giramos hacia el sur para enfilar de nuevo Main Street. Mi madre salió de la tienda con una bolsita de papel y, como era de esperar, Pearl la siguió, hablando por los codos. Ambas estaban charlando cuando nosotros pasamos por su lado. Mi padre saludó con la mano como si no ocurriera nada.

Yo comprendí que estaban a punto de sorprendernos con el bebé de los Latcher. Un solo grito de éste bastaría para que toda la ciudad se enterara de nuestro secreto.

Dimos otra vuelta alrededor de la desmotadora y, cuando nos dirigimos hacia la iglesia, vimos a mi madre esperando. En el momento de detenernos, el bebé abrió los ojos. Le temblaba el labio inferior y estaba a punto de soltar un grito cuando yo se lo pasé a mi madre diciendo:

–Aquí lo tienes.

Bajé a toda prisa del camión antes de que ella pudiera subir para acomodarse en el asiento. Mi rapidez los sorprendió.

–¿Adónde vas, Luke? –me preguntó mi padre.

–Dad una vuelta por ahí. Tengo que comprar un poco de pintura.

–¡Sube al camión! –me ordenó mi padre.

El bebé se puso a llorar y mi madre se apresuró a subir. Yo me agaché detrás del camión y eché a correr hacia la calle con la mayor rapidez de que fui capaz.

Detrás de mí oí otro grito no tan fuerte como el anterior, y el camión se puso inmediatamente en marcha.

Entré en la ferretería, me acerqué al mostrador de las pinturas y le pedí al dependiente tres botes de cinco kilos de Pittsburgh Paint de color blanco.

–Sólo tengo dos –me dijo.

Me quedé tan sorprendido que no supe qué decir. ¿Cómo era posible que en una ferretería se les hubiera acabado la pintura?

–El lunes que viene me entregarán más –añadió.

–Pues déme los dos.

Estaba seguro que los dos botes de cinco kilos no me alcanzarían para terminar de pintar la fachada de la casa, pero le entregué seis billetes de un dólar y él me devolvió el cambio.

–Deja que te ayude –dijo.

–No, ya puedo yo solo –repuse tendiendo las manos hacia los botes. Tuve que hacer un esfuerzo para levantarlos, y después eché a andar con paso vacilante por el pasillo central y estuve casi a punto de caerme. Los arrastré hasta la acera. Miré arriba y abajo de la calle, temiendo oír el llanto de un bebé enfermo. Por suerte, la ciudad estaba tranquila.

Pearl salió de nuevo a la acera, mirando en todas direcciones. Yo me oculté detrás de un automóvil aparcado. Poco después vi aparecer nuestro camión. Mi padre me vio y se detuvo en mitad de la calle. Yo hice acopio de todas mis fuerzas para levantar los botes y eché a correr hacia él. Mi padre bajó para echarme una mano. Salté a la plataforma y él me entregó la pintura. Prefería viajar en la parte de atrás, lejos del menor de los Latcher. Justo en el momento en que mi padre volvía a sentarse al volante, el bebé soltó un grito agudo.

El camión dio una sacudida y el bebé volvió a callarse.

–¡Adiós, Pearl! –grité, mientras pasábamos por delante de ella a toda velocidad.

Libby nos esperaba sentada en los escalones del porche delantero en compañía de Gran. En cuanto el camión se detuvo, el bebé empezó a berrear. Las mujeres se lo llevaron corriendo a la cocina, donde empezaron a atiborrarlo de helado.

–No hay en todo el condado de Craighead suficiente gasolina para conseguir que se calle –sentenció mi padre.

Por suerte, el helado lo calmó. El pequeño Latcher se quedó dormido en brazos de su madre.

Puesto que el helado de vainilla había dado resultado cuando yo sufrí el cólico, el tratamiento se consideró una prueba irrefutable de que el bebé era, al menos en parte, un Chandler. Lo cual no supuso ningún consuelo para mí.

35

Tener a los Latcher en el establo no era algo que hubiéramos previsto, naturalmente. A pesar de que, al principio, nos sentimos muy satisfechos de nuestra caridad cristiana y de la muestra de buena vecindad que habíamos dado, muy pronto empezamos a preguntarnos cuánto se quedarían con nosotros. Yo planteé el tema por primera vez durante la cena, cuando, tras una prolongada discusión acerca de los acontecimientos de la jornada, pregunté:

–¿Sabéis cuánto tiempo van a quedarse?

Pappy opinaba que se irían en cuanto se retirara el agua. Vivir en el establo de otro agricultor sólo podía soportarse en caso de urgente necesidad, pero nadie que tuviera un mínimo de dignidad sería capaz de quedarse un día más de lo necesario.

–¿Y qué harán cuando regresen a su casa? –preguntó Gran–. No les queda una migaja que llevarse a la boca.

Por eso vaticinó que se quedarían con nosotros hasta la primavera.

Mi padre comentó que la destartalada casa de los Latcher no resistiría la inundación y que no tendrían ningún lugar al que regresar. Además, no disponían de camión ni de ningún otro medio de transporte. Se habían estado muriendo de hambre en sus tierras a lo largo de los diez años anteriores; ¿a qué otro lugar se podían ir?

El comentario deprimió un poco a Pappy.

Mi madre se limitaba a escuchar, pero en determinado

momento dijo que los Latcher no eran la clase de gente capaz de avergonzarse por el hecho de vivir en el establo de otras personas. Y, además, manifestó su preocupación por los niños, no sólo por los obvios problemas de salud y alimentación sino también por su educación y su desarrollo espiritual.

La predicción de Pappy a propósito de una pronta partida se discutió en torno a la mesa, y al final fue rechazada. Tres contra uno. O cuatro, si se contaba mi voto.

–Lo superaremos –aseguró Gran–. Tenemos comida suficiente para alimentarnos y alimentarlos a ellos durante todo el invierno. Están aquí, no tienen ningún otro sitio adonde ir, y nosotros cuidaremos de ellos.

Nadie parecía dispuesto a discutir con ella.

–Por algo nos ha dado Dios un huerto tan fecundo –añadió, asintiendo con la cabeza en dirección a mi madre–. Jesús nos dice en el Evangelio de san Lucas: «Invitad a los pobres, los tullidos, los cojos y los ciegos y tendréis la dicha de que no puedan pagaros, porque así seréis recompensados».

–Mataremos dos cerdos en lugar de uno –dijo Pappy–. Y tendremos carne en abundancia para todo el invierno.

La matanza del cerdo tendría lugar a principios de diciembre, cuando el aire era frío y las bacterias morían. Cada año se mataba un cerdo de un disparo en la cabeza y después se hervía en agua, se colgaba de la rama de un árbol junto al cobertizo de las herramientas, se destripaba y se troceaba en mil piezas. De él procedían el beicon, el jamón, el lomo, los embutidos y las chuletas. Se aprovechaba todo, incluidos los sesos, los pies y la lengua. «Todos menos el chillido», era la frase que yo había oído decir toda la vida. El señor Jeter, que vivía al otro lado del camino, era un carnicero estupendo. Supervisaba la matanza y después se encargaba de retirar las partes más delicadas. A cambio de su trabajo, recibía una cuarta parte de las mejores piezas.

Mi primer recuerdo de la matanza de un cerdo era la de un niño corriendo hacia la parte de atrás de la casa para vomitar. Pero con el tiempo me acostumbré y la esperaba con ansia. Si querías comer jamón y beicon, tenías que matar un cerdo. Sin embargo, haría falta algo más que dos cerdos para alimentar a los Latcher hasta la primavera. Eran once, incluyendo al bebé, que en aquellos momentos estaba viviendo a base de helado de vainilla.

Mientras hablábamos de ellos, empecé a soñar con el día en que nos trasladáramos al norte.

El viaje me parecía cada vez más atractivo. Los Latcher me caían simpáticos y me enorgullecía de que los hubiéramos rescatado. Sabía que, en nuestra calidad de cristianos, teníamos que ayudar a los pobres. Lo comprendía muy bien, pero no acertaba a imaginar un invierno entero con todos aquellos niños correteando por nuestra granja. Pronto comenzarían las clases. ¿Irían los Latcher conmigo? Puesto que serían nuevos en la escuela, ¿estaría obligado a acompañarlos en un recorrido por el edificio para que lo conocieran? ¿Qué pensarían mis amigos? No veía en todo ello más que humillación.

Además, ahora que vivían con nosotros, el gran secreto no tardaría en divulgarse. Ricky sería señalado como el padre. Pearl acabaría adivinando adónde iba a parar todo aquel helado de vainilla. Algo se filtraría y estaríamos perdidos.

–Luke, ¿has terminado? –me preguntó mi padre, lo que hizo que diese un respingo que me apartó de mis pensamientos.

Mi plato estaba limpio. Todos lo miraron. Tenían asuntos de personas mayores que discutir. Eran las palabras con que solían insinuarme que me fuera a otra parte.

–La cena ha sido muy buena. ¿Puedo retirarme? –pregunté, recitando la frase habitual en tales ocasiones.

Gran asintió con la cabeza y yo me fui al porche trasero y empujé la mosquitera de forma tal que hiciera ruido al cerrarse. Después me acerqué en medio de la oscuridad a un banco situado al lado de la puerta de la cocina. Desde allí podía escucharlo todo. Estaban preocupados por el dinero. Tendrían que aplazar el pago del préstamo de la cosecha hasta la primavera. El pago de las demás facturas de la granja también se aplazaría, por mucho que a Pappy le molestara la idea de poner en dificultades a sus acreedores.

Lo más urgente era sobrevivir al invierno. La comida no nos preocupaba, pero necesitábamos dinero para cosas de primera necesidad como la electricidad, la gasolina y el aceite para el camión y también para café, harina y azúcar. ¿Y si alguien se ponía enfermo y necesitáramos a un médico o un medicamento? ¿Y si el camión se estropeaba y teníamos que cambiarle alguna pieza?

–Este año no hemos dado nada a la iglesia –señaló Gran.

Pappy calculaba que nada menos que un treinta por ciento de la cosecha se encontraba todavía bajo el agua. Si el tiempo cambiaba y el algodón se secaba, quizá lograríamos salvar una pequeña parte. Ello nos reportaría algunos ingresos, pero la desmotadora se quedaría con casi todo. Ni él ni mi padre eran demasiado optimistas en cuanto a la posibilidad de recolectar algo más en 1952.

El problema era el dinero en efectivo. Se les había terminado casi todo y no había esperanza de que pudieran recibir algo más. Apenas les quedaba dinero para pagar la electricidad y la gasolina hasta Navidad.

–Jimmy Dale me está guardando un trabajo en la factoría de la Buick –dijo mi padre–, pero no podrá esperar mucho. Ahora ya no hay tanto empleo. Tendremos que ir pensando en trasladarnos allá arriba.

Según Jimmy Dale, el salario que se pagaba en aquellos momentos era de tres dólares la hora por cuarenta horas semanales, pero también se podían hacer horas extra.

–Dice que puedo ganar cerca de doscientos dólares a la semana –añadió mi padre.

–Enviaremos a casa todo lo que podamos –dijo mi madre.

Pappy y Gran protestaron para disimular, pero todos sabían que la decisión ya se había tomado. Oí en la distancia un sonido vagamente familiar. Cuando estuvo más cerca, me estremecí y pensé que ojalá me hubiera escondido en el porche delantero.

El bebé se encontraba nuevamente indispuesto y debía de querer más helado de vainilla. Abandoné el porche y di unos pasos en dirección al establo. En medio de las sombras, vi a Libby y a la señora Latcher acercarse a la casa. Me agaché detrás del gallinero y presté atención mientras ellas pasaban muy cerca de mí. El llanto de aquel niño resonaba por toda la granja.

Gran y mi madre salieron al porche trasero. Se encendió una luz y vi que se congregaban alrededor del pequeño monstruo y lo llevaban dentro. Al cabo de un instante mi padre y Pappy salieron precipitadamente al porche delantero.

Las mujeres se afanaron en torno al niño, y en pocos minutos consiguieron calmarlo. En cuanto el bebé se tranquilizó, Libby abandonó la cocina y salió al porche. Se sentó en el mismo lugar que Cowboy había ocupado la noche en que me había mostrado su navaja automática. Me aproximé a la casa y, cuando estuve más cerca, le dije:

–Hola, Libby.

Se sobresaltó, pero se recuperó enseguida. El cólico del bebé le afectaba los nervios.

–Hola, Luke –dijo–. ¿Qué estás haciendo?

–Nada.

–Ven a sentarte aquí. –Dio unas palmadas al lado del lugar donde estaba sentada.

Así lo hice.

–¿El bebé siempre llora? –pregunté.

–Más bien sí, pero a mí no me importa.

–¿No?

–No. Me recuerda a Ricky.

–¿De veras?

–Pues sí. ¿Cuándo volverá a casa? ¿Lo sabes, Luke?

–No. En su última carta decía que a lo mejor regresaba para Navidad.

–Para eso todavía faltan dos meses.

–Sí, pero tampoco es seguro. Gran dice que todos los soldados aseguran que volverán a casa por Navidad.

–Estoy deseando que vuelva –musitó, visiblemente emocionada.

–¿Qué ocurrirá cuando lo haga? –pregunté sin estar muy seguro de que me interesara oír la respuesta.

–Vamos a casarnos –contestó esbozando una radiante sonrisa. Sus ojos se llenaron de asombro y esperanza.

–¿De veras?

–Sí, me lo prometió.

Yo no quería que Rick se casara. Era mío. Iríamos a pescar y jugaríamos al béisbol, me contaría historias de la guerra. Sería mi hermano mayor, no el marido de una chica.

–Es un encanto –añadió Libby, mirando al cielo.

Ricky era muchas cosas, pero yo jamás lo hubiera llamado «encanto». Sin embargo, cualquiera sabía lo que habría hecho para provocar en Libby esa impresión.

–Eso no tienes que decírselo a nadie, Luke. –De repente se puso muy seria–. Es nuestro secreto.

«Es mi especialidad», estuve a punto de decir.

–No te preocupes –dije–. Sé guardar secretos.

–¿Sabes leer y escribir, Luke?

–Pues claro. ¿Y tú?

–Bastante bien.

–Pero no vas a la escuela.

–Fui hasta cuarto grado, pero después mi madre empezó a tener hijos y tuve que dejarlo. Le he escrito una carta a Ricky contándole todo lo del bebé. ¿Tienes su dirección?

No sabía muy bien si Ricky quería recibir su carta, y por un instante pensé hacerme el tonto. Pero no podía evitar sentirme atraído hacia Libby. Estaba tan loca por Ricky que me parecía mal no darle su dirección.

–Sí, la tengo.

–¿Tienes un sobre?

–Pues claro.

–¿Podrías echarla al correo por mí? Por favor, Luke. No creo que Ricky sepa nada de nuestro bebé.

Algo me dijo que no me metiera en aquel lío. Era un asunto entre ellos dos.

–Creo que podré echarla al correo –contesté.

–Oh, gracias, Luke –dijo casi a gritos, arrojándome con fuerza los brazos al cuello–. Mañana te daré la carta –añadió–. ¿Me prometes que me la echarás al correo?

–Te lo prometo.

Pensé en el señor Thornton, el de la oficina de Correos, y en la cara que pondría si veía una carta de Libby Latcher dirigida a Ricky en Corea. Ya se me ocurriría algo. A lo mejor, le pedía consejo a mi madre.

Las mujeres llevaron al bebé al porche de atrás donde Gran lo acunó hasta que empezó a quedarse dormido. Mi madre y la señora Latcher comentaron lo cansado que estaba el bebé: el llanto ininterrumpido lo había dejado exhausto y finalmente se quedó dormido como un tronco. No tardé en hartarme de tanto oír hablar del bebé.

Mi madre me despertó poco después del amanecer, pero en lugar de instarme a saltar de la cama para enfrentarme con un nuevo día de trabajo en la granja, se sentó junto a mi almohada para hablar conmigo.

–Nos vamos mañana, Luke. Hoy haré las maletas. Tu padre te ayudará a pintar la fachada de la casa, de modo que, será mejor que pongas manos a la obra.

–¿Está lloviendo? –pregunté, incorporándome.

–No. Está nublado, pero podrás pintar.

–¿Por qué nos vamos mañana?

–Es hora de que nos vayamos.

–¿Cuándo volveremos?

–No lo sé. Ve a desayunar. Nos aguarda un día muy ajetreado.

Me puse a pintar antes de las siete de la mañana, cuando el sol acababa de asomar por encima de las copas de los árboles del este. La hierba estaba mojada y la casa también, pero no me quedaba alternativa. Sin embargo, las tablas no tardaron en secarse, y conseguí trabajar sin problema. Mi padre se incorporó a la tarea y juntos cambiamos de sitio el andamio para que él pudiera alcanzar la parte de arriba. Más tarde se acercó el señor Latcher, y tras observarnos trabajar unos cuantos minutos, dijo:

–Me gustaría echarles una mano.

–No está obligado –repuso mi padre desde dos metros y medio más arriba.

–Me gusta ganarme el sustento –dijo él.

No tenía otra cosa que hacer.

–De acuerdo pues. Luke, ve por la otra brocha.

Corrí al cobertizo de las herramientas, alegrándome de haber conseguido una vez más una colaboración gratuita. El señor Latcher se puso a trabajar con entusiasmo, como si quisiera demostrar su valía.

Un numeroso grupo se congregó para observarnos. Conté a siete de los Latcher, todos los hijos menos Libby y el bebé, sentados en el suelo, detrás de nosotros, mirándonos con rostro inexpresivo.

Pensé que debían de estar esperando el desayuno. Hice caso omiso de ellos y seguí adelante con mi tarea.

El trabajo, sin embargo, iba a complicarse. Pappy fue el primero que me llamó. Dijo que quería acercarse al arroyo para echar un vistazo a las inundaciones. Le dije que tenía que pintar.

–Ve, Luke –me dijo mi padre, y así quedó zanjada mi protesta.

Subimos al tractor y nos alejamos de la casa cruzando los

campos inundados hasta que el agua estuvo a punto de cubrir las ruedas delanteras. Cuando ya no pudimos seguir avanzando, Pappy apagó el motor. Permanecimos un buen rato sentados en el tractor, rodeados por el algodón mojado que tanto esfuerzo nos había costado cultivar.

–Mañana te vas –dijo al final.

–Sí, señor.

–Pero pronto regresarás.

–Sí, señor.

No sería Pappy sino mi madre quien decidiera cuándo íbamos a regresar, y si él pensaba que algún día volveríamos a los pequeños lugares que ocupábamos en la granja de la familia, se equivocaba de medio a medio. Me compadecí de Pappy y empecé a echarle de menos.

–He estado pensando un poco en el asunto de Hank y Cowboy –prosiguió sin apartar los ojos del agua que se extendía delante del tractor–. Vamos a dejarlo como está, tal como acordamos. De nada serviría decírselo a nadie. Es un secreto que nos llevaremos a la tumba. –Me ofreció la mano derecha para que se la estrechara–. ¿Trato hecho?

–Trato hecho –contesté, estrechando su fuerte y encallecida mano.

–No vayas a olvidarte de tu Pappy cuando estés allá arriba, ¿me oyes?

–No lo haré.

Puso en marcha el tractor y dio marcha atrás a través del agua.

Cuando regresé a la casa, Percy Latcher había tomado mi brocha y estaba trabajando con denuedo. Sin pronunciar palabra me la devolvió y fue a sentarse debajo de un árbol. Me pasé unos diez minutos pintando, hasta que Gran salió al porche y me dijo:

–Luke, ven aquí. Quiero enseñarte una cosa.

Rodeó conmigo la casa y nos encaminamos hacia el silo. Había charcos de barro por todas partes y el agua había llegado a unos nueve metros del establo. Quería dar un paseo y charlar un rato conmigo, pero todo estaba hecho un lodazal. Nos sentamos en el borde del remolque.

–¿Qué quieres enseñarme? –pregunté tras un largo silencio.

–Nada en particular. Quería pasar un rato a solas contigo. Te vas mañana. Estaba tratando de recordar si alguna vez habías pasado una noche lejos de aquí.

–Yo no recuerdo ninguna –repuse.

Sabía que había venido al mundo en la habitación donde ahora dormían mis padres. Sabía que las manos de Gran eran las primeras que me habían tocado, que ella me había ayudado a nacer y había atendido a mi madre. No, jamás había pasado una sola noche lejos de nuestra casa.

–Estarás muy bien en el Norte –añadió sin demasiado convencimiento–. Mucha gente de aquí se marcha para allá en busca de trabajo. Y siempre les va bien y siempre regresan a casa. Volverás a casa antes de lo que piensas.

Amaba a mi Gran tanto como cualquier niño podía amar a su abuela, pero por algún motivo sabía que jamás regresaría a su casa ni volvería a trabajar en sus campos.

Nos pasamos un rato hablando de Ricky y después de los Latcher. Me pasó un brazo por los hombros, me estrechó con fuerza y me hizo prometer varias veces que le escribiría. También tuve que prometerle que estudiaría de firme, obedecería a mis padres, iría a la iglesia y aprendería las Sagradas Escrituras y cuidaría mi lenguaje para no acabar hablando como un yanqui.

Para cuando terminó de arrancarme promesas, yo estaba agotado. Regresamos a la casa sorteando los charcos.

La mañana fue pasando muy lentamente. La horda de los Latcher se dispersó después del desayuno, pero regresó a tiempo para el almuerzo. Todos observaron a mi padre y el suyo competir entre sí para ver quién de ellos pintaba más rápido la fachada de la casa.

Les dimos de comer en el porche trasero. Después, Libby me llevó aparte y me entregó la carta que le había escrito a Ricky. Yo había conseguido birlar uno de los sobres blancos que guardábamos al fondo de la mesa de la cocina. Le había puesto la dirección de Ricky a través de la ruta postal del Ejército en San Diego y la había franqueado. Al verlo, Libby se mostró muy impresionada. Introdujo cuidadosamente la carta en su interior y pasó dos veces la lengua por la solapa del sobre para cerrarlo.

–Gracias, Luke –dijo, dándome un beso en la frente.

Me guardé el sobre bajo la camisa para que nadie lo viera. Había decidido comentárselo a mi madre, pero no había tenido ocasión.

Los acontecimientos se estaban desarrollando a velocidad de vértigo. Mi madre y Gran se pasaron la tarde lavando y planchando la ropa que íbamos a llevarnos. Mi padre y el señor Latcher estuvieron pintando hasta que se les acabó la pintura. Yo quería disponer de un poco de tiempo para ir un poco más despacio, pero no sé por qué razón el día pasó en un soplo.

La cena fue muy sosegada, pues cada uno de nosotros estaba preocupado por el viaje al norte, aunque por distintos motivos. Me sentía tan triste que había perdido el apetito.

–Ésta va a ser la última vez que cenes aquí durante algún tiempo, Luke –señaló Pappy.

No sé por qué lo dijo, pero sus palabras no contribuyeron precisamente a mejorar la situación.

–Dicen que en el Norte la comida es bastante mala –dijo Gran, tratando de aligerar un poco la atmósfera.

El comentario tampoco resultó muy afortunado.

Hacía demasiado frío para sentarse en el porche. Nos reunimos en la sala de estar y procuramos charlar como si todo siguiera igual que siempre. Pero ningún tema parecía apropiado. Los asuntos de la iglesia eran aburridos. La temporada de béisbol había terminado. Nadie quería hablar de Ricky. Ni siquiera el tiempo despertaba nuestro interés.

Al final, nos dimos por vencidos y nos fuimos a dormir. Mi madre me arrebujó en la cama y me dio un beso de buenas noches. Poco después, Gran hizo lo mismo. Pappy entró para decirme unas palabras, algo que jamás había hecho.

Cuando al final me quedé solo, recé mis oraciones. Después contemplé el techo de la habitación a oscuras e hice un esfuerzo por creer que aquella era mi última noche en la granja.

36

Mi padre había resultado herido en Italia en 1944. Lo sometieron a tratamiento allí mismo, después lo trasladaron a un barco hospital y finalmente lo enviaron a Boston, donde tuvo que pasarse un tiempo haciendo recuperación física. Cuando llegó a la terminal de autocares de Memphis, llevaba dos bolsas de lona del Ejército de Estados Unidos llenas de ropa y algunos *souvenirs*. Dos meses después se casó con mi madre. Y a los diez meses aparecí en escena. Yo jamás había visto las bolsas de lona. Que yo supiera, nunca se habían usado desde el final de la guerra. Cuando a primera hora de la mañana siguiente entré en la sala de estar, las dos bolsas estaban medio llenas de ropa y mi madre se encontraba ordenando las otras cosas que teníamos que llevarnos. El sofá estaba cubierto de vestidos suyos, mantos y algunas camisas que había planchado la víspera. Le pregunté de dónde habían salido aquellas bolsas y me contestó que se habían pasado los últimos ocho años guardadas en una especie de buhardilla que había en el cobertizo de las herramientas.

—Y ahora date prisa y vete a desayunar —añadió, doblando una toalla.

Gran tiró la casa por la ventana en nuestro último desayuno. Huevos, salchichas, jamón, sémola, patatas fritas, tomates asados y bollos.

—El viaje en el autocar será muy largo —dijo.

—¿Cómo de largo? —pregunté. Estaba sentado junto a la mesa, esperando mi primera taza de café.

Los hombres se hallaban fuera, no sé exactamente dónde.

–Según tu padre, dieciocho horas. Sabe el cielo cuándo volveréis a comer como Dios manda.

Depositó cuidadosamente la taza de café delante de mí y después me dio un beso en la cabeza. Para Gran las únicas comidas en toda regla eran las que ella preparaba en su cocina con productos de nuestra granja.

Los hombres ya habían comido. Gran se sentó a mi lado con su taza de café y me observó mientras yo me abalanzaba sobre el festín. Volvimos a repasar las promesas: escribir cartas, obedecer a mis padres, leer la Biblia, rezar mis oraciones y vigilar para no acabar convirtiéndome en un yanqui. Era prácticamente una tabla de mandamientos. Me dediqué a masticar y asentir con la cabeza en los momentos apropiados.

Me explicó que mi madre necesitaría ayuda cuando llegara el nuevo bebé. Habría otras personas de Arkansas en Flint, buenos baptistas de los que uno podía fiarse, pero yo tendría que echar una mano en las tareas del hogar.

–¿Qué clase de tareas? –pregunté, con la boca llena.

Yo creía que lo de las tareas era algo propio de la granja y que cuando viviésemos lejos de ésta me libraría de ellas.

–Cosas de la casa –contestó sin concretar. Gran jamás había pasado una noche en una ciudad. No tenía ni idea de dónde viviríamos, y nosotros tampoco–. Tú procura ser útil cuando nazca el bebé –agregó.

–¿Y si se pasa el rato llorando como el bebé de los Latcher?

–No hará tal cosa. Jamás ha habido un bebé que llorara de esta manera.

Pasó mi madre cargada de ropa. Caminaba muy rápido. Llevaba años soñando con aquel día. Pappy y Gran, y puede que incluso mi padre, pensaban que nuestra partida era tan sólo una separación temporal. Para mi madre, se trataba de un hito. Aquel día marcaba un punto decisivo no sólo en su vida sino sobre todo en la mía. Me había convencido a muy temprana edad de que yo no sería agricultor, y el que nos fuéramos significaba cortar todos los vínculos.

Pappy entró en la cocina y se sirvió una taza de café. Se sentó en su lugar habitual, al lado de Gran y me observó comer. Los saludos no se le daban muy bien y las despedidas mucho menos. A su juicio, cuanto menos se dijera, mejor.

Cuando me hube atiborrado de comida hasta casi indigestarme, Pappy y yo salimos al porche delantero. Mi padre estaba trasladando las bolsas de lona al camión. No vestía mono, sino unos almidonados pantalones caqui de trabajo y camisa blanca también almidonada. Mi madre lucía un bonito vestido de domingo. No queríamos parecer unos refugiados procedentes de las plantaciones de Arkansas.

Pappy bajó conmigo al patio y juntos nos dirigimos al punto donde solía estar la segunda base. Una vez allí, nos volvimos hacia la casa, que resplandecía bajo el claro sol matinal.

–Buen trabajo, Luke –me dijo–. Has hecho un buen trabajo.

–Me hubiera gustado terminarlo.

Al fondo a la derecha, en la esquina en la que Trot había empezado, quedaba una parte sin pintar. Habíamos procurado estirar al máximo los últimos cinco kilos que nos quedaban, pero nos habíamos quedado cortos.

–Creo que con otros dos kilos y medio habrá bastante.

–Sí, señor. Creo que sí.

–Me encargaré de que se haga este invierno –dijo.

–Gracias, Pappy.

–Cuando vuelvas a casa, estará terminado.

–Me gustaría mucho.

Todos nos encaminamos hacia el camión y abrazamos a Gran por última vez. Por un instante, temí que volviera a repasar la lista de promesas que le había hecho, pero se sentía demasiado emocionada. Subimos al vehículo –Pappy sentado al volante, yo en medio, mi madre junto a la ventanilla y mi padre en la parte de atrás, con las bolsas de lona– y echamos marcha atrás hacia el camino.

Cuando nos alejamos, Gran estaba sentada en los escalones de la entrada principal, enjugándose las lágrimas. Mi padre me había dicho que no llorara, pero no pude evitarlo. Agarré el brazo de mi madre y oculté el rostro.

Nos detuvimos en Black Oak. Mi padre tenía un pequeño asunto que resolver en la Cooperativa. Yo quería despedirme de Pearl. Mi madre llevó la carta que Libby le había escrito a Ricky a la oficina de Correos y la echó al buzón. Había discutido a fondo el asunto conmigo y habíamos llegado a la conclusión de que no era cosa nuestra. Si Libby quería escribirle una carta a Ricky comunicándole la noticia del bebé, nosotros no podíamos impedírselo.

Como es natural, Pearl ya estaba al corriente de nuestra partida. Me abrazó con tal fuerza que temí que me quebrara el cuello y después sacó una bolsita de papel llena de caramelos.

–Los necesitarás para el viaje –dijo.

Contemplé boquiabierto de asombro las enormes cantidades de caramelos de chocolate y menta y las peladillas que contenía la bolsa. El viaje ya estaba siendo un éxito. Apareció Pop, me estrechó la mano como si fuera un adulto y me deseó mucha suerte.

Regresé corriendo al camión con mi bolsa de caramelos y se la enseñé a Pappy, sentado todavía en el asiento del conductor. Mis padres regresaron también a toda prisa. No estábamos de humor para una despedida espectacular. Nuestra partida era consecuencia de la frustración y de las malas cosechas. No nos hacía demasiada gracia que la gente supiera que huíamos al Norte. Pero a media mañana la ciudad estaba todavía muy tranquila.

Contemplé los campos que se extendían a los lados de la carretera de Jonesboro. Estaban tan anegados como los nuestros. Las cunetas rebosaban de agua de color marrón. Los arroyos se habían desbordado.

Pasamos por delante del camino de grava donde Pappy y yo habíamos esperado la aparición de algún temporero de las montañas. Allí habíamos encontrado a los Spruill y yo había visto por primera vez a Hank, Tally y Trot. Si otro agricultor se nos hubiera adelantado, o si hubiéramos llegado más tarde, en ese momento todos los Spruill estarían de regreso en Eureka Springs.

Con Cowboy sentado al volante, Tally había efectuado una noche ese mismo recorrido en el mismo camión, en medio de una tormenta. Huyendo hacia el Norte en busca de una vida mejor, tal como estábamos haciendo nosotros. Todavía me parecía increíble que hubiera huido de esa manera.

No vi ni a una sola persona recolectando algodón hasta que llegamos a Nettleton, una pequeña ciudad muy próxima a Jonesboro. Allí las cunetas no aparecían tan llenas de agua y la tierra no parecía tan mojada. Algunos mexicanos estaban trabajando a buen ritmo.

Al llegar a las afueras de la ciudad el tráfico nos obligó a aminorar la marcha. Yo estiré el cuello para contemplar mejor el espectáculo: las tiendas, las preciosas casas, los relucientes automóviles y la gente que caminaba por las aceras. No recordaba mi última visita a Jonesboro. Cuando un niño de una granja iba a la ciudad, se pasaba una semana hablando del acontecimiento. En caso de que se tratara de Memphis, puede que el tema le diera para un mes.

Pappy se puso visiblemente nervioso con el tráfico. Agarraba con fuerza el volante, accionaba los frenos y soltaba maldiciones por lo bajo. Enfilamos una calle y llegamos a la terminal de los autocares Greyhound, un lugar muy bullicioso, con tres relucientes autocares aparcados en fila, a la izquierda. Nos detuvimos junto al bordillo a la altura del letrero que rezaba SALIDAS y bajamos rápidamente con nuestras pertenencias. Pappy no era muy partidario de los abrazos, por lo que no tardamos mucho en despedirnos. Sin embargo, cuando me pellizcó la mejilla, vi que las lágrimas empañaban sus ojos. Por este motivo, volvió a subir al camión y se alejó a toda prisa. Lo saludamos con la mano hasta que lo perdimos de vista. Se me partió el corazón de pena cuando el viejo camión dobló la esquina y desapareció. Regresaba a la granja, a las inundaciones, a los Latcher, a un largo invierno. Pero, al mismo tiempo, yo me alegraba de no tener que regresar con él.

Nos volvimos para entrar en la terminal. Nuestra aventura acababa de empezar. Mi padre colocó las bolsas de lona junto a unos asientos y después él y yo nos acercamos al mostrador donde vendían los billetes.

–Necesito tres billetes para San Luis –dijo.

Abrí la boca y me lo quedé mirando con asombro.

–¿San Luis? –pregunté.

Me miró con una sonrisa sin decir nada. Pagó los billetes y nos sentamos al lado de mi madre.

–¡Mamá, vamos a San Luis! –exclamé.

–Es sólo una parada, Luke –me aclaró mi padre–. Allí tomaremos un autocar para Chicago y después nos iremos a Flint.

–¿Crees que veremos a Stan Musial?

–Lo dudo.

–¿Podremos ver el Sportsman's Park?

–Esta vez, no. Tal vez la próxima.

A los pocos minutos, mis padres me dieron permiso para que recorriera la terminal a mi antojo y echara un vistazo alrededor. En una pequeña cafetería había dos chicos del Ejército tomando café. Pensé en Ricky y comprendí que no estaría presente cuando él regresara a casa. Vi también una familia de negros, algo insólito en la zona de Arkansas donde vivíamos. Asían sus maletas y parecían tan perdidos como nosotros. Vi otras dos familias de agricultores; también huían de las inundaciones.

Cuando me reuní de nuevo con mis padres, ambos estaban profundamente enfrascados en una conversación, tomados de la mano. La espera se me hizo interminable, pero al final nos llamaron para que subiéramos a bordo. Las bolsas de lona fueron colocadas en el portamaletas situado en la parte inferior del autocar y, a continuación, subimos a éste.

Mi madre y yo nos sentamos juntos, y mi padre ocupó el asiento de atrás. Me acomodé junto a la ventanilla y miré a través de la misma sin perderme ningún detalle mientras el vehículo atravesaba Jonesboro, salía a la carretera y aceleraba rumbo al norte, todavía rodeado por algodonales anegados.

Cuando conseguí apartar los ojos de la ventanilla, miré a mi madre. Tenía la cabeza apoyada contra el respaldo del asiento, los ojos cerrados y una leve sonrisa empezaba a formarse lentamente en las comisuras de su boca.

Título de la edición original: *A Painted House*
Traducción del inglés: M.ª Antonia Menini,
cedida por Ediciones B, S. A.
Diseño: Serifa
Fotografía de la sobrecubierta: Photonica
Foto de solapa: © Marion Vance

Círculo de Lectores, S. A. (Sociedad Unipersonal)
Travessera de Gràcia, 47-49, 08021 Barcelona
www.circulo.es
1 3 5 7 9 10 10 8 6 4 2

Depósito legal: Na. 1956-2001
Fotocomposición: Fotoletra, S. A., Barcelona
Impresión y encuadernación: RODESA (Rotativas de Estella, S. A.)
Navarra, 2001. Impreso en España
ISBN 84-226-9027-6
N.º 33811